U0444293

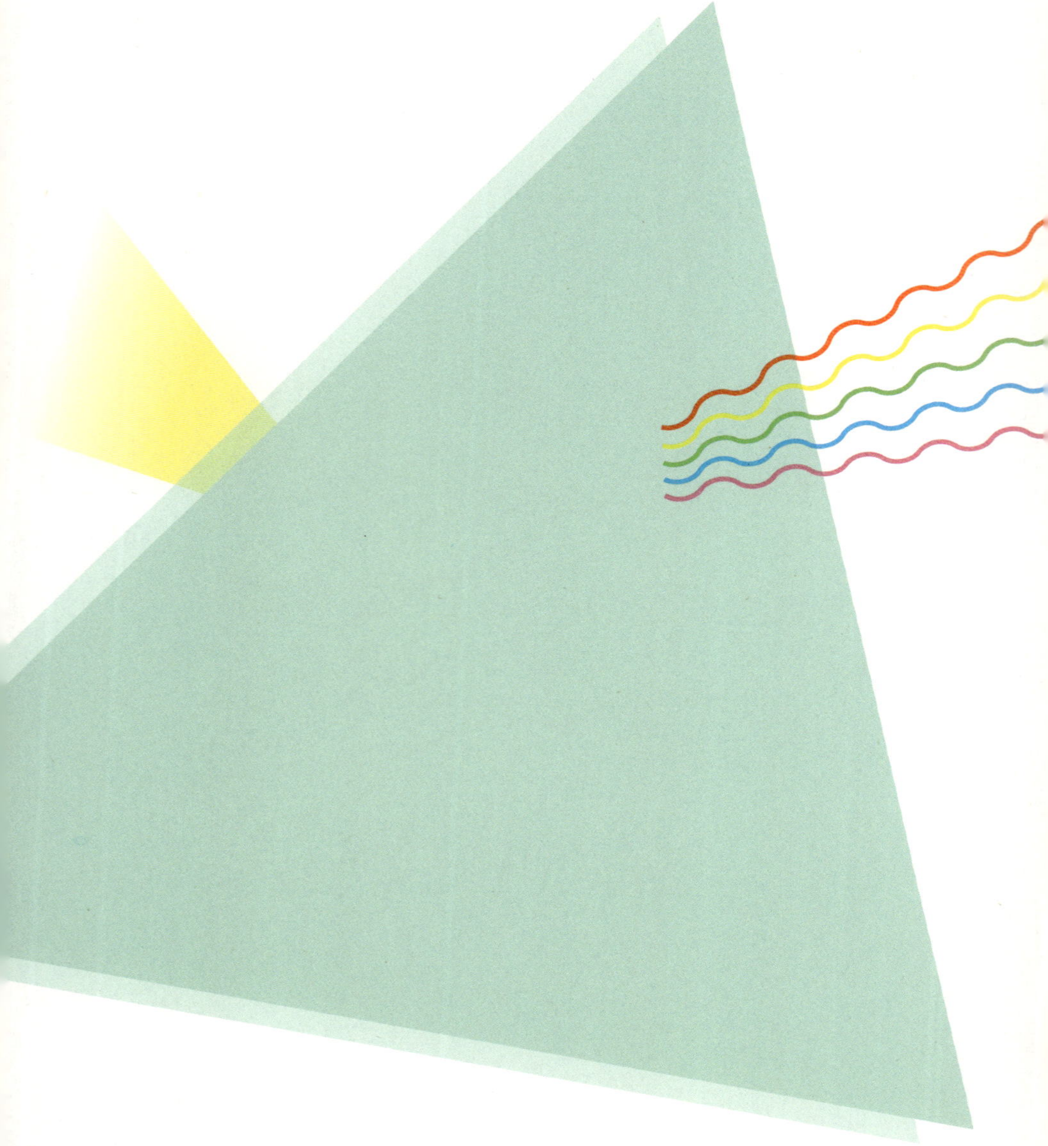

中国现当代散文选

林非 编选

人民文学出版社

图书在版编目（CIP）数据

中国现当代散文选/林非编选. —北京：人民文学出版社，2022
ISBN 978-7-02-016350-2

Ⅰ.①中… Ⅱ.①林… Ⅲ.①散文集—中国—当代 Ⅳ.①I267

中国版本图书馆 CIP 数据核字（2022）第 052325 号

责任编辑	付如初	曾笑盈
装帧设计	黄云香	
责任印制	任 祎	

出版发行　人民文学出版社
社　　址　北京市朝内大街 166 号
邮政编码　100705

印　　刷　三河市宏盛印务有限公司
经　　销　全国新华书店等

字　　数　337 千字
开　　本　890 毫米×1290 毫米　1/32
印　　张　13　插页 3
印　　数　1—3000
版　　次　2022 年 5 月北京第 1 版
印　　次　2022 年 5 月第 1 次印刷

书　　号　978-7-02-016350-2
定　　价　59.00 元

如有印装质量问题，请与本社图书销售中心调换。电话：010-65233595

目 录

洪水与猛兽 …………………… 蔡元培 001
本志罪案之答辩书 …………… 陈独秀 003
记念刘和珍君 ………………… 鲁　迅 005
喝茶 …………………………… 周作人 010
五峰游记 ……………………… 李大钊 013
书房的窗子 …………………… 杨振声 016
饿 ……………………………… 刘半农 020
我的母亲 ……………………… 胡　适 023
不除庭草斋夫谈荟（节选）…… 陶行知 028
落花生 ………………………… 许地山 031
红叶 …………………………… 孙伏园 033
漫谈中国山水画 ……………… 金岳霖 036
赏菊狮子林 …………………… 周瘦鹃 039
威尼斯 ………………………… 邹韬奋 042
想起东长安街 ………………… 张恨水 046
白杨礼赞 ……………………… 茅　盾 048
故都的秋 ……………………… 郁达夫 050
泰山日出 ……………………… 徐志摩 053
行路难 ………………………… 陈西滢 056

烈风雷雨	王统照	059
雷峰塔下	庐　隐	061
海燕	郑振铎	064
背影	朱自清	067
红海上的一幕	孙福熙	070
口中剿匪记	丰子恺	072
最后的一天	许广平	075
一种云	瞿秋白	080
清贫	方志敏	082
五四断想	闻一多	084
想北平	老　舍	086
清音	冯沅君	089
秋荔亭记	俞平伯	094
壬申杂记	夏　衍	096
记梁任公先生二三事	熊佛西	099
初恋	废　名	103
山阴道上	徐蔚南	108
黄叶小谈	钟敬文	110
残酷与麻木	冯雪峰	114
我若为王	聂绀弩	116
轿夫	罗　淑	119
蛛丝和梅花	林徽因	122
江行的晨暮	朱　湘	126
滑稽和愁闷	梁遇春	128
诗人应该歌颂您	丁　玲	131
在赣江上	冯　至	133
博士之家	臧克家	137

花溪一日间	陈伯吹	140
山色	李广田	144
希伯先生	李健吾	147
花床	缪崇群	150
囚绿记	陆 蠡	152
傅雷家书(节选)	傅 雷	155
鹰之歌	丽 尼	159
红烛	靳 以	162
鲁西流民图	萧 乾	164
雪天	萧 红	168
岳阳楼	叶 紫	171
独语	何其芳	174
令人怀恋的漓江	邓 拓	177
寂寞	金克木	181
广玉兰赞	荒 煤	183
童年	唐 弢	186
美人	叶君健	188
祭马思聪文	徐 迟	190
一直在玩七巧板的女寿星	严文井	193
春来	吴祖光	197
山海关五章	郭 风	201
冬阳 童年 骆驼队	林海音	204
摔坏小提琴的故事	秦 牧	207
贝多芬:一个巨人	何 为	210
在我的书橱里	徐开垒	214
绵绵土	牛 汉	217
筷子	袁 鹰	220

活到老真好	王鼎钧 222
"杂合面"情思	徐光耀 225
快乐的死亡	陆文夫 229
在澄蓝碧绿之间	柯 岩 231
听沨楼来信	苏 晨 236
弱肉强食	流沙河 239
比萨斜塔下的沉思	林 非 242
名楼赋	韦 野 245
小小的篝火	潘旭澜 250
林中速写	张守仁 254
空灵苍凉之美	石 英 256
又是月季芬芳时	周 明 259
捕蟹者说	王充闾 262
我有一个红学家的"外公"	张贤亮 265
相见恨晚	李元洛 268
梦里的溆水	李华章 271
鸟巢	肖 凤 274
藏羚羊跪拜	王宗仁 277
归来	万振环 280
天都情	蒋子龙 283
武夷诗魂	张振金 286
珍珠鸟	冯骥才 289
牧童短笛	刘心武 291
北京的色彩	章 武 294
含笑的紫荆	徐治平 297
酒魂	邓洪平 300
黄河臆象	杨闻宇 303

走出地平线	贾宝泉	305
骆驼,古老的行吟诗人	周彦文	308
山城水清清	沈世豪	312
仇家死了	卞毓方	315
贺坪峡印象	梅　洁	319
奋飞的海鸥	张梦阳	323
月浴	郭保林	325
苍蝇	赵丽宏	328
听琴	高洪波	330
佛事	贾平凹	333
石福	黄宏地	337
圆通山花潮	原　因	341
天理在人间	王英琦	344
关于家务	王安忆	348
一只金苹果	韩小蕙	352
辉煌的错误	刘元举	355
自我之光	刘烨园	358
家园	马　力	361
湖殇	素　素	365
景山光阴	庞俭克	368
乾陵回望	王剑冰	372
知青墓地	李兰妮	375
草戒指	铁　凝	380
说音乐	叶兆言	384
绍兴气味	孙　郁	387
悠悠长旅妈妈伴我走	丁亚平	390
渴望跪下	王彬彬	393

人像一根麦秸 …………………… 徐　迅 *396*
一对沉默寡言人 ………………… 吴　鸿 *399*
夜读 ……………………………… 刘江滨 *401*
鸟岛听歌 ………………………… 红　孩 *403*
乐观向上 ………………………… 邱华栋 *407*

编后记 …………………………………… *410*

蔡元培

(1868—1940),浙江绍兴人,学者、思想家、教育家。有《蔡元培全集》行世。

洪水与猛兽

二千二百年前,中国有个哲学家孟轲,他说国家的历史常是"一乱一治"的。他说第一次大乱是四千二百年前的洪水,第二次大乱是三千年前的猛兽,后来说到他那时候的大乱,是杨朱、墨翟的学说。他又把自己的距杨、墨比较禹的抑洪水,周公的驱猛兽。所以崇奉他的人,就说杨、墨之害,甚于洪水猛兽。后来一个学者,要是攻击别种学说,总是袭用"甚于洪水猛兽"这句话。譬如唐、宋儒家,攻击佛、老,用他;清朝程朱派,攻击陆王派,也用他;现在旧派攻击新派,也用他。

我以为用洪水来比新思潮,很有几分相像。他的来势很勇猛,把旧日的习惯冲破了,总有一部分的人感受苦痛;仿佛水源太旺,旧有的河槽,不能容受他,就泛滥岸上,把田庐都扫荡了。对付洪水,要是如鲧的用湮法,便愈湮愈决,不可收拾。所以禹改用导法,这些水归了江河,不但无害,反有灌溉之利了。对付新思潮,也要舍湮法用导法,让他自由发展,定是有利无害的。孟氏称"禹之治水,行其所无事",这正是旧派对付新派的好方法。

至于猛兽,恰好作军阀的写照。孟氏引公明仪的话:"庖有肥肉,厩有肥马,民有饥色,野有饿莩,此率兽而食人也。"现在军阀的要人,都有几百万几千万的家产,奢侈的了不得,别种好好做工的人,穷的饿死;这不是率兽食人的样子么？现在天津、北京的军人,受了要人的指使,乱打爱国的青年,岂不明明是猛兽的派头么？

所以中国现在的状况,可算是洪水与猛兽竞争。要是有人能把猛兽驯服了,来帮同疏导洪水,那中国就立刻太平了。

陈独秀

(1880—1942),安徽怀宁人,学者、思想家、革命家。有《独秀文存》等行世。

本志罪案之答辩书

本志经过三年,发行已满三十册;所说的都是极平常的话,社会上却大惊小怪,八面非难,那旧人物是不用说了,就是呱呱叫的青年学生,也把《新青年》看做一种邪说,怪物,离经叛道的异端,非圣无法的叛逆。本志同人,实在是惭愧得很;对于吾国革新的希望,不禁抱了无限悲观。

社会上非难本志的人,约分二种:一是爱护本志的,一是反对本志的。第一种人对于本志的主张,原有几分赞成;惟看见本志上偶然指斥那世界公认的废物,便不必细说理由,措词又未装出绅士的腔调,恐怕本志因此在社会上减了信用。像这种反对,本志同人,是应该感谢他们的好意。

这第二种人对于本志的主张,是根本上立在反对的地位了。他们所非难本志的,无非是破坏孔教,破坏礼法,破坏国粹,破坏贞节,破坏旧伦理(忠孝节),破坏旧艺术(中国戏),破坏旧宗教(鬼神),破坏旧文学,破坏旧政治(特权人治),这几条罪案。

这几条罪案,本社同人当然直认不讳。但是追本溯源,本志同人本来无罪,只因为拥护那德莫克拉西(Democracy)和赛因斯(Science)两位先生，才犯了这几条滔天的大罪。要拥护那德先生，便不得不反对孔教，礼法，贞节，旧伦理，旧政治；要拥护那赛先生，便不得不反对旧艺术，旧宗教；要拥护德先生又要拥护赛先生，便不得不反对国粹和旧文学。大家平心细想，本志除了拥护德、赛两先生之外，还有别项罪案没有呢？若是没有，请你们不用专门非难本志，要有气力有胆量来反对德、赛两先生，才算是好汉，才算是根本的办法。

　　社会上最反对的，是钱玄同先生废汉文的主张。钱先生是中国文字音韵学的专家，岂不知道语言文字自然进化的道理？（我以为只有这一个理由可以反对钱先生。）他只因为自古以来汉文的书籍，几乎每本每页每行，都带着反对德、赛两先生的臭味；又碰着许多老少汉学大家，开口一个国粹，闭口一个古说，不窨声明汉学是德、赛两先生天造地设的对头；他愤极了才发出这种激切的议论，像钱先生这种用石条压驼背的医法，本志同人多半是不大赞成的。但是社会上有一班人，因此怒骂他，讥笑他，却不肯发表意思和他辩驳，这又是什么道理呢？难道你们能断定汉文是永远没有废去的日子吗？

　　西洋人因为拥护德、赛两先生，闹了多少事，流了多少血，德、赛两先生才渐渐从黑暗中把他们救出，引到光明世界。我们现在认定只有这两位先生，可以救治中国政治上道德上学术上思想上一切的黑暗。若因为拥护这两位先生，一切政府的压迫，社会的攻击笑骂，就是断头流血，都不推辞。

　　此时正是我们中国用德先生的意思废了君主第八年的开始，所以我要写出本志得罪社会的原由，布告天下。

鲁　迅

(1881—1936)，浙江绍兴人，作家、翻译家、思想家。有短篇小说集《呐喊》，散文诗集《野草》，杂文集《坟》，学术论著《中国小说史略》，译作《死魂灵》(果戈理)等。并有《鲁迅全集》《鲁迅译文集》行世。

记念刘和珍君

一

中华民国十五年三月二十五日，就是国立北京女子师范大学为十八日在段祺瑞执政府前遇害的刘和珍杨德群两君开追悼会的那一天，我独在礼堂外徘徊，遇见程君，前来问我道，"先生可曾为刘和珍写了一点什么没有？"我说"没有"。她就正告我，"先生还是写一点罢；刘和珍生前就很爱看先生的文章。"

这是我知道的，凡我所编辑的期刊，大概是因为往往有始无终之故罢，销行一向就甚为寥落，然而在这样的生活艰难中，毅然预定了《莽原》全年的就有她。我也早觉得有写一点东西的必要了，这虽然于死者毫不相干，但在生者，却大抵只能如此而已。倘使我能够相信真有所谓"在天之灵"，那自然可以得到更大的安慰，——但是，现在，却只能如此而已。

可是我实在无话可说。我只觉得所住的并非人间。四十多个青年的血,洋溢在我的周围,使我艰于呼吸视听,那里还能有什么言语?长歌当哭,是必须在痛定之后的。而此后几个所谓学者文人的阴险的论调,尤使我觉得悲哀。我已经出离愤怒了。我将深味这非人间的浓黑的悲凉;以我的最大哀痛显示于非人间,使它们快意于我的苦痛,就将这作为后死者的菲薄的祭品,奉献于逝者的灵前。

二

真的猛士,敢于直面惨淡的人生,敢于正视淋漓的鲜血。这是怎样的哀痛者和幸福者?然而造化又常常为庸人设计,以时间的流逝,来洗涤旧迹,仅使留下淡红的血色和微漠的悲哀。在这淡红的血色和微漠的悲哀中,又给人暂得偷生,维持着这似人非人的世界。我不知道这样的世界何时是一个尽头!

我们还在这样的世上活着;我也早觉得有写一点东西的必要了。离三月十八日也已有两星期,忘却的救主快要降临了罢,我正有写一点东西的必要了。

三

在四十余被害的青年之中,刘和珍君是我的学生。学生云者,我向来这样想,这样说,现在却觉得有些踌躇了,我应该对她奉献我的悲哀与尊敬。她不是"苟活到现在的我"的学生,是为了中国而死的中国的青年。

她的姓名第一次为我所见,是在去年夏初杨荫榆女士做女子师范大学校长,开除校中六个学生自治会职员的时候。其中的一个就是她,但是我不认识。直到后来,也许已经是刘百昭率领男女武将,强拖出校之后了,才有人指着一个学生告诉我,说:这就是刘和珍。其时我才能将姓名和实体联合起来,心中却暗自诧异。我平素想,能够不为势利所屈,反抗一广有羽翼的校长的学生,无论如何,总该是有些桀骜锋利的,但她却常常微笑着,态度很温和。待到偏安于宗帽胡同,赁屋授课之后,她才始来听我的讲义,于是见面的回数就较多了,也还是始终微笑着,态度很温和。待到学校恢复旧观,往日的教职员以为责任已尽,准备陆续引退的时候,我才见她虑及母校前途,黯然至于泣下。此后似乎就不相见。总之,在我的记忆上,那一次就是永别了。

四

我在十八日早晨,才知道上午有群众向执政府请愿的事;下午便得到噩耗,说卫队居然开枪,死伤至数百人,而刘和珍君即在遇害者之列。但我对于这些传说,竟至于颇为怀疑。我向来是不惮以最坏的恶意,来推测中国人的,然而我还不料,也不信竟会下劣凶残到这地步。况且始终微笑着的和蔼的刘和珍君,更何至于无端在府门前喋血呢?

然而即日证明是事实了,作证的便是她自己的尸骸。还有一具,是杨德群君的。而且又证明着这不但是杀害,简直是虐杀,因为身体上还有棍棒的伤痕。

但段政府就有令,说她们是"暴徒"!

但接着就有流言,说她们是受人利用的。

惨象,已使我目不忍视了;流言,尤使我耳不忍闻。我还有什么话可说呢?我懂得衰亡民族之所以默无声息的缘由了。沉默呵,沉默呵!不在沉默中爆发,就在沉默中灭亡。

五

但是,我还有要说的话。

我没有亲见;听说,她,刘和珍君,那时是欣然前往的。自然,请愿而已,稍有人心者,谁也不会料到有这样的罗网。但竟在执政府前中弹了,从背部入,斜穿心肺,已是致命的创伤,只是没有便死。同去的张静淑君想扶起她,中了四弹,其一是手枪,立仆;同去的杨德群君又想去扶起她,也被击,弹从左肩入,穿胸偏右出,也立仆。但她还能坐起来,一个兵在她头部及胸部猛击两棍,于是死掉了。

始终微笑的和蔼的刘和珍君确是死掉了,这是真的,有她自己的尸骸为证;沉勇而友爱的杨德群君也死掉了,有她自己的尸骸为证;只有一样沉勇而友爱的张静淑君还在医院里呻吟。当三个女子从容地转辗于文明人所发明的枪弹的攒射中的时候,这是怎样的一个惊心动魄的伟大呵!中国军人的屠戮妇婴的伟绩,八国联军的惩创学生的武功,不幸全被这几缕血痕抹杀了。

但是中外的杀人者却居然昂起头来,不知道个个脸上有着血污……

六

时间永是流驶,街市依旧太平,有限的几个生命,在中国是不算什么的,至多,不过供无恶意的闲人以饭后的谈资,或者给有恶意的闲人作"流言"的种子。至于此外的深的意义,我总觉得很寥寥,因为这实在不过是徒手的请愿。人类的血战前行的历史,正如煤的形成,当时用大量的木材,结果却只是一小块,但请愿是不在其中的,更何况是徒手。

然而既然有了血痕了,当然不觉要扩大。至少,也当浸渍了亲族,师友,爱人的心,纵使时光流驶,洗成绯红,也会在微漠的悲哀中永存微笑的和蔼的旧影。陶潜说过,"亲戚或余悲,他人亦已歌,死去何所道,托体同山阿"。倘能如此,这也就够了。

七

　　我已经说过:我向来是不惮以最坏的恶意来推测中国人的。但这回却很有几点出于我的意外。一是当局者竟会这样的凶残,一是流言家竟至如此之下劣,一是中国的女性临难竟能如是之从容。

　　我目睹中国女子的办事,是始于去年的,虽然是少数,但看那干练坚决,百折不回的气概,曾经屡次为之感叹。至于这一回在弹雨中互相救助,虽殒身不恤的事实,则更足为中国女子的勇毅,虽遭阴谋秘计,压抑至数千年,而终于没有消亡的明证了。倘要寻求这一次死伤者对于将来的意义,意义就在此罢。

　　苟活者在淡红的血色中,会依稀看见微茫的希望;真的猛士,将更奋然而前行。

　　呜呼,我说不出话,但以此记念刘和珍君!

1926 年 4 月 1 日

周作人

（1885—1967），浙江绍兴人，作家、翻译家。有散文集《自己的园地》《泽泻集》，学术论著《中国新文学的源流》，译作《域外小说集》（与鲁迅合译），回忆录《知堂回想录》等。

喝　茶

前回徐志摩先生在平民中学讲"吃茶"，——并不是胡适之先生所说的"吃讲茶"，——我没有工夫去听，又可惜没有见到他精心结构的讲稿，但我推想他是在讲日本的"茶道"（英文译作 Teaism），而且一定说的很好。茶道的意思，用平凡的话来说，可以称作"忙里偷闲，苦中作乐"，在不完全的现世享乐一点美与和谐，在刹那间体会永久，是日本之"象征的文化"里的一种代表艺术。关于这一件事，徐先生一定已有透彻巧妙的解说，不必再来多嘴，我现在所想说的，只是我个人的很平常的喝茶观罢了。

喝茶以绿茶为正宗。红茶已经没有什么意味，何况又加糖——与牛奶。葛辛（George Gissing）的《草堂随笔》（*Private Papers of Henry Ryecroft*）确是很有趣味的书，但冬之卷里说及饮茶，以为英国家庭里下午的红茶与黄油面包是一日中最大的乐事，支那饮茶已历千百年，未必能领略此种乐趣与实益的万分之一，则我殊不以为然。红茶带"土斯"未始不可吃，但这只是当饭，在肚饥时食之而已；我的所谓喝茶，却是在喝清茶，在赏鉴其色与香与味，意未必在止渴，自然更不在果腹了。中国古昔曾吃过煎茶及抹茶，现在所用的都是泡茶，冈仓觉三在《茶之书》(*Book of Tea*, 1919)里很巧妙的称之曰"自然主义的茶"，所以我们所重的即在这自然之妙味。中国人上茶馆去，左一碗右一碗的喝了半天，好像是刚从沙漠里回来的样子，颇合于我的喝茶的意思（听说闽粤有所谓吃功夫茶者自然也有道理），只可惜近来太是洋场化，失了本意，其结果成为饭馆子之流，只在乡村间还保存一点古风，唯是屋宇器具简陋万分，或者但可称为颇有喝茶之意，而未可许为已得喝茶之道也。

喝茶当于瓦屋纸窗下，清泉绿茶，用素雅的陶瓷茶具，同二三人共饮，得半日之闲，可抵十年的尘梦。喝茶之后，再去继续修各人的胜业，无论为名为利，都无不可，但偶然的片刻优游乃正亦断不可少。中国喝茶时多吃瓜子，我觉得不很适宜；喝茶时可吃的东西应当是清淡的"茶食"。中国的茶食却变了"满汉饽饽"，其性质与"阿阿兜"相差无几，不是喝茶时所吃的东西了。日本的点心虽是豆米的成品，但那优雅的形色，朴素的味道，很合于茶食的资格，如各色的"羊羹"（据上田恭辅氏考据，说是出于中国唐时的羊肝饼），尤有特殊的风味。江南茶馆中有一种"干丝"，用豆腐干切成细丝，加姜丝酱油，重汤炖热，上浇麻油，出以供客，其利益为"堂倌"所独有。豆腐干中本有一种"茶干"，今变而为丝，亦颇与茶相宜。在南京时常食此品，据云有某寺方丈所制为最，虽也曾尝试，却已忘记，所记得者乃只是下关的江天阁而已。学生们的习惯，平常"干丝"既出，大抵不即食，等到麻油再加，开水重换之后，始行举箸，最为合式，因为一到即罄，次碗继至，不遑应酬，否则麻油三浇，旋即撤去，怒形于色，未免使客不欢而散，茶意都消了。

吾乡昌安门外有一处地方，名三脚桥（实在并无三脚，乃是三出，因以一桥而跨三汊的河上也），其地有豆腐店曰周德和者，制茶干最有名。寻常的豆腐干方约寸半，厚三分，值钱二文，周德和的价值相同，小而且薄，几及一半，黝黑坚实，如紫檀片。我家距三脚桥有步行两个小

时的路程,故殊不易得,但能吃到油炸者而已。每天有人挑担设炉镬,沿街叫卖,其词曰:

辣酱辣,

麻油炸,

红酱搽,辣酱拓:

周德和格五香油炸豆腐干。

其制法如上所述,以竹丝插其末端,每枚值三文。豆腐干大小如周德和,而甚柔软,大约系常品,惟经过这样烹调,虽然不是茶食之一,却也不失为一种好豆食。——豆腐的确也是极好的佳妙的食品,可以有种种的变化,唯在西洋不会被领解,正如茶一般。

日本用茶淘饭,名曰"茶渍",以腌菜及"泽庵"(即福建的黄土萝卜,日本泽庵法师始传此法,盖从中国传去)等为佐,很有清淡而甘香的风味。中国人未尝不这样吃,唯其原因,非由穷困即为节省,殆少有故意往清茶淡饭中寻其固有之味者,此所以为可惜也。

1924 年 12 月

李大钊

(1889—1927),河北乐亭人,学者、思想家、革命家。有《守常全集》《李大钊选集》等行世。

五峰游记

我向来惯过"山中无历日,寒尽不知年"的日子,一切日常生活的经过都记不住时日。

我们那晚八时顷,由京奉线出发,次日早晨曙光刚发的时候,到滦州车站。此地是辛亥年张绍曾将军督率第二十军,停军不发,拿十九信条要挟清廷的地方。后来到底有一标在此起义,以众寡不敌失败,营长施从云、王金铭,参谋长白亚雨等殉难。这是历史上的纪念地。

车站在滦州城北五里许,紧靠着横山。横山东北,下临滦河的地方,有一个行宫,地势很险,风景却佳,而今作了我们老百姓旅行游览的地方。

由横山往北,四十里可达卢龙。山路崎岖,水路两岸万山重叠,暗崖很多,行舟最要留神,而景致绝美。由横山往南,滦河曲折南流入海,以陆路计,约有百数十里。

我们在此雇了一只小舟,顺流而南,两岸都是平原。遍地的禾苗,都很茂盛,但已觉受旱。禾苗的种类,以高粱为多,因为滦河一带,主要的食粮,就是高粱。谷黍豆类也有。滦水每年泛滥,河身移从无定,居民都以为苦。其实滦河经过的地方,虽有时受害,而大体看来,却很富厚,因为他的破坏中,却带来了很多的新生活种子,原料。房屋老了,经他一番破坏,新的便可产生。土质乏了,经它一回滩淤,肥的就会出现。这条滦河简直是这一方的旧生活破坏者,新生活创造者,可惜人都是苟安,但看见他的破坏,看不见他的建设,却很冤枉了他。

河里小舟漂着,一片斜阳射在水面,一种金色的浅光,衬着岸上的绿野,景色真是好看。

天到黄昏,我们还未上岸。从舟人摇橹的声中,隐约透出了远村的犬吠,知道要到我们上岸的村落了。

到了家乡,才知道境内很不安静。正有"绑票"的土匪,在各村骚扰。还有"花会"照旧开设。

过了两三日,我便带了一个小孩,来到昌黎的五峰。是由陆路来的,约有八十里。从前昌黎的铁路警察,因在车站干涉日本驻屯军的无礼的行动,曾有五警士为日兵惨杀。这也算是一个纪念地。

五峰是碣石山的一部,离车站十余里,在昌黎城北。我们清早雇骡车运行李到山下。

车不能行了,只好步行上山。一路石径崎岖,曲折的很,两旁松林密布。间或有一两人家很清妙的几间屋,筑在山上,大概窗前都有果园。泉水从石上流着,潺潺作响,当日恰遇着微雨,山景格外的新鲜。走了约四里许,才到五峰的韩公祠。

五峰有个胜境,就在山腹。望海、锦绣、平斗、飞来、挂月,五个山峰环抱如椅。好事的人,在此建了一座韩文公祠。下临深涧,涧中树木丛森。在南可望渤海,碧波万顷,一览无尽。我们就在此借居了。

看守祠宇的人,是一双老夫妇,年事都在六十岁以上,却很健康。此外一狗,一猫,两只母鸡,构成他们那山居的生活。我们在此,找夫妇替我们操作。

祠内有两个山泉可饮。煮饭烹茶,都从那里取水。用松枝作柴。颇有一种趣味。

山中松树最多,果树有苹果,桃,杏,梨,葡萄,黑枣,胡桃等。今年果收都不佳。

　　来游的人却也常有。但是来到山中,不是吃喝,便是赌博,真是大杀风景。

　　山中没有野兽,没有盗贼,我们可以夜不闭户,高枕而眠。

　　久旱,乡间多求雨的,都很热闹,这是中国人的群众运动。

　　昨日山中落雨,云气把全山包围。树里风声雨声,有波涛澎湃的样子。水自山间流下,却成了瀑布。雨后大有秋意。

杨振声

（1890—1956），山东蓬莱人，作家、学者，有中短篇小说集《玉君》等。

书房的窗子

说也可怜，八年抗战归来，卧房都租不到一间，何言书房？既无书房，又何从说到书房的窗子！

唉！先生，你别见笑，叫化子连做梦都在想吃肉，正为没得，才想得厉害，我不但想到书房，连书房里每一角落，我都布置好。今天又想到了我那书房的窗子。

说起窗子，那真是人类穴居之后一点灵机的闪耀才发明了它。它给你清风与明月，它给你晴日与碧空，它给你山光与水色，它给你安安静静的坐在窗前，欣赏着宇宙的一切，一句话，它打通你与天然的界限。

但窗子的功用，虽是到处一样，而窗子的方向，却有各人的嗜好不同。陆放翁的"一窗晴日写黄庭"，大概指的是南窗，我不反对南窗的光朗与健康，特别在北方的冬天，南窗放进满屋的晴日，你随便拿一本书坐在窗下取暖，书页上的诗句全浸润在金色的光浪中，你书桌旁若有一盆腊梅那就更好——以前在北平只值几毛钱一盆，高三四尺者亦不过一两元，腊梅比红梅色雅而秀清，价钱并不比红梅贵多少。那么，就算有一盆腊梅罢。腊梅在阳光的照耀中荡漾着芬芳，把几枝疏脱的影子漫画在新洒扫的蓝砖地上，如漆墨画。天知道，那是一种清居的享受。

东窗在初红里迎着朝暾,你起来开了格扇,放进一屋的清新。朝气洗涤了昨宵一梦的荒唐,使人精神清振,与宇宙万物一体更新。假使你窗外有一株古梅或是海棠,你可以看"朝日红妆";有海,你可以看"海日生残夜";一无所有,看朝霞的艳红,再不然,看想象中的邺宫,"晓日靓装千骑女,白樱桃下紫纶巾"。

"挂起西窗浪按天"这样的西窗,不独坡翁喜欢,我们谁都喜欢。然而西窗的风趣,正不止此,压山的红日徘徊于西窗之际,照出书房里一种透明的宁静。苍蝇的搓脚,微尘的轻游,都带些倦意了。人在一日的劳动后,带着微疲放下工作,舒适的坐下来吃一杯热茶。开窗西望,太阳已隐到山后了。田间小径上疏落的走着荷锄归来的农夫,隐约听到母牛哞哞的在唤着小犊同归。山色此时已由微红而深紫,而黝蓝。苍然暮色也渐渐笼上山脚的树林。西天上独有一缕镶着黄边的白云冉冉而行。

然而我独喜欢北窗。那就全是光的问题了。

说到光,我有一致偏向,就是不喜欢强烈的光而喜欢清淡的光,不喜欢敞开的光而喜欢隐约的光,不喜欢直接的光而喜欢反射的光,就拿日光来说罢,我不爱中午的骄阳,而爱"晨光之熹微"与夫落日的古红。纵使光度一样,也觉得一片平原的光海,总不及山阴水曲间光线的隐翳,或枝叶扶疏的树阴下光波的流动,至于反光更比直光来得委婉。"残夜水明楼",是那般的清虚可爱;而"明清照积雪"使你感到满目清晖。

不错,特别是雪的反光。在太阳下是那样霸道,而在月光下却又这般温柔。其实,雪光在阴阴天宇下,也满有风趣。特别是新雪的早晨,你一醒来全不知道昨宵降了一夜的雪,只看从纸窗透进满室的虚白,便与平时不同,那白中透出银色的清晖,温润而匀净,使屋子里平添一番恬静的滋味,披衣起床且不看雪,先掏开那尚未睡醒的炉子,那屋里顿然煦暖。然后再从容揭开窗帘一看,满目皓洁,庭前的枝枝都压垂到地角上了,望望天,还是阴阴的,那就准知道这一天你的屋子会比平常更幽静。

至于拿月光与日光比,我当然更喜欢月光,象在月光下,人是那般隐藏,天宇是那般的素净。现实的世界退缩了,想象的世界放大了。我们想象的放大,不也就是我们人格的放大?放大到感染一切时,整个的世界也因而富有情思了。"疏影横斜水清浅,暗香浮动月黄昏",比之"晴雪梅花"更为空灵,更为生动,"无情有恨何人见,月亮风清欲坠时",比之"枝头春意"更富深情与幽思;而"宿妆残粉未明天,每立昭阳花树边",也比"水晶帘下看梳头"更动人怜惜之情。

这里不只是光度的问题,而是光度影响了态度。强烈的光使我们一切看得清楚,却不必使我们想得明透,使我们有行动的愉悦,却不必使我们有沉思的因缘;使我们像春草一般的向外发展,却不能使我们像夜合一般的向内收敛。强光太使我们与外物接近了,留不得一分想象的距离。而一切文艺的创造,绝不是一些外界事物的推拢,而是事物经过个性的熔冶,范畴出来的作物。强烈的光与一切强有力的东西一样,它压迫我们的个性。

以此,我便爱上了北窗,南窗的光强,固不必说;就是东窗和西窗也不如北窗。北窗放进的光是那般清淡而隐约,反射而不直接,说到反光,当然便到了"窗子以外"了,我不敢想象窗外有什么明湖或青山的反光,那太奢望了。我只希望北窗外有一带古老的粉墙。你说古老的粉墙?一点不错。最低限度的要老到透出点微黄的颜色;假如可能,古墙上生几片清翠的石斑。这墙不要去窗太近,太近则逼窄,使人心狭;也不要太远,太远便不成为窗子屏风;去窗一丈五尺左右便好。如此古墙上的光辉反射在窗下的书桌上,润泽而淡白,不带一分逼人的霸气。这种清光绝不会侵凌你的幽静,也不会扰乱你的运思。它与清晨太阳未出以前的天光,及太阳初下,夕露未滋,湖面上的水光同是一样的清幽。

　　假如,你嫌这样的光太朴素了些,那你就在墙边种上一行疏竹。有风,你可以欣赏它婆娑的舞容;有月,窗上迷离的是潇潇的竹影;有雨,它给你平添一番清凄;有雪,那素洁,那清劲,确是你清寂中的佳友。即使无月无风,无雨无雪,红日半墙,竹荫微动,掩映于你书桌上的清晖,泛出一片清翠,几纹波痕,那般的生动而空灵,你书桌上满写着清新的诗句,你坐在那儿。纵使不读书也"要得"。

刘半农

（1891—1934），江苏江阴人，作家、学者。有杂文集《半农杂文》，诗集《扬鞭集》，学术论著《中国文法通论》《中国文法讲话》《四声实验录》等。

饿

他饿了；他静悄悄地立在门口；他也不想什么，只是没精没采，把一个指头放在口中咬。

他看见门对面的荒场上，正聚集着许多小孩，唱歌的唱歌，捉迷藏的捉迷藏。

他想：我也何妨去？但是，我总觉得没有气力，我便坐在门槛上看看罢。

他眼看着地上的人影，渐渐的变长；他眼看着太阳的光，渐渐的变暗。"妈妈说的，这是太阳要回去睡觉了。"

他看见许多人家的烟囱，都在那里出烟；他看见天上一群群的黑鸟，咿咿呀呀地叫着，向远远的一座破塔上飞去。他说："你们都回去睡觉了么？你们都吃饱了晚饭了么？"

他远望着夕阳中的那座破塔，尖头上生长着几株小树，许多枯草。他想着人家告诉他：那破塔里，有一条"斗大的头的蛇"！他说："哦！怕啊！"

他回进门去，看见他妈妈，正在屋后小园中洗衣服——是洗人家的衣服——一只脚摇着摇篮;摇篮里的小弟弟,却还不住的啼哭。他又恐怕他妈妈,向他垂着眼泪说,"大郎!你又来了!"他就一响也不响,重新跑了出来!

他爸爸是出去的了,他却不敢在空屋子里坐;他觉得黑沉沉的屋角里,闪动着一双睁圆的眼睛——不是别人的,恰恰是他爸爸的眼睛!

他一响也不响,重新跑了出来——仍旧是没精没采的,咬着一个小指头;仍旧是没精没采,在门槛上坐着。

他真饿了!——饿得他的呼吸,也不平均了;饿得他全身的筋肉,竦竦的发抖!可是他并不啼哭,只在他直光的大眼眶里,微微有些泪痕!因为他是有过经验的了!——他啼哭过好多次,却还总得要等,要等他爸爸买米回来!

他想,爸爸真好啊!他天天买米给我们吃。但是一转身,他又想着了——他想着他爸爸,有一双睁圆的眼睛!

他想到每吃饭时,他吃了一半碗,想再添些,他爸爸便睁圆了眼睛说,"小孩子不知道'饱足'还要多吃!留些明天吃吃罢!"他妈妈总是垂着眼泪说,"你便少喝一'开'酒,让他多吃一口罢!再不然,便譬如是我——我多吃了一口!"他爸爸不说什么,却睁圆着一双眼睛!

他也不懂得爸爸的眼睛,为什么要睁圆着,他也不懂得妈妈的眼泪,为什么要垂下。但是,他就此不再吃了,他就悄悄的走开了!

他还常常想着他姑母——"啊!——好久了!妈妈说,是三年了!"三年前,他姑母来时,带来两条咸鱼,一方咸肉。他姑母不久就去了,他却天天想着她,他还记得有一条咸鱼,挂在窗口,直挂到过年!

他常常问他的妈妈,"姑母呢?我的好姑母,为什么不来?"他妈妈说,"她住得远咧!——有五十里路,走要走一天!"

是呀,他天天同样的想;——他想着他妈妈,想着他爸爸,想着他摇篮里的弟弟,想着他姑母。他还想着那破塔中的一条蛇,他说,"它的头有斗一样大,不知道它两只眼睛,有多少大?"

他咬着指头,想着想着,直想到天黑。他心中想的,是天天一样;他眼中看见的,也是天天一样。

他又听见一声听惯的"哇——呜——!"他又看见那卖豆腐花的,把担子歇在对面的荒场上。孩子们都不游戏了,都围起那担子来,捧着小碗吃。

他也问过妈妈,"我们为什么不吃豆腐花?"妈妈说,"他们是吃了就不再吃晚饭的了!"他想,他们真可怜啊!只吃那一小碗东西,不饿的么?但是他很奇怪,他们为什么不饿?同时担子上的小火炉,煎着酱油,把香风一阵阵送来,叫他分外的饿了!

天渐渐的暗了,他又看见五个看惯的木匠,依旧是背着斧头锯子,抽着黄烟走过。那个年纪最大的——他知道他名叫"老娘舅"——依旧是喝得满面通红,一跛一跛的走;一只手里,还提着半瓶黄酒。

他看着看着,直看到远远的破塔,已渐渐的看不见了;那荒场上的豆腐花担子,也挑着走了。他于是和天天一样,看见那边街头上,来了四个兵,都穿着红边马褂:两个拿着军棍,两个打着灯。后面是一个骑马的兵官,戴着圆圆的眼镜。

荒场上的小孩,远远的看见兵来,都说"夜了"!一下子就不见了!街头躺着一只黑狗,却跳了起来,紧跟着兵官的马脚,汪汪的嗥!

他也说,"夜了!夜了!爸爸还不回来,我可要进去了!"他正要掩门,又看见一个女人,手里提着几条鱼,从他面前走过。他掩上了门,在微光中摸索着说,"这是什么人家的小孩的姑母啊!"

1920 年 6 月 20 日,伦敦

胡　适

（1891—1962），安徽绩溪人，学者、作家。有诗集《尝试集》，学术论著《中国哲学史大纲》《白话文学史》等。并有《胡适文存》《胡适文集》等行世。

我的母亲

我小时身体弱，不能跟着野蛮的孩子们一块儿玩。我母亲也不准我和他们乱跑乱跳。小时不曾养成活泼游戏的习惯，无论在什么地方，我总是文绉绉地。所以家乡老辈都说我"像个先生样子"，遂叫我做"穈先生"。这个绰号叫出去之后，人都知道三先生的小儿子叫做穈先生了。既有"先生"之名，我不能不装出点"先生"样子，更不能跟着顽童们"野"了。有一天，我在我家八字门口和一班孩子"掷铜钱"，一位老辈走过，见了我，笑道"穈先生也掷铜钱吗？"我听了羞愧的面红耳热，觉得太失了"先生"的身份！

大人们鼓励我装先生样子，我也没有嬉戏的能力和习惯，又因为我确是喜欢看书，故我一生可算是不曾享过儿童游戏的生活。每年秋天，我的庶祖母同我到田里去"监割"（顶好的田，水旱无忧，收成最好，佃户每约田主来监割，打下谷子，两家平分），我总是坐在小树下看小说。十一二岁时，我稍活泼一点，居然和一群同学组织了一个戏剧班，做了一些木刀竹枪，借得了几副假胡须，就在村口田里做戏。我做的往往是诸葛亮，刘备一类的文角儿；只有一次我做史文恭，被花荣一箭从椅子上射倒下去,这算是我最活泼的玩艺儿了。

我在这九年(1895—1904)之中,只学得了读书写字两件事。在文字和思想的方面,不能不算是打了一点底子。但别的方面都没有发展的机会。有一次我们村里"当朋"(八都凡五村,称为"五朋",每年一村轮着做太子会,名为"当朋")筹备太子会,有人提议要派我加入前村的昆腔队里学习吹笙或吹笛。族里长辈反对,说我年纪太小,不能跟着太子会走遍五朋。于是我便失掉了这学习音乐的唯一机会。三十年来,我不曾拿过乐器,也全不懂音乐;究竟我有没有一点学音乐的天资,我至今还不知道。至于学图画,更是不可能的事。我常常用竹纸蒙在小说书的石印绘像上,摹画书上的英雄美人。有一天,被先生看见了,挨了一顿大骂,抽屉里的图画都被搜出撕毁了。于是我又失掉了学做画家的机会。

但这九年的生活,除了读书看书之外,究竟给了我一点做人的训练。在这一点上,我的恩师便是我的慈母。

每天天刚亮时,我母亲便把我喊醒,叫我披衣坐起。我从不知道她醒来坐了多久了。她看我清醒了,便对我说昨天我做错了什么事,说错了什么话,要我认错,要我用功读书。有时候她对我说父亲的种种好处,她说:"你总要踏上你老子的脚步。我一生只晓得这一个完全的人,你要学他,不要跌他的股(跌股便是丢脸,出丑)。"她说到伤心处,往往掉下泪来。到天大明时,她才把我的衣服穿好,催我去上早学。学堂门上的锁匙放在先生家里;我先到学堂门口一望,便跑到先生家里去敲门。先生家里有人把锁匙从门缝里递出来,我拿了跑回去,开了门,坐下念生书。十天之中,总有八九天我是第一个去开学堂门的。等到先生来了,我背了生书,才回家吃早饭。

我母亲管束我最严,她是慈母兼任严父。但她从来不在别人面前骂我一句,打我一下,我做错了事,她只对我一望,我看见了她的严厉眼光,便吓住了。犯的事小,她等到第二天早晨我睡醒时才教训我。犯的事大,她等到晚上人静时,关了房门,先责备我,然后行罚,或罚跪,或拧我的肉。无论怎样重罚,总不许我哭出声音来。她教训儿子不是借此出气叫别人听的。

有一个初秋的傍晚,我吃了晚饭,在门口玩,身上只穿着一件单背心。这时候我母亲的妹子玉英姨母在我家住,她怕我冷了,拿了一件小衫出来叫我穿上。我不肯穿,她说:"穿上吧,凉了。"我随口回答:"娘(凉)什么!老子都不老子呀。"我刚说了这一句,一抬头,看见母亲从家里走出,我赶快把小衫穿上。但她已听见这句轻薄的话了。晚上人静后,她罚我跪下,重重的责罚了一顿。她说:"你没了老子,是多么得意的事!好用来说嘴!"她气的坐着发抖,也不许我上床去睡。我跪着哭,用手擦眼泪,不知擦进了什么微菌,后来足足害了一年多的眼翳病。医来医去,总医不好。我母亲心里又悔又急,听说眼翳可以用舌头舔去,有一夜她把我叫醒,她真用舌头舔我的病眼。这是我的严师,我的慈母。

我母亲二十三岁做了寡妇,又是当家的后母。这种生活的痛苦,我的笨笔写不出一万分之一二。家中财政本不宽裕,全靠二哥在上海经营调度。大哥从小便是败子,吸鸦片烟,赌博,钱到手就光,光了便回家打主意,见了香炉便拿出去卖,捞着锡茶壶便拿出去押。我母亲几次邀了本家长辈来,给他定下每月用费的数目。但他总不够用,到处都欠下烟债赌债。每年除夕我家中总有一大群讨债的,每人一盏灯笼,坐在大厅上不肯去。大哥早已避出去了。大厅的两排椅子上满满的都是灯笼和债主。我母亲走进走出,料理年夜饭,谢灶神,压岁钱等事,只当做不曾看见这一群人。到了近半夜,快要"封门"了,我母亲才走后门出去,央一位邻舍本家到我家来,每一家债户开发一点钱。做好做歹的,这一群讨债的才一个一个提着灯笼走出去。一会儿,大哥敲门回来了。我母亲从不骂他一句。并且因为是新年,她脸上从不露出一点怒色。这样的过年,我过了六七次。

大嫂是个最无能而又最不懂事的人，二嫂是个很能干而气量很窄小的人。她们常常闹意见，只因为我母亲的和气榜样，她们还不曾有公然相骂相打的事。她们闹气时，只是不说话，不答话，把脸放下来，叫人难看；二嫂生气时，脸色变青，更是怕人。她们对我母亲闹气时，也是如此。我起初全不懂得这一套，后来也渐渐懂得看人的脸色了。我渐渐明白，世间最可厌恶的事莫如一张生气的脸；世间最下流的事莫如把生气的脸摆给旁人看。这比打骂还难受。

我母亲的气量大，性子好，又因为做了后母后婆，她更事事留心，事事格外容忍。大哥的女儿比我只小一岁，她的饮食衣服总是和我的一样。我和她有小争执，总是我吃亏，母亲总是责备我，要我事事让她。后来大嫂二嫂都生了儿子了，她们生气时便打骂孩子来出气，一面打，一面用尖刻有刺的话骂给别人听。我母亲只装做听不见。有时候，她实在忍不住了，便悄悄走出门去，或到左邻立大嫂家去坐一会，或走后门到后邻度嫂家去闲谈。她从不和两个嫂子吵一句嘴。

每个嫂子一生气，往往十天半个月不歇，天天走进走出，板着脸，咬着嘴，打骂小孩子出气。我母亲只忍耐着，忍到实在不可再忍的一天，她也有她的法子。这一天的天明时，她便不起床，轻轻的哭一场。她不骂一个人，只哭她的丈夫，哭她自己苦命，留不住她丈夫来照管她。她先哭时，声音很低，渐渐哭出声来。我醒了起来劝她，她不肯住。这时候，我总听得见前堂（二嫂住前堂东房）或后堂（大嫂住后堂西房）有一扇房门开了，一个嫂子走出房向厨房走去。不多一会，那位嫂子来敲我们的房门了。我开了房门，她走进来，捧着一碗热茶，送到我母亲床前，劝她止哭，请她喝口热茶。我母亲慢慢停住哭声，伸手接了茶碗。那位嫂子站着劝一会，才退出去。没有一句话提到什么人，也没有一个字提到这十天半个月来的气脸，然后各人心里明白，泡茶进来的嫂子总是那十天半个月来闹气的人。奇怪的很，这一哭之后，至少有一两个月的太平清静日子。

我母亲待人最仁慈,最温和,从来没有一句伤人感情的话。但她有时候也很有刚气,不受一点人格上的侮辱。我家五叔是个无正业的浪人,有一天在烟馆里发牢骚,说我母亲家中有事总请某人帮忙,大概总有什么好处给他。这句话传到了我母亲耳朵里,她气得大哭,请了几位本家来,把五叔喊来,她当面质问他,她给了某人什么好处。直到五叔当众认错赔罪,她才罢休。

我在我母亲的教训之下住了九年,受了她的极大极深的影响。我十四岁(其实只有十二岁零两三个月)便离开她了,在这广漠的人海里独自混了二十多年,没有一个人管束过我。如果我学得了一丝一毫的好脾气,如果我学得了一点点待人接物的和气,如果我能宽恕人,体谅人,——我都得感谢我的慈母。

陶行知

(1891—1946),安徽歙县人,教育家、作家。有学术论著《中国教育改造》,散文集《古庙敲钟录》《斋夫自由谈》《行知书信》,诗集《行知诗歌集》等。

不除庭草斋夫谈荟(节选)

不除庭草斋夫

好几年前,我见着曾国藩写的一副对联,先看下联,是:"爱养盆鱼识化机",心里很不以为然。因为鱼的自由世界是江,河,湖,海;那一处不可以认识它们的化机,何必要把活泼泼的鱼儿捉到盆里来呢?盆是鱼的监牢;盆鱼是上了枷镣锁铐的囚犯。现在舍掉江,河,湖,海之大而要在监牢式的小盆里追求造化之机,不但是违反自然,而且是表示度量之狭隘。我素来反对笼中养鸟,所以不知不觉的对于盆中养鱼,也发生一种深刻的不满。我便带着这种不满意的态度去看上联。我见上联写的是:"不除庭草留生意",不禁连叫几声好,欢喜得把心里的不满都忘掉了。从此我便想用这个意思来造一座斋舍,称它为不除庭草斋。但是吃着早餐愁晚餐的人那有余款造房子?退一步想,斋主虽做不成,何妨做个斋夫?好,就这么说,这个不除庭草斋夫的头衔,恕我自封了。需要斋夫的人们,请看清这个名字来找我;否则你要除草,我不除草,弄僵起来,怎么办呢?

一碗面的代价

去年有一天下午我带着饿肚到新爱伦影戏院看影戏,乘着休息的十分钟,走到门口,下了一碗面吃。这碗面费了十四铜板,连煮带吃只用了五分钟,可算是经济极了。看看还有五分钟,便乘机问问面摊营业的情形。摊贩姓沈。整套器具值十八元,材料成本计二元,月纳巡捕房照会捐二元。每月可赚三十元。我说,你的进款比乡村教师还要好一点。他说,"苦来些",每天深夜四点钟回家,早上七点钟就要出来买材料,准备一天卖的面饺,如果不是这样,一家人便不能活。我看沈君脸色黄瘦,确是辛苦太过的结果,十四个铜板一碗的面,虽是平民的午餐,但是另一平民的康健换来的。今年想起此事,发生无限感慨,便写了一首诗想送老沈,但老沈已是不知去向了。

> 新爱伦门前面一碗,
> 花了一十四个小铜板。
> 摊贩名字叫老沈,
> 自做伙计与老板。
> 每月可赚三十元;
> 教师不如摆面摊。
> 那知他说,"苦来些,
> 一夜只睡三点钟;
> 若要多睡一刻儿,
> 儿女冻饿谁做东?"
> 将他从头望到底;
> 一株枯树立秋风。
> 面儿代价我知了,

不是紫铜是血红!

老吴的白话文

一天我在弄堂中遇见老吴摆着一个山芋摊子,备有马、牛、羊、鸡、犬、猪六种竹签代表六等奖品,我看见那个猪字,疑他已经受了新文学的影响,却又见那犬字便疑他对于老文学还有眷念之情。我因好奇心便问他改"豕"不改"犬"之缘故,才知道他是一位具有代表性的不彻底之文学改良家。这是我送老吴的一首游戏诗:

老吴卖山芋,
抽签定赢输。
签分"马","牛","羊",
又有"鸡","犬","猪"。
劝将"犬"改"狗",
他说要依书,
我说书中"豕",
不是你的"猪"。
好像小脚婆,
想做大脚姑。
数数桃和李,
老吴胜老胡。

许地山

（1893—1941），福建龙溪人，作家、学者。有短篇小说集《缀网劳蛛》《无法投递之邮件》《危巢坠简》，散文集《空山灵雨》，学术论著《中国道教史》等。

落花生

我们屋后有半亩隙地，母亲说："让它荒芜着怪可惜，既然你们那么爱吃花生，就辟来做花生园罢。"我们几姊弟和几个小丫头都很喜欢——买种的买种，动土的动土，灌园的灌园；过不了几个月，居然收获了！

妈妈说："今晚我们可以做一个收获节，也请你们爹爹来尝尝我们底新花生，如何？"我们都答应了。母亲把花生做成好几样底食品，还吩咐这节期要在园里底茅亭举行。

那晚上底天色不大好，可是爹爹也到来，实在很难得！爹爹说："你们爱吃花生么？"

我们都争着答应："爱！"

"谁能把花生底好处说出来？"

姊姊说："花生底气味很美。"

哥哥说："花生可以制油。"

我说："无论何等人都可以用贱价买它来吃；都喜欢吃它。这就是它底好处。"

爹爹说:"花生底用处固然很多;但有一样是很可贵的。这小小的豆不像那好看的苹果、桃子、石榴,把它们底果实悬在枝上,鲜红嫩绿的颜色,令人一望而发生羡慕底心。它只把果实埋在地底,等到成熟,才容人把它挖出来。你们偶然看见一棵花生瑟缩地长在地上,不能立刻辨出它有没有果实,非得等到你接触它才能知道。"

我们都说:"是的。"母亲也点点头。爹爹接下去说:"所以你们要像花生,因为它是有用的,不是伟大、好看的东西。"我说:"那么,人要做有用的人,不要做伟大、体面的人了。"爹爹说:"这是我对于你们底希望。"

我们谈到夜阑才散,所有花生食品虽然没有了,然而父亲底话现在还印在我心版上。

孙伏园

（1894—1966），浙江绍兴人，散文家。有散文集《伏园游记》《鲁迅二三事》等。

红　叶

因为看红叶，特地跑到绍兴去。上海是春天连蝴蝶也不肯光降的，秋天除了墓地里的法国梧桐呈着枯黄以外，红叶这一样东西从未入梦，更何论实景了。

绍兴是水乡，但与别处的水乡又不同。因为原来是鉴湖，以后长出水田来，所以几百里广袤以内，还留着大湖的痕迹。在这大湖中，船舶是可以行驶无阻的，几乎没有一定的河道，只要不弄错方向，舟行真是左右逢源。

在这样交叉的河道的两旁，我们鉴赏着绍兴的红叶，红叶是各地不同的，我与春苔、以刚两位谈论着：绍兴的是柏叶，红叶丛中夹着白色的柏实，有的叶只红半片，余下的半片还是黄绿，加上柏实的白色，是红绿白三色相映了；杭州的是枫叶，是全树通红的，并没有果实等等来冲淡它，除了最高处的经不起严寒变成了灰红色以外；北京人最讲究看红叶，这时我想起老友林宰平先生来了，我们的看红叶完全是他提起兴趣来的，也赖他的指示，知道北京人所谓看红叶完全是看的柿叶。柿叶虽然没有像绍兴柏树那般绿白的衬色，也没有像杭州枫叶那般满树的鲜红，但柿树也有它的特色，就是有与柿叶差不多颜色的柿子陪伴着，使鉴赏者的心中除了感到秋叶的肃杀以外，还感到下一代的柿树将更繁荣的希望。

这时候我不知怎的，突然发生一种悲哀的预感，觉得我们的眼福渐渐缩小了。这不是很明显的事么，我们今年就没有看到京西的红叶？北京的柿子是著名的，虽在大雪的天气，整车的红柿子还推着沿街叫卖，柿子上盖着一层薄雪，因为老年人说吃了可以戒煤毒的，所以大家不怕冻的坦然吃着。而在上海是，要想买一个好好的柿子也得不到。橘子与苹果，是有"生基斯德"的，我们不愁没得吃。生基斯德如果不运橘子、苹果来，我们一定没有橘子、苹果吃了，柿子就是个好例。十几年前，一到这个时候，不是广东的柑子，福州的蜜橘，浙江的黄岩橘，都要上市了吗？生基斯德一到，这些东西完全销声匿迹了。而柿子更脆弱，简直不等生基斯德到，早已吓得魂不附体，不敢跨入洋场一步了。

于是我们大在绍兴吃柿子。我预料，果子的命运，与民族的命运，也许是有一脉相通的。上海现在已经没有柿子的足迹，绍兴的领域也许只是十年五年的事了，再过五十年，一定只有深山荒谷里还找得着，与台湾的"番席"一样，必有汉人挑了担子从深山荒谷出来，一担柿子换一盒火柴回去，而这担柿子一入洋场，便放进玻璃柜里，上面写着大字广告道："华柿：新从深山荒谷得来，曾耗去子弹三万粒，步马枪各五千杆，本店店员采办队，尚有十八人负伤住院未愈，除略取医药费外，特别廉价出售，以飨各界士女，每个洋五十元正"云。

岂但柿子的命运如此，衣食住各项的命运无一不如此。你到上海木器铺里去问，他们有没有一件木器，是用完全中国的木料，中国的油漆，中国的铁链做的？当然没有的。木料是从斐列滨、日本运来，漆是一擦便掉的，中国的锁钥无人中意，也只好改用洋锁了。最使你听了惊异的是，如果你一旦驾鹤仙游了，棺材也斐列滨、日本的木材不办，龙游寿木的来源据说早经断绝了。举个最近的例，我们这个《贡献》杂志的书皮上不是有一条棉线么,在上海各处大小杂货铺里搜求了两三天,竟得不到一根中国的棉线,结果还是用 J. P. Coats 的。

趁时看看中国的红叶,大概不久也要没有得看了。

金岳霖

（1895—1984），湖南长沙人，学者。有学术论著《逻辑》《论道》《知识论》等。

漫谈中国山水画

在艺术方面，中国对世界文化的最大贡献之一，就是山水画。古人论山水画，确实有许多玄学，我认为这许多玄学与山水画都不相干。这不是说山水画没有哲学背景或根源，这个背景或根源就是天地与我并生，万物与我为一。这个哲学有弊，也有利。弊很大，克服天地的能力小了；其利则是，它没有要求人自外于他自己的小天地（天性），也不要求人自外于广大的天。"松下问童子，言师采药去。只在此山中，云深不知处。"这位童子对于他所在的山何等放心，何等亲切呀！比这更好的例子一定很多，不过我读的诗极少，想不出更好的例而已。

我个人对山水画也是有偏爱的。来源主要是邓叔存（即邓以蛰）先生。他收藏的画非常之多，山水画尤其多。我一有机会就到他家看山水画。故宫也有好些本印出来的古画，我也有，现在遗失了。邓先生懂山水画，如请教的话，他也乐于讲解。看来中国山水画和西洋的山川风景画不一样。它没有西洋画的"角度"或"侧面"，它有的是"以大观小"。邓先生送给我一张他自临朱德润的山水画，这张画就是很好的以大观小的例子。我在夏天仍然挂着。他讲南宗，北宗，自己倾向南宗，喜欢用笔的中锋，喜欢写画，不喜欢画画。他对画有这样的要求，我跟着也有这样的要求。这是就画本身说的。

　　从前时代的山水画主要是文人画，从前的文人士大夫属于地主阶级，山水画也就是地主阶级的画。山水画的中心问题是意境。地主阶级画的意境总应该是地主的意境吧！这里看来有一个哲学问题。我没有很好地思考过这个问题。我的初步看法是一张画可能有两方面的意境，画者的意境和看画者的意境，二者完全符合，恐怕很少。我们最好用钱松嵒先生的最近的伟大的作品为例。既然提到钱松嵒先生，我要借此机会表达我的敬意。我头一次看见他的画的印品是在《人民画报》上，画的是密云水库。我看了那张画，也就看见了劳动人民的伟大建设，既有长城，也有帆船乘风远去，既古老而又崭新，高兴极了。可是那张画远远比不上最近为了庆祝党的十二次代表大会而画的《山欢水笑》，我认为这张画不是中国山水画的最高峰，也是顶峰之一。当中国的劳动人民举国同欢的时候，山山水水也沸腾起来了。这就是这张画的伟大意境。仅仅有了伟大的意境当然还不够，还要看画得怎样，执行得怎样。钱先生的执行也是头等的，也应该说是伟大的。先讲墨笔吧！钱先生没有把大块的墨汁涂在纸上，看来整张画是用笔的中锋写出来的。画中的空白怎样处理的呢？它既是空白，又是画，好些画家都能这样用空白，钱先生所留的空白是水蒸气似的泡沫飞扬。瀑布的声音虽大，若没有泡沫的飞扬，欢腾的气氛仍然得不到。声音靠瀑布，声势靠所留的空白。空白的意义和作用跟画家普通所留的空白就大不一样了。最后，还要提一提那几只鹿。鹿在古时一直象征君民和睦。现在当然没有什么君民了。但是最高层的领导和最低层的干部，比起古时候要配合得多、密切得多的共同奋斗，才能得到预期的结果。说了一大堆话，只表示我的学习而已。

　　现在提一提作者的意境和看者的意境问题。一张山水画是一件客观物质事物，它对作者和看者说是一样的。但是，意境可不一定，它很可能完全不一样。画与意境的关系有点像语言与思想的关系，不过一般地说,除文学作品之外,要复杂得多。画者的意境看者可能得到,也可能得不到,不能得到时,仍然有看者自己的意境。作者的意境因画已经画出,好像已经摆出来了,推动他画的动机也已经实现了,他没有什么话要说。看者不同,他没有画,可是他有意境。看者之间,可能因意境的不同而引起意见的不同,也可能因意见的不同而发展为争论。显然,这是好事。这很可能引起画家的努力,使山水画来它一个百花齐放百家争鸣的新局面,这样中国山水画就得到复兴。

周瘦鹃

（1895—1968），江苏吴县人，作家。有短篇小说集《亡国奴家里的燕子》，长篇小说《新秋海棠》，剧本《水火鸳鸯》，散文集《花花草草》《花前琐记》等。

赏菊狮子林

节气已过小雪，而江南一带不但毫无雪意，天气还是并不太冷，连浓霜也不曾有过，菊花正开得挺好，正是举行菊展的好时刻。大型的菊展，是在狮子林举行的。凡是苏州市各园林的菊花，几乎都集中于此，大大小小数千百盆，云蒸霞蔚地蔚为大观。

一进狮子林大门，就瞧见前庭陈列着不少盆菊，五色缤纷，似乎盛装迎客。沿着走廊北进，到了燕誉堂，堂前假山上、花坛里，都错错落落地点缀着菊花，堂上每一几、每一案，都陈列着大小方圆的陶盆、瓷盆，盆中都整整齐齐地种着细种、名种的菊花，真是形形色色，林林总总，任是丹青妙手，怕也没法儿一一描画出来。当初陶渊明所爱赏的，大概只有黄菊一种，怎能比得上我们今天的幸运，可以看到这样丰富多彩的各种名菊而大开眼界，大饱眼福呢。

这一带原是园中的建筑群，燕誉堂的后面是一个小小结构的小方厅，从后院中，走出一扇海棠式的门，就到了揖峰指柏轩，再向西进，便是旧时建筑物中仅存的所谓古五松园。每一座厅、一座轩、一座堂，都陈列着多种多样的名菊，而这些厅堂前后都有院落，都有假山，也一样用多种多样的名菊随意点缀着。这处处都是不可胜数的名菊,都是公园、拙政园、留园、狮子林、网师园等花工们一年劳动的结晶。

揖峰指柏轩的前面,有一条狭狭的小溪,溪上架着一条弓形的石桥,桥栏上齐整地排列着好多盆黄色和浅紫色的小菊花,好像是两道锦绣的花边,形成了一条绚烂的花桥。站在轩前抬眼望去,可见一座座的奇峰,一株株的古柏,就可明了轩名揖峰指柏的含义。此外还有头角峥嵘的石笋和木化石,都是五六百年来身历兴废的古物,还是元代造园时就兀立在这里的。这一带的假山迂回曲折,路复山重,要是漫不经心地随意溜达,就好像误入了诸葛孔明的八卦阵,迷迷糊糊地找不到出路。

荷花厅在揖峰指柏轩之西,厅前有大天棚很为爽垲,这是供游客们啜茗休憩的所在。棚临大池塘,种着各色名种荷花,入夏翠盖红裳,足供欣赏。现在荷花没有了,却可在这里赏菊;原来花工们别出心裁,在前面连绵不断的假山上,像散兵线般散放着一盆盆黄白的菊花,远远望去,倒像是秋夜散布天际的星斗一样。出厅更向西进,有一个金碧辉煌的水榭,上有蓝底金字匾额,大书"真趣"二字,并没款识,据说是清帝乾隆所写的。西去不多远,有一只石造的画舫,窗嵌五色玻璃,十分富丽;现在船舷、船头、船尾上,都密集地安放着各色小型的盆菊,形成了一只美丽的花船。沿着长廊再向西去,由假山上拾级而登,就是赏梅所在的暗香疏影楼。出楼向南,得一亭,叫做听涛亭,与荷池边的观瀑亭遥遥相对。原来这里是西部假山最高的所在,下有人造瀑布,开了机括,水从隐蔽着的水塔管中汤汤下泻,泻过湖石叠成的几叠水坝,活像山中真瀑,挂下一大匹白练来,气势磅礴,水声淘淘,边看边听,使人心腑一清;这是狮子林的又一特点,为其他园林所没有的。出亭,过短廊,入问梅阁,古诗"君自故乡来,应知故乡事;昨日绮窗前,寒梅着花未?"因阁下多梅树,就借用"问梅花开未"的意思,作为阁名。阁中桌凳,都作梅花形,窗上全是冰梅纹的格子,而又挂着"绮窗春讯"四字的横额,都是和梅花互相配合的。现在当然不用问梅花开否,但也有菊花可赏,林和靖可只得反串陶渊明了。从这里一路沿廊下去,还有双香仙馆、扇子亭、立雪亭、修竹阁等建筑物,为了这一带已没有菊花,也就不用流连了。

邹韬奋

（1895—1944），江西余江人，记者、作家、出版家。有散文特写集《萍踪寄语》《萍踪忆语》，传记《革命文豪高尔基》等。并有《韬奋文集》行世。

威尼斯

八月六日下午四点钟，佛尔第号到意大利的东南海港布林的西，这算是记者和欧洲的最初的晤面。该埠不过因水深可泊巨轮，没有什么胜迹可看，船停仅两小时，记者和几位同行的朋友却也上岸跑了不少的路。像样的街道只有一条，其余的多是小弄，在海边上虽正在建筑一个高大的纪念塔，但我们在街上所见的一般普通人民多衣服褴褛，差不多找不出一条端正的领带来。我们穿过好几处小弄，穷相更甚。有好几处门口坐着一个老太婆，门内挂着花布的帘子，时有少妇半裸着上身探首帘外向客微笑，或曼声高唱；她们用意所在，我们大概都可以猜到。

八月七日下午到世界名城之一的威尼斯。同行中有李汝亮君和郭汝楠君（都是广州人）赴德留学，李君的哥哥李汝昭君原已在德国学医，特乘暑假到威尼斯来接他的弟弟和他的老友郭君，并陪他们游历意大利。记者原也有游历意大利重要各地的意思，便和他们结作旅伴，同行中赴德学医的周洪熙君（江苏东台人）听说在八月底以前，意大利在罗马举行法西斯十周年纪念展览会三个月，火车费可打三折,也欣然加入,于是我们这五个人便临时成了一个小小的旅行团。到威尼斯时,李汝昭君已在码头相迎,我们便各人提着一个手提的小衣箱上岸。介绍之后,才知道李君的哥哥也是本刊的一位热心读者,这个小小的旅行团也可以说是一小部分的"《生活》读者旅行团"了。我们先往一个旅馆里去过夜,两李一郭住一个房间,记者同周君住一个房间,第一天便开始游览。有伴旅行,比单独一人旅行,至少可多两种优点:一是费用可以比较的经济;二是兴味也可以比较的浓厚。

在太平洋未取地中海的势力而代之的时候,威尼斯实为东西商业贸易上最重要的一个城市,在世界史上出过很大的风头,现在是意国的一个重要的商埠和海军军港,在港口禁止旅客摄影,同时也是欧美旅客麇集之地。该城不大,约二十五哩长,九哩宽。第一特点是河流之多,除少数的几条街道外,简直就把河当作街道,两旁房屋的门口就是河,仿佛像涨了大水似的。我国的苏州的河流也特多,有人把我国的苏州来比威尼斯,其实苏州的河流虽多,还不是一出门口就是河。以这小小的威尼斯,除有一条两百尺左右阔的大运河(Canal Grande),像 S 字形似的贯穿全城外,布满全城的还有一百五十条小运河,上面架着三百七十八条桥(大多数是石造的,下有圆门),我觉得这个城简直就可称为"水城"。除附近的一个小岛利都(Lido)上面有电车外,全城没有一辆任何形式的车子,只有小艇和公共汽船;小艇好像端午节的龙船,两头向上翘,不过没有那样长,里面有漆布的软垫椅,可坐四个人至六个人,船后有一个摇桨,在水上来来去去,就好像陆地上的马车。公共汽船的外形也好像上海马路上的电车或公共汽车,船上的喇叭声和上海的公共汽车的喇叭声一样。我们在画片上所见的威尼斯的景象,往往是两旁洋房夹着一条运河,上面架着一条圆门的桥,河上一个小艇在荡漾着,这确是威尼斯很普遍的景象。

除许多运河外,有若干街道都是用长方形的石头铺成的,有的只有五尺宽,路倒铺得很平,因为没有任何车辆,所以石头也不易损坏,在这样的街道上接踵摩肩的男男女女,就只有两脚车——步行——可用。街道虽窄,两旁装着大玻璃窗的种种商店却很整洁。街上行人衣冠整洁的很多,和布林的西的很不同。原来大多数都是由欧美各国来的游客,尤其多的是来自号称"金圆国"的阔佬。

威尼斯最使游客留恋的是圣马可广场(Piazza di San Marco)和该场附近的宏丽的建筑物。该广场全系长方形的平滑的石头铺成的,有的地方用大理石,长有一百九十二码,阔自六十一码至九十码,三面都有雄伟的皇宫包围着,最下层都开满了咖啡店和各种商店,东边巍然屹立着圣马可大教堂(San Marco),内外只大理石的石柱就有五百余根之多,建于第九世纪。该广场上夜里电灯辉煌,胜于白昼,游客成群结队,热闹异常。在圣马可广场附近的有大侯宫(Palazzo Ducale)一座,亦建于第九世纪。宫前有大广场,宫的对面咖啡馆把藤制的椅桌数百只排在沿路,坐着观览的游客无数。圣马可大教堂的右边有圣马可钟楼(Campanile di San Marco),三百二十五尺高,建于第九世纪末年。里面设有电梯,登高一望,全城如在脚下。此外还到威尼斯城的东南一小岛名利都的看了一番,该处有世界著名的游泳场。游泳场后面的花草布置得非常美丽,游泳而出,在街上走的男女很多,女子多穿着大裤管的裤子,上面穿着薄的衬衫,有的就只挂着一条这样的大裤子,上半身除挂裤的两条带子外,就老实赤膊,在街道上大摇大摆着,看上去好像她这条裤子都是很勉强挂着似的!

自然,这班男女并不是一般意大利人民,多是本国和欧美各国的少数特权阶级,只有他们才有享用这样生活的可能。该处既为有闲阶级而设,讲究的餐馆和旅馆的设备齐全,那是不消说的。

威尼斯的景物美吗?美!记者在下篇所要记的佛罗伦萨也有它的美,但这是意大利五六百年乃至千余年前遗下的古董,我们还不能由此看出该国有何新的建设成绩。我们在许多人赞美不置的威尼斯,关于大多数穷人的区域,也看了一番,和在布林的西所见的也没有什么两样。记者于九日就离开威尼斯而到佛罗伦萨去。

二十二,八,十一,上午,在罗马记

张恨水

（1895—1967），安徽潜山人，作家。有长篇小说《春明外史》《啼笑姻缘》《八十一梦》《五子登科》《魍魉世界》等。

想起东长安街

——当年肆扰寇兵尚有存在者乎？

四十六岁的我，在五分之二的岁月，托足于北平，北平与我此生，可说有着极亲密的关系。可是在失陷前的前二年，我毅然决然，举室南下，含着隐痛离开这第二故乡。我并不是怕会沦陷在敌人的铁蹄下，是敌人给予我的刺激，无法教我忍受了。

我的家在西南城角，而工作地点，却在东北城角，两下来往，使馆区内的东长安街，是必经之地。而在这一条街上走，就必有一个遇见敌兵的机会。马路与使馆区外的操场，只一短栏之隔。当我转过东单牌楼的时候，一眼便看到那穿黄制服、大马靴、红帽边的敌兵，约莫三五十名，架了机关枪，伏在操场地面上，向西城瞄准。他那种旁若无人的样子，已是看不惯。后来便不客气，马路这边的槐树林子里，有着他们的哨兵，猛不提防，他呜嘟嘟在树林子里吹起来。在操场里的那群野兽提了步枪，作冲锋的样子，横闯过马路来。人力车夫与挑担的小贩，每次必让他们撞翻一大片。站在路边的岗警，熟视无睹，被撞的人只有自认晦气，爬起来赶快跑走。

这一阶段，让我常常闪开东长安街，绕路他行。半年之后，情形更逼进一步了，报上常登着，某日某时，日军在东长安街、霞公府、东单练习巷战，临时断绝交通。是个稍有廉耻的中国人看到这新闻，怎不气炸了肺？当然，也没有谁去碰他这场巷战，但是在巷战二三小时后，东安市场的王府井大街尚觉杀气未除，徒手寇兵，每队六七十人，四人一排，在马路中心开着便步，去逛东安市场，我曾两次遇见，都由车夫很机警的、老远避入小胡同里去。又半年之后，这练习巷战的范围，越发推广，东长安街树林里，随时可由寇兵埋伏作射击状，几乎那里不算是中国领土了。因此，我把经过的道路，由南道改北道，经皇城根过后门什刹海，西出太平仓。这是一条隐蔽的路，照说可以不逢寇迹了。不想就在什刹海岸之上，常常发现骑着阿拉伯大马的寇宪兵，两三骑一排，揽辔四顾，缓缓而行。马蹄铁打着那路面，拍拍有声。他们尽管在马路中心，行若无事的走，一切车马行人，都远远离开了他们。

虽然，这一些悲痛，今日颇为少煞，有时还稍感安慰。这话怎说？在"七·七"抗战以后，那在东长安街练习巷战的兽兵，首先便消耗在我们的枪口上，听说台儿庄一役，被歼最多的那批寇军，便是在平津驻防过的，他们目无中国，教他们便死在中国人手上。假使那些东长安街练习巷战的寇兵，还有不曾作炮灰的，他现在认得中国人了吧，认识那些在东长安街避开他们练习巷战的中国人，并非怕事吧？我虽然艰苦备尝，我还健在，想到当年在眼前耀武扬威的寇兵，有多少还能像我这样作回忆的？我便心中怡然自得。换句话说，也就是抗战这一页历史的伟大。

1941 年 7 月 8 日

茅　盾

（1896—1981），浙江桐乡人，作家、文学批评家、翻译家。有长篇小说《蚀》《子夜》，短篇小说集《创造》，话剧《清明前后》，学术论著《夜读偶记》等。并有《茅盾全集》行世。

白杨礼赞

白杨树实在是不平凡的，我赞美白杨树！

当汽车在望不到边际的高原上奔驰，扑入你的视野的，是黄绿错综的一条大毡子；黄的，那是土，未开垦的处女地，几十万年前由伟大的自然力所堆积成功的黄土高原的外壳；绿的呢，是人类劳力战胜自然的成果，是麦田，和风吹送，翻起了一轮一轮的绿波——这时你会真心佩服昔人所造的两个字"麦浪"，若不是妙手偶得，便确是经过锤炼的语言的精华；黄与绿主宰着，无边无垠，坦荡如砥，这时如果不是宛若并肩的远山的连峰提醒了你（这些山峰凭你的肉眼来判断，就知道在你脚底下的），你会忘记了汽车是在高原上行驶，这时你涌起来的感想也许是"雄壮"，也许是"伟大"，诸如此类的形容语，然而同时你的眼睛也许觉得有点倦怠，你对当前的"雄壮"或"伟大"闭了眼。而另一种味儿在你的心头潜滋暗长了，——"单调"！可不是，单调，有一点儿吧。

然而刹那间，要是你猛抬眼看见了前面远远地有一排，——不，或者甚至只是三五株，一株，傲然地耸立，像哨兵似的树木的话，那你的恹恹欲睡的情绪又将如何？我那时是惊奇地叫了一声的！

那就是白杨树，西北极普通的一种树，然而实在不是平凡的一种树！

那是力争上游的一种树，笔直的干，笔直的枝，它的干呢，通常是丈把高，像是加以人工似的，一丈以内，绝无旁枝；它所有的桠枝呢，一律向上，而且紧紧靠拢，也像是加以人工似的。成为一束，绝无横斜逸出；它的宽大的叶子也是片片向上，几乎没有斜生的，更不用说倒垂了；它的皮，光滑而有银色的晕圈，微泛出淡青色。这是虽在北方的风雪的压迫下却保持着倔强挺立的一种树！哪怕只有碗来粗细罢，它却努力向上发展，高到丈许，二丈，参天耸立，不折不挠，对抗着西北风。

这就是白杨树，西北极普通的一种树，然而绝不是平凡的树！

它没有婆娑的姿态，没有屈曲盘旋的虬枝，也许你要说它不美丽，——如果美是专指"婆娑"或"横斜逸出"之类而言，那么白杨树算不得树中的好女子；但是它却是伟岸，正直，朴质，严肃，也不缺乏温和，更不用提它的坚强不屈与挺拔，它是树中的伟丈夫！当你在积雪初融的高原上走过，看见平坦的大地上傲然挺立这么一株或一排白杨树，难道你就只觉得树只是树，难道你就不想到它的朴质，严肃，坚强不屈，至少也象征了北方的农民；难道你竟一点儿也不联想到，在敌后的广大土地上，到处有坚强不屈，就像这白杨树一样傲然挺立的守卫他们家乡的哨兵！难道你又不更远一点想到这样枝枝叶叶靠紧团结，力求上进的白杨树，宛然象征了今天在华北平原纵横激荡用血写出新中国历史的那种精神和意志。

白杨不是平凡的树。它在西北极普遍，不被人重视，就跟北方农民相似；它有极强的生命力，磨折不了，压迫不倒，也跟北方的农民相似。我赞美白杨树，就因为它不但象征了北方的农民，尤其象征了今天我们民族解放斗争中所不可缺的朴质，坚强，力求上进的精神。

让那些看不起民众，贱视民众，顽固的倒退的人们去赞美那贵族化的楠木（那也是直挺秀颀的），去鄙视这极常见，极易生长的白杨罢，但是我要高声赞美白杨树！

郁达夫

（1896—1945），浙江富阳人，作家。有短篇小说集《茑萝集》，中篇小说《她是一个弱女子》，散文集《闲书》《屐痕处处》《达夫日记》等。并有《郁达夫文集》行世。

故都的秋

秋天，无论在什么地方的秋天，总是好的；可是啊，北国的秋，却特别地来得清，来得静，来得悲凉。我的不远千里，要从杭州赶上青岛，更要从青岛赶上北平来的理由，也不过想饱尝一尝这"秋"，这故都的秋味。

江南，秋当然也是有的；但草木凋得慢，空气来得润，天的颜色显得淡，并且又时常多雨而少风；一个人夹在苏州上海杭州，或厦门香港广州的市民中间，浑浑沌沌地过去，只能感到一点点清凉，秋的味，秋的色，秋的意境与姿态，总看不饱，尝不透，赏玩不到十足。秋并不是名花，也并不是美酒，那一种半开，半醉的状态，在领略秋的过程上，是不合适的。

不逢北国之秋，已将近十余年了。在南方每年到了秋天，总要想起陶然亭的芦花，钓鱼台的柳影，西山的虫唱，玉泉的夜月，潭柘寺的钟声。在北平即使不出门去罢，就是在皇城人海之中，租人家一椽破屋来住着，早晨起来，泡一碗浓茶，向院子一坐，你也能看得到很高很高的碧绿的天色，听得到青天下驯鸽的飞声。从槐树叶底，朝东细数着一丝一丝漏下来的日光,或在破壁腰中,静对着像喇叭似的牵牛花(朝荣)的蓝朵,自然而然地也能够感觉到十分的秋意。说到了牵牛花,我以为以蓝色或白色者为佳,紫黑色次之,淡红色最下。最好,还要在牵牛花底,教长着几根疏疏落落的尖细且长的秋草,使作陪衬。

北国的槐树,也是一种能使人联想起秋来的点缀。像花而又不是花的那一种落蕊,早晨起来,会铺得满地,脚踏上去,声音也没有,气味也没有,只能感出一点点极微细极柔软的触觉。扫街的在树影下一阵扫后,灰土上留下来的一条条扫帚的丝纹,看起来既觉得细腻,又觉得清闲,潜意识下并且还觉得有点儿落寞,古人所说的梧桐一叶而天下知秋的遥想,大约也就在这些深沉的地方。

秋蝉的衰弱的残声,更是北国的特产;因为北平处处全长着树,屋子又低,所以无论在什么地方,都听得见它们的啼唱。在南方是非要上郊外或山上去才听得到的。这秋蝉的嘶叫,在北平可和蟋蟀耗子一样,简直像是家家户户都养在家里的家虫。

还有秋雨哩,北方的秋雨,也似乎比南方的下得奇,下得有味,下得更像样。

在灰沉沉的天底下,忽而来一阵凉风,便息列索落地下起雨来了。一层雨过,云渐渐地卷向了西去,天又晴了,太阳又露出脸来了;著着很厚的青布单衣或夹袄的都市闲人,咬着烟管,在雨后的斜桥影里,上桥头树底下去一立,遇见熟人,便会用了缓慢悠闲的声调,微叹着互答着地说:

"唉,天可真凉了——"(这了字念得很高,拖得很长)

"可不是么?一层秋雨一层凉了!"

北方人念阵字,总老像是层字,平平仄仄起来,这念错的歧韵,倒来得正好。

北方的果树,到秋来,也是一种奇景。第一是枣子树;屋角,墙头,茅房边上,灶房门口,它都会一株株地长大起来。像橄榄又像鸽蛋似的这枣子颗儿,有小椭圆形的细叶中间,显出淡绿微黄的颜色的时候,正是秋的全盛时期;等枣树叶落,枣子红完,西北风就要起来了,北方便是尘沙灰土的世界,只有这枣子、柿子、葡萄,成熟到八九分的七八月之交,是北国的清秋的佳日,是一年之中最好也没有的 Golden Days。

有些批评家说,中国的文人学士,尤其是诗人,都带着很深厚的颓废色彩,所以中国的诗文里,颂赞秋的文字特别的多。但外国的诗人,又何尝不然?我虽则外国诗文念得不多,也不想开出账来,做一篇秋的诗歌散文抄,但你若去一翻英德法意等诗人的集子,或各国的诗文的 Anthology 来,总能够看到许多关于秋的歌颂与悲啼,各著名的大诗人的长篇田园诗或四季诗里,也总以关于秋的部分,写得最出色而最有味。足见有感觉的动物,有情趣的人类,对于秋,总是一样地能特别引起深沉,幽远,严厉,萧索的感触来的。不单是诗人,就是被关闭在牢狱里的囚犯,到了秋天,我想也一定会感到一种不能自已的深情;秋之于人,何尝有国别,更何尝有人种阶级的区别呢?不过在中国,文字里有一个"秋士"的成语,读本里又有着很普遍的欧阳子的《秋声》与苏东坡的《赤壁赋》等,就觉得中国的文人,与秋的关系特别深了。可是这秋的深味,尤其是中国的秋的深味,非要在北方,才感受得到底。

南国之秋,当然是也有它的特异的地方的,比如廿四桥的明月,钱塘江的秋潮,普陀山的凉雾,荔枝湾的残荷等等,可是色彩不浓,回味不永,比起北国的秋来,正像是黄酒之与白干,稀饭之与馍馍,鲈鱼之与大蟹,黄犬之与骆驼。

秋天,这北国的秋天,若留得住的话,我愿把寿命的三分之二折去,换得一个三分之一的零头。

1934 年 8 月　在北平

徐志摩

(1896—1931),浙江海宁人,作家。有诗集《志摩的诗》《猛虎集》,散文集《落叶》《巴黎的鳞爪》,短篇小说集《轮盘》等。

泰山日出

振铎来信要我在《小说月报》的"太戈尔号"上说几句话。我也答应了,但这一时游济南、游泰山、游孔陵,太乐了,一时竟拉不拢心思来做整篇的文字,一直挨到现在期限快到,只得勉强坐下来,把我想到的话不整齐地写出。

我们在泰山顶上看出太阳。在航过海的人,看太阳从地平线下爬上来,本不是奇事;而且我个人是曾饱饫过江海与印度洋无比的日彩的。但在高山顶上看日出,尤其在泰山顶上,我们无餍的好奇心,当然盼望一种特异的境界,与平原或海上不同的。果然,我们初起时,天还暗沉沉的,西方是一片的铁青,东方些微有些白意,宇宙只是——如用旧词形容——一体莽莽苍苍的。但这是我一面感觉劲烈的晓寒,一面睡眼不曾十分醒豁时约略的印象。等到留心回览时,我不由得大声的狂叫——因为眼前只是一个见所未见的境界。原来昨夜整夜暴风的工程,却砌成一座普遍的云海。除了日观峰与我们所在的玉皇顶以外,东西南北只是平铺着弥漫的云气。在朝旭未露前,宛似无量数厚毳长绒的绵羊,交颈接背的眠着,卷耳与弯角都依稀辨认得出。那时候在这茫茫的云海中,我独自站在雾霭溟蒙的小岛上,发生了奇异的幻想——

我躯体无限的长大,脚下的山峦比例我的身量,只是一块拳石;这巨人披着散发,长发在风里像一面墨色的大旗,飒飒的在飘荡。这巨人竖立在大地的顶尖上,仰面向着东方,平拓着一双长臂,在盼望,在迎接,在催促,在默默的叫唤;在崇拜,在祈祷,在流泪——在流久慕未见而将见悲喜交互的热泪……

这泪不是空流的,这默祷不是不生显应的。

巨人的手,指向着东方——

东方有的,在展露的,是什么?

东方有的是瑰丽荣华的色彩,东方有的是伟大普照的光明——出现了,到了,在这里了……

玫瑰汁,葡萄浆,紫荆液,玛瑙精,霜枫叶——大量的染工,在层累的云底工作,无数蜿蜒的鱼龙,爬进了苍白色的云堆。

一方的异彩,揭去了满天的睡意,唤醒了四隅的明霞——光明的神驹,在热奋地驰骋。

云海也活了,眠熟了兽形的涛澜,又回复了伟大的呼啸,昂头摇尾的向着我们朝露染青馒形的小岛冲洗,激起了四岸的水沫浪花,震荡着这生命的浮礁,似在报告光明与欢欣之临在……

再看东方——海句力士已经扫荡了他的阻碍,雀屏似的金霞,从无垠的肩上产生,展开在大地的边沿。起……起……用力,用力,纯焰的圆颅,一探再探的跃出了地平,翻登了云背,临照在天空……

歌唱呀,赞美呀,这是东方之复活,这是光明的胜利……

散发祷祝的巨人,他的身彩横亘在无边的云海上,已经渐渐的消翳在普遍的欢欣里;现在他雄浑的颂美的歌声,也已在霞彩变幻中,普彻了四方八隅……

听呀,这普彻的欢声;看呀,这普照的光明!

这是我此时回忆泰山日出时的幻想,亦是我想望太戈尔来华的颂词。

陈西滢

(1896—1970)，江苏无锡人，作家、翻译家。有杂文集《西滢闲话》《西滢后话》，译作《父与子》(屠格涅夫)等。

行路难

在中国行路真难。不用说什么"畏途巉岩不可攀"的蜀道；不用说什么与牛马同室，受牛溲马勃的熏蒸，蚊蚋蝇蚁的吞噬的西北陕甘路；不用说什么伏莽遍地，镇天的提心吊胆，动辄被架去的湖广等路；就是在交通最便利的津浦路上旅行，也就够受的了。

假使你是红极了的阔人，尤其你是带兵的，那你可不用愁，因为铁路上有的是专车。假使你有的是钱，你也不用着急，特别快车的头等也比得上欧美各国的舒服了。假使你是普遍的小百姓，你没有钱坐特别快车，你连普通快车的二等都坐不起，那你就得两天一晚像罐头鱼似的挤在车厢里，动也不得动，气也不得喘。要是你抢到了一方尺大的坐位，那便是你有福气，要不然你就得整天整晚的站着，你还得谢天谢地，因为你抢了一个立脚的地位。你说这是苦极了，可是谁叫你做普通的小百姓呀？铁路上的车本是不少，可是运兵要紧呢，还是装你们这些小百姓要紧呢？铁路上的办事人同我说，那些军官们，如果要到南京叫一个妓女，就得挂一辆专车，如果要去买一双鞋子袜子，就得挂一辆专车。这自然也是应该的，他们每年都得为你们互相打一次仗，连这一点小小的权利都不得享吗？

听说自从"镇威上将军"管住了津浦等路,旅客们已经沾了光了。以前兵士们上了车,可以命令已经坐在车中的客商人等把舱位让出来,如有半个不字,立即拳脚交加。现在可不同了。从天津到上海,车站上都贴着镇威上将军煌煌的告示,或是"奉镇威上将军命"的告示,军士们另有车厢,不得与旅客混坐,并且有了某种官职才得坐二等,某种才得坐头等。你们虽然要奇怪为什么从北京到上海的铁路,都得受镇威上将军的管束,你们终究是托了他的福才得几分的安静。虽然他老先生——说错了,大约应当说他老将军罢?并不与你们客气,他的这种设施,并不为你们打算,因为那告示明明的说:"若不恢复原状,不惟影响商运,尤虑妨碍行军",他老将军的德泽,究竟遍及你们了。

不过镇威上将军的德政还不止这一点。一路的车站,都有他的大兵把门,旅客下车,不论天雨赤日,如经叫住,都得把行李一件件的在露天解开受查。至于京津路上,上将军的威严尤其可怕。一班趾高气扬,如虎如狼的下级官们都往来前后,检查行李。我们此次从天津到北京,一连受查三次;先一个军官令开箱,过了几分钟,又一个军官来了,同他说"已经看过了",他就厉声地说"叫你开,就得开",不一会儿,第三个兵官又来了。经了这番经验,到车站受税关检查时,只觉得警察们真是和蔼可亲。

坐车固然很苦,下了车也不就舒服。中国的旅馆真不是人住的地方。嘈杂的声音,非但镇天不静,简直通晚不休。猜拳声、弦歌声、谈笑声、怒骂声,尤其是麻雀拍拍声,通宵达旦,叫你不能一时合眼。你如果因为习惯了或倦极而偶尔睡着,那么臭虫蚊蚋四面来攻,因为臭虫固然是中国旅馆的特产,蚊蚋也因为中国旅馆喜欢用那些合不上的"外国式蚊帐"而没法驱逐,住旅馆的人也只好起来坐以待明了。

在欧洲旅行,过一个国境,就得换一种钱币,欧洲人还以为苦,许多人如文豪威尔思等尚且提倡废除国币,统一钱币。可是我们贵国,在一国之内,就有种种的困难。北京的钞票,南京上海不用,已经是奇了,北京中国银行的票，上海中国银行不要，天津交通银行的票，上海交通银行不用，岂不是咄咄怪事？不但银票如是，银币也不逃此例，上海用的广东造的小洋，不论年份，到了南京，只有民国八年以前的小洋才通用，到了济南以北，广东的小洋就用不通了。交通最便利的京沪路尚且这样，其余的地方，又不知怎样呢。这是我们中国独有的国粹，可是值得不值得保存，我就不敢说了。

王统照

（1897—1957），山东诸城人，作家。有长篇小说《山雨》，短篇小说集《春雨之夜》，诗集《童心》，散文集《北国之春》，文艺论文集《炉边文谈》。并有《王统照文集》行世。

烈风雷雨

突喊，哭跃，悲哀极度的舞蹈，"血脉偾兴"的狂歌，挥动着，旋转着那些表现热情灿烂的千万面旗帜；震吼着，嘶哑着那为苦闷窒破了的喉咙；鼓荡起，冲发起，吹嘘起平地的狂飙横澜。……呵！呵！这不是在那万头攒动中的精诚！呵！呵！这不是在那幽暗地狱中的火光明耀！这如醉如狂的举动与声音，正像在刀斧手下脱逃出来的无数囚徒，赤手光膊与狰狞的"伍伯"作最后的争斗，激发的，热化的火焰已烧透了我们的心腑，我们不能再正襟叉手在良时中闲磕牙，我们也不能安安静静地在垄上辍耕唱着"月儿光光"的歌曲。

太空中射来了一支毒箭，使得人们都中了"狂疾"。朋友们！人生的活剧便是在"狂疾"中的挥发与挣扎！只是优游而不去呼唤；只是逍遥而不能愤怒；只闲挥涕泪而不去一试刀剑的锐锋，这是多么卑屈柔荏的生活！……但因此便发生了这不可平息的"狂疾"，然后可以创造出开辟出足容得我们盘桓的快乐的花园，然后可以有雍容安暇的时光够我们去消遣。而"狂疾"一日不好，你便须一日与狂魔相激斗！……这才是人生活剧的真趣味，真表现，真精神！

黯阴的空中只有层叠与驰逐的灰云;那深墨的,那如铅笔画幅上烘染的,如打输了交手战的武士的面色的,如晶亮的薄刃上着了一层血锈的部分,如美人失眠后的眼角的青晕,低沉下多少惨恻的哀意,都由那灰色层云中弥漫了我们的心头!

卷地的狂飙,爽利的冰雹,倾落的骤雨,震惊的疾雷,呵呵!千万铁甲中的金鼓的鸣声,无量数的健儿呐喊,看呵!葱绿的树木也不在慢舞纤腰了;坦平的道路也不能任人家自由踏践了,只有淋漓下的悲壮的高调曲音,从地狱的中心随了飞来的霹雳喝磕,喊动;——喊动这已死的地球上安睡着的婴孩!

不要安静的!不需安静的!我们要实现吐火的梦境,我们要撞碎血铸的洪钟,我们要用这金蛇般的电光逼射出红色的光亮,要用震破大地的雷霆来击散阴霾。这样情热的当中,岂容得踌躇,恐怖!这疾风暴雨的日子里,正是狂歌起舞的时间!为要求精如日星的生活,为要求灿如朝花的将来,我们便情愿狂醉,情愿在水火中相搏战,情愿将此混沌的世界来重行踏翻,重行熔化,重行陶铸。

好剧烈的一场烈风雷雨!……
好快活的人生的活剧!……
好一曲悲壮的歌声,那余音哀厉是永远长存在人人的心中!

庐　隐

（1897—1934），福建闽侯人，女，作家。有短篇小说集《海滨故人》，中篇小说《象牙戒指》，散文集《火焰》《东京小品》，文学传记《庐隐自传》等。

雷峰塔下

——寄到碧落

涵！记得吧！我们徘徊在雷峰塔下，地上芊芊碧草，间杂着几朵黄花，我们并肩坐在那软绵的草上，那时正是四月间的天气，我穿了一件浅紫麻纱的夹衣，你采了一朵黄花插在我的衣襟上，你仿佛怕我拒绝，你羞涩而微怯的望着我，那时我真不敢对你逼视，也许我的脸色变了，我只觉心脏急速的跳动，额际仿佛有些汗湿。

黄昏的落照，正射在塔尖，红霞漾射于湖心，轻舟兰桨，又是一双双情侣，在我们面前泛过，涵！你放大胆子，悄悄地握住我的手，——这是我们头一次的接触，可是我心里仿佛被利剑所穿，不知不觉落下泪来，你也似乎有些抖颤，涵！那时节我似乎已料到我们命运的多磨多难！

山脚上忽涌起一朵黑云，远远的送过雷声，——湖上的天气，晴雨最是无凭，但我们凄恋着，忘记风雨无情的吹淋，顷刻间豆子般大的雨点，淋到我们的头上身上，我们来时原带着伞，但是后来看见天色晴朗，就放在船上了。

雨点夹着风沙，一直吹淋，我们拼命的跑到船上，彼此的衣裳都湿透了,我顿感到冷意,伏作一堆,还不禁抖颤。你将那垫的毯子,替我盖上,又紧紧的靠着我,涵!那时你还不敢对我表示什么。

晚上依然是好天气,我们在湖边的椅子上坐着,看月。你悄悄对我说:"雷峰塔下,是我们生命史上一个大痕迹!"我低头不能说什么,涵!真的!我永远觉得我们没有幸福的可能!

唉!涵!就在那夜,你对我表明白你的心曲,我本是怯弱的人,我虽然恐惧着可怕的命运,但我无力拒绝你的爱意!

从雷峰塔下归来,一直四年间,我们是度着悲惨的恋念的生活。四年后,我们胜利了!一切的障碍,都在我们手里粉碎了。我们又在四月间来到这里,而且我们还是住在那所旅馆,还是在黄昏的时候,到雷峰塔下,涵!我们那时是毫无所拘束了,我们任情地拥抱,任意的握手,我们多么骄傲!……

但是涵!又过了一年,雷峰塔倒了,我们不是很凄然的惋惜吗?不过我绝不曾想到,就在这一年十月里你抛下一切走了,永远的走了!再不想回来了!呵!涵!我从前惋惜雷峰塔的倒塌,现在,呵!现在,我感谢雷峰塔的倒塌,因为它的倒塌,可以扑灭我们的残痕!

涵!今年十月就到了,你离开人间已经三年了!人间渐渐使你淡忘了吗?哎!父亲年纪老了!每次来信都提起你,你们到底是什么因果!而我和你确是前生的冤孽呢!

涵!去年你的二周年纪念时,我本想为你设祭,但是我住在学校里,什么都不完全,我记得我只作了一篇祭文,向空焚化了,你到底有灵感没有?我总痴望你,给我托一个清清楚楚的梦,但是哪有?!

只有一次,我是梦见你来了,但是你为什么那么冷淡?果然是缘尽了吗?涵!你抛得下走了,大约也再不恋着什么!不过你总忘不了雷峰塔下的痕迹吧!

涵!人间是更悲惨了!你走后一切都变更了。家里呢:也是树倒猢狲散,父亲的生意失败了!两个兄弟都在外洋飘荡,家里只剩母亲和小弟弟，也都搬到乡下去住。父亲忍着伤悲，仍在洋口奔忙，筹还拖欠的债。涵！这都是你临死而不放心的事情，但是现在我都告诉了你，你也有点眷恋吗？

我——大约你是放心的，一直挣扎着呢。涵！雷峰塔已经倒塌了，我们的离合也都应验了——今年是你死后的三周年——我就把这断藕的残丝，敬献你在天之灵吧！

郑振铎

（1898—1958），福建长乐人，作家、学者、翻译家。有散文集《海燕》，短篇小说集《桂公塘》，学术论著《中国文学史（插图本）》《中国俗文学史》，译作《飞鸟集》(泰戈尔)等。并有《郑振铎文集》行世。

海　燕

乌黑的一身羽毛，光滑漂亮，积伶积俐，加上一双剪刀似的尾巴，一对劲俊轻快的翅膀，凑成了那样可爱的活泼的一只小燕子。当春间二三月，轻飔微微的吹拂着，如毛的细雨无因的由天上洒落着，千条万条的柔柳，齐舒了它们的黄绿的眼，红的白的黄的花，绿的草，绿的树叶，皆如赶赴市集者似的奔聚而来，形成了烂漫无比的春天时，那些小燕子，那么伶俐可爱的小燕子，便也由南方飞来，加入了这个隽妙无比的春景的图画中，为春光平添了许多的生趣。小燕子带了它的双剪似的尾，在微风细雨中，或在阳光满地时，斜飞于旷亮无比的天空之上，唧的一声，已由这里稻田上，飞到了那边的高柳之下了。再几只却隽逸的在粼粼如縠纹的湖面横掠着，小燕子的剪尾或翼尖，偶沾了水面一下，那小圆晕便一圈一圈的荡漾了开去。那边还有飞倦了的几对，闲散的憩息于纤细的电线上，——嫩蓝的春天，几支木杆，几痕细线连于杆与杆间，线上是停着几个粗而有致的小黑点，那便是燕子，是多么有趣的一幅图画呀！还有一家家的快乐家庭，他们还特为我们的小燕子备了一两个小巢，放在厅梁的最高处，假如这家有了一个匾额，那匾后便是小燕子最好的安巢之所。第一年,小燕子来住了,第二年,我们的小燕子,就是去年的一对,它们还要来住。

"燕子归来寻旧垒。"

还是去年的主,还是去年的宾,他们宾主间是如何的融融泄泄呀!偶然的有几家,小燕子却不来光顾,那便很使主人忧戚,他们邀召不到那么隽逸的嘉宾,每以为自己运命的蹇劣呢。

这便是我们故乡的小燕子,可爱的活泼的小燕子,曾使几多的孩子们欢呼着,注意着,沉醉着,曾使几多的农人们市民们忧戚着,或舒怀的指点着,且曾平添了几多的春色,几多的生趣于我们的春天的小燕子!

如今,离家是几千里!离国是几千里!托身于浮宅之上,奔驰于万顷海涛之间,不料却见着我们的小燕子。

这小燕子,便是我们故乡的那一对,两对么?便是我们今春在故乡所见的那一对,两对么?

见了它们,游子们能不引起了,至少是轻烟似的,一缕两缕的乡愁么?

海水是皎洁无比的蔚蓝色,海波是平稳得如春晨的西湖一样,偶有微风,只吹起了绝细绝细的千万个粼粼的小皱纹,这更使照晒于初夏之太阳光之下的、金光灿烂的水面显得温秀可喜。我没有见过那么美的海!天上也是皎洁无比的蔚蓝色,只有几片薄纱似的轻云,平贴于空中,就如一个女郎,穿了绝美的蓝色夏衣,而颈间却围绕了一段绝细绝轻的白纱巾。我没有见过那么美的天空!我们倚在青色的船栏上,默默的望着这绝美的海天;我们一点杂念也没有,我们是被沉醉了,我们是被带入晶天中了。

就在这时,我们的小燕子,二只,三只,四只,在海上出现了。它们仍是隽逸的从容的在海面上斜掠着,如在小湖面上一样;海水被它的似剪的尾与翼尖一打,也仍是连漾了好几圈圆晕。小小的燕子,浩莽的大海,飞着飞着,不会觉得倦么?不会遇着暴风疾雨么?我们真替它们担心呢!

　　小燕子却从容的憩着了。它们展开了双翼,身子一落,落在海面上了,双翼如浮圈似的支持着体重,活是一只乌黑的小水禽,在随波上下的浮着,又安闲,又舒适。海是它们那么安好的家,我们真是想不到。

　　在故乡,我们还会想象得到我们的小燕子是这样的一个海上英雄么?

　　海水仍是平贴无波,许多绝小绝小的海鱼,为我们的船所惊动,群向远处窜去;随了它们飞窜着,水面起了一条条的长痕,正如我们当孩子时之用瓦片打水漂在水面所划起的长痕。这小鱼是我们小燕子的粮食么?

　　小燕子在海面上斜掠着,浮憩着。它们果是我们故乡的小燕子么?

　　啊,乡愁呀,如轻烟似的乡愁呀!

朱自清

(1898—1948),浙江绍兴人,作家、学者。有散文集《背影》《欧游杂记》,长诗《毁灭》,学术论著《经典常谈》《诗言志辨》等。并有《朱自清全集》行世。

背　影

我与父亲不相见已二年余了,我最不能忘记的是他的背影。那年冬天,祖母死了,父亲的差使也交卸了,正是祸不单行的日子,我从北京到徐州,打算跟着父亲奔丧回家。到徐州见着父亲,看见满院狼藉的东西,又想起祖母,不禁簌簌地流下眼泪。父亲说:"事已如此,不必难过,好在天无绝人之路!"

回家变卖典质,父亲还了亏空;又借钱办了丧事。这些日子,家中光景很是惨淡,一半为了丧事,一半为了父亲赋闲。丧事完毕,父亲要到南京谋事,我也要回到北京念书,我们便同行。

到南京时,有朋友约去游逛,勾留了一日;第二日上午便须渡江到浦口,下午上车北去。父亲因为事忙,本已说定不送我,叫旅馆里一个熟识的茶房陪我同去。他再三嘱咐茶房,甚是仔细。但他终于不放心,怕茶房不妥帖;颇踌躇了一会。其实我那年已二十岁,北京已来往过两三次,是没有什么要紧的了。他踌躇了一会,终于决定还是自己送我去。我两三回劝他不必去;他只说:"不要紧,他们去不好!"

我们过了江,进了车站。我买票,他忙着照看行李。行李太多了,得向脚夫行些小费，才可过去。他便又忙着和他们讲价钱。我那时真是聪明过分，总觉他说话不大漂亮，非自己插嘴不可。但他终于讲定了价钱，就送我上车。他给我拣定了靠车门的一张椅子；我将他给我做的紫毛大衣铺好坐位。他嘱我路上小心，夜里要警醒些，不要受凉。又嘱托茶房好好照应我。我心里暗笑他的迂；他们只认得钱，托他们真是白托！而且我这样大年纪的人，难道还不能料理自己么？唉，我现在想想，那时真是太聪明了！

我说道，"爸爸，你走吧。"他望车外看了看，说，"我买几个橘子去。你就在此地，不要走动。"我看那边月台的栅栏外有几个卖东西的等着顾客。走到那边月台，须穿过铁道，须跳下去又爬上去。父亲是一个胖子，走过去自然要费事些。我本来要去的，他不肯，只好让他去。我看见他戴着黑布小帽，穿着黑布大马褂，深青布棉袍，蹒跚地走到铁道边，慢慢探身下去，尚不大难。可是他穿过铁道，要爬上那边月台，就不容易了。他用两手攀着上面，两脚再向上缩；他肥胖的身子向左微倾，显出努力的样子。这时我看见他的背影，我的泪很快地流下来了。我赶紧拭干了泪，怕他看见，也怕别人看见。我再向外看时，他已抱了朱红的橘子望回走了。过铁道时，他先将橘子散放在地上，自己慢慢爬下，再抱起橘子走。到这边时，我赶紧去搀他。他和我走到车上，将橘子一股脑儿放在我的皮大衣上。于是扑扑衣上的泥土，心里很轻松似的，过一会说，"我走了，到那边来信！"我望着他走出去。他走了几步，回过头看见我，说，"进去吧，里边没人。"等他的背影混入来来往往的人里，再找不着了，我便进来坐下，我的眼泪又来了。

近几年来，父亲和我都是东奔西走，家中光景是一日不如一日。他少年出外谋生，独立支持，做了许多大事。那知老境却如此颓唐！他触目伤怀，自然情不能自已。情郁于中，自然要发之于外；家庭琐屑便往往触他之怒。他待我渐渐不同往日。但最近两年的不见，他终于忘却我的不好，只是惦记着我，惦记着我的儿子。我北来后，他写了一信给我,信中说道,"我身体平安,惟膀子疼痛厉害,举箸提笔,诸多不便,大约大去之期不远矣。"我读到此处,在晶莹的泪光中,又看见那肥胖的,青布棉袍,黑布马褂的背影。唉!我不知何时再能与他相见!

1925 年 10 月在北京

孙福熙

（1898—1962），浙江绍兴人，作家、美术家。有散文集《归航》《大西洋之滨》《北京乎》《早看西北》，短篇小说集《春城》等。

红海上的一幕

太阳做完了竟日普照的事业，在万物送别他的时候，他还显出十分的壮丽。他披上红袍，光耀万丈，云霞布阵，换起与主将一色的制服，听候号令。尽天所覆的大圆镜上，鼓起微波，远近同一节奏的轻舞，以歌颂他的功德，以惋惜他的离去。

景物忽然变动了，云霞移转，歌舞紧急，我战战兢兢的凝视，看宇宙间将有何种变化；太阳骤然躲入一块紫云后面了。海面失色，立即转为幽暗，彩云惊惧，屏足不敢喘息。金线万条，透射云际，使人领受最后的恩惠，然而他又出来了。他之藏匿是欲缓和人们在他去后的相思的。

我俯首看自己，见是照得满身光彩。正在欣幸而惭愧，回头看见我的背影，从船上投射海中，眼光跟了他过去，在无尽远处，窥见紫帏后的圆月，岂敢信他是我的影迎来的！

天生丽质，羞见人世，他启幕轻步而上；四顾静寂，不禁迟回。海如青绒的地毯，依微风的韵调而抑扬吟咏。薄霭是紫绢的背景，衬托皎月，愈显丰姿。青云侍侧，桃花覆顶，在这时候，他预备他灵感一切的事业了。

我渐渐的仰头上去，看红云渐淡而渐青，经过天中，沿弧线而下，青天渐淡而渐红,太阳就在这红云的中间,月与日正在船的左右,而我们是向正南进行——海行九天以来,至现在始辨方向。

我很勇壮,因为我饱餐一切色彩;我很清醒,因为我畅饮一切光辉。我为我的朋友们喜悦:他们所瞩望的我在这富有壮丽与优秀的大宇宙中了!

水面上的一点日影渐与太阳的圆球相接而相合,迎之而去了,太阳不想留恋,谁也不能挽留;空虚的舞台上惟留光明的水云,在可羡的布景前闪烁,听满场的鼓掌。

月亮是何等的圆润啊,远胜珠玉。他已高升,而且已远比初出时明亮了。他照临我,投射我的影子到无尽远处,追上太阳。月光是太阳的返照,然而他自有风格,绝不与太阳同德性。凉风经过他的旁边,裙钗摇曳,而他的目光愈是清澈了。他柔抚万物,以灵魂分给他们,使各各自然的知道填入诗句,合奏他新成的曲调。此时惟有皎洁,惟有凉爽,从气中,从水上,缥缈宇内。这是安慰,这是休息。这样的直至太阳再来时,再开始大家的工作。

丰子恺

(1898—1975),浙江崇德人,作家、画家、翻译家。有画集《子恺漫画》,散文集《缘缘堂随笔》,译作《苦闷的象征》(厨川白村)、《源氏物语》(紫式部)、《猎人笔记》(屠格涅夫)等。

口中剿匪记

口中剿匪,就是把牙齿拔光。为什么要这样说法呢?因为我口中所剩十七颗牙齿,不但毫无用处,而且常常作祟,使我受苦不浅。现在索性把它们拔光,犹如把盘踞要害的群匪剿尽,肃清,从此可以天下太平,安居乐业。这比喻非常确切,所以我要这样说。

把我的十七颗牙齿,比方一群匪,再像没有了。不过这匪不是普通所谓"匪",而是官匪,即贪官污吏。何以言之?因为普通所谓"匪",是当局明令通缉的,或地方合力严防的,直称为"匪"。而我的牙齿则不然:它们虽然向我作祟,而我非但不通缉它们,严防它们,反而袒护它们。我天天洗刷它们;我留心保养它们;吃食物的时候我让它们先尝;说话的时候我委屈地迁就它们;我决心不敢冒犯它们。我如此爱护它们,所以我口中这群匪,不是普通所谓"匪"。

怎见得像官匪,即贪官污吏呢?官是政府任命的,人民推戴的。但他们竟不尽责任,而贪赃枉法,作恶为非,以危害国家,蹂躏人民。我的十七颗牙齿,正同这批人物一样。它们原是我亲生的,从小在我口中长大起来的。它们是我身体的一部分,与我痛痒相关的。它们是我吸取营养的第一道关口。它们替我研磨食物,送到我的胃里去营养我全身。它们站在我的言论机关的要路上,帮助我发表意见。它们真是我的忠仆,我的护卫。讵料它们居心不良,渐渐变坏。起初,有时还替我服务,为我造福,而有时对我虐害,使我苦痛。到后来它们作恶太多,个个变坏,歪斜偏侧,吊儿郎当,根本没有替我服务、为我造福的能力,而一味对我戕害,使我奇痒,使我大痛,使我不能吸烟,使我不得喝酒,使我不能作画,使我不能作文,使我不得说话,使我不得安眠。这种苦头是谁给我吃的?便是我亲生的,本当替我服务、为我造福的牙齿!因此,我忍气吞声,敢怒而不敢言。在这班贪官污吏的苛政之下,我茹苦含辛,已经隐忍了近十年了!不但隐忍,还要不断地买黑人牙膏、消治龙牙膏来孝敬它们呢!

我以前反对拔牙,一则怕痛,二则我认为此事违背天命,不近人情。现在回想,我那时真是文王之至德,宁可让商纣方命虐民,而不肯加以诛戮。直到最近,我受了易昭雪牙医师的一次劝告,文王忽然变了武王,毅然决然地兴兵伐纣,代天行道了。而且这一次革命,顺利进行,迅速成功。武王伐纣要"血流漂杵",而我的口中剿匪,不见血光,不觉苦痛,比武王高明得多呢。

饮水思源,我得感谢许钦文先生。秋初有一天,他来看我,他满口金牙,欣然地对我说:"我认识一位牙医生,就是易昭雪。我劝你也去请教一下。"那时我还有文王之德,不忍诛暴。便反问他:"装了究竟有什么好处呢?"他说:"夫妻从此不讨相骂了。"我不胜赞叹。并非羡慕夫妻不相骂,却是佩服许先生说话的幽默。幽默的功用真伟大,后来有一天,我居然自动地走进易医师的诊所里去,躺在他的椅子上了。经过他的检查和忠告之后,我恍然大悟,原来我口中的国土内,养了一大批官匪,若不把这批人物杀光,国家永远不得太平,民生永远不得幸福。我就下决心,马上任命易医师为口中剿匪总司令,次日立即向口中进攻。攻了十一天,连根拔起,满门抄斩,全部贪官,从此肃清。我方不伤一兵一卒,全无苦痛,顺利成功。于是我再托易医师另外物色一批人才来。要个个方正,个个干练,个个为国效劳,为民服务。我口中的国土,从此可以天下太平了。

1947年冬于杭州

许广平

（1898—1968），广东番禺人，女，作家。有书信集《两地书》（与鲁迅合著），回忆录《欣慰的纪念》《关于鲁迅的生活》《鲁迅回忆录》等。

最后的一天

今年的一整个夏天，正是鲁迅先生被病缠绕得透不过气来的时光。许多爱护他的人，都为了这个消息着急。然而病状有些好起来了。在那个时候，他说出一个梦："他走出去，看见两旁埋伏着两个人，打算给他攻击，他想：你们要当着我生病的时候攻击我吗？不要紧！我身边还有匕首呢，投出去，掷在敌人身上。"

梦后不久，病更减轻了。一切恶的征候都逐渐消灭了。他可以稍稍散步些时，可以有力气拔出身边的匕首投向敌人，——用笔端冲倒一切，——还可以看看电影，生活生活。我们战胜"死神"。在讴歌，在欢愉。生的欣喜布在每一个朋友的心坎中，每一个惠临的爱护他的人的颜面上。

他仍然可以工作，和病前一样。他与我们同在一起奋斗，向一切恶势力。

直至十七日的上午，他还续写《因太炎先生而想起的二三事》（以前有《关于太炎先生二三事》一文，似尚未发表）一文的中段（他没有料到这是最后的工作，他原稿压在桌子上，预备稍缓再执笔）。午后，他愿意出去散步，我因有些事在楼下，见他穿好了袍子下扶梯。那时外面正有些风,但他已决心外出,衣服穿好之后,是很难劝止的。不过我姑且留难他,我说:"衣裳穿够了吗?"他探手摩摩,里面穿了绒线背心。说:"够了。"我又说:"车钱带了没有?"他理也不理就自己走去了。

回来天已不早了,随便谈谈,傍晚时建人先生也来了。精神甚好,谈至十一时,建人先生才走。

到十二时,我急急整理卧具。催促他,警告他,时候不早了。他靠在躺椅上,说:"我再抽一支烟,你先睡吧。"

等他到床上来,看看钟,已经一时了。二时他曾起来小解,人还好好的。再睡下,三时半,见他坐起来,我也坐起来。细察他呼吸有些异常,似气喘初发的样子。后来继以咳呛,咳嗽困难,兼之气喘更加厉害。他告诉我:"两点起来过就觉睡眠不好,做噩梦。"那时正在深夜,请医生是不方便的,而且这回气喘是第三次了,也不觉得比前二次厉害。为了减轻痛苦起见,我把自己购置在家里的"忽苏尔"气喘药拿出来看:说明书上病肺的也可以服,心脏性气喘也可以服。并且说明急病每隔一二时可连服三次,所以三点四十分,我给他服药一包。至五点四十分,服第三次药,但病态并不见减轻。

从三时半病势急变起,他就不能安寝,连斜靠休息也不可能,终夜屈曲着身子,双手抱脚而坐。那种苦状,我看了难过极了。在精神上虽然我分担他的病苦,但在肉体上,是他独自担受一切的磨难。他的心脏跳动得很快,咚咚的声响,我在旁边也听得十分清澈。那时天正在放亮,我见他拿左手按右手的脉门。跳得太快了,他是晓得的。

他叫我早上七点钟去托内山先生打电话请医生。我等到六点钟就匆匆的盥洗起来,六点半左右就预备去。他坐到写字桌前,要了纸笔,戴起眼镜预备写便条。我见他气喘太苦了,我要求不要写了,由我亲口托请内山先生好了,他不答应。无论什么事他都不肯马虎的。就是在最困苦的关头,他也支撑起来,仍旧执笔,但是写不成字,勉强写起来,每个字改正又改正。写至中途,我又要求不要写了,其余的由我口说好了。他听了很不高兴,放下笔,叹一口气,又拿起笔来续写,许久才凑成了那条子。那最后执笔的可珍贵的遗墨,现时由他的最好的老友留作纪念了(这字条便是登在本刊本期哀悼鲁迅先生纪念画报中《鲁迅先生的绝笔》——编者注)。

清晨书店还没有开门,走到内山先生的寓所前,先生已走出来了,匆匆的托了他打电话,我就急急地回家了。

不久内山先生也亲自到来,亲手给他药吃,并且替他按摩背脊很久。他告诉内山先生说苦得很,我们听了都非常难受。

须藤医生来了,给他注射。那时双足冰冷,医生命给他热水袋暖脚,也包裹起来。两手指甲发紫色大约是血压变态的缘故。我见医生很注意看他的手指,心想这回是很不平常而更严重了。便仍然坐在写字桌前椅子上。

后来换到躺椅上坐。八点多钟日报(十八日)到了。他问我:"报上有什么事体?"我说:"没有什么,只有《译文》的广告。"我知道他要晓得更多些,我又说:"你的翻译《死魂灵》登出来了,在头一篇上。《作家》和《中流》的广告还没有。"

我为什么提起《作家》和《中流》呢?这也是他的脾气。在往常,晚间撕日历时,如果有什么和他有关系的书出版时——但敌人骂他的文章,他倒不急于要看,——他就爱提起:"明天什么书的广告要出来了。"他怀着自己印好了一本好书出版时一样的欢情,熬至第二天早晨,等待报纸到手,就急急地披览。如果报纸到的迟些,或者报纸上没有照预定的登出广告,那么,他就失望。虚拟出种种变故,直至广告出来或刊物到手才放心。

当我告诉他《译文》广告出来了,《死魂灵》也登出了,别的也连带知道,我以为可以使他安心了。然而不!他说:"报纸给我,眼镜拿来。"我把那有广告的一张报给他,他一面喘息一面细看《译文》广告,看了好久才放下。原来他是在关心别人的文字,虽然在这样的苦恼状况底下,他还记挂着别人。这,我没有了解他,我不配崇仰他。这是他最后一次和文字接触,也是他最后一次和大众接触。那一颗可爱可敬的心呀!让他埋葬在大家的心之深处罢。

在躺椅上仍旧不能靠下来,我拿一张小桌子垫起枕头给他伏着,还是在那里喘息。医生又给他注射,但病状并不轻减,后来躺到床上了。

中午吃了大半杯牛奶,一直在那里喘息不止,见了医生似乎也在诉苦。

六点钟左右看护妇来了,给他注射和吸入酸素,氧气。

六点半钟我送牛奶给他,他说:"不要吃。"过了些时,他又问:"是不是牛奶来了?"我说:"来了。"他说:"给我吃一些。"饮了小半杯就不要了。其实是吃不下去,不过他恐怕太衰弱了支持不住,所以才勉强吃的。到此刻为止,我推测他还是希望好起来。他并不希望轻易放下他的奋斗力的。

晚饭后,内山先生通知我:(内山先生为他的病从早上忙至夜里,一天没有停止)希望建人先生来。我说:"日里我问过他,要不要见见建人先生,他说不要。所以没有来。"内山先生说:"还是请他来好。"后来建人先生来了。

喘息一直使他苦恼,连说话也不方便。看护和我在旁照料,给他揩汗。腿以上不时的出汗,腿以下是冰冷的。用两个热水袋温他。每隔两小时注强心针,另外吸入氧气。

十二点那一次注射后,我怕看护熬一夜受不住,我叫她困一下,到两点钟注射时叫醒她。这时由我看护他,给他揩汗。不过汗有些黏冷,不像平常,揩他手,他就紧握我的手,而且好几次如此。陪在旁边,他就说:"时候不早了,你也可以睡了。"我说:"我不瞌睡。"为了使他满意,我就对面的斜靠在床脚上。好几次,他抬起头来看我,我也照样看他。有时我还赔笑的告诉他病似乎轻松些了。但他不说什么又躺下了。也许是这时他有什么预感吗?他没有说。我是没有想到问。后来连揩手汗时,他紧握我的手,我也没有勇气紧握回他了。我怕刺激他难过,我装做不知道。轻轻的放松他的手,给他盖好棉被。后来回想:我不知道,应不应该也紧握他的手,甚至紧紧地拥抱住他。在死神的手里把我的敬爱的人夺回来。如今是迟了! 死神奏凯歌了。我那追不回的后悔呀。

　　从十二时至四时,中间饮过三次茶,起来解一次小手。人似乎有些烦躁,有好多次推开棉被,我们怕他受冷,连忙盖好。他一刻又推开,看护没法子,大约告诉他心脏十分贫弱,不可乱动,他往后就不大推开了。

　　五时,喘息看来似乎减轻,然而看护妇不等到六时就又给他注射,心想情形必不大好。同时她叫我托人请医生,那时内山先生的店员终夜在客室守候(内山先生和他的店员,这回是全体动员,营救鲁迅先生的急病呢),我匆匆嘱托他,建人先生也到楼上,看见他已头稍朝内,呼吸轻微了。连打了几针也不见好转。

　　他们要我呼唤他,我千呼百唤也不见他应一声。天是那么黑暗,黎明之前的乌黑呀,把他卷走了。黑暗是那么大的力量,连战斗了几十年的他也抵抗不住。医生说:过了这一夜,再过了明天,没有危险了。他就来不及等待到明天,那光明的白昼呀。而黑夜,那可诅咒的黑夜,我现在天天睁着眼睛瞪它,我将诅咒它直至我的末日来临。

　　　　　　十一月五日,记于先生死后的二星期又四天

瞿秋白

（1899—1935），江苏常州人，作家、文艺理论家、翻译家、革命活动家。有散文集《饿乡纪程》《赤都心史》，杂文集《乱弹及其他》，译文集《海上述林》等。并有《瞿秋白文集》行世。

一种云

　　天总是皱着眉头。太阳光如果还射得到地面上，那也总是稀微的淡薄的。至于月亮，那更不必说，他只是偶然露出半面，用他那惨淡的眼光看一看这罪孽的人间，这是寡妇孤儿的眼光，眼睛里含着总算还没有流干的眼泪。受过不只一次封禅大典的山岳，至少有大半截是上了天，只留一点山脚给人看。黄河，长江……据说是中国文明的母亲，也不知道怎么变了心，对于他们的亲骨肉，都摆出一副冷酷的面孔。从春天到夏天，从秋天到冬天，这样一年年的过去，淫虐的雨，凄厉的风和肃杀的霜雪更番的来去，一点儿光明也没有。这样的漫漫长夜，已经二十年了。这都是一种云在作祟。那云是从什么地方来的？这是太平洋上的大风暴吹过来的，这是大西洋上的狂飙吹过来的。还有那模糊的血肉——榨床底下淌着的模糊的血肉蒸发出来的。那些会画符的人——会写借据，会写当票的人，就用这些符箓在呼召。那些吃泥土的土蜘蛛，——虽然死了也不过只要六尺土地藏他的贵体，可是活着总要吃这么一二百亩三四百亩的土地，——这些土蜘蛛就用屁股在吐着。那些肚里装着铁心肝钢肚肠的怪物，又竖起了一根根的烟囱在那里喷着。

狂飙风暴吹来的，血肉蒸发的，呼召来的，吐出来的，喷出来的，都是这种云。这是战云。

难怪总是漫漫的长夜了！

什么时候才黎明呢？

看那刚刚发现的虹。祈祷是没有用的了。只有自己去做雷公公电闪娘娘。那虹发现的地方，已经有了小小的雷电，打开了层层的乌云，让太阳重新照到紫铜色的脸。如果是惊天动地的霹雳——这可只有你自己做了雷公公电娘娘才办得到，如果那小小的雷电变成了惊天动地的霹雳，那才拨得开这些愁云惨雾。

1931 年 9 月 3 日

方志敏

（1899—1935），江西弋阳人，革命家、作家。有散文集《可爱的中国》《狱中纪实》《方志敏自传》等。

清　贫

我从事革命斗争,已经十余年了。在这长期的奋斗中,我一向是过着朴素的生活,从没有奢侈过。经手的款项,总在数百万元;但为革命而筹集的金钱,是一点一滴地用之于革命事业。这在国民党的伟人们看来,颇似奇迹,或认为夸张;而矜持不苟,舍己为公,却是每个共产党员具备的美德。所以,如果有人问我身边有没有一些积蓄,那我可以告诉你一桩趣事:

就在我被俘的那一天——一个最不幸的日子,有两个国民党军的兵士,在树林中发现了我,而且猜到我是什么人的时候,他们满肚子热望在我身上搜出一千或八百大洋,或者搜出一些金镯金戒指一类的东西,发个意外之财。哪知道从我上身摸到下身,从袄领捏到袜底,除了一只时表和一枝自来水笔之外,一个铜板都没有搜出。他们于是激怒起来了,猜疑我是把钱藏在哪里,不肯拿出来。他们之中有一个左手拿着一个木柄榴弹,右手拉出榴弹中的引线,双脚拉开一步,作出要抛掷的姿势,用凶恶的眼光盯住我,威吓地吼道:

"赶快将钱拿出来,不然就是一炸弹,把你炸死去!"

"哼!你不要作出那难看的样子来吧!我确实一个铜板都没能

存;想从我这里发洋财,是想错了。"我微笑着淡淡地说。

"你骗谁!像你当大官的人会没有钱!"拿榴弹的兵士坚决不信。

"决不会没有钱的,一定是藏在哪里,我是老出门的,骗不得我。"另一个兵士一面说,一面弓着背重来一次将我的衣角裤裆过细的捏,总企望着有新的发现。

"你们要相信我的话,不要瞎忙吧!我不比你们国民党当官的,个个都有钱,我今天确实是一个铜板也没有,我们革命不是为着发财啦!"我再向他们解释。

等他们确知在我身上搜不出什么的时候,也就停手不搜了;又在我藏躲地方的周围,低头注目搜寻了一番,也毫无所得,他们是多么的失望呀!那个持弹欲放的兵士,也将拉着的引线,仍旧塞进榴弹的木柄里,转过来抢夺我的表和水笔。后彼此说定表和笔卖出钱来平分,才算无话。他们用怀疑而又惊异的目光,对我自上而下地望了几遍,就同声命令地说:"走吧!"

是不是还要问问我家里有没有一些财产?请等一下,让我想一想,啊,记起来了,有的有的,但不算多。去年暑天我穿的几套旧的汗褂裤,与几双缝上底的线袜,已交给我的妻放在深山坞里保藏着——怕国民党军进攻时,被人抢了去,准备今年暑天拿出来再穿;那些就算是我唯一的财产了。但我说出那几件"传世宝"来,岂不要叫那些富翁们齿冷三天?!

清贫,洁白朴素的生活,正是我们革命者能够战胜许多困难的地方!

1935 年 5 月 26 日写于囚室

闻一多

（1899—1946），湖北浠水人，作家、学者。有诗集《红烛》《死水》，学术论著《神话与诗》《唐诗杂论》《古典新义》等。并有《闻一多文集》行世。

五四断想

旧的悠悠死去，新的悠悠生出，不慌不忙，一个跟一个，——这是演化。

新的已经来到，旧的还不肯去，新的急了，把旧的挤掉，——这是革命。

挤是发展受到阻碍时必然的现象，而新的必然是发展的，能发展的必然是新的，所以青年永远是革命的，革命永远是青年的。

新的日日壮健着（量的增长），旧的日日衰老着（量的减耗），壮健的挤着衰老的，没有挤不掉的。所以革命永远是成功的。

革命成功了，新的变成旧的，又一批新的上来了。旧的停下来拦住去路，说："我是赶过路程来的，我的血汗不能白流，我该歇下来舒服舒服。"新的说："你的舒服就是我的痛苦，你耽误了我的路程。"又把它挤掉，……如此，武戏接二连三的演下去，于是革命似乎永远"尚未成功"。

让曾经新过来的旧的，不要只珍惜自己的过去，多多体念别人的将来，自己腰酸腿痛，拖不动了，就赶紧让。"功成身退"，不正是光荣吗？

"后生可畏焉知来者之不如今也!"这也是古训啊!

其实青年并非永远是革命的,"青年永远是革命的"这定理,只在"老年永远是不肯让路的"这前提下才能成立。

革命也不能永远"尚未成功"。几时旧的知趣了,到时就功成身退,不致阻碍了新的发展,革命便成功了。

旧的悠悠退去,新的悠悠上来,一个跟一个,不慌不忙,哪天历史走上了演化的常轨,就不再需要变态的革命了。

但目前,我们还要用"挤"来争取"悠悠",用革命来争取演化。"悠悠"是目的,"挤"是达到目的的手段。

于是又想到变与乱的问题。变是悠悠的演化,乱是挤来挤去的革命。若要不乱挤,就只得悠悠的变。若是该变而不变,那只有挤得你变了。

子在川上,曰:"逝者如斯夫,不舍昼夜!"古训也发挥了变的原理。

老　舍

（1899—1966），北京人，作家。有长篇小说《猫城记》《骆驼祥子》《四世同堂》，话剧《龙须沟》《茶馆》等。并有《老舍文集》行世。

想北平

设若让我写一本小说，以北平作背景，我不至于害怕，因为我可以捡着我知道的写，而躲开我所不知道的。让我单摆浮搁地讲一套北平，我没办法。北平的地方那么大，事情那么多，我知道的真觉太少了，虽然我生在那里，一直到二十七岁才离开。以名胜说，我没到过陶然亭，这多可笑！以此类推，我所知道的那点只是"我的北平"，而我的北平大概等于牛的一毛。

可是，我真爱北平。这个爱几乎是要说而说不出的。我爱我的母亲，怎样爱？我说不出。在我想做一件讨她老人家喜欢的事的时候，我独自微微地笑着；在我想到她的健康而不放心的时候，我欲落泪。言语是不够表现我的心情的，只有独自微笑或落泪才足以把内心揭露在外面一些来。我之爱北平也近乎这个。夸奖这个古城的某一点是容易的，可是那就把北平看得太小了。我所爱的北平不是枝枝节节的一些什么，而是整个儿与我的心灵相黏合的一段历史，一大块地方，多少风景名胜，从雨后什刹海的蜻蜓一直到我梦里的玉泉山的塔影，都积凑到一块，每一小的事件中有个我，我的每一思念中有个北平，这只有说不出而已。

真愿成为诗人,把一切好听好看的字都浸在自己的心血里,像杜鹃似的啼出北平的俊伟。啊!我不是诗人,我将永远道不出我的爱,一种像由音乐与图画所引起的爱。这不但是辜负了北平,也对不住我自己,因为我的最初的知识与印象都得自北平,它是在我的血里,我的性格与脾气里有许多地方是这古城所赐给的。我不能爱上海与天津,因为我心中有个北平。可是我说不出来!

伦敦,巴黎,罗马与堪司坦丁堡,曾被称为欧洲的四大"历史的都城"。我知道一些伦敦的情形;巴黎与罗马只是到过而已;堪司坦丁堡根本没有去过。就伦敦,巴黎,罗马来说,巴黎更近似北平——虽然"近似"两字要拉扯得很远——不过,假使让我"家住巴黎",我一定会和没家一样的感到寂苦。巴黎,据我看,还太热闹。自然,那里也有空旷静寂的地方,可是又未免太旷;不像北平那样既复杂而又有个边际,使我能摸着——那长着红酸枣的老城墙!面向着积水滩,背后是城墙,坐在石上看水中的小蝌蚪或苇叶上的嫩蜻蜓,我可以快乐的坐一天,心中完全安适,无所求也无可怕,像小儿安睡在摇篮里。是的,北平也有热闹的地方,但是它和太极拳相似,动中有静。巴黎有许多地方使人疲乏,所以咖啡与酒是必要的,以便刺激;在北平,有温和的香片茶就够了。

论说巴黎的布置已比伦敦罗马匀调的多了,可是比上北平还差点事儿。北平在人为之中显出自然,几乎是什么地方既不挤得慌,又不太僻静:最小的胡同里的房子也有院子与树;最空旷的地方也离买卖街与住宅区不远。这种分配法可以算——在我的经验中——天下第一了。北平的好处不在处处设备得完全,而在它处处有空儿,可以使人自由的喘气;不再有好些美丽的建筑,而在建筑的四围都有空闲的地方,使它们成为美景。每一个城楼,每一个牌楼,都可以从老远就看见。况且在街上还可以看见北山与西山呢!

好学的,爱古物的,人们自然喜欢北平,因为这里书多古物多。我不好学,也没钱买古物。对于物质上,我却喜爱北平的花多菜多果子多。花草是种费钱的玩艺,可是此地的"草花儿"很便宜,而且家家有院子,可以花不多的钱而种一院子花,即使算不了什么,可是到底可爱呀。墙上的牵牛,墙根的靠山竹与草茉莉,是多么省钱省事而也足以招来蝴蝶呀!至于青菜,白菜,扁豆,毛豆角,黄瓜,菠菜等等,大多数是直接由城外担来而送到家门口的。雨后,韭菜叶上还往往带着雨时溅起的泥点。青菜摊子上的红红绿绿几乎有诗似的美丽。果子有不少是由西山与北山来的,西山的沙果,海棠,北山的黑枣,柿子,进了城还带着一层白霜儿呀!哼,美国的橘子包着纸,遇到北平的带霜儿的玉李,还不愧杀!

是的,北平是个都城,而能有好多自己产生的花,菜,水果,这就使人更接近了自然。从它里面说,它没有像伦敦的那些成天冒烟的工厂;从外面说,它紧连着园林,菜圃与农村。采菊东篱下,在这里,确是可以悠然见南山的;大概把"南"字变个"西"或"北",也没有多少了不得的吧。像我这样的一个贫寒的人,或者只有在北平能享受一点清福了。

好,不再说了吧;要落泪了,真想念北平呀!

冯沅君

（1900—1974），河南唐河人，女，作家、学者。有短篇小说集《卷葹》《春痕》，学术论著《古剧说汇》、《中国诗史》(与陆侃如合著)、《中国文学史简编》(与陆侃如合著)等。

清　音

一

十时改乘正太车西行，雨益大，雾益厚。凭窗望去，只见远山近村都隐入虚无飘渺的境界，依稀古代神话中所说的阆苑蓬岛。这种迷离惝恍的景物，在自然的美中最称蕴藉，较之天朗气清时所见者，格外美妙。沿道多植杨柳，长条婆娑，把它们上面的水珠送到我们的襟袖间，顿添了无限凉意。车上烟囱所喷的烟气缭绕于道侧林木间，云雾似的把它们上下隔绝；行人到此，也自疑置身云端，学古列子御风而行。行愈西，山愈深，两崖土石皆作赭色，至娘子关附近始作青色。在这些岩崖上，多有碧藤绿萝、野花、小草来点缀，甚至倒垂下来，宛如峰峦的流苏。由石家庄到太原，因必横贯太行山脉，故铁道率随山旋转；有时车行两悬崖间，石树掩蔽，不见日影；有时蛇行绝壁侧，旁临深壑。壑中溪流泠泠成韵，绝壁则拔地参天，使人望而生畏。娘子关附近，风物尤奇妙。山势既较他处峻险，溪水亦异常曲折澄澈。崖岩绿树倒垂，掩映溪面,水光树色,幻成一片碧琉璃。其遇乱石阻迸时,即变为急湍,浪花怒溅,如冰凿雪积。农人就急湍作水打磨,茅亭翼然临水上,亦饶致趣。或有三五行人,骑驴乱流而渡,水鸟即骞然掠波飞去。……

二

到孝感时,天忽下雨了,但这阵微雨却使自然的美增色不少。我爱雨,赞美雨。我以为无论什么景物,在太阳的强烈的光线下,总有几分太清晰,太现实,给我们的视觉的刺激太强;这种过分的刺激,只能使人由疲倦而厌恶;只有阴雨时或晚间,一切景物的色调都暗淡了,甚或轮廓也迷离了,我们的心弦便也因之弛缓下去。在此外静内闲的境地,我们可以微微的喜悦,轻轻的惆怅,悠然,怡然,物我都冥合了,都诗化了。简单地说,日光下的景物是散文的,只能使我们兴奋;雨中月下的景是诗的,它能使我们遐想、幽思。转就实际说罢,你看那些田间的农人们,他们都披着蓑衣,戴雨帽,伛偻着插秧或薅草;这样奇怪的雨帽,连他们的头和身子都遮着了。他们的目前憧憬着来日的千仓万箱的收获,哪顾及现在的斜风细雨。他们对于职务这样的忍耐,他们的态度这样的闲暇,他们的生活这样的和真美的自然接近,这样的诚朴的静美,岂是纸迷金醉的都市人所能领略其万一。

三

潇潇梅雨,滔滔浊流,我们携着半温的行李由江口渡江到武昌去。汉口的洋楼,武昌的城堞,汉阳的烟树,四望都是迷离,迷离;自身所切实感到的,只有颠簸不已的舟儿,入舱扑人的风雨,船首船尾,前仆后继,与天相接的波涛。这是江心呀!危险而雄壮的江心!

四

我在个旅馆里养病。旅馆作病院听来未免离奇,但就实际上论,这个所在确可以养病。它的后面有座小花园,据说是当代某诗人所建造的。园内有方的鱼池,有面面玲珑的水榭,有矮松或冬青之类夹植在小道边,有矮树所围成的圃内,有太湖石,有芭蕉、玫瑰等。园的四周除一面是墙外,余皆精雅的小斋、轩敞的大厅和小榭。我住的房子是坐东向西的小斋。房内粗粗有几样家具。窗外的席棚,可遮蔽回光返照的太阳。由窗南望可见水榭的背面,北望可见隔墙的柳树,西望便是大厅。这些榭和斋虽未必全是空的,但这些住客似都深居简出,纵然有时望见对面廊下的客人,也因为院子太寥廓之故,觉得他们如在天末,是和我不相干的。在这里,嘈杂的市声固然难听到,就是旅馆前部唱戏声、拉弦子声、呼唤茶房声,……似也震动不破这园内的寂静的场面。这种地僻境幽、窗明几净的所在,固然宜于养病,但同时它也善于酝酿寂寞。我一个人静静的坐一刻,昏昏的睡一刻,看着成盘的香一圈一圈的烧成了灰,窗上的日影渐渐由斜而正,由正而斜,还不看见一个相识的面孔,听不见一声熟悉的语言。这个沉没在寂寞的海中的我,早将平日厌恶喧哗的性儿消磨净尽,渴望着朋友们来探问;我不要挚友,不要成群的来,不要他多说话,只要个相识的人的一颦一笑。

五

"春水碧于天","一池春水碧于罗",江南的水本自可爱,但西湖的水又似与江南他水不同。她的颜色是那样绿,绿而有光泽;她的波面是那样平静,逶逶迤迤,说不尽温柔闲适。她仿佛是位大家闺秀,虽有些不遂心,也不对人使脾气,不过眉黛轻颦而已,而这种轻颦的姿态,却能增进她的温柔。啊,"春慵恰似春塘水,一片縠纹愁,融融泄泄,东风无力,欲绉还休"。这种细腻风光的妙语,虽非为西湖而写,却写出西湖的灵魂了。

六

到葛岭时,天已黄昏了,暗中攀登,勉强走到抱扑庐前。他人到葛岭观日出,我们却在此观灯光中的杭州。西湖诸山林木甚为繁盛,葛岭的树尤多。黄昏中由树叶隙里远望灯火辉煌的彼岸,一灯如一明珠;这些明珠缀成的有璎珞,有游龙,有宝塔……

七

饭后放舟湖中,到平湖秋月去。是时月刚从东方升起,尚未到中天,清辉斜射湖面,漾成一道金光,涟漪微动,金光也因之忽聚忽散。平湖秋月只是湖中一个小岛,岛上几椽小楼,破敝得仅蔽风雨。若白昼来游,恐怕人都要望望然而去了。可是清夜来此玩月,确不愧为西湖名胜之一。月夜原是神秘的,幽静的,凄清的,所以与其在歌吹喧阗、灯光辉煌的地方玩月,无宁在寂寥无人、幽暗阒静的所在。幽暗可以衬出月色皎洁,阒静可使观者的精神舒缓,与月冥合。平湖秋月的妙处,便是树多。树多即可增进幽暗。换句话说,就是此地能造成分外皎洁的月色。试想在这黑洞洞、四面又都是烟波渺茫的地方,望着水似的长空嵌着一轮明月,怎能不感到月色分外晶莹,水天分外寥廓?我们大家或坐在树下促膝谈心,或坐在船上叩舷高歌,或独立小石桥上对月凝思。"年年月华如练,长是人千里。"忽然有人凄然的念着,其声清切,如出金石,林木的枝柯似都为之颤动了。由平湖秋月登舟,过锦带桥,到断桥泊着。我们都到桥上步月。此时月已到中天,湖面的万道金光,竟变成一点明珠。回望葛峰、南屏诸山,只能于烟波深处得仿佛。整个西湖都浸在月华中了。

八

在如矢如砥的马路旁,耸立着枝叶茂密的树木,在枝叶茂密的树木中,透出星般的灯光。望去,纵月向前望去,路愈远愈窄,树愈远愈密,天愈远愈低;路、树、天的尽处、毗连处,渲染着一抹暮霞。

1922 年作

俞平伯

（1900—1990），浙江德清人，作家、学者。有诗集《冬夜》，散文集《燕知草》《杂拌儿》《燕郊集》，学术论著《红楼梦辨》等。

秋荔亭记

池馆之在吾家旧矣，吾高祖则有印雪轩，吾曾祖则有茶香室，泽五世则风流宜尽，其若犹未者，偶然耳。何则？仆生猪年，秉鸠之性，既拙于手，又以懒为好，故毕半生不能营一室。弱岁负笈北都，自字直民而号屈斋，其形如弄而短，不屈不斋，时吾妻未来，一日搴予帘而目之，事犹昨日，而尘陋复若在眼。此所谓不登大雅之堂者也。若葺芷缭衡，一嵌字格，初无室也。若古槐，屋诚有之，自昔无槐，今无书矣，吾友玄君一呼之，遂百呼之尔，事别有说。若秋荔亭，是清华园南院之舍也。其次第为七，于南院为编；而余居之，辛壬癸甲，五年不一迁，非好是居也。彼院虽南，吾屋自东，东屋必西向，西向必岁有西风，是不适于冬也，又必日有西阳，是不适于夏也。其南有窗者一室，秋荔亭也。曰，此蹩脚之洋房，那可亭之而无说，作《秋荔亭说》。夫古之亭殆非今之亭，如曰泗上亭，是不会有亭也，传唱旗亭，是不必有亭也，江亭以陶然名，是不见有亭也。亭之为言停也，观行者担者于亭午时分，争荫而息其脚，吾生其可不暂且停停耶，吾因之以亭吾亭。且夫清华今岂尚园哉，安得深责舍下之不亭乎？吾因之以亭吾亭。亦尝置身焉而语曰，"这不是一只纸叠的苍蝇笼么？"以洋房而如此其小，则上海人之所谓亭子间也，亭间今宜文士,吾因之以亭吾亭。西有户以通别室,他皆窗也,门一而窗三之,又尝谓曰,在伏里,安一藤床于室之中央,洞辟三窗,纳大野之凉,可傲羲皇,及夫陶渊明。意耳,无其语也,语耳,无是事也。遇暑必入城,一也。山妻怕冷,开窗一扇,中宵辄呼絮,奈何尽辟三窗以窘之乎,二也。然而自此左右相亭,竟无一不似亭,亭之为亭,于是乎大定。春秋亦多佳日,斜阳明焱,移动于方棂间,尽风情荔态于其中者影也,吾二人辄偎枕睨之而笑,或相唤残梦看之。小儿以之代上学之钟,天阴则大迷惘,作喃喃语不休。若侵晨即寤,初阳徐透玻璃,尚如玫瑰,而粉墙清浅,雨过天晴,觉飞霞梳裹,犹多尘凡想耳。薜荔曲环亭,春饶活意,红新绿嫩;盛夏当窗而暗,几席生寒碧;秋晚饱霜,萧萧飒飒,锦绣飘零,古艳至莫名其宝;冬最寥寂,略可负暄耳。四时皆可,而人道宜秋,聊以秋专荔,以荔颜亭。东窗下一长案,嫁时物也,今十余年矣。谚曰:"好女勿穿嫁时衣",妻至今用之勿衰,其面有横裂,积久渐巨,呼匠氏锯一木掩之,不髹不漆,而茶痕墨渖复往往而有。此案盖亲见吾伏之之日少,拍之之日多也,性殆不可强耳。曾倩友人天行为治一玺曰,"秋荔亭拍曲",楷而不篆。石骨嫩而鬼斧铦,崩一棱若数黍,山鬼胶之,坚如旧,于是更得全其为玺矣。以"曲谈"为"随笔""丛钞"之续,此亦遥远之事,若在今日,吾友偶读深闺之梦而笑,则亦足矣,是为记。甲戌清明,即二十三年之民族扫墓日。

1934年4月5日

夏　衍

（1900—1995），浙江杭州人，作家。有话剧《赛金花》《上海屋檐下》《法西斯细菌》，散文集《夏衍杂文随笔集》，回忆录《懒寻旧梦录》等。

壬申杂记

1991年过去了。按传统的干支，这一年是辛未、羊年。中国遇到了特大的洪涝灾害，但这只是气候上的灾年，而不是政治、经济上的灾年。在西方世界，1991年是对称年。对称年这个词开始于11世纪，这就是顺读倒读都一样的那一年，如1001年、1221年、1991年等等，按洋迷信，对称年是多事之年，这一年也的确多事，从年初的海湾战争开始、经过华沙条约的消亡，南斯拉夫内战，到12月的苏联解体。这件事，来得太突然了，连资深的国际问题专家也没有料到。

从十月革命算起，迄今七十四年，从组成苏维埃联盟算起，也已经六十九年了，十月革命的炮声一响，丘吉尔就叫嚷要把这个新生的婴儿掐死在摇篮之中，当时有十四个资本主义国家出兵支持白卫军反苏反共，但不到三年，就被不正规的红军赶出了俄罗斯国土，这之后是封锁，制裁，颠覆，但没有成功，1941年6月希特勒突然进攻苏联，一直打到离莫斯科不远的地方，但是，苏联不仅顶住了德军的进攻，而且还成了第二次世界大战的战胜国。1991年以前的国际格局，是1945年美、英、苏三巨头的雅尔塔会议上制定的，二战之后，苏联成了超级大国，以柏林为中轴,欧洲一分为二,东欧是社会主义国家,西欧则组成了欧共体,它的后台是美国,这就是北大西洋公约的资本主义阵营。美对苏、北约对华约,两个超级大国对峙的局面持续了四十年,在六七十年代,苏联采取了攻势,北起芬兰,南到罗马尼亚,后来终于出兵阿富汗。当时,苏联这个社会主义国家成了霸权国,勃列日涅夫提出过"主权有限论"。苏联人不像美国人那样奢侈、任性,但在文化、科技——特别在航天工业方面还超过了美国,说他是"五世之雄",一点也没有夸张。可是,为什么1991年"八月事变"之后不到四个月,竟会有一个共产党的领导人突然出来公开宣布:"苏联作为国际法的一个主体和一种地域政治现实已不复存在"了呢?这是一个很难解释、也是很值得深思的问题。资本主义国家不仅没有出兵,没有注入过资本,也没有干涉过苏联的内政,1988年,美国前总统尼克松写过一本书:《一九九九年——不战而胜》,下一年,美国前国家安全事务助理布热津斯基在他写的《大失败》一书中,则把社会主义消亡的时间拟定在2017年,即十月革命一百周年那一年,他半开玩笑地说:到那时,克里姆林宫的红场将成为一个旅游点,而现在,苏联共产党的领导人却把这个日程提前了十年或者八年。

　　苏联自我解体的原因很复杂,可以说冰冻三尺非一日之寒,时代变了。国际形势变了,有了核科学和电脑,而苏联共产党的领导人的思想僵化,脱离实际,脱离了人民群众。在农村,依旧坚持他们的国营农场和集体农场,在工业方面坚持他们的铁板一块的全方位的计划经济,1985年以后,冷战结束了,但苏联依然在大量增加军事经费,而不向农业和轻工业投资。戈尔巴乔夫也讲改革,但他的改革只限于"公开性"而没有致力于改善人民生活。十月革命之前,俄国是粮食出口国,去年,苏联却进口了两千万吨粮食,现在还在向欧美要求粮食援助。陶醉于超级大国的美名,满足于陆基和海基远程核导弹的数量超过美国,而不注意经济体制的改革。

东欧变色,苏联解体,而社会主义的中国却巍然不动,理由是很清楚的,因为早在 1978 年,中国共产党的十一届三中全会就预见到了这个问题,我们有九亿农村人口,所以我们从那时起就实行了家庭联产承包责任制,让一部分农民先富裕起来,我们裁军一百万,军工转民用,在经济政策方面,我们也开始了以公有制为基础,让集体和个体经济为补充的有计划的市场经济,加上我们的改革和开放是同时进行的,我们设置经济特区,我们大胆地引进了外资和侨资,引进了资本主义国家的先进技术,从 1978 年到现在不满十三年,中国已经改变了面貌,我们的国民经济总产值逐年增长,大部分地区已经从温饱走向小康,按眼下的形势,只要政策上不犯重大错误,不再遇特大自然灾害,那么到本世纪末,中国的国民经济总值翻两番,人均年收入达到八百美元,是有把握的。这就是说,我们走的是一条有中国特色的社会主义的道路。

找到和坚决地走这一条路,新中国花了三十年的时间。

熊佛西

（1900—1965），江西丰城人，作家、戏剧教育家。有短篇小说《铁苗》，话剧集《佛西戏剧集》《赛金花》，散文集《山水人的印象记》，学术论著《写剧原理》等。

记梁任公先生二三事

2月17日为梁任公先生逝世十四周年纪念日，周之风先生叫我写一篇纪念先生的文字。先生的道德文章、政治哲学，以及对于中国学术思想的影响，海内名家早有论定，毋庸我再在这里赘述。现在我要记述的只是关于先生的二三琐事，由这些琐事更可以窥见先生的治学与为人。

一

民国四年，袁世凯要窃位称帝的时候，先生愤恨之余，写了一篇《异哉所谓国体问题》的洋洋大文，理直气壮地痛斥当时一般帝制妖孽的谬论。事为袁氏所闻，便密派他的走狗某送了二十万块钱去贿赂先生，请他不要发表那篇文章。先生不但不接受袁氏的贿赂，且提前发表那篇文章之外，更积极地劝促他的得意门人蔡松坡将军潜赴云南起义。

二

新月社在北平成立的时候,一般文人学者常到松树胡同去聚谈,或研讨学问,或赋诗写文,或评论时事,颇极一时之盛,先生亦常去参加。某日,同仁请先生讲述《桃花扇》传奇,先生热情如火,便以其流利的"广东官话",滔滔不绝地将桃花扇作者的历史,时代背景,以及该书在戏曲文学上的价值,一一加以详尽透辟的解释与分析。最后并朗诵其中最动人的几首填词,诵读时不胜感慨之至,顿时声泪俱下,全座为之动容。

后,某日访先生于私寓,见其书斋案头放有精本《桃花扇》一册,凡警句妙词均经先生亲加朱红圈点,且作者有许多警惕的顶批与注解。

又一次,在一个宴会上,某名士忽谓古今诗人从不以"猪"字入咏,先生乃诵乾隆"夕阳芳草见游猪"之句。

先生闲时喜集唐宋词诗与联句,据我所知,经先生集书者已有三百余副。副副妙绝。

三

先生虽是学者、政论家、思想家,但具艺术家的头脑与风度。先生的生活形式,依我看,颇有浪漫诗人的情趣。先生健谈,善饮,热情,不拘形迹;醉后可以写文,且一挥就是洋洋洒洒,非万言不足以尽意抒情;写完文章,假使有人怂恿他作"麻雀牌"之戏,他也绝不拒绝。

先生讲学的神态有如音乐家演奏,或戏剧家表演;讲到幽怨凄凉处,如泣如诉,他痛哭流涕;讲到激昂慷慨处,他手舞足蹈,怒发冲冠!总之,他能把他整个的灵魂注入他要讲述的题材或人物,使听者忘倦,身入其境。吾友闻一多先生最能模仿先生讲学的神态。

四

先生生平最喜与一般青年接触,尤其和天资聪颖或用功最勤的青年亲近。亡友徐志摩,先生的得意弟子,与先生过从甚密。当志摩与陆小曼女士要结婚的时候,商请先生出面证婚,先生欣然允之,但亲友中却有异议。盖志摩小曼都是离过婚的人,那时的封建礼教势力还很大,一般社会对于离过婚的人是看不起的。离过婚的人再结婚简直是一种奇大的耻辱。且志摩的父母当时也不赞成志摩和小曼的结合。然先生却不管这些,到时依然出面为他们证婚,对于新郎新妇还有一段非常动人的训辞,可惜全文我记不清了,大意是:"一个人只应该结一次婚。万一婚后生活感到不美满因而引起痛苦时,可离婚。但离婚不是常态,而是一种不得已的不幸。现在一般人对于离过婚的人往往予以鄙视,这是不对的;相反地,我们应该同情他们这种不幸的遭遇。结婚应该以爱情为主,没有爱情的结合是不道德的,时时有破裂的危机。这种危机,死板的法律和传统的道德有时也很难挽救。不过,爱情是不能玩弄的,玩弄就失去了爱情神圣的意义。志摩和小曼都是在婚姻上一度失败了的人,今后更应警惕,应该如何的珍惜着这一次的结合,绝不能再有丝毫的失败,假使他们再失败了,社会绝不会同情了!"云云。

五

先生晚年入北平协和医院治病,据医师们检查的结果,认为先生的"肾"有一个溃烂了,非割去不能恢复健康。当时先生颇踌躇是否割去,亲友们却一致反对施用手术。先生再三考虑的结果,还是从医之言,终于割去一肾。

但割下之肾,细经剖验,毫无溃烂现象。于是群情忿慨,舆论抨击,社会对于协和医院与主治医师大表不满。先生恐此影响新的医学前途,便在病榻为文详述施用手术的经过,力为协和医院与主治医师辩护。先生并认为他们的诊断和施用手术都是经过科学方法推论与化验的结果;假使有错,其错不在医院与医师,而在新的医学尚待进一步的努力研究。

最后,先生并允许死后将他的脑部献给医师们剖解。

废　名

（1901—1967），湖北黄梅人，作家。有长篇小说《桥》《莫须有先生传》，短篇小说集《竹林的故事》《桃园》，文学论文集《谈新诗》等。

初　恋

我那时是"高等官小学堂"的学生，在乡里算是不容易攀上的资格，然而还是跟着祖母跑东跑西，——这自然是由于祖母的疼爱，而我"年少登科"，也很可以明白的看出了。

我一见她就爱；祖母说"银姐"，就喊"银姐"；银姐也立刻含笑答应，笑的时候，一边一个酒窝。

银姐的母亲是有钱的寡妇，照年纪，还不能陪着祖母进菩萨，正因为这原故，她进菩萨总要陪着祖母。头一次见我，摸摸我的脑壳，"好孩子！谁家的女婿呢？"我不是碍着祖母的面子，真要唾她不懂事："年纪虽小，先生总是一样！"待到见了银姐，才暗自侥幸："喜得没有出口！"

我们住在一个城圈子里，我又特别得了堂长的允许下课回来睡觉，所以同银姐时常有会面的机会。

一天，我去银姐家请祖母，祖母正在那里吃午饭，观音娘娘的生期，刚刚由庵里转头。祖母问，父亲打发我来呢，还是母亲？我说，天后宫的尼姑收月米，母亲不知道往年的例。

"这算什么了不得的事呢，叫我！"

我暗自得计,坐在银姐对面的椅子上。银姐的母亲连忙吩咐银姐把刚才带回的云片糕给我,拿回去分给弟弟。我慢慢地伸手接着,银姐的手缓缓地离开我,那手腕简直同塘里挖起来的嫩藕一般。

银姐的母亲往天井取浴盆,我装着瞧一瞧街的势子走出来,听得泼水的声响又走进来,银姐的母亲正在同祖母咕嗫:"人家蠢笨的,哪知道这些躲避!"我几乎忍不住笑了,同时也探得了她们的确实的意见:阿焱还是一个娃娃。

早饭之后,我跑进银姐的家,银姐一个人靠着堂屋里八只手脚踏莲花的画像前面的长几做针黹。我好像真个不知道:

"我的祖母在不在这里呢?"

"同妈妈在后房谈话。"银姐很和气地答着。

话正谈得高兴,祖母车转头:"啊,今天是礼拜。"银姐的母亲也偏头呼喊一声:"银儿,引哥儿到后院打桑葚。"

后院有一棵桑树,红的葚,紫的葚,天上星那样丛密着。银姐拿起晾衣的竹竿一下一下地打,身子便随着竿子一下一下的弯;砰砰地落在地上,银姐的眼睛矍矍的忙个不开:

"拣!焱哥哥!"

只有"焱哥哥"到我的耳朵更清脆,更回旋,仿佛今天才被人这样称呼着。

我蹲下去拣那大而紫的了。"用什么装呢?"一手牵着长衫的一角……

"行不得!涂坏了衣服!"

荷包里掏出小小的白手帕递过我了。

中元节是我最忙的日子,邻舍同附近的同族都来请我写包袱。现在,又添了银姐一家了。远远望见我来,银姐的母亲笑嘻嘻的站在门口迎接着(她对于我好像真是疼爱,我也渐渐不当她是泛泛的婆子),仿佛经过相公的手,鬼拿去也更值钱些。墨同砚池都是银姐平素用来画花样的；笔，我自己早带在荷包；说声"水"，盛过香粉的玻璃瓶，早放在我的面前了。

"好一个水瓶！送给我不呢？"

"多着哩，只怕哥儿不要。"银姐的母亲忙帮着答应。随又坐在椅子上拍鞋灰："上街有事，就回。"

"哈哈！这屋子里将只有我同银姐两个了！"

屋子里只有我同银姐两个了，银姐而且就在我的身旁，写好了的包袱她搬过去，没有写的又搬过来。我不知怎的打不开眼睛，仿佛太阳光对着我射！而且不是坐在地下，是浮在天上！挣扎着偏头一觑，正觑在银姐的面庞！——这面庞呵，——我呵，我是一只鸟，越飞越小，小到只有一颗黑点，看不见了，消融于天空之中了……

我照着簿子写下去，平素在学堂里竞争第一，也没有今天这样起劲，并不完全因为银姐的原故，包袱封裹得十分匀净（大约也是银姐的工作吧），笔也是一支新的，还只替自己家同一位堂婶子写过，——那时嫌太新，不合式。写道：

　　故显考……冥中受用
　　孝女……化袱上荐

我迟疑了：我的祖父是父亲名字荐，我的死去了的堂叔是堂兄名字荐，都是"孝男"哪里有什么"孝女"呢？——其实……"故曾祖"，"故祖"底下，又何尝不是……"孝曾孙女"，"孝孙女"？

我写给我的祖父，总私自照规定的数目多写几个，现在便也探一探银姐的意见：

"再是写给你的爸爸了。"

银姐突然把腰一伸，双手按住正在搬过来的一堆：

"哪，——簿子上是什么记号呢？"

"八。"

"十二吧。"

银姐的母亲已经走进门来了。买回半斤蜜枣,两斤蛋糕,撒开铺在我的面前。银姐立刻是一杯茶,也掏枚蜜枣放在自己的口里:

"妈妈,来吧!不吃,焱哥哥也不吃。"

有月亮的晚上,我同银姐,还杂着别的女孩,聚在银姐的门口玩,她们以为我会讲洋话,见了星也是问,见了蝙蝠也是问,"这叫什么呢?"其实我记得清楚的,只不过 wife, girl……之类,然而也不能不勉强答应,反正她们是一个不懂。各人的母亲唤回各人的女儿了,剩下的只有我同银姐(银姐的母亲知道在自己门口;我跟祖母来,自然也跟祖母去),我的脚趾才舒舒的踏地,不然,真要钩断了:"还不滚!"银姐坐在石阶的上级,我站在比银姐低一级;银姐望天河,我望银姐的下巴。我想说一句话,说到口边却又吞进去了。

"七月初八那一日,我大早起来望鸦鹊,果然有一只集在桑树……"

"羽毛蓬乱些不呢?"

"就是看这哩。倒不见得。"

"银姐!……"

"怎么?"

"我——我们两个咂嘴……"

"呸!下流!"

我羞到没有地方躲藏了。

这回我牵着祖母回家,心里惴惴不安:"该不告诉妈妈吧?"——倘在平时,"赶快!赶快把今天过完,就是明天!"

这已经是十年的间隔了:我结婚后第一次回乡,会见的祖母,只有设在堂屋里的灵位,"奶奶病愈勿念",乃是家人对于千里外的爱孙的瞒词。妻告诉我,一位五十岁的婆婆,比姑妈还要哭得厉害,哭完了又来看新娘,跟着的是一位嫂嫂模样的姐儿,拿了放在几上的我的相片:

"这是焱哥哥吗？"

"啊……"

1923年12月10日

徐蔚南

（1902—1952），江苏吴县人，作家、翻译家。有短篇小说集《奔波》，散文集《春之花》《水面一桃花》，译作《法国名家小说选》《莫泊桑小说集》等。

山阴道上

一条修长的石路，右面尽是田亩，左面是一条清澈的小河，隔河是个村庄，村庄底背景是一联青翠的山冈。这条石路，原来就是所谓"山阴道上，应接不暇"的山阴道。诚然，"青的山，绿的水，花花世界"，我们在路上行时，望了东又要望西，苦了一双眼睛。道上很少行人，有时除了农夫自城中归来，简直没有别个人影了。我们正爱那清冷，一月里总来这道上散步二三次，道上有个路亭，我们每次走到路亭里，必定坐下来休息一会。路亭底两壁墙上，常有人写着许多粗俗不通的文句，令人看了发笑。我们穿过路亭，再往前走，走到一座石桥边，才停步，不再往前走了，我们去坐在桥栏上了望四周的野景。

桥下的河水，尤清洁可鉴。它那喃喃的流动声，似在低诉那宇宙底永久秘密。

下午，一片斜辉，映照河面，有如将河水镀了一层黄金。一群白鸭聚成三角形，最魁梧的一只做向导，最后的是一排瘦瘠的，在那镀金的水波上向前游去，向前游去。河水被鸭子分成二路，无数软弱的波纹向左右展开，展开，展开，展到河边的小草里，展到河边的石子上，展到河边的泥里……

　　我们在桥栏上这样注视着河水底流动,心中便充满了一种喜悦。但是这种喜悦只有唇上的微笑,轻匀的呼吸和和善的目光能表现得出。我还记得那一天,当时我和他两人看了这幅天然的妙画,我们俩默然相视了一会,似乎我们底心灵已在一起,已互相了解,我们底友谊已无须用言语解释,更何必用言语来解释呢?

　　远地里的山冈,不似早春时候尽被白漫漫的云雾罩着了,巍然接连着站在四周,青青地闪出一种很散漫的薄光来,山腰里的寥落松柏也似乎看得清楚了,桥左旁的山底形式,又自不同,独立在那边,黄色里泛出青绿来。不过山上没有一株树木,似乎太单调了;山麓下却有无数的竹林和丛薮。

　　离桥头右端三四丈处,也有一座小山,只有三四丈高,山巅上纵横都有四五丈,方方的有如一个露天的戏台,上面铺着短短的碧草。我们每登上了这山顶,便如到了自由国土一般,将镇日幽闭在胸间的游戏性质,尽情发泄出来。我们毫没有一点害羞,毫没有一点畏惧,我们尽我们底力量唱起歌来! 做起戏来,我们大笑,我们高叫。啊! 多么活泼,多么快乐! 几日来积聚的烦闷完全消尽了。玩得疲乏了,我们便在地上坐下来,卧下来,观看那晴空里的白云。白云确有使人欣赏的价值,一团一团地如棉花,一卷一卷地如波涛,连山一般地拥在那儿,野兽一般地站在这边;万千状态,无奇不有。这一幅最神秘最美丽最复杂的画片,只有睁开我们底心灵的眼睛来,才能看出其间的意义和幽妙。

　　太阳落山了。它底分外红的强光从树梢头喷射出来,将白云染成血色,将青山也染成血色。在这血色中,它渐渐向山后落下,忽而变成一个红球,浮在山腰里,这时它底光已不耀眼了,山也暗澹了,云也暗澹了,树也暗澹了。这红球原来是太阳底影子。

　　苍茫暮色里,有几点星火在那边闪动,这是城中电灯放光了,我们不得不匆匆回去。

钟敬文

（1903—2001），广东海丰人，作家、学者。有散文集《荔枝小品》，诗集《海滨的二月》，学术论著《民间文学概论》《钟敬文民间文学论集》《民间文艺谈薮》等。

黄叶小谈

小雨霏霏，轻寒凄恻，虽说远赶不上北国的彤云密布，冻雪纷飞，但住惯或生长在岭表的人，总会感觉得这是一种"岁云暮矣"的情调了。记得从前有一首五言律诗云：

> 梅动芳春近，云低远树微。
> 雨兼残叶下，风带暗沙飞。
> 坐看三冬尽，回思百事非。
> 浊醪连日醉，未足破愁围。

前四句，说的便是这个时节的景象呢。

一月来，我的心情的凄惶、纷乱，是有生以来所不曾经验过的。劫后余生，欲去不能，欲住不得。这种难挨的情味，惟有过来人能够领悟。否则虽尽管说的很逼真，可是终不能希冀其体味于十一，又何况我的笔端正笨拙得像永不转调的泉声呢？带住！这样轻轻提过就算了。在此当儿，不能做用心的事自然在意料中。堆积着的文债何时才让我竣工毕事呢？思之黯然！

真是一个意外了的事！昨天无意中在朋友处翻看了《贡献》第二期伏园先生题名《红叶》的一篇文章，却引起了我一时的兴味。教我在这酒余慵困的今天，伸纸来抒写这篇小文。自己惊怪之余，不能不谢谢孙先生文章鼓舞我的魔力了。

"黄叶"与"红叶"，虽然是两种很相似的东西，但在我们的观感上，颇各饶着不同的情调。如容我做点譬喻，那么，黄叶像清高的隐士，红叶她却是艳妆的美人了。古人句云："停车坐爱枫林晚，霜叶红于二月花。"这便是红叶的气味有些近于女性的春花的证明。对于黄叶，则只有令人感到孤冷清寒，或零落衰飒，不会再有什么绮思芳情了。

我自己不知甚么缘故，对于渔洋老人的诗会有如此嗜好的怪癖。如果在中国过去诗人中，我愿去自找什么老师，那么，他老当是首先屈指的一个。他浏览景物的诗，几乎没有一首不是我所爱读的。他诗里常常喜欢用红树、红叶、黄叶等名词，如："好是日斜风定后，半江红树卖鲈鱼。""清溪曲逐枫林转，红叶无风落满船。""路入江州爱晚晴，青山红树眼中明。"(先生《蜀道驿程记》云：第七日抵哺江津县，距县二里许，小山多桐子树，叶如渥丹，与夕霞相映。)"晚趁寒潮渡江去，满林黄叶雁声多。""青山初日上，黄叶半江飞。""数听清磬不知处，山鸟晚啼黄叶中。"诸如此类，都是很佳丽的语句，和东坡的"扁舟一棹归何处，家在江南黄叶村"，同为诗中的画。先生尝呼崔不雕为崔黄叶，他所最激赏的关于他的佳句，便是："丹枫江冷人初去，黄叶声多酒不辞。"可见他老对于黄叶的爱好了。

我忆起旧事来了，当我初进中学校读书时，颇喜欢胡诌些歪诗。我们的校长周六平先生见了，竟大大地加以赞赏。一回，他把一幅山水画嘱我题句，我勉强给他写上了下面二十八个字：

霜重溪桥落晚枫，寒烟消尽露晴空。
幽人领得秋风味，家在青山黄叶中。

他和诗以崔不雕相拟,至谓"比似桐花论衣钵,座中惟有阿龙超",则更以渔洋的赏识江东阿龙乐府者自况,令我真感愧无地了!"风流我愧秦淮海,竟于苏门夺席来",这是我当日报呈他老夫子的诗之末韵。一别将十年,他那黄叶飘零也似的生命,不知还遗留在这秋风冷落的人间么?我呢,一事没有成就,只剩着这样一副残病的身躯和凄惶的心情,在这世上东漂西泊地过活,辜负了他老人家深深的期望了。唉!这何消说,更何忍说呢!"前此空挥忧国泪,斯行差慰树人情",这两句当我离开故乡来广州时留别他的诗,一度追吟着,便一度感到哀伤了!

上面一大段的话,似乎有些过于跑野马了,紧回到我的黄叶谈吧。

红叶不是到处皆有的,——自然是指的大规模的枫柏柿叶等,不是零片的任何林木的叶子;黄叶则普通极了,只要到了相当的时候。岭表气温和暖,冬季的景象只相当于北方的秋天。在这分儿,自然可以看到枝间及地上,满缀着黄金的叶子了。日来偶纵步东郊北园一带,看到它们那样稀疏地清寂地挣扎于萧索的气运中,不免一股哀戚之情为之掀然鼓动起来。

回想数年前,我因为乱事,合家人由市镇迁入山村中的故居。那时的生活真是清隽可味。一个人竹笠赤足,漫步于水湄林际。金黄的叶子,或飞舞于身边,或缭绕于足下,冷风吹过,沙沙地作响。我的思想,也和头顶青空一般的宁谧而清旷。偶尔拾起一片,投在回曲的山溪中,它急遽地或迂徐地逐清碧的流水往下漂,我的神思也好像随之而俱去。在这样的环境中,真不知人间何世了。现在,不但这浮浪的身,未易插翼飞回故乡,就是去得,在那毒烟流弹之下,幽秀的山光,美丽的黄叶都摧毁焚烧以尽了!哦!时间的黑潮啊!你将永恒不会带回我那已逝的清福了么?

我竟会这样的动起感情来了。为了区区的黄叶,黄叶的回忆!算了,我愿意过去了的永成为过去!无力的我,只合对当前和未来的一切，去低吟那赏味之歌，虽然这也怕只一句近于"祝福"的空话。

十七年，正月，二日，于广州新迁寓次

今天偶翻《渔洋感旧小传》，见崔华（即崔不雕）条后面"按语"云："历城王进士苹字秋史，自称七十二泉主人。能诗，尝有句云，'乱泉声里才通屐，黄叶林间自著书'，又'黄叶下时牛背晚，青山缺处酒人行。'渔洋目之为王黄叶，此亦关于黄叶之一段佳话也。"《渔洋诗话》中，似有和这相近的一条，属文时颇思引用，因记忆不清遗之。现在竟在无意中碰见它，特为补记于此。

冯雪峰

（1903—1976），浙江义乌人，作家、文学评论家。有诗集《灵山歌》，杂文集《乡风与市风》，寓言集《雪峰寓言》，文学评论集《雪峰论文集》，回忆录《回忆鲁迅》等。

残酷与麻木

这自然很明白：恐惧是残酷或麻木的原因，但麻木和残酷又是一切独裁及一切反动统治的更为显著的特征。

独裁和一切反动统治，是与恐惧同在的，于是这种统治所做的事，就全以巩固其统治为目的；而这样的统治者也自然都是卑怯者了。卑怯的统治者不用说也要笼络人民的，但更多的是残酷的行为：严格的钳制，酷刑和屠杀，剿伐和战争，以及种种毒计和阴谋。

而残酷的结果是麻木……

麻木决非对人民的装聋作哑，却是残酷到了顶点或最后的状态。

麻木自然也反应着人民之麻木的反应，因为人民长久在独裁的反动的残酷统治之下，或者报以粗暴的愤怒的反抗，或者冷酷到失去知觉的麻木的忍受，这都作为人民对于残酷统治的反应，却也反映到统治者而使统治者也有了对这反应的反应。于是反动统治到了最后的时候，我们就常见这样的现象：统治者对人民的压迫和屠杀是残酷到麻木的地步，而人民则麻木地被压和被杀。人民几乎已失去痛苦的感觉，而统治者更是早已不将人民当作会感到痛苦的生物，他们也早已失去这种感觉了。

在这样的社会和时代,要恢复人与人之间的常态或什么慈善之心,必须在人民的愤怒而粗暴的反抗得到胜利之后,必须在残酷到麻木的反动统治被清除之后。

残酷和麻木自然都是治民的手段,但在到了最后地步的反动统治,这也就是一切了;那唯一的目的就只在于挽回和维持能够施行这手段的统治了。

聂绀弩

（1903—1986），湖北京山人，作家、学者。有散文集《婵娟》，杂文集《关于知识分子》，寓言集《天亮了》，诗集《元旦》，短篇小说集《邂逅》，学术论著《中国古典文学论集》等。

我若为王

在电影刊物上看见一个影片的名字：《我若为王》。从这影片的名字，我想到和影片毫无关系的另外的事。我想，自己如果作了王，这世界会成为一种怎样的光景呢？这自然是一种完全可笑的幻想，我根本不想作王，也根本看不起王，王是什么东西呢？难道我脑中还有如此封建的残物么？而且真想作王的人，他将用他的手去打天下，决不会放在口里说的。但是假定又假定，我若为王，这世界会成为一种怎样的光景？

我若为王，自然我的妻就是王后了。我的妻的德性，我不怀疑，为王后只会有余的。但纵然没有任何德性，纵然不过是个娼妓，那时候，她也仍旧是王后。一个王后是如何地尊贵呀，会如何地被人们像捧着天上的星星一样捧来捧去呀。假如我能够想象，那一定是一件有趣的事情。

我若为王，我的儿子，假如我有儿子，就是太子或王子了。我并不以为我的儿子会是一无所知，一无所能的白痴；但纵然是一无所知一无所能的白痴，也仍旧是太子或王子。一个太子或王子是如何地尊贵呀，会如何地被人们像捧天上的星星一样地捧来捧去呀。假如我能够想象,倒是件不是没有趣味的事。

我若为王,我的女儿就是公主:我的亲眷都是皇亲国戚。无论他们怎样丑陋,怎样顽劣,怎样……也会被人们像捧天上的星星一样地捧来捧去,因为他们是贵人。

我若为王,我的姓名就会改作:"万岁",我的每一句话都成为:"圣旨。"我的意欲,我的贪念,乃至每一个幻想,都可竭尽全体臣民的力量去实现,即使是无法实现的。我将没有任何过失,因为没有人敢说它是过失;我将没有任何罪行,因为没有人敢说它是罪行。没有人敢呵斥我,指摘我,除非把我从王位上赶下来。但是赶下来,就是我不为王了。我将看见所有的人们在我面前低头,鞠躬,匍匐,连同我的尊长,我的师友,和从前曾在我面前昂头阔步耀武扬威的人们。我将看不见一个人的脸,所看见的只是他们的头顶和帽盔。或者所能够看见的脸都是谄媚的,乞求的,快乐的时候不敢笑,不快乐的时候不敢不笑,悲戚的时候不敢哭,不悲戚的时候不敢不哭的脸。我将听不见人们的真正的声音,所能听见的都是低微的,柔婉的,畏葸和娇痴的,唱小旦的声音:"万岁,万岁,万万岁!"这是他们的全部语言:"有道明君!伟大的主上啊!"这就是那语言的全部内容。没有在我之上的人了,没有和我同等的人了,我甚至会感到单调,寂寞和孤独。

为什么人们要这样呢?为什么要捧我的妻,捧我的儿女和亲眷呢?因为我是王,是他们的主子,我将恍然大悟:我生活在这些奴才们中间,连我所敬畏的尊长和师友也无一不是奴才,而我自己也不过是一个奴才的首领。

我是民国国民,民国国民的思想和生活习惯使我深深地憎恶一切奴才或奴才相,连同敬畏的尊长和师友们。请科学家们不要见笑,我以为世界之所以还大有待于改进者,全因为有这些奴才的缘故。生活在奴才们中间,作奴才们的首领,我将引为生平的最大的耻辱,最大的悲哀。我将变成一个暴君,或者反而正是明君:我将把我的臣民一齐杀死,连同尊长和师友,不准一个奴种,留在人间。我将没有一个臣民,我将不再是奴才们的君主。

　　我若为王,将终于不能为王,却也真的为古今中外最大的王了。"万岁,万岁,万万岁!"我将和全世界的真的人们一同三呼。

罗　淑

（1903—1938），四川成都人，女，作家、翻译家。有短篇小说集《生人妻》《鱼儿坳》《地上的一角》，译作《何为》（车尔尼雪夫斯基）等。

轿　夫

记得是在一个暑期里，因为一时的高兴，答应了几个住在辽远的 L 县的同学，一同到她们的家乡去过夏。只给家里通了个信去，并不等候许可，就同着她们走了。

起初的两天是坐木船。可是在船上没有像我们想象中的那么潇洒，平静，因为我们搭着的是一只装载菜油往下河去的货船，篾篷终日给阳光炙得火烫，舱底的油蒸发着强烈的熏人的气味，而且搭客太多，起居上也深感到不便当。于是在第二天的晚上，我们便商议改走山路，虽是多了一日的路程，免不了要受她们家庭的埋怨，但是有我这一个外客，凡事只往我身上推，不就什么都干净了么？等到早晨船靠了一个市镇的时候，我们就上岸去，在这里雇了四乘凉轿。

没有上轿以前，我们叮咛轿夫说："四乘轿子要接连一起走，不许隔得太远，有赶不上的，走拢了不添酒钱。"

于是四乘轿子，八个轿夫，热热闹闹地拉了一长串，在满是树木的山道上蜿蜒地前进。

轿夫们全都很驯良，又因许了他们到家后多把小费，供给一餐饭食，所以他们就格外地殷勤。

我们一路上耽搁着，只要有好风景的地方，或者看见了一些不曾见过的花木，总把轿子停了下来，逗留好些时候才肯再走。要是停轿的地方有人家，他们就趁着我们向乡里人买东西的时候，向人讨碗凉水，几口吞完之后，再打一个欠，坐在突出地面的大树根上，石头上，抽着旱烟低声地闲话着。从那不善掩饰的目光里，我猜想得到他们谈话的主题是我们，可是我拿得定，那是不含着任何恶意的：我们没有像穿黄衣服的兵大爷，时刻用枪柄在他们干柴似的骨架上敲打，也不像着长袍大褂的老爷们，惯于用口唾和脚头对付他们。

"我看那两个轿夫的模样有些特别。"

一次下轿来买甘蔗，我的一个朋友对我这样说。随着她的视线，我望了一下立在一棵庞大的古松底下的抬我那两青年轿夫，他们正在对着一群找野食的鸡抛石子。

"有什么特别呢？"我问。

"你仔细看看，我也说不出他们的特别地方，总之，我觉得他们的确有点异样就是了。"

我又仔细再看，这一次仍然没有发现他所谓的特别地方，只不过他们不像别的六个轿夫一样打着赤膊，身上老是挂着一件给汗水灰尘糊紧了的褴褛的衣裳，除此，便是他们的眼睛比较其余的要显得温和一点罢了。

"没有什么稀奇，还不是一个样子？"

我的朋友便不再说什么。

我的轿子本来是在第三，渐渐地，第四乘冲上去了。我招呼我的轿夫说：

"快点呵，看看你们就要跟不上了，叫前面的等一等吧！"

"赶得上的，不要他们等！"他们似乎不愿意输气。

话虽这样说，他们的脚步分毫没有加快，而且不到多久，连前面的三乘轿子的影子都几乎望不见了。我很着急，不断地催促他们赶快走，可是无论怎样,我总是和前面的人愈隔愈远,终于他们在我的视线中不见了踪影!

太阳已经沉西,灿烂的彩霞失掉了鲜明的颜色,路上的行人也少了,这时起了一阵凉风,全山的树木全都披头散发的抖擞着,似乎在欢迎临近了的温柔的夜。

我不住地叫苦,身上的汗直淌,心像要跳出腔子似的那末难过。我在轿里蹬脚大声地喊道:

"等到了店子再给你们算账! ……叫你们喊他们等等,你们偏不叫! ……这样配当轿夫吗?坏东西,明天不要你们抬,我另自换人,呵!我另自换人!"

"呵呵!小姐,你生气!老实地讲,我们跟得上他们男子汉么?老天偏又不给我们这些人多生两只脚,……"前面的一个说。

"什么?你们是女人?"我惶惑地问。

"不是女人是男人?"后面的一个咕噜道。

我的一团怒气完全给这几句简单的话语消除得一丝无存,我由不得随口问了一句:

"为什么女人也要跑来抬轿子呢?"

"哈!哈!哈!我的老天爷,为什么! ……"后面的一个大笑说。

"为肚皮呵!小姐!"前面的一个接口道。

这句话一完,两个人合拢又是几声哈哈。

这种笑,在她们也许是单纯的,可是我觉得那里面夹杂着讽刺,夹杂着血和泪,愤怒和呼号,它使我发起呆来,我木然地任她们把我抬着在苍茫的暮色里缓慢地走着。

林徽因

（1904—1955），福建福州人，女，建筑学家、作家。有短篇小说《九十九度中》，话剧《梅真和他们》，诗集《林徽因诗集》等。

蛛丝和梅花

真真地就是那么两根蛛丝，由门框边轻轻地牵到一枝梅花上。就是那么两根细丝，迎着太阳光发亮……再多了，那还像样么？一个摩登家庭如何能容蛛网在光天白日里作怪，管它有多美丽，多玄妙，多细致，够你对着它联想到一切自然，造物的神工和不可思议处；这两根丝本来就该使人脸红，且在冬天够多特别！可是亮亮的，细细的，倒有点像银，也有点像玻璃制的细丝，委实不算讨厌，尤其是它们那么潇脱风雅，偏偏那样有意无意地斜着搭在梅花的枝梢上。

你向着那丝看，冬天的太阳照满了屋内，窗明几净，每朵含苞的，开透的，半开的梅花在那里挺秀吐香，情绪不禁迷茫缥缈地充溢心胸，在那刹那的时间中振荡。同蛛丝一样的细弱，和不必需，思想开始抛引出去：由过去牵到将来，意识的，非意识的，由门框梅花牵出宇宙，浮云沧波踪迹不定。是人生，艺术，还是哲学，你也无暇比较，你不能制止你情绪的充溢，思想的驰骋，蛛丝梅花竟然是瞬息可以千里！

好比你是蜘蛛，你的周围也有你自织的蛛网，细致地牵引着天地，不怕多少次风雨来吹断它，你不会停止了这生命上基本的活动。此刻……"一枝斜好，幽香不知甚处"，……

拿梅花来说吧，一串串丹红的结蕊缀在秀劲的傲骨上，最可爱，最可赏，等半绽将开地错落在老枝上时，你便会心跳！梅花最怕开；开了便没话说。索性残了，沁香拂散同夜里炉火都能成了一种温存的凄清。

记起了，也就是说到梅花，玉兰。初是有个朋友说起初恋时玉兰刚开完，天气每天的暖，住在湖旁，每夜跑到湖边林子里走路，又静坐幽僻石上看隔岸灯火，感到好像仅有如此虔诚地孤对一片泓碧寒星远市，才能把心里情绪抓紧了，放在最可靠最纯净的一撮思想里，始不至亵渎了或是惊着那"寤寐思服"的人儿。那是极年轻的男子初恋的情景，——对象渺茫高远，反而近求"自我的"郁结深浅——他问起少女的情绪。

就在这里，忽记起梅花。一枝两枝，老枝细枝，横着，虬着，描着影子，喷着细香；太阳淡淡金色地铺在地板上；四壁琳琅，书架上的书和书签都像在发出言语；墙上小对联记不得是谁的集句；中条是东坡的诗。你敛住气，简直不敢喘息，踮起脚，细小的身形嵌在书房中间，看残照当窗，花影摇曳，你像失落了什么，有点迷惘。又像"怪东风着意相寻"，有点儿没主意！浪漫，极端的浪漫。"飞花满地谁为扫？"你问，情绪风似的吹动，卷过，停留在惜花上面。再回头看看，花依旧嫣然不语。"如此娉婷，谁人解看花意"，你更沉默，几乎热情地感到花的寂寞，开始怜花，把同情统统诗意地交给了花心！

这不是初恋，是未恋，正自觉"解看花意"的时代。情绪的不同，不止是男子和女子有分别，东方和西方也甚有差异。情绪即使根本相同，情绪的象征，情绪所寄托，所栖止的事物却常常不同。水和星子同西方情绪的联系，早就成了习惯。一颗星子在蓝天里闪，一流泠涧倾泻一片幽愁的平静，便激起他们诗情的波涌，心里甜蜜地，热情地便唱着由那些鹅羽的笔锋散下来的"她的眼如同星子在暮天里闪"，或是"明丽如同单独的那颗星，照着晚来的天"，或"多少次了，在一流碧水旁边，忧愁倚下她低垂的脸"。

惜花，解花太东方，亲昵自然，含着人性的细致是东方传统的情绪。

此外年龄还有尺寸,一样是愁,却跃跃似喜,十六岁时的,微风零乱,不颓废,不空虚,踏着理想的脚充满希望,东方和西方却一样。人老了脉脉烟雨,愁吟或牢骚多折损诗的活泼。大家如香山,稼轩,东坡,放翁的白发华发,很少不梗在诗里,至少是令人不快。话说远了,刚说是惜花,东方老少都免不了这嗜好,这倒不论老的雪鬓曳杖,深闺里也就攒眉千度。

　　最叫人惜的花是海棠一类的"春红",那样娇嫩明艳,开过了残红满地,太招惹同情和伤感。但在西方即使也有我们同样的花,也还缺乏我们的廊庑庭院。有了"庭院深深深几许"才有一种庭院里特有的情绪。如果李易安的"斜风细雨"底下不是"重门须闭"也就不"萧条"得那样深沉可爱;李后主的"终日谁来"也一样的别有寂寞滋味。看花更须庭院,深深锁在里面认识,不时还得有轩窗栏杆,给你一点凭藉,虽然也用不着十二栏杆倚遍,那么慵弱无聊。

　　当然旧诗里伤愁太多;一首诗竟像一张美的证券,可以照着市价去兑现!所以庭花,乱红,黄昏,寂寞太滥,诗常失却诚实。西洋诗,恋爱总站在前头,或是"忘掉",或是"记起",月是为爱,花也是为爱,只使全是真情,也未尝不太腻味。就以两边好的来讲。拿他们的月光同我们的月色比,似乎是月色滋味深长得多。花更不用说了;我们的花"不是预备采下缀成花球,或花冠献给恋人的",却是一树一树绰约的,个性的,自己立在情人的地位上接受恋歌的。

　　所以未恋时的对象最自然的是花,不是因为花而起的感慨,——十六岁时无所谓感慨,——仅是刚说过的自觉解花的情绪,寄托在那清丽无语的上边,你心折它绝韵孤高,你为花动了感情,实说你同花恋爱,也未尝不可,——那惊讶狂喜也不减于初恋。还有那凝望,那沉思……

　　一根蛛丝!记忆也同一根蛛丝,搭在梅花上就由梅花枝上牵引出去,虽未织成密网,这诗意的前后,也就是相隔十几年的情绪的联络。

　　午后的阳光仍然斜照,庭院阒然,离离疏影,房里窗棂和梅花依然

124

伴和成为图案,两根蛛丝在冬天还可以算为奇迹,你望着它看,真有点像银,也有点像玻璃,偏偏那么斜挂在梅花的枝梢上。

民国二十五年新年漫记

朱　湘

（1904—1933），安徽太湖人，诗人。有诗集《夏天》《草莽集》《石门集》《永言集》，散文集《中书集》等。

江行的晨暮

美在任何的地方，即使是古老的城外，一个轮船码头的上面。

等船，在划子上，在暮秋夜里九点钟的时候，有一点冷的风。天与江，都暗了；不过，仔细地看去，江水还浮着黄色。中间所横着的一条深黑，那是江的南岸。

在众星的点缀里，长庚星闪耀得像一盏较远的电灯。一条水银色的光带晃动在江水之上。看得见一盏红色的渔灯。

岸上的房屋是一排黑的轮廓。

一条趸船在四五丈以外的地点。模糊的电灯，平时令人不快的，在这时候，在这条趸船上，反而，不仅是悦目，简直是美了。在它的光围下面，聚集着一些人形的轮廓。不过，并听不见人声，像这条划子上这样。

忽然间，在前面江心里，有一些黝黯的帆船顺流而下，没有声音，像一些巨大的鸟。

一个商埠旁边的清晨。

太阳升上了有二十度；覆碗的月亮与地平线还有四十度的距离。几大片鳞云粘在浅碧的天空里；看来，云好像是在太阳的后面，并且远了不少。

山岭披着古铜色的衣,褶痕是大有画意的。

水汽腾上有两尺多高。有几只肥大的鸥鸟,它们,在阳光之内,暂时的闪白。

月亮是在左舷的这边。

水汽腾上有一尺多高;在这边,它是时隐时显的。在船影之内,它简直是看不见了。

颜色十分清阔的,是远洲上的列树,水平线上的帆船。

江水由船边的黄到中心的铁青到岸边的银灰色。有几只小轮在喷吐着煤烟;在烟窗的端际,它是黑色;在船影里,淡青,米色,苍白;在斜映着的阳光里,棕黄。

清晨时候的江行是色彩的。

梁遇春

（1904—1932），福建闽侯人，作家、翻译家。有散文集《春醪集》《泪与笑》，译作《英国小品文选》《英国诗歌选》《红字》（霍桑）等。

滑稽和愁闷

整天笑嘻嘻的人是不会讲什么笑话的，就是偶然讲句吧，也是那不会引人捧腹，值不得传述的陈旧笑谈。这的确是上帝的公平地方，一个人既然满脸春风，两窝酒靥老挂在颊边，为社会增不少融融泄泄的气象，又要他妙口生莲，吐出轻妙的诙谐，这未免太苦人所难了，所以上帝体贴他们，把诙谐这工作放在那班愁闷人肩上，让笑嘻嘻的先生光是笑嘻嘻而已。那班愁闷的人们不论日夜，总是口里喃喃，心里郁郁，给世界一种倒霉的空气，自然也该说几句叫人听着会捧腹的话，或者轻轻地吐出几句妙语，使人们嘴角微微地笑起来，以便将功折罪，抵消他们脸上的神情所给人的阴惨的印象。因此古往今来世上大诙谐家都是万分愁闷的人。

英国从前有个很出名的丑角，他的名字我不幸忘记了，就把他叫做密斯忒 X 罢，密斯忒 X 平常总是无缘无故地皱眉蹙额，他自己也是莫名其妙，不过每日老是心中一团不高兴。他弄得自己没有法子办，跑到内科医生那里问有什么医法没有。那内科医生诊察了半天，最后对他说："我劝你常去看那丑角密斯忒 X 的戏，看了几回之后，我包管你会好。"密斯忒 X 听了这话，啼也不好，笑也不好，只得低着头走出诊察室。

听说做《淘金记》和《马戏》的贾波林也是很忧郁的。这是必然的，否则，他绝不能够演出那趣味深长的滑稽剧。英国19世纪浪漫派诗人Coleridge曾说："我是以眼泪来换人们的笑容。"他是个谈锋极好的人，每天晚上滔滔不绝地讨论玄学、诗体以及其他一切的问题，他说话又深刻又清楚，无论谁都会忘了疲倦，整夜坐在旁边听他娓娓地清谈。他虽然能够给人们这么多快乐，他自己的心境却常是枯燥烦恼到了极点。写《心爱的猫儿溺死在金鱼缸里》和《痴汉骑马歌》的Gray和Cowper也都是愁闷之神的牺牲者。Cowper后来愁闷得疯死了，Gray也是几乎没有一封信不是说愁说恨的。晋朝人讲究谈吐，喜欢诙谐，可是晋朝人最爱讲达观，达观不过是愁闷不堪，无可奈何时的解嘲说法。杀犯当临刑时节，常常唱出滑稽的歌曲，人们失望到不能再失望了，就咬着牙齿无端地狂笑，觉得天下什么事情都是好笑的。这些事都可以证明滑稽和愁闷的确有很大的关系。

诙谐是由于看出事情的矛盾，萧伯纳说过，"天下充满了矛盾的事情，只是我们没有去思索，所以看不见了。"普通人，尤其那笑嘻嘻的人们与物无忤地天天过去，无忧无虑，无欢无喜，他们没有把天下事情放在口里咀嚼一番，所以也不知道到底是什么味道，草草一生就算了。只有那般愁闷的人们，无往而自得，好像上帝和全人类联盟起来，和他捣乱似的。他背着手含着眼泪走遍四方，只觉到处都是灰色的。他免不了拼命地思索，神游物外地观察，来遣闷消愁。哈哈！他看出世上一切事物的矛盾，他抿着嘴唇微笑，写出那趣味隽永的滑稽文章，用古怪笔墨把地上的矛盾穷形尽相地描写出来。我们读了他们的文章，看出埋伏在宇宙里的大矛盾，一面也感到洞明了事实真相的痛快，一面也只得无可奈何地笑起来了。没有那深深的烦闷，他们绝不能瞧到这许多很显明的矛盾事情，也绝不会得到诙谐的情绪和沁人心脾的滑稽辞句。滑稽和愁闷居然有因果的关系，这个大矛盾也值得愁闷人们的思索。

因为诙谐是从对于事情取种怀疑态度，然后看出矛盾来，所以怀疑主义者多半是用诙谐的风格来行文，因为他承认矛盾是宇宙的根本原理。服尔德（Voltaire）同 Montaigne 和当代的法朗士罗素的书里都有无限滑稽的情绪。

　　法国的戏剧家 Beaumarchais 说："我不得不老是狂笑着，怕的是笑声一停我就会哭起来了。"这或者也是愁闷人所以滑稽的原因。

丁 玲

(1904—1986),湖南临澧人,女,作家。有短篇小说集《在黑暗中》,中篇小说《水》,长篇小说《太阳照在桑干河上》,散文集《陕北风光》《欧行散记》等。

诗人应该歌颂您

——献给病中的宋庆龄同志

诗人写过春天,写过盛开的花朵;但春天哪有您对儿童的温暖。任何鲜艳的花朵在您面前,都将低下头去。

诗人写过傲霜的秋菊,秋菊经受的风风雨雨,怎能与您的一生相比。几十年来,您都在风雨中亭亭玉立。

诗人写过白雪,描绘它的清白飘洒,但白雪哪如您的皎洁,晶莹。

迫害您的豺狼,走在您面前,却停步不敢向前,只能缩头夹尾。

妄图侮辱您的小丑,也不敢敲您的大门,只能卷旗息鼓,暗地诅咒。

您背后站着亿万爱您的人民,

您背后站着中国共产党。

您是属于中华民族的,谁也不敢动您一毫一分。

篡权者夺走了革命的胜利果实的时候,您站了出来,怒斥叛徒。您的文章,全世界,争相传颂。

当反共逆流泛滥成灾的时候,您又站在人民一边,泾渭分明,您维护真理,鄙弃亲情。

然而您手无寸铁,无权、无钱,只是一个柔弱的女性。但您是一个伟大的,坚贞的,圣洁的女性,您的力量,可以摧毁魔窟;您的笔虽然纤细,可是力敌千军。

您的声音虽是吴侬细语,可是却锋利如剑,响彻环宇。

有的英雄,勒马挥刀,叱咤风云;

有的英雄,豪情满怀,才华横溢。

有的能言善辩,八面玲珑;

有的拉帮结派,拍马吹牛。

只有您,幽静细致,一派斯文,温柔中显露刚强,平稳中突出智慧。

有人说上帝造人,但上帝能造出您这样美丽的灵魂吗?

您刚刚走出校门,就站在中国伟大的先驱者的身边,您是真正的革命的三民主义者。

孙中山先生逝世了,您继承他的事业,保护他的旗帜,战斗不歇。

开国以来,您荣居高位,却从不骄矜,您始终虚怀若谷,文质彬彬。

您随着人民的战鼓,走进共产主义者的行列。您是左翼的辩护士。我们老早就把您当作尊敬的同志。

今天,在您的病榻边,党接受您为一个正式党员。

您实践了几十年的宿愿,党也欢迎您这样的党员。

我们鼓掌,我们激动,我们频频欢呼:欢迎您,宋庆龄同志!宋庆龄同志,我们欢迎您!

冯 至

（1905—1993），河北涿县人，作家、翻译家。有诗集《北游及其它》《十四行集》，散文集《山水》，译作《海涅诗选》、《德国，一个冬天的童话》(海涅)等。

在赣江上

在赣江上，从赣州到万安，是一段艰难的水程。船一不小心，便会触到礁石上。多么精确的船夫，到这里也不敢信托自己，不能不舍掉几元钱，请一位本地以领船为业的人，把整个的船交在他的手里。这人看这段江水好似他祖传下来的一块田，一所房屋，水里块块的礁石无不熟识；他站在船尾，把住舵，让船躲避着礁石，宛转自如，像是蛇在草里一般灵活。等到危险的区域过去了，他便在一个适当的地方下了船，向你说声"发财"。

我们从赣江上了船，正是十月底的小阳天气，顺水又吹着南风，两个半天的工夫，便走了不少的路程。但到下午三点多钟，风向改变了，风势也越来越紧，领船的人把船舵放下，说："前面就是天柱滩，黄泉路，今天停在这里吧。"从这话里听来，大半是前边的滩过于险恶，他虽然精于这一带的情形，也难保这只风里的船不触在礁石上。尤其是顾名思义，天柱滩，黄泉路，这些名称实在使人有些懔然。

才四点钟，太阳还高高的，船便泊了岸，船夫抛下了锚，四下一望，没有村庄。大家在船里蜷伏了多半天，跳下来，同往常一样，总是深深地呼吸几下,全身感到轻快。不过这次既看不见村庄,水上也没有邻船,一片沙地连接着没有树木的荒山,不管同船的孩子们怎样在沙上跳跃,可是风势更紧了,天空也变得不那样晴朗,心里总有些无名的恐惧:水里嶙峋的礁石好像都无情地挺出水面一般。

我个人呢。妻在赣州病了两个月,现在在这小船里,她也只是躺着,不能坐起。当她病得最重,不省人事的那几天,我坐在病榻旁,摸着她冰凉的手,好像被她牵引着,到阴影的国度里旅行了一番。这时她的身体虽然一天天地健康起来,可是她的言谈动作,有时还使我起一种渺茫的感觉。我在沙地上绕了两个圈子,山河是这般沉静,便没精打采地回到船上去了。

"这是什么地方?"她问。

"没有村庄,不知道这地方叫作什么。"

……

风吹着水,水激动着船,天空将圆未圆的月被浮云遮去。同船的孩子们最先睡着了。我也在此起伏不定的幻想里忘却这周围的小世界。

睡了不久,好像自己迷失在一座森林里,焦躁地寻不到出路,远远却听见有人在讲话。等到我意识明了,觉得身在船上的时候,树林化作风声,而讲话的声音却依然在耳,这一个荒凉的地方那里会有人声呢?这时同船的 K 君轻轻咳嗽了一下。

"我们邻近停着小船吗?"我小声问。

"不远的地方好像看见过一只,"K 君说,"你听,有人在讲话,好像是岸上。"

"现在已经十二点半了——"K 君擦着一根火柴,看了表,说出这句话,更加增加我的疑虑。

此处全船的人们还是沉沉的睡着。

我也怀着但愿无事的侥幸心理又入了半睡状态。不知过了多少分钟,船上的狗大声的吠起来了;船上的人都被狗惊醒,而远远的讲话声音不但没有停住,反倒越听越近。我想,这真有些蹊跷了。

船上的狗吠,船外的语声,两方面都不停息;又隔了一些时,勇敢的K君披起衣服悄悄地走出船舱。这时全船的人都惊醒着,屏息无声,只有些悉索的动作;人人尽可能地把身边一点重要的物件,往不为人注意的地方放;柴堆里,炉灰里,舱篷的隙缝里……大家安排好了,静候着一件非常的事。

前后都是滩,风把船拘在这里,不能进也不能退,好像是在个魔术师手里。我守着大病初愈的妻,不知做什么事才好。忽然黑暗的船舱出现了一道光,是外边河上从舱篷缝里射进来的;这光慢慢地移动,从舱前移到舱后,分明是那河上放光的物体从我们船后已移到船头了。这光在船舱后消逝了不久,又有一道光射到舱前,仍然是那样的移动。

全船在静默里骚动着,妻的心房跳动得很快,只是小孩子们睡得沉沉地。

K君走进来了,轻轻地说,远远两只划子,一只在前,一只在后,船头都燃着一堆火,从我们的船旁划过。每只划子上坐着两个人,这不是窥探我们船上的虚实吗?

我听了K君的话,也走到舱外。暗银色的月光照彻山川,两团火光在急流的水上越走越远了。这是他们去报告他们的伙伴呢,还是探明了船上的人多,没有敢下手呢?

我望着那两团火光,尽在发呆,狗吠停止了,划子上的语声也听不见了。除去这满船的猜疑和恐惧外,面前是个非人间的、广漠的、原始般的世界。

最后船夫走到我身边;他大半被这满船客人的骚动搅得不能安静地躺在被里了。他说,不要怕,这地方一向是平静的。

"那么夜里这两只划子是作什么的呢?"

"那是捉鱼的。白天江上来往的船只多,不便捉鱼。夜静了,正是捉鱼的好时候。鱼见了火光便都跟随着火光聚拢起来;你看,那两只划子的下面不知有多少鱼呢……"

我恍然大悟，顿时想到"渔火"那两个字。

……

第二天早晨，风住了，船刚要起锚，对岸划来一只划子，上边有两个渔夫。他们好像是慰问我们昨夜的虚惊，卖给我们两条又肥又美的鳜鱼。

妻，幼年生长在海边，惯于鱼虾，对着这欢蹦乱跳的鱼，脸上浮现出病后的第一次健康的微笑。

1939 年写于昆明

臧克家

（1905—2004），山东诸城人，作家。有诗集《烙印》《罪恶的黑手》《泥土的歌》，短篇小说集《挂红》，散文集《臧克家抒情散文选》等。并有《臧克家文集》行世。

博士之家

几十年来，我养成了早起的习惯。五点多钟起床，不到六点就出街了，冬夏无间，从未中断。大清早，长巷空空，柏油马路，还在舒坦地做梦。我独个儿，呼吸着鲜美的空气，如饮醇醪。高伸长臂，东向散步，大红太阳，满面笑容，彼此问好；倒回头来，满月西下，似恋恋不舍。诗词名作，兜上心来，低吟朗诵，自我欣赏。这时候，二百米之内，竟成为我一人的天下。大约过一二十分钟，从我斜对门的大门里，突出一个人来。满面笑容，向我举起双手，好似向我报到。然后，跑步向东边去了。半小时左右，他跑了回来，看我面向而不是背着他时，就趋近前来，三言两语，然后分手，各自回家。这种早晨的"见面礼"，行之已经二三年了，原是陌生人，变成忘年之交了。

这一位，就是博士同志。

他是诗词研究专家，他的导师夏承焘、吴世昌，我都熟识，后者还是我的好友。日久天长，知面知心，一天碰面的时候，何止一次两次？往往街灯睁眼或明月当空，不期而遇于我的大门之前，敞开心胸，放言无忌。谈诗论文，感叹"世风"，臧否人物，互看作品……不止和他一人，同他全家都熟悉了。几乎天天看到他的夫人手提菜篮子从我门前经过，口里念叨着东西样样涨价，工资几年不动一动。他的男孩、女孩，都在上初中，上下学时见到我，总是老远尊敬而又亲切地呼一声"臧爷爷"。

去年冬天，他的一位朋友托他转请我写幅字，当天写好，我亲自给他送去。他来过我家，也带点回访的情意。一进大门，右手一条条短弄堂，家家密集，如同蜂房。结果，敲错了门，经过指点找到了博士之家。一声客到，全家从一间小房里拥挤出来迎接嘉宾。我一脚踏进房门，顿然大吃一惊！这是博士之家吗？我用眼睛测量了一下，这一间陋室不过十平方米，右手一张双人床，霸占了整个房子的一半，双人床头搭一个窝铺，一个小布幔子遮盖着女儿的安身之地；对面一桌一椅，左手墙角里安个火炉子，旁边有盆吊兰，高挂数尺，得到和暖之气，青枝绿叶，生气勃勃。我一到，他的全家连上我个人，全笼罩在一种欢乐、亲切、紧张的气氛之中。他们张罗着倒茶，排位子照相，可惜地小人多，挤成一团。他们解释说，另外还有一间，系危房，极端潮湿，不敢住人。但不知为什么，我却感从中来。这一条小弄堂里住了好几家，贴着他的房子的是他同事的居室，我很喜欢这一位同志，他颇有才华，活泼好动，别有风格，诗人气质浓重，他是古典文艺专家。我进了他的斗室。房子和博士之家大小相同。一人，一床，一书架而已。书案上有部《中国大百科全书·中国文学卷》，是赠品，其中有他的作品。临走，他们五人列队欢送，且走且谈，希望"臧老替我们呼吁呼吁"。

归来之后，我心里很不平静。不少人面，很多声音，来到脸前，响到我耳中。

"博士"这个称号，我从青年时代就以为它高不可攀，一提这二字，就发生一种高贵、尊崇、荣耀、富厚的感觉。外国情况我毫无所知，中国社会主义时代的"博士"怎么这个样子?！金字招牌，在我眼中顿然变色。因而想到博士的另几位同事，我和他们同样熟悉而亲切。有一位，专门写新小说史的,出版了好几本颇有价值的大著,我经常见到他亲自出街买菜,亲手做饭,有时拖着拖鞋,穿一件背心。他十分感慨地向我诉苦:"我每夜十二点前不睡觉,卡片有二万多张,可是精力却被生活琐事占去了一半。有书,摊不开,有心,也展不开……"再说一位二十六七岁的女专家,和他们住一起,她是研究宗教学的,他爸爸是位老教授,我认识。时常看到她提几个面包,握一束青菜,孤单一人,又要做学问,又要挤公共汽车去学习梵文,又要打水做饭,为生活奔忙。

博士,和其他几位助理研究员,副研究员,他们正当年富力强之时,有才华,有学识,有理想,有干劲。可是,他们的才力不能尽量地发挥出来,他们在追求理想的途程上遇到阻塞。前些日子,接到一位中年朋友的信,不久前他调到青岛一所大学的中文系教书,叫苦说:"一家数口,百余元维持不了生活,幸有点稿费储存,否则真要枵腹上讲台了。"我交接的这些中年朋友,他们困苦难言,我也为之感慨万端。因而想到韩愈《杂说》里谈千里马的几句名言"食不饱,力不足,才美不外现……安求其能千里也?"也因而想到某些"人民的公仆",腰缠十万贯的阔人,摩天琼楼,一夜数百金,出门汽车还不满足,讲牌号,比阔气……富矣,足矣,趾高而气扬,他们对国家贡献到底有多大?我不知道。在生活待遇方面,与上述的中年学者对比,可以用得上"天渊之别"这句古话了。因而,我明白了千家驹同志在政协大会上的发言为什么赢得了三十一次雷鸣般的掌声。而我,也是个政协委员,却只能写这样一篇二千字短文以寄慨!

陈伯吹

（1906—1997），上海市人，作家。有童话集《幻想张着彩色的翅膀》，诗集《礼花》，散文集《从山冈上跑下来的小女孩子》《三门峡工地上两少年》，学术论著《儿童文学简论》等。

花溪一日间

> 见故国之旗鼓；
> 　　感生平于畴日。
>
> ——丘迟

烽火几乎燃烧到了贵阳，我怀念着花溪，拉开了心幕，涌出一年前的回忆。这旧梦：温暖，美丽，依然像珍珠一般的鲜明。

经由图云关，到达贵阳。在城郊已望见了数十个烟囱；又看见了热闹的市街，富丽的店肆，以及熙来攘往的人们。虽然阴晦的天空，依旧暴露了"天无三日晴"的姿态；然而"地无三寸平，人无三分银"的谚语的迹痕，似乎杳不可见了。

贵阳，已非旧时面目，曾经有人赞美她说："地狱变成天堂！"其然？岂其然乎？所可惜的，只是高物价的天堂！

朋友很诚恳地向我说："过贵阳而不上花溪，如入宝山而空手归来！"

这是多么诱人而且有力的劝告，于是我在候西南公路局的交通车的时间里，在仅有的旅费中，支付了八个钟点，两百元法币，给了花溪；

这也许是最最吝啬的一个游客了。

天空有微雨,却又仿佛要射出阳光来,这是江南的一种养花天气,是阴晴莫测的天色,所以在旅店门口踌躇了好久,这又是"不成大事"的书生的坏脾气。侍役却在旁边告诉我说:

"先生!贵州的天气,在这早春的季节,老是这么样的;白天不大会下雨,可是一到黑夜,又得细雨绵绵了。"

我感谢他,也佩服他的善观气色,终于走出了门口。

在雨丝时飘时止,阳光欲露又掩的间歇里,蹄声嘚嘚,上坡下坡,我坐在荡动的马车上,断然上花溪去了。行行重行行,直等到走了两个半钟点以后,才迟迟地到了望眼欲穿的花溪。游客们都说"这马跑得不错;车子还快的"。我想到"路遥知马力",一腔怨愤,也随着马的疲惫的嘘气声中,忽然间消失了。恰好此时淡淡的阳光,透出云层,把山野耀得微亮,精神不觉也就爽快起来。先在镇上小饭店里,吃了一顿简单的饭,因为时候已近午刻了。然后大踏步地走向花溪,可是失望得很,那是一块多么平凡的地方,像普通的乡村一模一样。

不过,如果你嚼过橄榄的,你就得爱它那么样的滋味;她给予你的味道,也正是如此,当你在"盛名之下,其实难副"的失望里,会愈走愈高兴,愈看愈惬意,直等到你走完了,看完了,还依恋地不忍和她分手。

真的,如实说来,花溪的确没有什么特致难忘的景色,或者艳丽动人的地方。她的美,只是在山,水,树木,花草,甚至于村舍和田野的均匀和配合,远在艺术的美感律上,所谓"多样的统一"。她是一盘谐和的彩色,她是一幅匀称的图案,她是一个健康美丽的少女,只浓妆,不浓抹。

我打从一条宽阔的田畦上走去,爬登蛇山亭。在亭里眺望到的是广大的地野,绿油油的一大片,下了山,绕过尚武俱乐部,再登观瀑亭。近看潺潺乱窜的瀑水,远眺黑压压一堆的碧云窝,以及整齐的仲家的房屋,那全是苗人的老家,令人涌起一股怀古的幽情。略低的柏亭,在另一座小山上和它遥遥相对,四周围护着翠柏。旗亭在它的脚下,国旗正飘扬在翠柏与红梅之上,从悠闲中扬起一股庄严来。防校亭在它的侧面,放鹤亭在它的后面,坝上桥在它的前面。又慢步下了山。在绿水白浪之上,慢慢地踱过坝上桥,沿溪走着,左转再登××堂。在这里,可以鸟瞰全个花溪,景物历历可数;连田野里耕田的农人,山崖下凿石开道的劳工,伛偻徐行的贩夫,都成为点缀花溪景色的分子。花溪的美妙,即在于此,她与大自然打成了一片。至少在我个人的感觉上以为如此。徘徊了许久,尽量的从各个不同的角度上去饱餐景色,几乎不想拾级而下了。既然走了下来,彳亍走着,走过麟山,这是沿花溪旁最高的一座山,从历乱的丛林的隙缝中,可以辨认出上面有一座跃跃欲飞的飞云阁来。可惜石滑泥湿,要用最大的努力才能爬得上去,怕的是登了上去,恣意四望,不肯下来,在再思三思之下,只得割爱。痴立在下面,抬头凝望了好一会儿,仿佛自己已经跃登了上去,效法阿 Q 的精神胜利,祈求山灵勿笑。再沿着花溪曲曲走回去,淙淙的水声,一直在后边欢送着。

一路走,一路低着头,默然地思量:

山冈,田野,溪水,划子,丛林,草坪,花圃,曲桥,农场,村舍,亭阁,沙洲,石屿,假山,鱼塘,这一些,装点了花溪的静的美。

风声,鸟声,笑语声融化在淙淙的瀑声,潺潺的水流声中,配合上日丽山青,水绿,田碧,松苍,柏翠,桥栏红,浪花白,以及花香,蚕豆香,就只有这一些,交织成花溪的声色之美。

"真正的平凡,也就是不平凡!"我自语着,不觉已经踱出了一座耀煌的牌楼,那是算出了花溪了。

在驱向归路的马车里,随着颠簸的律动,思潮一起一落,那些花溪的景色,不绝地在我眼底里翻映。我想,如果我在天朗气清,风和日暖的暮春佳日,来尽情地鉴赏花溪,岂不更好吗?于是我埋怨我自己来得太早了。

当马车进入贵阳市的界石时,天空又飘起雨丝来,愈近贵阳,天色愈阴晦起来。我却又庆幸着能够安然来往于花溪的一个晴日间，纵然马车来回坐去了六个钟头，也不能不说是幸运了。何况如今还是战时时期呢！

烽火几乎燃烧到了贵阳，我怀念着花溪，闭上了心幕，珍藏着这鲜明的回忆，不让她给心里的风雨侵蚀。更默祷贵阳无恙，为前方却敌的将士祝福。

李广田

（1906—1968），山东邹平人，作家、学者。有散文集《画廊集》《回声》，短篇小说集《金坛子》，诗集《汉园集》，学术论著《文学枝叶》等。

山　色

> 山色朝暮之变，无如春深秋晚。

当我翻开一本新书，坐在窗前遥望西山景色的时候，想起了小时候读过的这句话。

可是，这是冬天。

在这个四季如春的地方，冬天看山，却另是一番可爱的景色。教书先生总喜欢到处批批点点，记起从前，一个人住在泰山下边的一所学校里，仰望泰山高处，颇想举起手中的朱笔，向南天门轻轻点去。此刻，我也想挥毫书空，给昆明的西山批上两个字的评语：明净。没有到过昆明的人，总以为这地方四季皆好，在这里住久了的人，却以为冬天最美。冬天无风无雨，天空最高最蓝，花色最多最妍，滇池五百里，水净沙明，山上无云霭，数峰青碧。说西山如睡美人，也只有这时候最像，偶然一抹微云，恰如一袭轻纱，掩映住它的梦魂，或者如一顶白羽冠冕，罩住它那拖在天边的柔发，只是更显出山色妩媚罢了。

一片阴影掠过我的眼前，记忆把我拉回到十几年前的一个黄昏。那是最黑暗的时代，冬天，刮着冷风，自朝至暮，黑云压城，到了日暮时刻，竟然飘起大片大片的雪花来了。我夹在仓仓惶惶的行人中间，默默地在大街上行走。"真冷啊!"行人中不时有人发出这样的惊呼。是的,真是冷得厉害,在这个"四季无寒暑"的城池里,大概谁也不曾料到会有这样的坏天气;我自己,简直感到连灵魂深处都已结了层冰。想起那个反动特务所装扮的黑衣女妖,她在翠湖的林荫路上对我作种种预言,像个乌鸦在天空中散布凶信,她偶做人家座上的不速之客,说这个城市将淹没在人们的血泊中。是的,这里曾多少次流过人民的鲜血。"我那鲜红的生命,渐渐染了脚下的枯草!"那个写过这样诗句的诗人,也终于把他最后一滴血洒在这片土地上!……我一面想着,蓦然抬头,那座平时并未引起我特别注目的西山,此刻却使我延伫良久,暮色苍茫,自远而至,山的轮廓模糊不清,仿佛它在这飞雪的寒天里也瑟缩不堪了。"真冷啊!"又是谁在风声中这样传呼?不是别的,正是它,是西山,它在向人家求救。我分明听见它用颤栗的声音对我呼求:"请给我一顶帽子,遮遮我的头吧。你看我的头发已经完全脱落了!"我知道这是怎么回事,遇到这样的坏天气,一个人光头露脑地站在荒野里,哪能不感到砭人肌骨的寒冷!"三旬九遇食",未免夸张,"十年著一冠",却是事实,此身一无长物,连我仅有的一顶旧毡帽也不知丢到哪里去了。"请给我一顶帽子吧。"我又听到西山在风声中这样呼叫。平时,总感到西山去城市相当遥远,此刻,觉得它是那么接近,我仿佛看见它在慢慢移动,它大概想把它那老态龙钟的身体移到城里来,它希望到城里来吸取一点暖气,它听到这里有人的声音,它看到黄昏中这里有灯火荧荧。我想告诉它,你不必徒劳,你连那个古老的城门也进不得,更何况那些高大明亮的玻璃门窗,那些雕梁画栋的宫殿、禁地。"寒山一带伤心碧!"它到底无可奈何,它大概已经冻僵了,已经冻死在滇池边上了。

现在,坐在窗前,看着这一幅明净的山水画图,想起过去这些遭际,确实感到奇怪。我自己问自己:难道这是真的吗?大概不是真的,也许只是一个梦,可是梦,岂不也是真的吗?

日光从楼角转过去。西山的轮廓显得更清楚了,它好像是画在那里的,又好像是贴在那里的。蓝蓝的天空,一点云影也没有,整个世界都安静,可是就在这静中,我感到一切都欣欣向荣,鼓舞前进。明天一定又是好天气,早起来第一眼就可以看见山脚下海水边那一片"赤壁",在晨光熹微中,照得云蒸霞蔚,真个是"赤日石林气,青天江海流",整个一座山都会活起来的。就是此刻,就像我第一次认识它似的,我感到它每一块石头都是有生命的。滇池的水在它的脚下,画出了一匹银线,"远水非无浪",我只是听不见拍岸的水声,却想象,西山已经被滇池浮起来了,它仿佛一只船,正在岸边上挽着。睡美人,我看见你的嘴唇轻轻翕动,你的胸部微微起伏,我已经听到你的呼吸。你大概正要说话,说出你过去的噩梦和你醒来后看到的一切,正如那个"听石头的人",那个古代艺术家,从一块石头中所曾听到过的;我也听到一个苏醒的生命从石头深处发出声音说:"我在这里,和大地一同复苏,一同前进。"

西山,你现在大概不会再要求到城里来了吧,社会主义的新城市,已经延伸到你的身边,你已经是这个城市的不可分离的一部分,你使这个美丽的城市显得更美丽了。

我的视线重又落到我翻开的书页上,上边写的是"对立的统一""从量变到质变"。不错,山与水,高与深,静与动,形成一幅完整的山水画,正是对立的统一,从过去到现在,从阴冷的昨天到阳光灿烂的今天,是由量变到质变。

李健吾

（1906—1982），山西运城人，作家、学者、翻译家。有散文集《意大利游简》，短篇小说集《坛子》，话剧《委曲求全》，译作《莫利哀喜剧集》，学术论著《司汤达研究》等。

希伯先生

接到哥哥来信，说家乡失陷，希伯先生被迫做了几天维持会的新贵，设法逃到外县。他有一个儿子被日本兵打死了。

希伯先生是一位有风趣的好好先生。一张并不虚肿的圆脸，沿边布满了荆棘似的短髭；鼻梁虽高，眼睛却不算大；毛发浓密，然而皮肤白净：处处给人一种矛盾的印象。小孩子初次站在他的旁边，不免望而生畏，听他三言两语之后，便意会出这位大人是怎样一个赤子，心情和他的年龄又是一个可爱的对比。他是一位半新不旧的文人，字写得规规矩矩，圆圆润润，和他自己一样平稳，和他自己一样没有棱角，而且，原谅我，和他自己一样默默无闻。中等身材，相当宽大，夏天他爱脱掉上身衣服，露出他厚实的胸脯。他的健康和强壮值得人人羡慕。谁也想不到这样一个结实的身体，藏着一颗比鸡胆还小的小胆。他虽说是一个文人，因为缺少名士的清骨，究竟还有撒野的地方，招人喜爱。方才我说他赤裸上身，未免有伤风化，实际当着亲朋家小，他才敢这样洒脱无礼。有一个毛病，不问前面是否远客高谊，他依然夺口而出，顺口而下，好比清流潺潺，忽来一声鸦噪。这就是那句一般斯走的口头禅：

狗的。

我喜欢他。十岁的光景,父亲托了两位朋友把我远迢迢从西安送到津浦沿线的一个小站。他是其中之一。另一位是著名的二愣子,一句话就瞪眼,两句话就打架的李逵一流的人物。他们两位永远在冲突,我夹在中间像一道坝,或者不如说像一位判官,因为最后排难解纷的一定是我。我很乖巧。他们一路在轿车上争吵,临到歇店的时候,我总插进一句:

——叔叔,回头喝酒吗?

他们在这一点上永远是同意的。看着我矜矜在意打开我的小箱,一枚一枚数着我的铜元,预备下了轿车请客,他们彼此望了望,眼睛全闭小了。我母亲给我小箱放了十块钱的铜元,因为我的乖巧,变成他们的调解费。

我想他们不会真打真闹起来的。希伯先生的性格先不允许。然而他之所以要抬杠的,大约只是寻开心,故意激逗而已。假如他晓得对方霸道的时候他会笑着脸,寻个机会,一转身溜掉的。

这种怕事的性格决定了他退守的引止。他不肯接受我父亲的介绍,孤零零到一个陌生的队伍。他指望我父亲有一天飞黄腾达,成就他的功名。同伴远走高飞,有的发了财,有的做了官,有的为害于民,有的为利于国,有的流转沟壑,死而不得其所,只有他,自从我父亲遇了害,收了他仅有的野心,烧掉所有我父亲寄给他的危险的书札,安分守己,默默然,只做了一个良善的顺民。每一个人有他自己的磁石。我父亲是希伯先生的磁石。这块磁石碎了,也就没有谁能再吸引他这块顽铁了。年轻时候尝够了冒险,如今心灰了,面冷了,他牢牢守住他的处世哲学:明哲保身和与世无争。名有好处也有坏处,他不要了;利,他要的,然而也只是那饱暖无缺的蝇头小利。没有大奢望,他也就没有大风波。他像一条蚕,啃着他那一片桑叶。还不如蚕,他放弃了走动的念头。二十年来,难得有人听到他的名字。我晓得他在家乡一个什么职业学校教书,发两句无谓的牢骚,讲两句他那点儿半新不旧的破劳什子,如斯而已。

一阵狂风暴雨卷进了这和平的渺小的生活,他把自私当做他的硬壳,慵慵逸逸,拖拖沓沓,胶着在他绿英英的石头上面。他已经忘记什么叫做行动。万一他在滚转,那不是他,而是石头,是波浪。但是,可爱而又可怜的希伯先生,我同情你。现在你陷在沸腾的血海,还丢掉了你所依恃的小小石头。你心爱的儿子也被强敌打死了。逃到什么地方去,你这前不把天后不着地的田螺?你学会了生活,却不晓得怎样生活:生活是一条链子,你是一个环子。他不是一块一块不相连接的石头。

我一点没有责备希伯先生的意思。我宝贵我过去的生命,希伯先生是它一了寂寞的角落。他属于我的生命,他的悲哀正是我的悲哀。有谁说我不就是希伯先生呢?有谁说谁不是呢?站出来,让我崇拜你。

缪崇群

（1907—1945），江苏泰县人，作家。有散文集《晞露集》《废墟集》《石屏随笔》，短篇小说集《归客与鸟》，译作《现代日本小品选》等。

花　床

冬天，在四周围都是山地的这里，看见太阳的日子真是太少了。今天，难得雾是这么稀薄，空中融融地混合着金黄的阳光，把地上的一切，好像也照上一层欢笑的颜色。

我走出了这黝暗的小阁，这个作为我们办公的地方（它整年关住我！），我仰着脖子，张开了我的双臂，恨不得要把谁紧紧地拥抱了起来。

由一条小径，我慢慢地走进了一个新村。这里很幽静，很精致，像一个美丽的园子。可是那些别墅里的窗帘和纱门都垂锁着，我想，富人们大概过不惯冷清的郊野的冬天，都集向热闹的城市里去了。

我停在一架小木桥上，眺望着对面山上的一片绿色，草已经枯萎了，惟有新生的麦，占有着冬天的土地。

说不出的一股香气，幽然地吹进了我的鼻孔，我一回头，才发现了在背后的一段矮坡上，铺满着一片金钱似的小花，也许是一些耐寒的雏菊，仿佛交头接耳地在私议着我这个陌生的来人：为探寻着什么而来的呢？

我低着头，看见我的影子正好像在地面上蜷伏着。我也真的愿意把自己的身子卧倒下来了,这么一片孤寂宁馥的花朵,她们自然地成就了一张可爱的床铺。虽然在冬天,土下也还是温暖的罢?

在远方,埋葬着我的亡失了的伴侣的那块土地上,在冬天,是不是不只披着衰草,也还生长着不知名的花朵,为她铺着一张花床呢?

我相信,埋葬着爱的地方,在那里也蕴藏着温暖。

让悼亡的泪水,悄悄地洒在这张花床上罢,有一天,终归有一天,我也将寂寞地长眠在它的下面,这下面一定是温暖的。

仿佛为探寻什么而来,然而,我永远不能寻见什么了,除非我也睡在花床的下面,土地连接着土地,在那里面或许还有一种温暖的,爱的交流?

1941 年 12 月 10 日

陆 蠡

（1908—1942），浙江天台人，作家、翻译家。有散文集《海星》《竹刀》《囚绿记》，译作《罗亭》（屠格涅夫）、《烟》（屠格涅夫）等。

囚绿记

这是去年夏间的事情。

我住在北平的一家公寓里。我占据着高广不过一丈的小房间，砖铺的潮湿的地面，纸糊的墙壁和天花板，两扇木格子嵌玻璃的窗，窗上有很灵巧的纸卷帘，这在南方是少见的。

窗是朝东的。北方的夏季天亮得快，早晨五点钟左右太阳便照进我的小屋，把可畏的光线射个满室，直到十一点半才退出，令人感到炎热。这公寓里还有几间空房子，我原有选择的自由的，但我终于选定了这朝东房间，我怀着喜悦而满足的心情占有它，那是有一个小小理由。

这房间靠南的墙壁上，有一个小圆窗，直径一尺左右。窗是圆的，却嵌着一块六角形的玻璃，并且左下角是打碎了，留下一个大孔隙，手可以随意伸进伸出。圆窗外面长着常春藤。当太阳照过它繁密的枝叶，透到我房里来的时候，便有一片绿影。我便是欢喜这片绿影才选定这房间的。当公寓里的伙计替我提了随身小提箱，领我到这房间来的时候，我瞥见这绿影，感觉到一种喜悦，便毫不犹疑地决定下来，这样了截爽直使公寓里伙计都惊奇了。

绿色是多宝贵的啊！它是生命，它是希望，它是慰安，它是快乐。

我怀念着绿色把我的心等焦了。我欢喜看水白,我欢喜看草绿。我疲累于灰暗的都市的天空,和黄漠的平原,我怀念着绿色,如同涸辙的鱼盼等着雨水!我急不暇择的心情即使一枝之绿也视同至宝。当我在这小房中安顿下来,我移徙小台子到圆窗下,让我的面朝墙壁和小窗。门虽是常开着,可没人来打扰我,因为在这古城中我是孤独而陌生。但我并不感到孤独。我忘记了困倦的旅程和已往的许多不快的记忆。我望着这小圆洞,绿叶和我对语。我了解自然无声的语言,正如它了解我的语言一样。

我快活地坐在我的窗前,度过了一个月,两个月,我留恋于这片绿色。我开始了解渡越沙漠者望见绿洲的欢喜,我开始了解航海的冒险家望见海面飘来花草的茎叶的欢喜。人是在自然中生长的,绿是自然的颜色。

我天天望着窗口常春藤的生长。看它怎样伸开柔软的卷须,攀住一根缘引它的绳索,或一茎枯枝;看它怎样舒开折叠着的嫩叶,渐渐变青,渐渐变老,我细细观赏它纤细的脉络,嫩芽,我以揠苗助长的心情,巴不得它长得快,长得茂绿。下雨的时候,我爱它淅沥的声音,婆娑的摆舞。

忽然有一种自私的念头触动了我。我从破碎的窗口伸出手去,把两枝浆液丰富的柔条牵进我的屋子里来,教它伸长到我的书案上,让绿色和我更接近,更亲密。我拿绿色来装饰我这简陋的房间,装饰我过于抑郁的心情。我要借绿色来比喻葱茏的爱和幸福,我要借绿色来比喻猗郁的年华。我囚住这绿色如同幽囚一只小鸟,要它为我作无声的歌唱。

绿的枝条悬垂在我的案前了,它依旧伸长,依旧攀缘,依旧舒放,并且比在外边长得更快。我好像发现了一种"生的欢喜",超过了任何种的喜悦。从前我有个时候,住在乡间的一所草屋里,地面是新铺的泥土,未除净的草根在我的床下茁出嫩绿的芽苗,蕈菌在地角上生长,我不忍加以剪除。后来一个友人一边说一边笑，替我拔去这些野草，我心里还引为可惜，倒怪他多事似的。

可是每天在早晨，我起来观看这被幽囚的"绿友"时，它的尖端总朝着窗外的方向，甚至于一枚细叶，一茎卷须，都朝原来的方向。植物是多固执啊！它不了解我对它的爱抚，我对它的善意。我为了这永远向着阳光生长的植物不快，因为它损害了我的自尊心。可是我囚系住它，仍旧让柔弱的枝叶垂在我的案前。

它渐渐失去了青苍的颜色，变成柔绿，变成嫩黄，枝条变成细瘦，变成娇弱，好像病了的孩子。我渐渐不能原谅我自己的过失，把天空底下的植物移锁到暗黑的室内；我渐渐为这病损的枝叶可怜，虽则我恼怒它的固执，无亲热，我仍旧不放走它。魔念在我心中生长了。

我原是打算七月尾就回南去的。我计算着我的归期，计算这"绿囚"出牢的日子。在我离开的时候，便是它恢复自由的时候。

卢沟桥事件发生了。担心我的朋友电催我赶速南归。我不得不变更我的计划，在七月中旬，不能再流连于烽烟四逼中的旧都，火车已经断了数天，我每日须得留心开车的消息。终于在一天早晨候到了。临行时我珍重地开释了这永不屈服于黑暗的囚人。我把瘦黄的枝叶放在原来的位置上，向它致诚意的祝福，愿它繁茂苍绿。

离开北平一年了。我怀念着我的圆窗和绿友。有一天，得重和它们见面的时候，会和我面生么？

傅 雷

（1908—1966），上海市人，学者、翻译家。有译作《贝姨》（巴尔扎克）、《约翰·克利斯朵夫》（罗曼·罗兰）、《贝多芬传》（罗曼·罗兰），文艺论著《世界美术名著二十讲》，散文集《傅雷家书》等。并有《傅雷译文集》行世。

傅雷家书（节选）

一九五六年十月三日晨

亲爱的孩子，你回来了，又走了；许多新的工作，新的忙碌，新的变化等着你，你是不会感到寂寞的；我们却是静下来，慢慢地回复我们单调的生活，和才过去的欢会与忙乱对比之下，不免一片空虚，——昨儿整整一天若有所失。孩子，你一天天地在进步，在发展：这两年来你对人生和艺术的理解又跨了一大步，我愈来愈爱你了，除了因为你是我们身上的血肉所化出来的而爱你以外，还因为你有如此焕发的才华而爱你；正因为我爱一切的才华，爱一切的艺术品，所以我也把你当作一般的才华（离开骨肉关系），当作一件珍贵的艺术品而爱你。你得千万爱护自己，爱护我们所珍视的艺术品！遇到任何一件出入重大的事，你得想到我们——连你自己在内——对艺术的爱！不是说你应当时时刻刻想到自己了不起，而是说你应当从客观的角度重视自己：你的将来对中国音乐的前途有那么重大的关系,你每走一步,无形中都对整个民族艺术的发展有影响,所以你更应当战战兢兢,郑重将事!随时随地要准备牺牲目前的感情,为了更大的感情——对艺术对祖国的感情。你用在理解乐曲方面的理智,希望能普遍地应用到一切方面,特别是用在个人的感情方面。我的园丁工作已经做了一大半,还有一大半要你自己来做的了。爸爸已经进入人生的秋季,许多地方都要逐渐落在你们年轻人的后面;能够帮你的忙将要越来越减少;一切要靠你自己努力,靠你自己警惕,自己鞭策。你说到技巧要理论与实践结合,但愿你能把这句话用在人生的实践上去;那么你这朵花一定能开得更美,更丰满,更有力,更长久!

谈了一个多月的话,好像只跟你谈了一个开场白。我跟你是永远谈不完的,正如一个人对自己的独白是终身不会完的。你跟我两人的思想和感情,不正是我自己的思想和感情吗?清清楚楚的,我跟你的讨论与争辩,常常就是我跟自己的讨论与争辩。父子之间能有这种境界,也是人生莫大的幸福。除了外界的原因没有能使你把假期过得像个假期以外,连我也给你一些小小的不愉快,破坏了你回家前的对家庭的期望。我心中始终对你抱着歉意。但愿你这次给我的教育(就是说从和你相处而反映出我的缺点)能对我今后发生作用,把我自己继续改造。尽管人生那么无情,我们本人还是应当把自己尽量改好,少给人一些痛苦,多给人一些快乐。说来说去,我仍抱着"宁天下人负我,毋我负天下人"的心愿。我相信你也是这样的。

一九六〇年八月二十九日

亲爱的孩子,八月二十日报告的喜讯使我们心中说不出的欢喜和兴奋。你在人生的旅途中踏上一个新的阶段,开始负起新的责任来,我们要祝贺你,祝福你,鼓励你。希望你拿出像对待音乐艺术一样的毅力、信心、虔诚,来学习人生艺术中最高深的一课。但愿你将来在这一门艺术中得到像你在音乐艺术中一样的成功!发生什么疑难或苦闷,随时向一二个正直而有经验的中、老年人讨教(你在伦敦已有一年八个月,也该有这样的老成的朋友吧?),深思熟虑,然后决定,切勿单凭一时冲动:只要你能做到这几点,我们也就放心了。

对终身伴侣的要求,正如对人生一切的要求一样不能太苛。事情总有正反两面:追得你太迫切了,你觉得负担重;追得不紧了,又觉得不够热烈。温柔的人有时会显得懦弱,刚强了又近乎专制。幻想多了未免不切实际,能干的管家太太又觉得俗气。只有长处没有短处的人在哪儿呢?世界上究竟有没有十全十美的人或事物呢?抚躬自问,自己又完美到什么程度呢?这一类的问题想必你考虑过不止一次。我觉得最主要的还是本质的善良,天性的温厚,开阔的胸襟。有了这三样,其他都可以逐渐培养;而且有了这三样,将来即使遇到大大小小的风波也不致变成悲剧。做艺术家的妻子比做任何人的妻子都难;你要不预先明白这一点,即使你知道"责人太严,责己太宽",也不容易学会明哲、体贴、容忍。只要能代你解决生活琐事,同时对你的事业感到兴趣就行,对学问的钻研等等暂时不必期望过奢,还得看你们婚后的生活如何。眼前双方先学习相互地尊重、谅解、宽容。

对方把你作为她整个的世界固然很危险,但也很宝贵!你既已发觉,一定会慢慢点醒她;最好旁敲侧击而勿正面提出,还要使她感到那是为了维护她的人格独立,扩大她的世界观。倘若你已经想到奥里维的故事,不妨就把那部书叫她细读一二遍,特别要她注意那一段插曲。像雅葛丽纳那样只知道 love,love,love! 的人只是童话中人物,在现实世界中非但得不到 love,连日子都会过不下去,因为她除了 love 一无所知,一无所有,一无所爱。这样狭窄的天地哪像一个天地!这样片面的人生观哪会得到幸福!无论男女,只有把兴趣集中在事业上,学问上,艺术上,尽量抛开渺小的自我(ego),才有快活的可能,才觉得活得有意义。未经世事的少女往往会存一个荒诞的梦想,以为恋爱时期的感情的高潮也能在婚后维持下去。这是违反自然规律的妄想。古语说,"君子之交淡如水";又有一句话说,"夫妇相敬如宾"。可见只有平静、含蓄、温和的感情方能持久;另外一句的意义是说,夫妇到后来完全是一种知己朋友的关系,也即是我们所谓的终身伴侣。未婚之前双方能深切领会到这一点,就为将来打定了最可靠的基础,免除了多少不必要的误会与痛苦。

你是以艺术为生命的人,也是把真理、正义、人格等等看做高于一切的人,也是以工作为乐生的人;我用不着唠叨,想你早已把这些信念表白过,而且竭力灌输给对方的了。我只想提醒你几点:——第一,世界上最有力的论证莫如实际行动,最有效的教育莫如以身作则;自己做不到的事千万勿要求别人;自己也要犯的毛病先批评自己,先改自己的。——第二,永远不要忘了我教育你的时候犯的许多过严的毛病。我过去的错误要是能使你避免同样的错误,我的罪过也可以减轻几分;你受过的痛苦不再施之于他人,你也不算白白吃苦。总的来说,尽管指点别人,可不要给人"好为人师"的感觉。奥诺丽纳(你还记得巴尔扎克那个中篇吗?)的不幸一大半是咎由自取,一小部分也因为丈夫教育她的态度伤了她的自尊心。凡是童年不快乐的人都特别脆弱(也有训练得格外坚强的,但只是少数),特别敏感,你回想一下自己,就会知道对付你的恋人要如何 delicate,如何 discreet 了。

我相信你对爱情问题看得比以前更郑重更严肃了;就在这考验时期,希望你更加用严肃的态度对待一切,尤其要对婚后的责任先培养一种忠诚、庄严、虔敬的心情!

丽　尼

（1909—1968），湖北孝感人，作家、翻译家。有散文集《黄昏之献》《鹰之歌》《白夜》，译作《前夜》（屠格涅夫）、《万尼亚舅舅》（契诃夫）等。

鹰之歌

黄昏是美丽的。我忆念着那南方的黄昏。

晚霞如同一片赤红的落叶坠到铺着黄尘的地上，斜阳之下的山冈变成了暗紫，好像是云海之中的礁石。

南方是遥远的；南方的黄昏是美丽的。

有一轮红日沐浴着在大海之彼岸；有欢笑着的海水送着夕归的渔船。

南方，遥远而美丽的！

南方是有着榕树的地方，榕树永远是垂着长须，如同一个老人安静地站立，在夕暮之中作着冗长的低语，而将千百年的过去都埋在幻想里了。

晚天是赤红的。公园如同一个废墟。鹰在赤红的天空之中盘旋，作出短促而悠远的歌唱，嘹唳地，清脆地。

鹰是我所爱的。它有着两个强健的翅膀。

鹰的歌声是嘹唳而清脆的，如同一个巨人底口在远天吹出了口哨。而当这口哨一响着的时候，我就忘却我底忧愁而感觉兴奋了。

我有过一个忧愁的故事。每一个年轻的人都会有一个忧愁的故事。

南方是有着太阳和热和火焰的地方。而且,那时,我比现在年轻。

那些年头!啊,那是热情的年头!我们之中,像我们这样大的年纪的人,在那样的年代,谁不曾有过热情的如同火焰一般的生活?谁不曾愿意把生命当作一把柴薪,来加强这正在燃烧的火焰?有一团火焰给人们点燃了,那么美丽地发着光辉,吸引着我们,使我们抛弃了一切其他的希望与幻想,而专一地投身到这火焰中来。

然而,希望,它有时比火星还容易熄灭。对于一个年轻人,只需一个刹那,一整个世界就会从光明变成了黑暗。

我们曾经说过:"在火焰之中锻炼着自己";我们曾经感觉过一切旧的渣滓都会被铲除,而由废墟之中会生长出新的生命,而且相信这一切都是不久就会成就的。

然而,当火焰苦闷地窒息于潮湿的柴草,只有浓烟可以见到的时候,一刹那间,一整个世界就变成黑暗了。

我坐在已经成了废墟的公园看着赤红的晚霞,听着嘹唳而清脆的鹰歌,然而我却如同一个没有路走的孩子,凄然地流下眼泪来了。

"一整个世界变成了黑暗;新的希望是一个艰难的生产。"

鹰在天空之中飞翔着了,伸展着两个翅膀,倾侧着,回旋着,作出了短促而悠远的歌声,如同一个信号。我凝望着鹰,想从它底歌声里听出一个珍贵的消息。

"你凝望着鹰么?"她问。

"是的,我望着鹰,"我回答。

她是我底同伴,是我三年来的一个伴侣。

"鹰真好,"她沉思地说了,"你可爱鹰?"

"我爱鹰的。"

"鹰是可爱的。鹰有两个强健的翅膀,会飞,飞得高,飞得远,能在黎明里飞,也能在黑夜里飞。你知道鹰是怎样在黑夜里飞的么？是像这样飞的,你瞧——"说着,她展开了两只修长的手臂,旋舞一般地飞着了,是飞得那么天真,飞得那么热情,使她底脸面也现出了夕阳一般的霞彩。

我欢乐底笑了,而感觉了兴奋。

然而,有一次夜晚,这年轻的鹰飞了出去,就没有再看见她飞了回来。一个月以后,在一个黎明,我在那已经成了废墟的公园之中发现了她底被六个枪弹贯穿了的身体,如同一只被猎人从赤红的天空击落了下来的鹰雏,披散了毛发在那里躺着了。那正是她为我展开了手臂而热情地飞过的一块地方。

我忘却了忧愁,而变得在黑暗里感觉奋兴了。

南方是遥远的,但我忆念着那南方的黄昏。

南方是有着鹰歌唱的地方,那嘹唳而清脆的歌声是会使我忘却忧愁而感觉兴奋的。

1934 年 12 月

靳 以

（1909—1959），天津市人，作家。有短篇小说集《残阳》，长篇小说《前夕》，散文集《红烛》《人世百图》《祖国——我的母亲》等。

红 烛

为了装点这凄清的除夕，友人从市集上买来一对红烛。

划一根火柴，便点燃了，它的光亮立刻就劈开了黑暗，还抓破了沉在角落上阴暗的网。

在跳跃的火焰中，我们互望着那照映得红红的脸，只是由于这光亮呵，心也感到温暖了。

可是户外赤裸着的大野，忍受着近日来的寒冷，忍受那无情的冻雨，也忍受那在地上滚着的风，还忍受着黑夜的重压，……它沉默着，没有一点音响，像那个神话中受难的巨人。

红烛仍在燃着，它的光愈来愈大了，它独自忍着那煎熬的苦痛，使自身遇到灭亡的劫数，却把光亮照着人间。我们用幸福的眼互望着，虽然我们不像孩子那样在光亮中自由地跳跃，可是我们的心是那么欢愉。它使我们忘记了寒冷，也忘记了风雨，还忘记了黑夜；它只把我们领到和平的境界中，想着孩子的时代，那天真无邪的日子，用朴质的心来爱别人，也用那纯真的心来憎恨。用孩子的心想来织造理想的世界，为什么有虎狼一般的爪牙呢？为什么有那一双血红的眼睛呢？为什么有鲜血和死亡呢？大人们难道不能相爱着活下去么？

可是突然,不知道是哪里的一阵风,吹熄了那一对燃着的红烛。被这不幸的意外所袭击,记忆中的孩子的梦消失了,我和朋友都噤然无声,只是紧紧地握着手。黑暗又填满了这间屋子,那风还不断地吹进来,斜吹的寒雨仿佛也有一两点落在我的脸上和手上。凄惶的心情盖住我,我还是凝视着那余烬的微光,终于它也无声地沉在黑暗中了。

萧　乾

（1910—1999），北京人，作家、记者、翻译家。有长篇小说《梦之谷》，通讯特写集《人生采访》，散文集《萧乾散文特写选》，译作《好兵帅克》(雅·哈谢克)、《大伟人江奈生·魏尔德传》(亨利·菲尔丁)等。并有《萧乾文集》行世。

鲁西流民图

　　津浦干线由兖州向鲁西伸出一只短臂直达济宁，这是距灾区最近的一座城。

　　由车站向四周看，济宁可说是整个地浸在汪洋大水里了。不错，我们还看得见树梢，甚而屋顶，但屋顶旁边却可以航行丈长的大船。用这银亮亮的一片作背景，栖在站台上，栖在铁轨旁，田塍上，郊野坟堆上的是一眼望不到边的难民。虽然站台旁搭有几座大席棚，但难民太多了，那惠泽只有极少的一部分幸运者得以享受。任你向哪处走，地上都免不了肮脏的屎迹。在那上面，就铺着草卷，席头，破被，蜷伏着无精打采的人们。饥饿夺去他们奕奕的目光，也夺去他们生存的魄力。大头瘦脸的婴儿抓着松软无乳的奶头，非等绿豆蝇叮得太厉害才哭叫一声。苍老妇人扶着拐杖，阖目想念着她几代创建的家园。八十岁的老翁仰头只是"天哪天哪"的叹息着。远地航来的船只靠了岸。又一批家亡人散的流民挤上站台。

　　我走近难民丛中。即刻成为他们无告的眼色的集中点了。一个中年妇人走近,就跪在地上,哭啼着说:"大爷,我的号码丢了!"她以为我是放赈的。一个蓬头消瘦的老媪也向我叩头,说她是个绝户老妈,家里房塌了,要我给她找个薄木棺材。铁轨旁一大簇人翘首等着火车。当我走过时,杂乱的声音中一个戴宽边草帽的男子向我发出:"大爷,车啥时候来呀?"一个老翁伸出颤颤的手指向我说,"你可不准把我们卖给洋人呀!"几百只、几千只失了光芒的眼睛向着铁道那端时刻瞭望。他们希望都寄托在那辽远的铁道尽头。他们想运走以后,一定可以睡在房顶下。

手枪队长蹲在铁道旁正喂一个红衫的幼儿。据他说,每天都拾着几个这样迷失的灾童。不知是有意无意,他爹妈把他丢在路旁。他啼哭了一个整天,这时,他已声嘶力弱了,蜷卧在地上。脸上泪痕又沾满了泥渍,耳叶后贴着一块膏药。他弯着泥污的腿,张大了口,吞喝着米汤,一只小手扶着碗边,另外一只还牢牢地抓住半个馍馍,不时狼狈地向嘴里塞。队长随喂随问他"姓啥?"他仰起头来茫然看看四围的人,就又扑向那碗米汤,眼看着赤裸的小肚囊填满了食粮在鼓动着。吃饱了以后,队长又轻拍着他问:"你姓啥?"这回他有点力气了。他眨着小眼珠,向四周审视了一下,哇地哭起来:"我妈呢?"没法,队长令兵士抱着这无主小孩在人丛中喊问:"这是谁家的孩子!"许多难民摇头,自语着:"谁家的孩子谁也不敢认。认了吃啥?"

车站那边有人肩负着白口袋走过,许多难民都尾随在后面跟来。走到一块铺有草席的空地,负白口袋的人驻足了,口袋里倾倒出来的是黑馍馍。一袋袋地,不一会儿就成了一座小山。四围的人加厚了,各色苍蝇也闻味成群飞来。它们倒抢先伏在馍馍上面了。一声号令,难民的组长依次走近草席。分发馍馍的兵士便一五一十地数着,掷向个个口袋嘴里去。组长睁大了眼睛点着数,难民组员在人丛里也不放松地守着。少了一个馍馍在他们是受不住的一桩损失!

一个新由鱼台逃上来的老媪用破衫前襟领到她的馍馍了。半月来,她曾固执着要死守家园。她空肚喝了四天的冷水,最后才被人硬拖上船。她倚着铁道旁的电灯杆不停地发抖。她闭着眼,抖着,嘴里念着:"我七十八岁的老婆,受这个罪!"即至黑馍馍放到她怀里时,她用枯柴般的手牢牢抓着,死命地向嘴里填,胸脯的瘦骨即刻起了痉挛。她恨不得一口全都吞下去。旁边有个妇人劝她慢些,她勒紧了衣兜,狠狠地看了那妇人一眼,以为是要抢她的那份。

远远地,走来一个白须老人。许多难民指着说,"俺们老爹来了。"老人用铁锹作扁担,一边挑着一个竹篮,一边是书册。他拈着胡须,叹着气,走近难民丛中。他放下了担子,用慈祥怜悯的眼光向四下看看,说:"唉,你们夜里冻得够受呵!"然后就打开书册,捧着对难民诵读起来。他诵的是"关帝君血泪救劫文",劝难兄难弟要忍耐,要相亲相爱。我从来没见过这样热烈的宣讲员。他用修长的指甲比画着,用嘎嘶的声音念诵。腿随着头部也颤抖着。他诵到黄水大祸,人畜死亡时,两行老泪就沿着脸上松懈的皮淌下来了。他咧着嘴,仰天呜呜地哭起来了。当我请问他高寿时,他说:"七十四了,唉,这还算年纪吗?"他称自己是"老弟"。他叹说:人家讥我老弟痴傻,唉,我是尽我这点心呀!他是滕县人。幼时荒唐,晚年忏悔,就皈依归一教。每晚住在菩萨庙里,白天肩着那载满了眷念的竹篮,走访他受灾的儿女。

一声尖锐的汽笛声,随后,一列火车开进站来了。拥挤的灾众,扶老携幼,向那黑色巨物移动了。立时,喊声震天,个个担心被遗落在后面,做娘的一手抱着,一手拢着她的儿女,媳妇挽着婆母,儿子扶着娘,背了长长的席卷,负着粗重的农具(由深水里捞出的唯一家产),向那车口处挤去。

我走近一辆满载的车,地上坐满了静待运送的难民。满足的,怨恨的,信任的,怀疑的眼光一齐射向我来。一个老妇人指着她脱失一只鞋的肥尖小脚。她挤上了车却丢了她的鞋。宽檐破草帽底下有一张熟悉的脸,我认出那是曾经向我问"车啥时来"的农夫。他像也看我颇熟,就扯着脖颈问:"大爷,大爷,给俺运到啥地方去呀?"可怜的流民,像一棵拔了根的水藻,他茫然地在灾难中漂流。

萧　红

（1911—1942），黑龙江呼兰人，女，作家。有散文集《商市街》《桥》《回忆鲁迅先生》，长篇小说《生死场》《呼兰河传》等。并有《萧红全集》行世。

雪　天

我直直是睡了一个整天，这使我不能再睡。小屋子渐渐从灰色变做黑色。

睡得背很痛，肩也很痛，并且也饿了。我下床开了灯，在床沿坐了坐，到椅子间坐了坐，扒一扒头发，揉擦两下眼睛，心中感到悠长和无底，好像把我放下一个煤洞去，并且没有灯笼使我一个人走沉下去。屋子虽然小，在我觉得和一个荒凉的广场样，屋子的墙壁隔离着我比天还远，那是说一切不和我发生关系；那是说我的肚子太空了！

一切街车街声在小窗外闹着。可是三层楼的过道非常寂静。每走过一个人，我留意他的脚步声，那是非常响亮的，硬底皮鞋踏过去，女人的高跟鞋更响亮而且焦急，有时成群的响声，男男女女穿踏着过道一阵。我听遍了过道上一切引诱我的声音，可是不用开门看，我知道郎华还没回来。

小窗那样高，囚犯住的屋子一般，我仰起头来，看见那一些纷飞的雪花从天空忙乱地跌落，有的也打在玻璃窗片上，即刻就消融了！变成水珠滚动爬行着，玻璃窗被它画成没有意义无组织的条纹。

我想:雪花为什么要翩飞呢?多么没有意义!忽然我又想我不也是和雪花一般没有意义吗?坐在椅子里,两手空着,什么也不做;口张着,可是什么也不吃。我十分和一架完全停止了的机器相像。

过道一响,我的心就非常跳,那该不是郎华的脚步?一种穿软底鞋的声音,擦擦地来近门口,我仿佛是跳起来,我心害怕着:他冻得可怜了吧?他没有带回面包来吧!

开门看时,茶房站在那里:

"包夜饭吗?"

"多少钱?"

"每份六角。包月十五元。"

"……"我一点都不迟疑摇着头,怕是他把饭送进来强迫叫我吃似的,怕他强迫向我要钱似的。茶房走出,门又严肃地关起来。一切别的房中的笑声,饭菜的香气都断绝了,就这样用一道门,我与人间隔离着。

一直到郎华回来,他的胶皮底鞋擦在门限我才止住幻想。茶房手上的托盘,肉饼,炸黄的番薯,切成大片有弹力的面包……

郎华的夹衣上那样湿了,已湿的裤管拖着泥。鞋底通了孔,使得袜子也湿了。

他上床暖一暖,脚伸在被子外面,我给他用一块破布擦着脚上冰凉的黑圈。

当他问我时,他和呆人一般直直的腰也不弯:

"饿了吧?"

我几乎是哭了,我说:"不饿。"为了低头,我的脸几乎接触到他冰凉的脚掌。

他的衣服完全湿透,所以我到马路旁去买馒头。就在光身的木桌上,刷牙缸冒着气,刷牙缸伴着我们把馒头吃完。馒头既然吃完,桌上的铜板也要被吃掉似的,他问我:

"够不够?"

我说："够了。"我问他："够不够？"

他也说："够了。"

隔壁的手风琴唱起来,它唱的是生活的痛苦吗？手风琴凄凄凉凉地唱呀！

登上桌子,把小窗打开。这小窗是通向人间的孔道:楼顶,烟囱,飞着雪沉重而浓黑的天,路灯,警察,街车,小贩,乞丐,一切显现在这小孔道;繁繁忙忙的市街发着响。

隔壁的手风琴在我们耳里不存在了。

1935 年

叶　紫

（1912—1939），湖南益阳人，作家。有短篇小说集《丰收》《山村一夜》，中篇小说《星》等。

岳阳楼

诸事完毕了，我和另一个同伴由车站雇了两部洋车，拉到我们一向所景慕的岳阳楼下。

然而不巧得很，岳阳楼上恰恰驻了大兵，"游人免进"。我们只得由一个车夫的指引，跨上那岳阳楼隔壁的一座茶楼，算是作为临时的替代。

心里总有几分不甘。茶博士送上两碗顶上的君山茶，我们接着没有回话。之后才由我那同伴发出来一个这样的议论："'不入虎穴，焉得虎子！'我们不如和那里面的驻兵去交涉交涉！"

由茶楼的侧门穿过去就是岳阳楼。我们很谦恭地向驻兵们说了很多好话，结果是：不行！

心里更加不乐，不乐中间还带了一些愤慨的成分，闷闷地然而又发不出脾气来。这时候我们只好站在城楼边，顺着茶博士的手所指着的方向，像看电影画面里的远景似的，概略在去领略了一点儿"古迹"的皮毛。我们知道了那兵舍的背面有一块很大的木板，木板上刻着的字儿就是传诵千古的《岳阳楼记》。我们知道了那悬着一块"官长室"的小牌儿的楼上就是岳阳楼。那里面还有很多很多古今名人的匾额，那里面还有纯阳祖师的圣像和白鹤童子的仙颜,那里面还有——据说是很多很多,可是我们一样都不能看到。

"何必呢?"我的同伴有点不耐烦了,"既然逛不痛快,倒不如回到茶楼上去看看山水为佳!"

我点了点头。茶博士这才笑嘻嘻地替我们换上两壶热茶,又加上点心和瓜子,把座位移近到茶楼边上。

湖,的确是太美丽了:淡绿微漪的秋水,辽阔的天际,再加上那远远竖立在水面的君山,一望简直可以连人们的俗气都洗个干净。小艇儿鸭子似的浮荡着,像没有主宰;楼下穿织着的渔船,远帆的隐没,处处都欲把人们吸入到图画里去似的。我不禁兴高采烈起来了:"啊啊,难怪诗人们都要做山林隐士,要是我也能在这里做一个优游水上的渔民,那才安逸啊。"回头,我望着茶博士羡慕似的笑道:

"喂!你们才快活啦!"

"快活?先生?"茶博士莫明其妙地吃了一惊,苦笑着。

"是呀!这样明媚的湖山,你们还不快活吗?"

"快活!先生,唉!……"茶博士又愁着脸儿摇了摇头,半晌没有下文回答。

我的心中却有点儿生气了。也许是这家伙故意来扫我的兴的吧,不由的追问了他一句:"为什么不快活呢?"

"唉!先生,依你看也许是快活的啊!……"

"为什么呢?"

"这年头,唉!先生,你不知道呢!"茶博士走近前来,"光是这岳阳楼下,唉!不像从前了啊!先生,你看那个地方就差不多每天都有人来上吊的!"他指那悬挂在城楼边的那一根横木,"三更半夜,驾着小船儿,轻轻靠到那下面,用一根绳子……唉!一年到头不知道有多少啊!还有跳水的'……"

"为什么呢?"

"为什么！先生,吃的、穿的,天灾、水旱、兵,鱼和稻又卖不出钱,捐税又重！……"看他的样子像欲哭。

"那么,你为什么也不快活呢?"

"我,唉！先生,没有饭吃,跑来做堂倌,偏偏又遇着老板的生意不好！……"

"啊——"我长长地答了一声。

接着,他又告诉我许多许多。他说:这岳阳楼的风水很多年前就坏了,现在已经不能够保佑岳州的人了,无论是种田,做生意,打鱼,开茶馆,……没有一个能够享福赚钱的。纯阳祖师也不来了,到处都是死路了。湖里的强盗一天一天加多,来往的客商都不敢从这儿经过,尤其是游君山和游岳阳楼的,几年来差不多快要绝踪。况且,两个地方都还驻扎着有军队……

我半晌没有回话。一盆冷水似的,把我的兴致都泼灭完了。我从隐士和渔民的幻梦里清醒过来,头不住地一阵阵往下面沉落！我低头再望望那根城楼上的横木,望望那些渔船,望望水,望望君山,我的眼睛会不知不觉地起着变化,变化得模里模糊起来,黑暗起来,美丽的湖山全部幻灭了。我不由地引起一种内心的惊悸！

之后,我催促着我的同伴快些会过账,像战场上的逃兵似的,我便首先爬下了茶楼,头也不回地,就找寻着原来的路道跑去。

一路上,我不敢再回想那茶博士所说的那些话。我觉得我非常庆幸,我还没有真正地做一个岳阳楼下的渔民。至少,在今天,我还能够比那班渔民们多苟安几日。

1934 年

何其芳

（1912—1977），四川万县（今重庆万州区）人，作家、文学评论家。有诗集《预言》，散文集《画梦录》，小说戏剧集《刻意集》，杂文集《星火集》，文艺论文集《关于现实主义》等。并有《何其芳文集》行世。

独　语

设想独步在荒凉的夜街上，一种枯寂的声响固执地追随着你，如昏黄的灯光下的黑色影子，你不知该对它珍爱还是不能忍耐了：那是你脚步的独语。

人在孤寂时常发出奇异的语言，或是动作。动作也是语言的一种。

决绝地离开了绿蒂的维特①，独步在阳光与垂柳的堤岸上，如在梦里。诱惑的彩色又激动了他做画家的欲望，遂决心试卜他自己的命运了。他从衣袋里摸出一把小刀子，从垂柳里掷入河水中。他想：若是能看见它的落下他就将成为一个画家，否则不。那寂寞的一挥手使你感动吗？你了解吗？

我又想起了一个西晋人物，他爱驱车独游，到车辙不通之处就痛哭而返。

绝顶登高，谁不悲慨地一长啸呢？是想以他的声音填满宇宙的寥阔吗？等到追问时怕又只有沉默地低首了。我曾经走进一个古代的建

---

①　这实际是指歌德。下面的故事是从一本歌德的传记里读到的。——作者注

筑物,画檐巨柱都争着向我有所诉说,低小的石栏也发出声息,像一些坚忍的深思的手指在上面呻吟,而我自己倒成了一个化石了。

或是昏黄的灯光下,放在你面前的是一册杰出的书,你将听见里面各个人物的独语。温柔的独语,悲哀的独语,或者狂暴的独语。黑色的门紧闭着:一个永远期待的灵魂死在门内,一个永远找寻的灵魂死在门外。每一个灵魂是一个世界,没有窗户。而可爱的灵魂都是倔强的独语者。

我的思想倒不是在荒野上奔驰。有一所落寞的古老的屋子,画壁漫漶,阶石上铺着白藓,像期待着最后的脚步:当我独自时我就神往了。

真有这样一个所在,或者是在梦里吗?或者不过是两章宿昔嗜爱的诗篇的糅合,没有关联的奇异的糅合:幔子半掩,地板已扫,死者的床榻上常春藤影在爬;死者的魂灵回到他熟悉的屋子里,朋友们在聚餐,嬉笑,都说着"明天明天",无人记起"昨天"。

这是颓废吗?我能很美丽地想着"死",反不能美丽地想着"生"吗?

我何以又叹息:"去者日以疏,生者日以亲?"是慨叹着我被人忘记了,还是我忘记了人呢?

"这里是你的帽子",或者"这里是你的纱巾,我们出去走走吧",我还能说这些惯口的句子。而我那温和的沉默的朋友,我更记起他:他屋里有一个古怪的抽屉,精致的小信封,装着丁香花,或是不知名的扇形的叶子,像为着分我的寂寞而展示他温柔的记忆。墙上是一张小画片,翻过背面来,写着"月的渔女"。

唉。我尝自忖度:那使人类温暖的,我不是过分缺乏了它就是充溢了它。两者都足以致病的。

印度王子出游,看见生老病死,遂发自度度人的宏愿。我也倒想有一树菩提之阴,坐在下面思索一会儿。虽然我要思索的是另外一个题目。

　　于是,我的目光在窗上徘徊了。天色像一张阴晦的脸压在窗前,发出令人窒息的呼吸。这就是我抑郁的缘故吗?而又,在窗格的左角,我发现一个我的独语的窃听者了。像一个鸣蝉蜕弃的躯壳,向上蹲伏着,噤默地,噤默地,和着它一对长长的触须,三对屈曲的瘦腿。我记起了它是我用自己的手描画成的一个昆虫的影子,当它迟徐地爬到我窗纸上,发出孤独的银样的鸣声,在一个过逝的有阳光的秋天里。

1934 年 3 月 2 日

邓 拓

（1912—1966），福建闽侯人，作家、学者。有随笔集《燕山夜话》《邓拓散文》，诗集《邓拓诗词选》，学术论著《中国救亡史》，书法集《邓拓书法选》等。

令人怀恋的漓江

> 苍苍森八桂，兹地在湘南。
> 江作青罗带，山如碧玉簪。
> 户多输翠羽，家自种黄甘。
> 远胜登仙去，飞鸾不假骖。

这是唐代大文学家韩愈（768—824）写的一首著名的律诗。他只用了寥寥的八句，就把广西桂林漓江两岸的风光，充分地描绘出来了。特别是其中的"江作青罗带，山如碧玉簪"这一联，更是受到人们普遍传诵的名句。

的确，桂林山水的秀丽，所以闻名于天下，是与漓江分不开的。漓江别名桂江，或称海阳江。它的水源就在广西和湖南交界的海阳山。从发源地往北流入湖南境，便是湘江；往南流入广西境，便是漓江。

整个漓江流域风景最美丽的地方是在桂林到阳朔的一段。所以，人们说："桂林山水甲天下，阳朔山水甲桂林。"关于阳朔的风景，唐代另一位诗人沈彬的诗写道：

> 陶潜彭泽五株柳,
> 潘岳河阳一县花。
> 两处争如阳朔好?
> 碧莲峰里住人家。

碧莲峰耸立在漓江岸畔,可以当作阳朔山水的标志。它像一朵含苞未放的莲花,青翠欲滴,许多人家环绕在这个山峰的周围,并且有许多商店形成了一条街道。在这山峰的半腰,就是有名的唐代"鉴寺"的遗址。现时有"鉴山楼"建立在那边,可以眺望周围的美丽景物。这个碧莲峰是来到阳朔的游人们必经之处,所以人人都可以直接感受到碧莲的芬芳。而实际上整个阳朔也正如一朵碧莲,在它的四周,翠绿的山峰层层叠叠,好像许多花瓣抱住了阳朔城。

从碧莲峰顺着漓江向下游去,不多远就到了书童山。这座山的侧影特别好看,也特别像个书童,我们在画家的作品中常常看见它的形象。宛如一个恬静而秀慧的书童兀坐吟诗。也有人说,它的样子像是垂手拱立在那里,等待着接受新的任务。不管说它是坐着或是站着,它像一个书童是肯定的,于是它的身份和称呼就被人们所公认了。

在书童山对面,那两个并列着的山峰,乃是有名的"铁岭双狮"。你看它们两个很像雌雄一对,蹲在那里,十分幽闲。它们的形象非常魁伟,但是样子并不凶暴,看上去倒还比较驯良似的。

这一带江水澄澈,清可见底。而水底完全是天然的岩石所构成。可以想见在地球发展的初期,在所谓"造山运动"的过程中,这一带的岩层两侧隆起,中间下陷,因此形成了现在的山峰和河床。当地的群众传说,这一带有"九龙竞渡"的故事,至今还留下了遗迹。我曾亲自去细看,果然在江底的岩石上面,有蜿蜒曲折的九道石脊,俨然是九条龙的样子。它们由江底横穿过去,大有竞渡之势。

再向下游,江流出现一个大曲折,两岸山峰峭立,迎面又有一山,水从峡谷中流去。在高处眺望,前面有一片白色的岩壁,名为白壁山;紧接着又有一片红色的岩壁,名为赤壁山。在周围葱翠碧绿的群山之中,夹杂着这些白色和红色的岩壁,真是太好看了。

还有兴坪的一段风景也非常有名。那里有五指山、画山等动人的景色。所以,也有人说:"阳朔山水在兴坪。"这些话自然有一定的道理。那么,为什么美妙的风景都集中到漓江岸畔来呢?这就因为这里是我国著名的喀斯特地带,千百座石灰岩的山峰掩映在清碧的流水中,四处烟霭迷蒙,群峰临流倒影。无论是多远的山峰,只要游人的眼睛看得见的,它就一定会在水中留下倒影。如果坐在船上,静静地泛游江心,俯看水底的卵石和游鱼荇藻,一一可辨,这时候你会觉得连远山的倒影也和真的山峰一样,水底如同天空,水天融而为一了。

怪不得我国历代有许多著名的诗人和学者,都以游历漓江流域为平生一大快事。唐宋几大家,如韩愈、柳宗元、黄庭坚、米芾、范成大等人都到过这里。明清以来的文人和旅行家来过的更多得很。如明代的解缙到阳朔的时候就曾徘徊吟诗。他曾写道:

阳朔江城据石头,唐碑独自枕寒流。

素王庙貌临阛上,晓日苍苍照画楼。

由此不难想见古时阳朔山城的面貌。有的书上记载阳朔一带山岚瘴气很厉害,其实瘴气是可以防除的。明代钱一斋的诗便是证明,他说:"莫言岚气能为瘴,一道清风即扫除。"而且,他对于这一带的人文发达的程度,给予了很高的评价,认为可以与山水相媲美。所以他说:"县仍隋代名阳朔,岩自唐人号读书。十室有贤吾足取,千峰横碧画难知。"

显然,这个地方的经济和文化都是相当发达的。特别是解放后的今天,我们到处可以看见,漓江之美不仅在于山水,更重要的是如此美妙的山水间,生活着可爱的人民。现在,在人民公社化的优越条件下,这里的人民生产建设积极性日益提高。他们进行农业、林业、渔业和各种副业生产,一年四季都可获得丰富的收成。因为这一带气候温暖,特别有利于作物的生长。

你即使在严寒的季节到桂林阳朔一带去,也能看到漓江两岸和春天一样。各种生产照旧进行。江岸渔民仍然在水里来来去去,驾着渔船捕鱼,这里有一种四五根竹子编成的竹筏,具有浓厚的地方特色。由于漓江两岸到处生长着茂密的竹林,所以这一带的人们习惯于以竹筏为水上运输工具,载着农、林、牧、副、渔的各种产品,运到各处去支援国家的建设。

在这样美丽的地方,有这样可爱的人民,进行着这样巨大的劳动,这就使人们对于美好的未来增加了无限的信心,更加热爱我们祖国的大好河山了。

1963 年 6 月

金克木

(1912—2001),安徽寿县人,作家、学者。有学术论著《梵语文学史》《比较文化论集》,散文集《难忘的影子》《天竺旧事》《金克木小品》等。

寂　寞

　　李白诗云:"古来圣贤皆寂寞。"鲁迅的《呐喊·自序》全篇是寂寞二字。这也可算是他的大部分作品的总序吧?"两间余一卒,荷戟独彷徨。"这还不寂寞吗?屈原、陶潜当然寂寞。"国无人莫我知兮!""欸惆怅而独悲?"正是寂寞。《秋声赋》《赤壁赋》至今还有人读,但有几个人体会到六一居士欧阳修和东坡居士苏轼的寂寞呢?龚定盦(自珍)诗云:"忽筮一官来阙下,众中俯仰不才身。新知触眼春云过,老辈填胸夜雨沦。《天问》有灵难置对,《阴符》无效勿虚陈。宵来客籍差夸富,无数湘南剑外民。"末两句说的热闹,正是反衬前面说的寂寞。外国人也不能免寂寞。哈姆莱特、堂吉诃德是寂寞的。卢梭的《孤独漫步者的遐想》(汉译本名《漫步遐想录》)开头就说:"我在世间就这样孑然一身了。"这是个人的寂寞吗?马尔克斯的《百年孤独》算不算民族的寂寞?夏目漱石的《三四郎》,川端康成的《古都》,不也是散发着寂寞吗?先驱者孤独,落伍者孤独,同有寂寞的感慨。但是究竟谁属先?谁属后?有的人在千百年历史中还反反复复不能论定。大哄大嗡有时是掩盖着内心的孤独。自称"孤家""寡人"的人,孟子赐名为"独夫"的人，同样是寂寞的。前呼后拥，一呼百应，可是最后连妻子儿女都不可信赖了，何况朋友？刺凯撒的不是他的亲信布鲁图斯吗？"你也……"凯撒的这句临终遗言道出了他的寂寞。难道友情毕竟是空话和幻想，而寂寞是人类与生俱来的吗？当然，不感寂寞的人不是没有，而且也许还很多；不过说不定是自己不感觉而已，未必不是孤独的。害怕寂寞可能也是人类的天性之一吧？尤其是老人，看来是能耐寂寞，其实是身不由心。儿童没有不喜欢有伴侣的。十载寒窗独守，心中想的还是"颜如玉"，要做"人上人"。深山隐居也免不了要耕田、种花或读书，成不了木偶。鲁滨逊独自生活在孤岛上是不得已的，他也还要有个"礼拜五"做奴仆。笼中鸟、哈巴狗和小花猫不是为了排除养它的人的寂寞吗？奇怪的是，人既不甘寂寞，又要伤害伴侣。不吵嘴，不反目的夫妇能有几对？"相敬如宾"或者"夫唱妇随"可以相安无事，然而前者是套上玻璃罩子保持距离，后者是一个主宰另一个，一比〇。一加一等于二，怎么二人就不能"亲密"成为一个整数"友"呢？难道人真是类似箭猪或刺猬吗？刺猬即使成为排队的兵马俑，也不能在伸出刺时互相依靠的。那怎么能不感到寂寞呢？相对无言大概可以保持友谊。怪不得有人说：妙论是银子而沉默是金子。原来沉默不仅是寂寞的伴侣，却也是对付寂寞的办法。能用"呐喊"对付寂寞的恐怕只有鲁迅那样的人了。多出来几个鲁迅好不好！

1988年

荒 煤

（1913—1996），湖北襄阳人，作家、文学评论家。有短篇小说集《忧郁的歌》，散文集《荒煤散文选》《荒野中的地火》，学术论著《荒煤文学评论选》《解放集》等。

广玉兰赞

在南京中山陵附近住了短短五天，我爱上了广玉兰。

好多年来，我没有在这么安静的广阔的林园里住过。第一天晚上临睡前，我独自散步在林丛中，渐渐发现总有一股淡淡的幽香在清新的空气中荡漾，又似乎围绕着我的身边飘浮不定。

开始，我以为，可能是林丛中有些不知名的野花所散布的气息。但是我在明亮的月光下搜寻，并没有发现有多少野花。有几处小小的野花，也不可能有这么大的能量，发出净化夜空的幽香。

我继续搜寻，认为附近一定有一个很大的花坛，正在百花齐放，因而芬芳四溢，在夜空弥漫。可是我也没有发现这个花坛。我简直有些迷惑了，我愈是搜寻，愈是感觉到这股淡淡的幽香似乎渐渐变得更加浓郁起来，渗透了我的心灵。

这一夜，我在这股使人迷惑的幽香里失落了睡眠，闪现了许多回忆，30年代，许多曾经在南京一起做过短暂战斗的已经去世的朋友们影子，却一个个清晰地涌到我的眼前：章泯、宋之的、沙蒙、瞿白音、吕班、郑山尊，还有抗战爆发后在南京匆匆诀别的叶紫。

我也看到了丽尼。我从北平流亡到南京和他会见时,他讲过,上海的朋友们听到传说,我在北平沦陷时遇难了,还准备为我举行追悼会……

可是,我现在还活着。这些老战士却只能活在我的心中了。当然,他们的名字将永远铭刻在新文艺运动的丰碑上。

虽然这一夜辗转难以安眠,却醒得特别早。而且醒来的第一个念头,就是要去搜寻一下幽香的来源。

我在林荫道上徘徊,才发现两旁的树林里有许多开着洁白花朵的树木。问了一下园丁,这些树木就叫广玉兰,是从广东一带传过来的玉兰花。有些广玉兰树四五米高,有的才不过是一二米高。现在正是玉兰花盛开的季节,抬头看,树枝头上,在绿油油的叶丛中,有的玉兰花正在绽放。在朝阳的照耀中,我觉得我笨拙的文字无法来形容那花瓣洁白的色彩;说它纯白吧,又似乎有一种淡淡的青绿色渗透出来;说是雪白的吧,它又显得那么厚实,没有任何颗粒感;总之,洁白两个字又不能概括它洁白的全部内涵。

清晨、傍晚、深夜,我在散步中所感觉到的一阵阵幽香,就是这些洁白的玉兰花迸放时候传送给我们的信息。

一连几天,成了我的习惯,每天散步的时候都要观察与欣赏一下广玉兰。

花朵还未成苞,最早萌芽在枝头的时候,只是一根淡绿色的嫩芽,然后逐渐结成花苞,又从淡绿色成为碧玉色的花苞脱颖而出,坚实挺立的身上还披着一叶已经萎黄的外壳,证明一个新的生命开始了。这个花苞约莫有三四寸高,到这时候,它开放了。刚开的花朵里往往钻进去六七只蜜蜂,围绕着花蕊飞来飞去;这个椭圆形的花蕊有一寸左右长,像是一颗夹杂着淡黄青绿色的白嫩白嫩的小玉米。

当玉兰花大开之后,有手掌心那么大的花瓣,便洁白鲜嫩像婴儿的笑脸、少女的掌心,显得那么温柔、纯洁,几乎使人不禁要伸手去抚摸一下。然而,它们悄悄地逐渐萎黄了,终于变为一片片褐色卷起枯黄的叶儿飘落在泥土野草之中,流散在树脚下。尽管在一棵广玉兰树上,新的、大大小小的花苞不断耸立,有的玉兰苞刚刚开放,有的正处在盛开的时节,然而在碧绿的密集的树叶中,即使只有少数枯黄的玉兰花的残片,也觉得特别显眼,不免使人感到十分惋惜和遗憾。

可是我终于发现了一个秘密:当玉兰花枯萎凋落之后,它的花蕊却变成了近两寸长的鲜丽的近乎紫红色的颗粒如细珠的圆茎,还毅然独自挺立在枝头!而且还在它的根部又冒出一枝新的嫩芽来,似乎证明洁白的玉兰花虽然花开花落,从生到死,然而它还有一颗红心依然耸立,还在孕蕴着新芽。可惜我要走了,我来不及看到这棵嫩芽生长起来之后,到底是一棵新的树叶还是一个新的花苞!

花开花落、生生死死,当然是永恒的现象,但是我却由此联想到,对于作家艺术家来讲,一颗红心不死,临终在他们的作品里能够射出强烈的时代的光和热,点燃人们心灵的希望之火,照亮了广大人民前进的道路,才能获得真正的永恒。

因此,短短的几天里,我爱上了广玉兰。

我爱广玉兰的嫩芽、花苞、盛开的幽香和洁白的花朵,但是更加使我敬爱的是玉兰花那颗挺立在枝头上不断哺育出新芽的红心!

1985 年 5 月

唐弢

(1913—1992),浙江镇海人,作家、学者。有杂文集《推背景》《海天集》,散文诗集《落帆集》,学术论著《鲁迅杂文的艺术特征》《鲁迅美学论稿》等。并有《唐弢全集》行世。

童 年

夜应该是黑暗的吧,然而我却经历了一个并不黑暗的夜,你也许以为那晚上有月亮,有星,再不然便是有灯光或者火炬,但都不是。只因为在我的寂寞的记忆里悬挂着一个笑脸,它照亮了我的童年。

笑脸照亮了我的童年。

朝阳爬上海面,雾气散了,一万颗金星在波涛上跳动,第一线春光印进了小小的心,我在紫云英的绿茵上打滚,在暖洋洋的潮水里濯脚,听鹧鸪在嫩绿丛中试着它的新声,杨柳枝头盘绕着青油油的潮气,不知道这是云,是雾,抑是昨夜农家遗留下的炊烟?

白鸟在波涛上缓缓地翱翔,蓦地,像中了弹一样地直落到水面,又霍地飞了上去,它已经找到了它的丰盛的早餐。

雄健的翼子在蓝天里划开一线笑痕。我的心里也漾起了一线笑痕。

心花开了,我笑着跳着,珍视我自己的童年。

我笑着跳着,珍视我自己的童年。

在石榴花开得火一般红的时候,我骑上牛背,缓缓地踱过了绿的原野。

我唱着情歌,虽然并没有情人,我觉得自己是凯旋的英雄,虽然并没有打过仗。

看,这世界是多么幽秀,多么美丽。

这世界是多么幽秀,多么美丽。

夜,她在我的回忆里留下难忘的倩影。

月是她的脸,一抹轻云是她的笑靥,几颗星星是她的眼睛,晚风吹过垂杨,这上面散布着她的风韵。

我在她的膝上跳舞。

我在她的怀里熟睡。

我笑着跳着,我的青春是一盆火,融融的是热烈,旺旺的是光明。

在童年的宝座上我跨着长虹,遨游于大漠似的天空,我撷着轻云,摘着星星。

童年,梦一般的童年。

童年,梦一般的童年。

我用着和山等量的悔恨,和海等量的懊恼,送青春逝去。

在山的尽头,海的边涯,不,在寂寞者的心底,我埋葬了我的童年。

叶君健

(1914—1999),湖北红安人,作家、翻译家。有长篇小说《火花》《自由》《山村》,散文集《两京散记》,译作《安徒生童话全集》等。

美　人

　　解放以后,就个人的情况而言,如果说有什么特点的话,那就是生活刻板圈子窄小——这大概与自己的职业有关。我一参加工作就被分配编一个以外国读者为对象的文学刊物。它的性质是把中国作家的作品译成外文,事实上是个翻译刊物,编者没有理由去外地体验生活或组稿,因此也就常年待在北京——偶尔去国外除外。这一待就是三十多年,甚至住的地方也没有变。

　　但北京却年年在变,周围的生活也年年在变。只是由于个人生活忙乱,对于外界一切也就不太敏感。近几年由于年龄的关系,不需再上班,得以有机会到住房附近走走,找街坊拉拉家常,这才感到周围有了不少的变化。变化最大的是人:我所面熟的胡同里的一些同龄人,或比我年岁稍长的人,他们都一一离开了这个世界。没有人为他们发讣告或开追悼会。他们的名字当然也不会在报上出现,所以我也全然不知道。

　　但另一方面,胡同的居民并没有因此减少,而且还在增多。这增多的部分还都是生气勃勃,活泼得很,而且他们衣着入时,也显得相当漂亮。特别是近两三年,见到他们不知怎的,我总感到有些陌生。但仔细一瞧，又觉得与他们似曾相识。原来若干年前，他们都是胡同里的小孩，有的我曾抱过，亲过他们的红脸蛋，甚至把手伸进他们的开裆裤里，拍拍他们的凉屁股。但现在他们却大了，已经成家立业了，一到星期天就推着他们的独生子女出游，享受他们的青春。他们遇见我也显得很陌生。我们一般只是相互望一眼就走过去了。也许他们忘记了：他小时我曾经逗过他们——也许正因为如此，他们觉得不好意思，就装作不太相识。他们现在究竟是庄严的家长——父亲和母亲呀。

但有一次当我正在小胡同外面的人行道上漫步的时候，一个亲切的声音却忽然止住了我："爷爷！"我的头是低着的，因为我正在想事。抬头一看，我发现站在我面前的是一位亭亭玉立的少女。我愣了一下，猜不出她是谁。于是她提醒我："您忘了？我是桃桃呀！我家搬到团结湖去了，所以好久没有见到您。昨天我还读完您的一部小说呢！"从她的口气和态度看来，她已经是一位很有文化的女子了。我当然记得起她：她三四岁时常在我家门口玩耍，脸蛋胖得像个西红柿，我有时被她那股天真傻气所吸引，就把她抱起来，拍拍她那个红脸蛋，往她那贪馋的小嘴里塞一颗糖。想不到她现在竟变成了一个美人：清秀的面庞，苗条的腰肢，聪明的表情，一举一动都显出有文化和风度，超过了一般只觉相貌周正的明星。面对着这样一个年轻人，我不敢相信自己的耳朵，也不敢相信自己的眼睛。我望着她嘴也变得迟钝了，一时说不出话来。

她看到我这副惊呆的样子，忽然意识到自己，便也变得腼腆起来。于是她很有礼貌地掉转身，说声"爷爷，再见！"就像一阵轻风似的走了。她穿的是一双新流行的寸半高的白高跟鞋，我望着她的背影，觉得她走起路来更显得婀娜多姿。伸展在两排钻天杨之间的这条人行道，顿时也似乎变得年轻、活泼，充满了生气，不用说，我自己当然也感到年轻。后来我了解到，这个小时名叫"桃桃"的小姑娘是从一个音乐学院毕业的高材生，弹一手好钢琴。她的变化不小，我希望这也能象征我们的北京。

徐　迟

（1914—1996），浙江吴兴人，作家、翻译家。有诗集《二十岁人》，散文集《狂欢之夜》，报告文学集《祁连山下》《哥德巴赫猜想》，译作《华尔腾湖》（亨利·梭罗）等。

祭马思聪文

历史上，放逐、出奔这类事不少。屈原、但丁是有名的例子。在"文革"中，我中华民族的著名作曲家马思聪先生，受尽极"左"路线的残酷迫害，被迫于1967年出走国外，以抗议暴徒罪恶，维护了人的尊严，他根本没有错，却还是蒙受了十九年（1967—1985年）的不白之冤。

1984年11月，当我在美国费城和他会晤之时，他给我最初印象最令我惊奇。虽然他还和过去一样的故人情重，且神态泰然，并相当乐观，还在勤奋作曲，我感到他和以前却有所不同。我没有去深入思考他在哪一点上跟以前不同。我只是从他的声音笑貌中，感到他似乎不时流露着一点点不易觉察的细微凄怆，却未能体会他心灵深处，埋藏着巨大的痛苦。

后来在他女儿马瑞雪回忆她父亲最后日子的文章里说到一个晚上，马思聪听着贝多芬的《第五（命运）交响乐》。他忽然失声痛哭。他求他夫人王慕理让他哭一个够。后来，他含泪说："这个世界很美。"他为什么哭？他哭他内心的哀伤。他哭他离开了祖国大地，这么久了没能回去。但这个世界很美，很美。

有一次中央音乐学院一位前副院长和我谈到他们在"文革"中的往事。这位前副院长在黯然神伤中,突然颜容扭曲,喘息地说道:"有人用有钉子的鞋子猛打马院长……怎么打得下去!……"他说不下去了!

那年年底我回到国内,不久便听说我国已公开为思聪平反。不白之冤终于昭雪了。从此我就等他回国。1985年8月16日,他从美国寄我一封长信,其中讲到他"读了叶浅予文章,谢谢他的真情。那时代的人好像比较真情,'文革'把人弄坏了"。

看来我真不如浅予。在《为马思聪饶舌》一文中浅予写道:"受过欺凌而被迫出亡的人,最懂得祖国的可爱,爱国之心也是最切。只有那些口口声声教训别人如何如何爱国,而自己却横着心侮辱善良灵魂的人才是真正的罪人。马思聪不欠祖国什么,那些窃国篡权的人却欠他太多了。"叶浅予说得又慷慨,又体贴。我们许多人却都没有说什么,以帮助他解除那凝冻在他内心的深沉痛苦啊!

那封长信是他从欧洲旅游回来写给我的,他写到了南斯拉夫的钟乳石岩洞,威尼斯舟子的金色歌喉,罗马的铁伏黎喷泉的音乐和华格纳常去喝咖啡的一家希腊咖啡店。他还写到翡冷翠的大教堂,比萨的斜塔。还有,如入仙境的瑞士雪山,以及大雪纷飞之下雪山餐厅里的丰盛午餐。还有他的那一别已半个世纪的巴黎。他写到巴黎他的母校国家音乐学院的陈旧的铁门。最后他到了伦敦,这次旅游快要结束了,他忽又悲从中来,说:"盛衰转换,月圆月缺,周而复始,自是开地之轨道。"什么引起他的感慨万端?他为何要自苦了呢?想来是因为他能作欧游,还不能回国。他只在信尾说了,"待我从西双版纳出来,立刻跑新疆"。这却不是说他想去一次云南和新疆。不,他说的是他正在修改那五易其稿的、以云南民歌为主要旋律的《A 大调钢琴协奏曲》(作品第六十号),等到他修改完工,从这曲中,从云南旋律中跑出来,便要立刻跑到新疆民歌为主要旋律的一部写新疆生活的大歌剧《热碧亚》(作品第六十一号)的创作中去。他人在北美心在祖国。他只是没有法子给我说他暂时还不能回国来,虽然他正驰神于云南的热带雨林和新疆的天山南北牧场上。

因为他不知道回来的话会怎么对待他。他也许是心中在想,他既然出走了,他还能回去吗？他童年时是一个固执的小孩,到了晚年他还是一个固执的老人。在"文革"中他有勇气出走,现在他无勇气回来。出走是不得已的事,在国外十九年是不得已的事,暂时不回来也是不得已的事,如今永远不会回来,更是不得已的事。这中间,恐怕只有叶浅予等少数人,只有少数亲友,给过他巨大痛苦的心灵一点儿慰藉。

他保持了他独特的性格。除了他音乐的民族性和世界性之外,他还有最纯洁的最天真的最美的音乐的个性。他还有一点疑虑。还没有回来,等待着一个能够回来的时机,等待着他疑虑的被消除。不幸他没有能等到那一天,他的灵魂已经飞升到了万里云天之外。但是他的灵魂,正像在歌德的《浮士德》第一部的结尾,是"得到了拯救"的。

1988年5月20日,马思聪逝世一周年。他在无可奈何中生,在无可奈何中死,生离死别,徒呼负负。呜呼哀哉,作文奠祭,其辞曰:逝者如斯,从兹离分。恨别经年,梦睹英灵。你是珍珠,晶莹蒙尘。你是国宝,横遭蹂躏。黄钟坠地,瓦釜雷鸣。美人离宫,骚客出境。梦思沸腾,莫此为甚。魂逐飞蓬,爱国有心。孀闺泪尽,永安幽冥。欢怨非贞,中和可径。幽幽琴声,一往情深。民族之音,冬夏常青。百世芳芬,千秋永恒。

严文井

（1915—2005），湖北武昌人，作家。有长篇小说《一个人的烦恼》，童话集《南南和胡子伯伯》《小溪流的歌》《严文井童话集》，散文集《严文井散文选》等。

一直在玩七巧板的女寿星

——记冰心

冰心这个女寿星一开始就出手不凡。她小时候穿了许多男装，十分淘气，差一点就变成了一个真男孩。

很年轻，就出了大名。她作诗，写散文，写小说，翻译泰戈尔，成果累累。

她的散文，引出了无数模仿者，只是那种美而不花哨，清新自然而不矫揉造作的风格，没人模仿得了。

特别是那本《寄小读者》，给了一代又一代的少年们以勇气和好奇心，让他们去寻找广阔的世界，也寻找自己。

后来，有的人找到了一些。有的人虽终生没找到什么，也以提到那本书和作者的名字为荣。

三四十年后，冰心又伪装为"男士"，写了一本极有风趣的书，引起了不少真女士发疯，不断向"他"追求。这个恶作剧，仍是种淘气行为，可又不是用淘气这个词儿能解释清楚的。

那盏小桔灯，却完全是一种女性的善良，一颗母亲的心，照亮了一个黑暗的小角落,促使濒于死亡状态的良心复苏。

好奇而大胆的冰心当然有自己的"探险记",有自己的出征,偶尔对朋友说说,好像没有写出来。如果已经写了,那就怪我孤陋寡闻,请冰心宽恕我的无知。

冰心当然也有自己的"历险记"和"受难史",那滋味不会太好受。不知道她是否向别人诉说过,至少是我没有听到过。她是一个不喜欢诉苦乞怜的人。

不知不觉,她已经变成女寿星了。

这个女寿星有自己的特点。她深居简出,从不赶热闹。她天天读书,几乎无所不读。她抽出时间来接待络绎不绝的来访者。她不时写一些短文,多半是为幼小者和弱小者说话。

不是吗?她做了她所能做的。

冰心喜欢说自己是一个19世纪的人,她生于1900年。

我想,上帝让她出生于19世纪告终的这一年,就是要她承担使命,用她特有的方式,送走19世纪和那个世纪的残余物。她实际属于新世纪,属于未来。

孩子们喜欢除夕和春节。在这两个不同的节日里,同样充满了快乐和希望。

女寿星一点儿也不老。她非常清醒,超过许多未老先衰的后生。她仍然在除夕晚上准备迎接元旦。

她仍然好奇,有爱有憎。

尊敬冰心的人越来越多了,各有各的出发点,各有各的理由。

1927年夏季某天,我在一个图书馆里一口气读完了《寄小读者》,开始认识冰心。这本没有任何故事情节的书一下就吸引住了我,那个本来只爱读旧小说的少年。我猛然感到,在文学作品里原来有些东西比故事情节更为重要。

冰心不说教,只是在亲切谈心。我听着听着,感到面前出现了一种新境界,令我神往。

那是美么,但美又是什么呢?

1953年夏季,我见到了冰心本人。因为她太平易近人,以致不久我就放肆到把这位前辈称为"大姐"。

将近四十年的光阴一晃而过,不觉我也变成老人了。

这段时间里,风云变幻,从大风大浪到漂满鸡毛蒜皮的浊水翻腾,我们或共同,或从不同地点、不同角度,接受了"洗礼",结果是变成了正教徒,还是异教徒,自己也闹不清楚,这里暂且不表。

今年春节前,向冰心索字,意外地得到她很少示人的集龚自珍句三首。

这消息传到了《当代》编辑部,他们便很希望能发表这些集句。最后承冰心应允,就又抄出她的另外几首集龚句。

这些集句陆续成于1914年到1918年间,或许可称之为冰心的真正少作。

我们很想知道冰心当年集句的心情和含意,就去问冰心,希望她泄露一点天机。她的回答是:"当年集句仅仅是在拼七巧板,并无深意。"

其实这样提问就是有些犯傻。诗就是诗,你自己品不出味来,又怎样向你讲解呢?

我算服了。

但我这个穿凿成性的人有时又禁不住往龚自珍身上想。

那个了不起的龚自珍,他反对"衰世",叹息"万马齐喑",想挽救被扭曲的"病梅",颂扬"山中人",喜欢王安石,支持林则徐,等等等等,是他的哪一种思想吸引了那个刚脱去男装不久的少女呢?

答曰:龚自珍做的那套七巧板。

是吗? 我们大家都来玩七巧板吧。

淘气的女寿星啊,至少你可以教教我们玩七巧板吧!

冰心玩着七巧板,很快就步入了五四运动那一年。怎么说,我们的运气也算好，我们终于多知道了一些冰心的开始。打算认真写一部深刻的"冰心传"的研究家们应该感谢我们，是我们首先采访到冰心玩七巧板的。

七巧板、七巧板啊！你在考察我们的智商，检验我们的想象力，我们不准备再向冰心提出诸如此类的幼稚问题了。

女寿星啊，我特别尊重你的智慧。

1991 年 4 月 3 日

吴祖光

（1917—2003），江苏武进人，作家。有话剧《风雪夜归人》《林冲夜奔》，电影剧本《国魂》，散文集《后台朋友》《艺术的花朵》等。

春　来

　　近半个月来，北京风日晴和。本来新年过后、春节未来最是严寒的时节；可是每天除了一早一晚，走在街上时间长了觉得有点冻耳朵之外，白天在阳光之下，竟有春天的感觉。日历上已经写着"初五日立春"，没有几天就要过春节了。的确是残冬将过，春天就要来了。宋人黄庶有一首《探春》诗说得好：

　　　　雪里犹能醉落梅，
　　　　好营杯具待春来；
　　　　东风便试新刀尺，
　　　　万叶千花一手裁。

　　东南风吹面不寒，不久以前刚下过的一场大雪没有几天已经了无痕迹；看来"万叶千花"是可以计日而待了。春天就是幸福，就是希望；每一个严寒的冬天过去的时候，春天就给人们带来了欢乐。草就要绿了，花就要开了；冰就要化了，燕子就要从南方飞回来了。

　　每一个中国人，尤其是中年以上的人，当他回忆起儿时，那最快乐的记忆总是属于过旧历年——春节的。尽管我们的国家有这么大，各地方的风俗不尽相同,但是没有一个孩子在过春节时不是欢天喜地的。我们的国家是一个色彩浓烈的国家,人们印象中的春节就是一片鲜红的颜色;它是那样的温暖,那样的充满喜气:春联是红色的,灯笼是红色的,蜡烛是红色的,桌围和地毯是红色的,女人的裙子和戴着的头花是红色的,男人的瓜皮帽的结子是红色的,孩子们穿的衣服是红色的,鞭炮是红色的,压岁钱的纸包也是红色的……

从腊月初八那晚上吃腊八粥起,过年的气氛就一天一天浓起来了。到二十四送灶王上天,三十晚上接灶王下界,守岁,辞岁;过年,拜年;一直到十五过元宵节,孩子们有多么长的一段时间都沉浸在幸福和欢笑之中啊!

在过去悠长的年代里,谁都知道,快乐和苦难是紧紧相连的,往往在快乐的底面就是苦难,大红大绿的喜气的后面就是漆黑一团的愁苦。在我们走过来不久的这一段年月里,那悲哀多于喜庆的社会是不会教人容易忘记的。不论是城市也罢,农村也罢,有几家人家不是忍着泪、咬着牙度过这样艰苦的日子的?新年来了,当然要含笑去迎接它,然而:

爆竹千声岁又终,

持灯讨账各西东……

除夕晚上,讨账的人到处找人要账,欠账的人到处设法还账或是藏到澡堂子等等地方去躲账;而讨账的人大都又是欠了别人的账去讨了账再还账的,这样紧张的欠债还债真是一场恶战;因为一过午夜,就不许再讨债了。这不是法律,但却是大家都要遵行的生活习惯;任凭亏欠再多,只要你逃过了除夕夜,就是明年再说了。这叫:

夜深不管浑闲事,

检点衣裳且过年。

光绪三年(1877)出版的《都门杂咏》中的这两首"竹枝词",内容是"讨账"和"搪账",说明了那时的社会现象。这样的现象实际上又延长了很多的年头,我至今还记得过去三十晚上债主盈门,家里大人应付为难的光景;等到我也长大了之后,社会上的人情就变得更加浅薄,"午夜以后不许讨债"的人情习惯没有了。春节过后的报纸上经常登得有"年关难过,逼债致死"的新闻。在旧时严冬的新年新岁里,"恭喜"的声音是掩不住哭声的。

　　孩子们之所以幸福,就在于他们不必负起生活的担子;他们自己就是担子,只有被人挑而没有挑人的义务。我们在许多古旧的年画里,在街头巷尾都看见那样愉快、那样兴奋、可又是那样战战兢兢、掩着耳朵去点燃爆竹的孩子们。我们小时候也大都有这样地去放爆竹的经验,可是谁知道大人们是用什么心情来听爆竹的响声的。贫穷人家,在过年时候也许穷得连饭都吃不上了。但是即使去要饭,也要凑钱去买一串或者哪怕是一个单头的爆竹;全家老老小小围在一起,像进行一个什么典礼一般地隆重地把爆竹放掉;崩一下,崩掉穷气;把穷神崩走,把财神接进来;今年过了,明年发财。

　　自然,明年还是不会发财的,但是明年还有明年啊。我们的旧社会里是有那么多的人只凭着这不可希冀的幻想讨生活的。他们说:"过年比过关还难!"那时候的春节的另一个名字是"年关"。

　　为什么要讲这些呢? 为的是告诉比我们年轻的一代人知道,在过去的社会里春节对于人们的意义。那堆积在你们的爸爸、妈妈,以及祖父、祖母身上的生活的重债,曾经是世世代代也还不清,而是到了解放以后才真正地还清了的。

　　我们的国家过去一直是有几千年历史的农业国家,春节是农历上最大的节气。春耕、夏锄、秋收、冬藏,四季的辛苦换来年终岁首的休息。这个充满着劳动的气息的原始的古老的又是普遍为人喜爱的节日具有着丰富的生活魅力。那灯笼、红烛的光芒,那爆竹的声响和划过黑夜天空的流星焰火,将在这春节的夜晚里,把我们这样美丽的祖国染成彩色斑斓的神仙世界。

199

北京的春节自然有北京的颜色。譬如厂甸吧,这个最能代表北京的春节的特色的地方。我刚刚看到琉璃厂的二希堂书店的掌柜,他对我说:"今年的厂甸可不比往年,去年厂甸摆了五百个摊子,今年增加到八百个了。我过去没在厂甸摆过书摊,今年公私合营了,我得把最好的书都摆出来。您可千万去逛逛。初一到十五,吃的、玩的,什么都有,甭提有多热闹!"

假如说:旧日的春节,欢笑之中夹着眼泪,那么今天的春节就只有欢笑了。也只有今天的春节,才会给中国人民真正的幸福。这才应了那句老话:普天同庆。让大人也和小孩子一块儿尽情欢乐!

1957年2月28日

郭 风

(1918—2010),福建莆田人,作家。有童话诗集《木偶戏》,散文集《山溪和海岛》《叶笛集》《灯火集》《郭风散文选》等。

山海关五章

大 道 上

7时,车发。自北戴河至山海关的大道上,以及两旁的树影间,时或看到马群和牧马人;又时或看到马车结队而过。

这情景使我欢喜。

我发现自己的心中,似乎还保存一种儿童时代对于马的稚气的感情。想起来,为时已甚辽远而情景如在目前。那时,我七八岁吧,还在私塾里就读。常跟一位堂兄跑到故乡近郊的梅花亭去(那里有一个马站,即租马去旅行的地方),看望许多马匹站在河边龙眼树下吃草的情景。车行间,我还想起这样的情景:那时,我很爱画画,我用树枝在泥地上画来画去,想把马在吃草的形状描绘下来……

也许由于我刚刚在北戴河住处读毕《卓别林自传》吧?车行中,我不觉想起这位伟大的天才,童年和他的母亲在伦敦生活的某些情况。卓别林描绘他小时坐马车的情况,虽然只有一句,却使我深感兴趣:

……记得那些琐微细碎的事情;记得怎样和母亲坐在公共马

车顶层上,我试着去触那掠过去的紫丁香树枝……

这种描绘是很生动的,真切的。我联想到,小卓别林从马车上所看到的,那掠过去的紫丁香一定是很美丽的。

古　道

车行中,我一边在心中想来想去,一边注视着过路的马群、牧马人以及马车。这山海关的大道上,马真多。啊,那些棕色的、花白色的马,那些褐色的马,项上系着红缨,打扮得有如过节日一样。

在快到山海关时,我从车窗里向远方眺望:除了一些村庄外,我看到一大片又一大片的苹果园、梨园、高粱地;蓝色的天穹低垂,有一种我国北方土地的辽夐的气象。

不知何故,我忽地在心中设想:远处那些绿色的苹果园、高粱地,在往昔的年代,也许是一条古道? 我又设想,在那下着北方的冻雨的日子里,在那泥泞的古道上,在那雪封的古道上,我国古代的将士,骑着战马出关,奔向边塞,去抵抗外寇的侵扰!

在暴行面前,人人都是勇士。在我的心中,忽地想起这一句谚语来了。

眺　望

8时30分,登山海关。站在城堞前,北望燕山起伏的冈峦间,万里长城的城墙以及城堡,若现若隐。此时,内心情感和思想活动,颇为复杂:

有一种我国山河的壮丽之感;

有一种民族自豪感油然而生;

有一种对于我国人民以及祖先的崇敬之情……

我想，从公元前 2 世纪至公元 14 世纪末叶，持续地坚持下去，在我国北方辽阔的国土上，修筑起一座如此伟大的工程，我深深地感到我们的土地上有一种伟大民族的精神感召的力量；感到有一种民族的光明的信念，有如一朵火焰自心中升起……

烽 火 台

站在山海关的城堞前，我看见北面的冈峦上，有一座黄土筑成的、方形的碉堡一般的烽火台遗迹。我自以为此刻我所眺望的这座黄色的历史遗迹，其火焰至今并未熄灭。

古炮和鲜花

不知道他人看到了，有什么感觉？在山海关城楼前的空旷的城墙上，我看到一门停放在那里的古炮，对它有一种庄严之感。我在它的前面不觉伫立许久。就在这门古炮的附近，在一棵松树的树荫下，砖隙间生长出一丛青草，开放几朵黄色的郁金香一般的鲜花。我在这些不知名的鲜花前面，又不觉伫立许久。

我的心中有一种庄严的思想：我以为这古炮与今日开放的鲜花之间，有一种庄严的关系。

林海音

（1918—2001），台湾苗栗人，女，作家。有短篇小说集《城南旧事》，长篇小说《春风丽日》，散文集《冬青树》，童话集《林海音童话集》，文论集《芸窗夜读》等。

冬阳　童年　骆驼队

骆驼队来了，停在我家门前。

它们排列成一长串，沉默地站着，等候人们的安排。天气又干又冷。拉骆驼的摘下了他的毡帽，秃瓢儿上冒着热气，是一股白色的烟，融入干冷的大气中。

爸爸在和他讲价钱。双峰的驼背上，每匹都驮着两麻袋煤。我在想，麻袋里面是"南山高末"呢，还是"乌金墨玉"？我常常看见顺城街煤栈的白墙上，写着这样几个大黑字。但是拉骆驼的说，他们从门头沟来，他们和骆驼，是一步一步走来的。

另外一个拉骆驼的，在招呼骆驼们吃草料。它们把前脚一屈，屁股一撅，就跪了下来。

爸爸已经和他们讲好价钱了。人在卸煤，骆驼在吃草。我站在骆驼的面前，看它们吃草料咀嚼的样子：那样丑的脸，那样长的牙，那样安静的态度。它们咀嚼的时候，上牙和下牙交错的磨来磨去，大鼻孔里冒着热气，白沫子沾满在胡须上。我看得呆了，自己的牙齿也动起来。

老师教给我，要学骆驼，沉得住气的动物。看它从不肯急，慢慢的走,慢慢的嚼;总会走到的,总会吃饱的。也许它天生是该慢慢的,偶然躲避车子跑两步,姿势很难看。

骆驼队伍过来时,你会知道,打头儿的那一匹,长脖子底下总会系着一个铃铛,走起来,"铛、铛、铛"的响。

"为什么要一个铃铛?"我不懂的事就要问一问。

爸爸告诉我,骆驼很怕狼,因为狼会咬它们,所以人类给他们带上了铃铛,狼听见铃铛的声音,知道那是有人类在保护着,就不敢侵犯了。

我的幼稚心灵中却充满了和大人不同的想法,我对爸爸说:"不是的,爸!它们软软的脚掌走在软软的沙漠上,没有一点点声音,你不是说,它们走上三天三夜都不喝一口水,只是不声不响地咀嚼着从胃里倒出来的食物吗?一定是拉骆驼的人类,耐不住那长途寂寞的旅程,所以才给骆驼带上了铃铛,增加一些行路的情趣。"

爸爸想了想,笑笑说:

"也许,你的想法更美些。"

冬天快过完了,春天就要来,太阳特别的暖和,暖得让人想把棉袄脱下来。可不是么?骆驼也脱掉它的旧驼绒袍子啦!它的毛皮一大块一大块的从身上掉下来,垂在肚皮底下。我真想拿把剪刀替它们剪一剪,因为太不整齐了。拉骆驼的人也一样,他们身上那件反穿大羊皮,也都脱下来了,搭在骆驼背的小峰上,麻袋空了,"乌金墨玉"都卖了,铃铛在轻松的步伐里响得更清脆。

夏天来了,再不见骆驼的影子,我又问妈:

"夏天它们到哪里去?"

"谁?"

"骆驼呀!"

妈妈回答不上来了,她说:

"总是问,总是问,你这孩子!"

夏天过去,秋天过去,冬天又来了,骆驼队又来了,但是童年却一去不还。冬阳底下学骆驼咀嚼的傻事,我也不会再做了。

可是,我是多么想念童年住在北京城南的那些景色和人物啊,我对自己说,把它们写下来吧,让实际的童年过去,心灵的童年永存下来。

就这样,我写了一本《城南旧事》。

我默默的想,慢慢的写。看见冬阳下的骆驼队走过来,听见缓慢悦耳的铃声,童年重临于我的心头。

秦 牧

(1919—1992),广东澄海人。有散文集《花城》《潮汐和船》,童话集《蜜蜂和地球》,长篇小说《愤怒的海》,文艺论文集《艺海拾贝》等。并有《秦牧全集》行世。

摔坏小提琴的故事

从前读日本作家编的《欧美逸谭》,记得有一个关于音乐家摔坏小提琴的故事。

文艺复兴时期有好些精美的小提琴流传下来,价格很高。一次,有个著名的小提琴手将在某地演奏,他的小提琴价值五千元。有一些听众,为了想看一看那高贵的乐器,听一听它的妙音,也跟着爱好音乐的人蜂拥而来。

高朋满座,小提琴手开始演奏了,那具引人注目的小提琴发出了异常美妙的乐音,使听众如醉如痴,但是一曲终了,余音袅袅,正当不少人惊叹于那具宝贝乐器的魅力的时候,音乐家突然转过身来,把小提琴在椅背上猛击一下,那珍贵的乐器立刻粉碎了,顿时,四座震惊。

音乐会的主持人立刻跑了出来,宣布道:"各位,请静一下,此刻打碎的,并不是五千元的,而是一元六角五分的小提琴。音乐家所以要这样做,是要使大家知道音乐之妙,不尽在乎乐器的好歹,而在乎使用乐器的人。现在,要以真正的、价值五千元的小提琴来演奏了。"于是,演奏者再度登场,那和刚才差不多的美妙的乐音悠然而起。同时,观众就再也不去注意乐器的价格,而专心欣赏着演奏者的技艺了。

正像"伯牙摔琴"这个封建社会的故事一样,这是个资本主义社会的故事。这样一桩事情发生,也可能包含有主办音乐会的人的宣传伎俩等等因素在内,这且不去说它。我感到值得寻味的是:用一把极其普通的小提琴,奏出了和异常名贵的小提琴互相媲美的音乐,这才是艺术家之所以为艺术家。

如果把这道理引用到文学中来,可以说,高明的作家应该有这样的本领:不仅在刻画荡气回肠、声情激越、矛盾尖端或者异常优美动人的事物时,有一种巨大的吸引人的魅力;就是在描述极其平凡的事物,高潮还没出现,剥箨未曾露笋的时候,也能够处处引人入胜,——就正像那位小提琴手用一把普普通通的小提琴,也奏出了极其优美的音乐一样。

高潮的、强烈的地方,事件本身已经异常吸引人了,这个时候,老实说一句,文字技巧平凡一些也并不会怎样露出破绽,惟独在叙述极其寻常事物的时候,要使人们也心倾神驰、获得美感,就格外需要艺术上的功力。

有一些不够好的小说、散文之所以使人感到乏味,除了其他方面的原因外,常常也在于:每当这些小说散文的情节高潮未曾涌现之前,它的叙述总是使人感到沉闷、困倦。怎样使平凡的事物显出光彩,艺术语言上处处充满魅力,是一件值得我们认真探索的事情。

许多大师的著作里面蕴藏着无数珍贵的艺术技巧,这里面有一项就是:在描述平凡事物的时候,全神贯注,把平凡变为卓特。他们运用优美的语言,饱满的形象,智慧,感情,把那一切平凡的事件都"点石成金"了。这使我们在阅读的时候,有"山阴道上,应接不暇"的感受。在正菜未曾端上来之前,这些精神食粮的烹调大师捧出来的小碟腌菜,色、香、味已经够诱人了。

在戏曲表演上,艺人们经过这长期的经验积累,是很懂得"平凡处绝不可放松"的道理的。各地的戏曲谚语,有许多都着重阐明了这一点。例如:演戏一事,唱工的重要是不待说的了——就正因为这样,"看戏"才被人叫做"听戏"。为了防止艺人重歌唱而轻视念白做功,有许多"戏曲谚语"就适当抑低了唱的地位,而谆谆劝告演员们要重视"看似平常"的念白和其他方面的功夫。这就是"千斤白,四两唱""三分唱,七分打(打击乐)""一引二白三曲子""讲为君,唱为臣"那一类戏曲谚语所以流行于不少剧种间的缘故。

如果有这样的演员,当没有轮到他唱做的时候,也就是他的表演处于"平凡阶段"的时候,他只是有气无力、没精打采地站着,等到"戏"来了,他才精神抖擞,施展出浑身解数,这能够说是好演员吗?不,不能。

如果有这样的作家,他写作品,只在"精彩之处""节骨眼的地方"才着意作艺术加工,而叙述平凡事物的时候,却文笔沉闷,流于平庸,这样的作品能够说是完善之作吗?我想:也不能。

这正是那个摔坏小提琴的故事,由于包含了某种正面的意义,才给人以较深印象的原因。

何　为

（1922—2011），浙江定海人，作家。有散文集《青弋江》《织锦集》《临窗集》《何为散文选》《北海道之旅》等。

贝多芬：一个巨人

客人敲开了贝多芬家的门。

"他不肯接见你的，"一个女佣站在门槛上为难地说，"他任谁都不肯接见。他厌恶别人去打扰他，他要的是孤独和安静……"

但是这个好心肠的女人经不住客人的苦苦要求，捏弄着她的围裙答应去试试看。不过她说："答应我，你们一定要按照我的意思决定去留。"

她带领来到贝多芬工作的屋子，在那里最惹人注目的是两只对放的大钢琴。女佣在一旁指点着说：

"在这只钢琴上他工作，在那只琴上经常弹奏。别以为这房间杂乱无章，我曾经想收拾一下，后来发觉那是徒然的。他不喜欢我整理房间，就算整理好了，两分钟内就会弄得凌乱不堪。过去那一边是他的厨房，他自己做东西吃，吃得这样简单随便，也不让我帮他一点忙。可怜他几乎完全聋了，又常常不舒服，什么声音他都听不清楚，看着真教人难受。还有他那个流氓一样的侄子，一天到晚来麻烦他。——瞧，他下来了，我希望他不会责怪我。"

沉重的脚步声踏在楼梯上清晰可闻。到第二层的时候，他稍稍停留。随后他走进门来了。一个躯体五尺左右的人,两肩极宽阔,仿佛要挑起整个生命的重荷及命运的担子,而他给人明显的印象就是他能负担得起。

这一天他身上的衣服是淡蓝色的,胸前的纽扣作黄色,里面一件纯白的背心,所有这些看上去都已经显得十分陈旧,甚至是不整洁的。上衣的背后似乎还拖着什么东西,据女佣解释那拖在衣服后面的是一具助听器,可是早已失去效用了。

他无视于屋内的人,一径走向那只巨熊一样蹲伏着的大钢琴旁边,于是习惯地坐下来,拿起一管笔,人们可以看见他那只有力的大手。

客人带着好像敬畏又好像怜惜的神情,默不作声地望着他。他的脸上呈现出一个悲剧。一张涵蓄了许多愁苦和力量的脸。火一样蓬勃的头发,盖在他的头上,好像有生以来从未梳栉过,深邃的眼睛略带灰色,有一种凝重不可逼视的光;长而笨重的鼻子下一张紧闭的嘴,衬着略带方形的下颔,整个描绘出坚韧无比的生的意志。

女佣略一踌躇后,走上前去引起他的注意,可是他的表情是不耐烦的。

"什么?又是怎么了?"他大声说。接下去倒像在自言自语,"倒霉,今天!哦,今天我碰到的那些孩子,对我嘲笑,捉弄我,模仿我的样子。"

女佣向客人指了指。

贝多芬说:"谁?那是谁?"

他又粗着嗓子喊:"你们说得声音大些,我是个聋子!"

客人小心翼翼递过去一张字条。贝多芬戴上眼镜,专注地凝望了一会,"好,你们竟敢到兽穴里来抓老狮的毛,"他说,虽然严肃,但脸上浮现善良的微笑,"你们很勇敢……可是你们不容易了解我,也很难使我听懂你们的话。过来坐在我旁边,你们知道我听不见的。"

他敲敲自己的耳朵,随手拿过来一张纸一支铅笔给客人。

客人在纸上写道:"我们要知道你的生平,把你的消息带给万千大众,使他们了解你真实的好灵魂。"

看了这几句话,一滴泪在大音乐家眼里闪光。他喃喃地如同独语:"我的好灵魂!人家都当我是个厌世者,你们怎么会想到这个!在这里我孤零地坐着,写我的音符——我将永远听不见音乐,但是在我心里发出的回响,较任何乐器上演奏的都美。我有时不免叹息,我真软弱……一个音乐家最大的悲剧是丧失了听觉。"

贝多芬神往地说:

"一个人到田野去,有时候我想一株树也比一个人好……"

他接着说:

"你可能想到我——一座峰岭已倒落了的火山,头颅在熔岩内燃烧,拼命巴望挣扎出来?"

贝多芬激动而又沉郁的情绪,深深感染了来访者,客人不断写下笔记。

命运加在贝多芬身上的不幸,是将他灵魂锁闭在磐石一样密不通风的"耳聋"之中。这犹如一座永无天日的幽囚的小室,牢牢地困住了他。不过反过来在另一方面,"聋"虽然带来了无可比拟的不幸和烦忧,却也带来了与人世的喧嚣所隔绝的安静。他诚然孤独,可是有"永恒"为伴。

贝多芬留客人在他屋子里吃简便的晚餐。在晚餐桌上说起他往昔的许多故事,包括他在童年时跟海登和马哈学习时的生活,包括他为了糊口指挥乡村音乐队的生活……请看一看罗曼·罗兰的《约翰·克利斯朵夫》,在那本大书里流着一条大河,那条大河就是从贝多芬身上流出来,并且加以引申开广的。

贝多芬向他的客人叙述最后一次出席指挥音乐会。那次节目是 Fidelio。当他站在台上按着节拍指挥时,听众的脸上都有一种奇怪的表情,可是谁也不忍告诉他。演奏告终,全场掌声雷动。贝多芬什么也听不见,很久很久背身站在指挥台上,直到一个女孩子拉着他的手向观众答谢时,他才缓缓地转过身来。原来他完全聋了!他永远不能担任指挥了!

贝多芬对客人大声地说:"听我心里的音乐!你不知道我心里的感觉!一个乐队只能奏出我在一分钟内希望写出的音乐!"

1947 年 1 月

徐开垒

（1922—2012），浙江宁波人，作家。有散文集《雕塑家传奇》《圣者的脚印》《徐开垒散文选》《鲜花与美酒》，文学传记《巴金传》等。

在我的书橱里

我的书橱是个奇怪的世界。古今中外的人们都在这里站着队，等候着我请他们发言。这里有司马迁、班固，也有陈寿、司马光；有施耐庵、罗贯中，也有吴敬梓和曹雪芹。这里还有谈艺术哲学的丹纳和论文谈美的歌德。当然，也有马克思、恩格斯、列宁、斯大林和毛泽东。最多的则是那些写随笔小品的杂家，诸如写《北梦琐言》的孙光宪，写《典故纪闻》的余继登，写《道咸宦海见闻录》的张集馨，以及善于在街头巷尾谈鬼说狐的蒲松龄、纪晓岚之类的人。此外，更有一些唐代诗人和宋代词人，及现代和当代作家。

我站在他们面前，有时恭恭敬敬听取他们对我的谈话；有时则请他们出来，在我的灵魂王国里作思路的向导。有时，他们是我的老师；有时，他们又是我的不同意见的论辩者。更多的时候，我让他们为我身上的知识大山挑泥担土，帮助我填补内心的空虚。我还经常在宋元话本、明清笔记中，在古代的酒肆茶坊里，倾听历代遗闻轶事。听了这些谈话，有时我感到兴奋；有时，却又为了这些褪色的故事，而趋于沉默，引起思索。

我的书橱，不仅让我会见古往今来的英雄才子，还往往带我回到遥远的昔日,使我重又捡起一些早已失落了的悲欢。当我看到那二十本《资治通鉴》,禁不住想起二十年曾为一家刊物跑遍全市高耸云霄的消防瞭望台,写成一篇《火与壮士》的文学特写,因而病倒数日。稿发表后,换得一百多元稿费,除为四个孩子各人添上一套球衫裤之外,又为自己买了这部按年叙事、长达一千三百多年"鉴前世之兴衰,考当今之得失"的史书。现在,书的纸质已经泛黄,孩子也都已渐近而立之年了。

我的每一本书,都和我的生活结合在一起,在获得它们的过程中,有的有个完整的故事,有的则隐藏着一种珍贵的友谊。当我捡起那北京人民美术出版社的《石头记人物画》,看到刘旦宅画的红楼梦人物和周汝昌的四十首题诗,就使我想起 1979 年夏天。那时周汝昌还住在北京红星胡同他那简陋的平房里,我去看他,恰好《石头记人物画》刚刚出版,他才拿到一本样书,就先把那本样书给我。大概出于版本家的职业习惯吧,他在书上题了那么几句:"××同志兄到京来晤,因此书尚无副本,遂以自存之册奉贻,亦一段故事也。汝昌己未夏日。"我把这本书带回上海,放在书橱里,和甲戌本、庚辰本、己卯本、有正本的《石头记》放在一起,心里禁不住产生一种不可思议的藏书乐。

我家书橱共有四只,放在我自己房间里的两只都是六尺半高、四尺阔的玻璃大橱,是 60 年代初期国家经济困难、物资缺乏期间,上海作家协会帮助会员买的。现在我把它腾出几格,专门藏作者赠书。在这些赠书里,也可以看出我们出版事业的一种兴旺景象:不仅作品题材形式风格多样,书的封面图案、装帧设计也都百花齐放。作者年龄大的有九十岁左右的老人,年轻的则有二十几岁的国际饭店服务员。在赠书中,有时还可以依稀看到作家写作历程中的风浪起伏。有的师友从事写作,源远流长,几十年绵延,显示作者长期不歇的可贵劳动;有的朋友写书,则如流星过天,一闪而逝,不免使人为他短暂的艺术生命叹惜。

赠书中,有些还来自海外,虽然不多,却弥足珍贵。这就是三联书店在香港印刷发行的"回忆与随想丛书"。与《随想录》《长相思》同为三联"回忆与随想丛书"的是《小荷集》，这是一本以广结天下读书人为己任的出版家纵谈与作家、艺术家过往之情的佳作。三联书店还有一套"读书文丛"，开本小，装帧别致，我得到两本，其中一本是董鼎山的《天下真小》，他身在美国，重洋远隔，却给我带回四十年前的友谊，进入我的书橱里。所以，他说"天下真小"，我却认为我的书橱真大。作家赠书，多出自友情，许多人虽然知道我已摆脱了具体编辑工作，仍还寄书给我。"人走而茶不凉"，这种友谊，不是一般的友谊。我庆幸我目前仍经常积书盈尺。同样，上海文艺出版社的散文丛书，从1978年的《山川·历史·人物》到1984年的《生命草》，前后六年的二十多本散文集，在我的书橱里几乎成为全套。这是这些书的作者对我友谊的象征。我总是很好地把这些书读完。因为书虽然不是作家生活的全部，但终究是作家精神生产的主件。我的书橱是我的知识仓库，也是我的沙龙。我在这里会师访友，不因朋友们奔波各方而冲淡我对他们的了解。

　　自从我离开办公室，遍访工厂农村，有感于社会变革以后，我的书橱有时也使我感到寂寞。我不得不请一些陌生的客人来到我这个知识仓库作辅导员。他们向我谈中国和世界的大趋势，试图回答我应该怎样改变自己的生活方式，并为我传达世界走向文明的讯息。生有涯，知却无涯，书橱又成为我追求新知识的鞭策者。我感谢它对我的厚爱。

牛 汉

（1923—2013），山西定襄人，诗人。有诗集《祖国》《彩色生活》《爱与歌》《牛汉抒情诗选》，诗论集《学诗手记》等。

绵绵土

那是个不见落日和霞光的灰色的黄昏。天地灰得纯净，再没有别的颜色。

踏上塔克拉玛干大沙漠，我恍惚回到了失落了多年的一个梦境。几十年来，我从来不会忘记，我是诞生在沙土上的。人们准不信，可这是千真万确的。我的第一首诗也是献给没有见过的沙漠的。

年轻时，有几年我在深深的陇山山沟里做着遥远而甜蜜的沙漠梦，由于我的家庭的历史与故乡人们走西口的说不完的故事，我的心灵从小就像有血缘关系似的向往沙漠，我觉得沙漠是世界上最悲壮最不可驯服的野地方。它空旷得没有边沿，而我喜欢这种陌生的境界。

此刻，我真的踏上了沙漠，无边无沿的沙漠，仿佛天也是沙的。全身心激荡着近乎重逢的狂喜。没有模仿谁，我情不自禁地五体投地，伏在热的沙漠上。我汗湿的前额和手心，沾了一层细细的闪光的沙。

半个世纪以前，地处滹沱河上游苦寒的故乡，孩子们都诞生在铺着厚厚的绵绵土的炕上。我们那里把极细柔的沙土叫做绵绵土。"绵绵"是我一生中觉得最温柔的一个词，辞典里查不到，即使查到也不是我说的意思。孩子必须诞生在绵绵土上的习俗是怎么形成的,祖祖辈辈的先人从没有想过。它是圣洁的领域,谁也不敢亵渎。它是一个无法解释的活的神话。我的祖先们一定在想:人,不生在土里沙里,还能生在哪里? 就像谷子是从土地里长出来一样的不可怀疑。

因此,我从母体落到人间的那一瞬间,首先接触到的是沙土,沙土在热炕上焙得暖乎乎的。我的润湿的小小的身躯因沾满金黄的沙土而闪着晶亮的光芒,就像成熟的谷穗似的。接生我的仙园老姑姑那双大而灵巧的手用绵绵土把我抚摸得干干净净,还凑到鼻子边闻了又闻,"只有土能洗掉血气"。她常常说这句话。

我们那里的老人们都说,人间是冷的,出世的婴儿当然要哭闹,但一经触到了与母体里相似的温暖的绵绵土,生命就像又回到了母体里安生地睡去。我相信,老人们这些诗一样美好的话,并没有什么神秘。

我长到五六岁光景,成天在土里沙里厮混。有一天,祖母把我喊到身边,小声说,"限你两天扫一罐子绵绵土回来!""做甚用?"我真的不明白。

"这事不该你问。"祖母的眼神和声音异常庄严,就像除夕夜里迎神时那种虔诚的神情。"可不能扫粗的脏的。"她叮咛我一定要扫聚在窗棂上的绵绵土,"那是从天上降下来的净土,别处的不要。"

我当然晓得。连麻雀都知道用窗棂上的绵绵土扑棱棱地清理它们的羽毛。

两三天之后我母亲生下了我的四弟。我看到他赤裸的身躯,红润润的,是绵绵土擦洗成那么红的。他的奶名就叫"红汉"。

绵绵土是天上降下来的净土。这是从远远的地方飘呀飞呀地落到我的故乡的。现在我终于找到了绵绵土的发祥地。

我久久伏在塔克拉玛干大沙漠的又厚又软的沙上,百感交集,悠悠然梦到了我的家乡,梦到了母体一样温暖的我诞生在上面的绵绵土。

故乡现在也许没有绵绵土了,孩子们当然不会再降生在绵绵土上。

我祝福他们。我写的是半个世纪前的事,它是一个远古的梦。但是我这个有土性的人忘不了对故乡绵绵土的恋情。原谅我吧。

1988 年

袁　鹰

（1924—　），江苏淮安人，作家。有散文集《风帆》《悲欢》《秋水》，诗集《江湖集》《寄到汤姆斯河去的诗》等。

筏　子

黄河滚滚。即使这儿只是上游，还没有具有一泻千里的规模，但它那万马奔腾、浊浪排空的气概，完全足以使人胆惊心悸。

大水车在河边缓缓地转动着，从滔滔激流里吞下一木罐一木罐的黄水，倾注进木槽，流到渠道里去。这是兰州特有的大水车，也只有这种比二层楼房还高的大水车，才能同面前滚滚大河相称。

像突然感受到一股强磁力似的，岸上人的眼光被河心一个什么东西吸引住了。那是什么，正在汹涌的激流里鼓浪前进？从岸上远远望去，那么小，那么轻，浮在水面上，好像只要一个小小的浪头，就能把它整个儿吞噬了。

啊，请你再定睛瞧一瞧吧，那上面还有人哩。不止一个，还有一个……一、二、三、四、五、六，一共六个人！这六个人，就如在湍急的黄河上贴着水面漂浮。

这就是黄河上的羊皮筏子！

羊皮筏子，过去是听说过的。但是在亲眼看到它之前，想象里的形象，总好像风平浪静时的小艇，决没有想到是乘风破浪的轻骑。

十只到十二只羊的体积吧，总共能有多大呢？上面却有五位乘客和一位艄公,而且在五位乘客身边,还堆着两只装得满满的麻袋。

岸上看的人不免提心吊胆,皮筏上的乘客却从容地在谈笑,向岸上指点什么,那神情,就如同坐在大城市的公共汽车里浏览窗外的新建筑。而那位艄公,就比较沉着,他目不转睛地撑着篙,小心地注视着水势,大胆地破浪前行。

据坐过羊皮筏子的人说,第一次尝试,重要的就是小心和大胆。坐在吹满了气的羊皮上,紧贴着脚就是深不见底的黄水,如果没有足够的勇气,是连眼睛也不敢睁一睁的。但是,如果只凭冲劲,天不怕地不怕,就随便往羊皮筏上一蹲,那也会出大乱子。兰州的同志说,多坐坐羊皮筏子,可以锻炼意志、毅力和细心。可惜随着交通运输事业的发展,这种锻炼的机会已经不十分多了。眼前这只筏子,大约是雁滩公社的,你看它马不停蹄,顺流直下,像一支箭似的直射向雁滩。

然而,羊皮筏上的艄公,应该是更值得景仰和赞颂的。他站在那小小的筏子上,身后是几个乘客的安全,面前是险恶的黄河风浪。手里呢,只有那么一根不粗不细的篙子。就凭他的勇敢和智慧,镇静和机智,就凭他的经验和判断,使得这小小的筏子战胜了惊涛骇浪,化险为夷,在滚滚黄河上如履平地,成为黄河的主人。

你看,雁滩近了,近了,筏子在激流上奔跑得更加轻快,更加安详。

1961年9月,兰州

王鼎钧

（1925—2020），山东临沂人，作家、评论家。有文论集《文路》《讲理》，散文集《人生试金石》《灵感》，短篇小说集《单身汉的体温》等。

活到老真好

这几年和中国大陆上的老同学通信，知道他们早已退休，有人在退休时安排了第二职业，现在也交了出去。这给我一个感觉，我们那一代的确是过去了。

这就是老。人握拳而来，撒手而去，先是一样一样搜集，后是一件一件疏散，或者如某些人所说的，只剩下老妻老狗老酒。我发现大陆上的一些亲友对"老"完全不能适应，以致心中沮丧空虚，难以聊生。"革命哲学"是假设人在三四十岁的时候战死了，或者是累死了，不料还有一段晚景颇费安排。

我倒是写了许多信劝他们。我说老年是我们的黄金时代。人家说黄金时代是二十岁，你想，二十岁我们懂什么？懂得茅台和汾酒有什么分别吗？懂得京胡和二胡有什么分别吗？懂得川菜和湖南菜有什么分别吗？我说到了老年，人生对我们已没有秘密，能通人言兽语。当年女孩子说："我不爱你"，你想了一整年也想不出原因来，现在她刚要张口你已完全了解。我说上帝把幼小的我们给了父母，把青壮的我们给了国家社会，到了老年，他才把我们还给我们自己。

我说年老比年轻好，一如收获比垦荒好，或和平比战争好。年轻时我们和命运对抗,到老来和解了。成年以前的我们是"危机四伏",门外一步都是不可知,正所谓"如暗夜行走"。到了壮而行,手里有地图,心中有煎熬,天天"冰炭满怀抱",灵肉冲突,义利冲突,群己冲突,哪有安宁。谢天谢地,总算老了,跳出三界,不列五行。还用得着自己拿鞭子抽自己的背吗?还用得着自己拿刀割自己的耳朵吗?再也用不着一夜急白了胡子、三天急瞎了眼睛,再也用不着"为伊消得人憔悴"。不喜不惧,无雨无晴。这段话,我的同学少年也听不进,他们说我是酸葡萄。

老年最忌悔恨,悔恨伤身伤神。我有一篇短文劝人"不要悔",流传颇广。悔恨的声音还是常听见,有人说他当年经手公款成亿成万,从未贪污,以致老来受穷。有人说当年官场争逐,他讲义气让一步,让他的好朋友升上去,结果"官大一级压死人",一生受这朋友欺负,悔不当年把这厮一脚踹下去。有的老人后悔他以前做过的好事,往往变成很坏的人。中国民间有个词儿,谓之"老坏",值得警惕。

美国做学问的人在这方面也有见解。据他们说,许多美国老人眼见老人的福利日减,年轻人对老人的态度也越来越差,社会的道德水准也在下降,于是认为社会辜负了他,甚至认为社会欺骗了他。这等人觉得他以前对社会贡献太多,太不值得,竟想在有限的余年做些坏事来"平衡"一下,以致老人的犯罪率一再提高。这消息打尽老人的面子,那天我暗暗立下"最后一个志愿",但愿能做个"不太坏"的老头儿。

能活到老,真好。想想那些我喜欢的作家,曹植活了四十岁,李商隐活了四十五岁,李贺不过二十七岁,徐志摩三十五岁,曹雪芹据说四十八岁。倘若举行民意测验,可以发觉人人嫌他们死得早,连曾国藩这样的人也不过只活六十岁。我们的文章比曹雪芹坏,寿命比他长,有时间多看几篇《红楼梦》,多些体会,有机会多看到有关的考证和发现,长些见识,这就是人生的福分。

值得看的景象越来越多,人所共睹。今天的电影拍得比当年精彩,今天的花也开得比当年灿烂,今天的年轻人比我们那一代青年漂亮,有照片为证。大概和营养、教育、风尚都有关系,说不定还加上遗传,这是写研究论文的题目。诸如此类,观之不足。

六十曰老。七十曰耆。八十曰耋。九十曰耄。活到耄耋之年,最怕有长年卧床的疾病,自己苦,家人也苦,连医生护士也跟着受罪。这是老年的大问题。有几个中年人谈论"你愿意怎么个死法",一位女士说,她希望在七十岁那年被争风吃醋的男人从背后开枪打死。女人到了七十岁还能使男人嫉妒得要死,这是何等抱负!被人背后开枪打死,死前无恐惧,死时无痛苦(痛苦十分短暂),又是何等设计!所以这个答案得了第一——可望不可即。

活到老,真好,可是也别太老,别真的成了满脸皱纹、一把胡子的初生婴儿。老了要能"舍",能像佛家那样,欢欢喜喜地舍,该舍就舍,包括生命,在以后的老年福利法里,应该有一条"安乐死"。

徐光耀

（1925— ），河北雄县人，作家。有长篇小说《平原烈火》，中篇小说《小兵张嘎》，短篇小说集《树明和莺花》《望日莲》等。

"杂合面"情思

我的老家——大清河北的雄县一带，主食一向是棒子面，靠土地为生的农民，其第一要务便是种棒子。

棒子，就是玉米。在我当八路之前，一年四季都吃棒子，天天"偎"在棒子面中，那时以为普天之下都是吃棒子面的。当了八路，过了大清河，才知道吃小米的地方更多些。八路军大部分在黄河以北打游击，所以才有了"小米加步枪"，可以战胜敌人的说法。

从名义上说，小米似比棒子高级一点，因棒子是高产作物，什么东西一多，就会掉价。但我想家的工夫，第一个想的是亲人，第二个想的就是棒子，常常想得惊心动魄，口水直流。我老家那份对棒子的吃法，很是先进丰富，也很五花八门。现在城市里常见煮棒子，却吃不出我家乡那个鲜嫩、浓郁的味道来，更别提烧棒子了。在野外，二三小伙伴，用豆秸架起一蓬火来，把半熟的嫩棒子剥去包皮，择去须缨，在火苗上滚动翻转，单听那"噗、噗"的爆浆声，馋涎就流下来了，刚入口，一股荒蛮草野气息的浓烈之香，真可使人醉倒，倘再加烧几颗毛豆伴着吃，咳！那个咀嚼哑吮之美，简直无可形容。

我们老家不吃纯棒子面，而是吃"杂合面"，棒子粒上磨时，兑入一定量的黄豆或黑豆,收下来便是"杂合面"了。这种面,通常用来蒸窝头,贴饼子,由于混有豆面的缘故,吃来暄腾、香泛,而且甘甜。这甘甜,不仅得于口感,还像好茶似的,饱后留有回甜。前时曾见专家文章,说把玉米豆子混起来的吃法,营养会格外丰富。于是我想,尽管大清河北人一辈子吃棒子,脑子不算很笨,大约跟这杂合面有关吧?

若家中来了亲朋,金贵的白面无力动用,那么,杂合面也拿来待客。由此,杂合面又生出不少"粗粮细作"的花样。譬如:烙两面馅馇、薄而且脆的"小火烧";把面团薄薄包一层白面,烙"金裹银儿"暄饼;把棒子经水焯一下,上磨过细箩,再行发酵、揣碱,蒸成"小瓦糕";或掺上枣面沏"茶汤";或用一种龟式铁锅烙"炉糕"……不但花式新颖,连规格也跟着提高了,论吃论看,都不算有失体面。至于碰着红白喜事,大笼屉蒸"两面卷子",更加大路平常,既节俭,又救急。

农忙时不去说了,春冬两闲季节,喝粥,是中下层农家不可或缺的主食,差不多一早一晚,两顿都要喝粥,这种粥,主料是棒子糁。糁,是在磨杂合面时,将"二烂、三烂"的玉米硬肉单另提出,经过筛簸,选集细小颗粒而成。熬粥时,把它们搅入沸水,用毛柴长时间熬炼,待黏度近乎蜂蜜,啊,那股由棒肉精化成的柔稠、绵透、喷薄而出的清醇,竟是玉液琼浆,直可将通畅的温暖化遍全身。三百年前的郑板桥,写到"缩颈而啜之"的喝粥情状时,是多么动情而神往啊!

粥的品种很多,如:白粥,豆儿粥,枣儿粥,山药粥,蔓菁粥……以及放入菜叶及少量面条的菜粥,等等。不一而足。一般人最喜豆儿粥,所以,在集体中人发牢骚时,常有"老子回家喝豆儿粥"的话,至于一插就戳住的筷子的糯豆儿粥,就更名贵了。我小时在家常喝的是山药粥,因豆儿粥成本高,只能偶尔喝一顿;而山药粥粗粗拉拉,近乎猪食,从节约观点看,最合算。

1940年严冬,我刚转入平汉路西山区的冀中锄奸部受训,恰逢日寇大"扫荡",不幸得了疟疾,无法随队行军,便同其他五六名病号,被

"间壁"在深山深处的农民家里。有两个月光景,随老乡吃砂子小米和"酸菜"。来年开春,部队找到我们,要送我们回冀中。我们这五六个人,一面侥幸不曾"看了山根",一面引发对冀中的思念,禁不住"精神会餐"起来。患肺结核的锄奸部干事老焦说,他回到冀中的第一大愿,就是要吃顿"脂油饼"。我问什么叫"脂油饼",他眉眼飞舞地比划:"把白面和成稀溜软,拿大油——最好是板油,剁为细丁,分层擀圆,用擀杖挑着往热锅里一拍,滋——滋——,眼看着从气泡里往外冒油花,哎呀!"他热烈地搓着双手,"那真是美极了!"他本来红得刺眼的双颊,更其鲜艳了。我当时断定,他必是"地主老财"出身,这种"脂油饼",我从来没见过。

而我当时最最想的,却是"糊(读第一声)饼"。"糊饼",是在杂合面里拌些葱花,撒少许椒盐,倘节令对时,再捋点榆钱儿搁上,将和好的面团铺于大锅(最好七印)锅底,用铲刀四向扒开摊匀,厚薄约得半公分,于是盖锅干烧,顷刻间即可焦熟。当把它撬离四边提上算帘时,那焦黄,那薄脆,那也像口大锅似的敦实形象,尤其入口后的脆生生、咸津津、醇香四溢的风味,对一个孩子来说,不啻是喜庆佳节了。

当我做这勾魂摄魄的"糊饼"梦时,正得着"雀蒙眼",夜里什么也看不见。可我竟牵着前人的背包,听着队伍的脚步,磕磕碰碰夜行百里,通过敌人的平汉封锁线,回到冀中来了。这毅力,这神奇,焉知不是"糊饼"的推力呢。

以上,大多说的是旧话,说明我对杂合面的感情。而"文革"时期的1971年,我曾带着两个十来岁的女儿被"遣返回乡"了,在老家再吃杂合面时,口味似觉大不如前,问父亲何故,父亲说,现在争高产,施化肥,有人种地,无心管理,长不出那时的味儿来了。真是无独有偶,近年与孙犁先生在信上议论贾大山,也提到了棒子面,他说,他本来爱吃棒子面的,但由于物质文化都受了污染,棒子面也没有过去的味道了。但又说:"偶尔也有朋友从农村带来一些农民自吃自用的棒子面,据说是用人畜粪培植,用石磨碾成者,其味甚佳。读贾大山小说,就像吃棒子面,是难得的机会了,他的作品是一方净土,未受污染的生活反映,也是向他的善男信女施洒甘霖。"(《芸斋书简》)

孙犁的话不免使人扫兴,由于环境和污染,不但吃好棒子面机会难得,便是写"净土"文章的贾大山,也不在人间了。污染连着文化,也连着腐化,乡土啊乡土,你这文化还能延续很久吗……

陆文夫

（1928—2005），江苏泰兴人，作家。有短篇小说集《荣誉》《二遇周泰》《小巷深处》，中篇小说《美食家》等。

快乐的死亡

作家有三种死法。一曰自然的死，二曰痛苦的死，三曰快乐的死。

自然的死属于心脏停止跳动，是一种普遍的死亡形式，没有特色，可以略而不议。快乐的死和痛苦的死不属于心脏跳动，是人还活着，作品已经或几乎是没有了！

作家没有了作品，可以看作是个人艺术生命的死亡、职业的停顿。其中有些是因为年事已高，力不从心。这不是艺术的死亡，而是艺术的离休，他自己无可自责，社会也会尊重他在艺术上曾经做出的贡献。

痛苦的死亡却不然，即当一个作家的体力和脑力还能胜任创作的时候，作品已经没有了，其原因主要是由于各种苦难和折磨（包括自我折磨）所造成。折磨毁了他的才华，苦难消沉了意志，作为人来说他还活着，作为作家来说却正在或已经死去。这种死亡他自己感到很痛苦，别人看了心里也很难受。

快乐的死亡却很快乐，不仅他自己感到快乐，别人看来也很快乐。昨天看见他大会上作报告，下面掌声如雷；今天又看见他参加宴会，为这为那地频频举杯。昨天听见他在高朋中大发议论，语惊四座；今天又听见他在那些开不完的座谈会上重复昨天的意见。昨天看见他在北京的街头,今天又看见他飞到了广州……只是看不到或很少看到他的作品发表在哪里。

我不害怕自然的死,因为害怕也没有用,人人不可避免。我也不太害怕痛苦的死,因为那时代已经过去。我最害怕的就是那快乐的死,毫无痛苦,十分热闹,甚至还有点轰轰烈烈。自己很难控制,即很难控制在一定的范围之内。因为我觉得喝酒不一定完全是坏事,少喝一点可以舒筋活血,据说对心血管也是有帮助的。作家不能当隐士,适当的社会活动和文学活动可以开阔眼界,活跃思想,对创作也是有帮助的。可是怎么才能不酗酒、不作酒鬼,这有益的定量究竟是多少呢?怕只怕三杯下肚,豪情大发,嘟嘟嘟,来个瓶底朝天,而且一顿喝不上便情绪不高,颇有怨言,甚至会到处去找酒喝。呜呼,快乐地死去!

柯 岩

（1929—2011），广东南海人，作家。有诗集《柯岩儿童诗选》，报告文学集《奇异的书简》《船长》，电视系列剧本《仅次于上帝的人》，长篇小说《寻找回来的世界》等。并有《柯岩文集》行世。

在澄蓝碧绿之间

这是一个日本朋友称之为新绿季节的五月清晨，我们驰车从箱根奔向泽藤。一路上草木如洗。我第一次知道：绿，原来有这么多层次：深深浅浅，苍郁清碧，又全都盈盈欲滴，真是绿得使人心肺都要伸枝展叶，碧翠尽染，纵横流滴了……

车转了一个弯。啊，就像是从绿色的田野里一下飞升进蔚蓝的天空一样：脚下是与蓝天一色的大海，辽阔无际，澄蓝中夹杂着些许的浅灰，直到走近才看到排排浪花，如白云翻卷，如珍珠迸落……

真是好一个所在啊！而聂耳，我们的音乐家聂耳的纪念碑，就坐落在这片澄蓝与碧绿之中。

奔驰的车辆停下了。早就等候着的日本朋友们迎上前来，庄重地向代表团赠送了本市的钥匙。我的心立即被这表示依赖与尊重的友谊所温暖。我是多么为你——聂耳，也为我的祖国自豪啊！

纪念碑上刻着聂耳的生卒年月、作品、生平；刻着日本人民对他的高度评价。最后是："……直到今天，我们还能听见从大海上阵阵传来他的乐声……"呀，日本是一个多么有诗意的民族。这话竟一下子把我推进了音乐的世界……

我侧耳细听：风声索索，海浪滔滔，我听见《义勇军进行曲》的旋律在和着新长征的马蹄踏踏；而《大路歌》的夯声正伴着"四个现代化"的汗泉喷洒……

我听见被"四人帮"践踏得满目疮痍的祖国大地又流水潺潺，松涛阵阵；被"四人帮"禁锢得铁桶似的青年心胸正开窗启户……

我听见从小就背熟的李白哭晁衡的诗句"明月不归沉碧海，白云愁色满苍梧"那沉痛的呼唤；我听见鉴真和尚的唐招提寺那檐下风铃的奏鸣，那壁画上的万顷碧波不息的涛声……

我听见，我还听见这次访日接触的所有日本朋友的高歌曼吟，那一句句亲切的招呼："朋友、兄弟……"

我听见，啊，我还听见那向我们欢笑奔来的日本儿童，用中文高声喊叫的"你好，你好呵——中国——！"

我听见，我怎能不听见呢？日中文化交流协会陪伴我们的日本朋友们镇日忙碌中的盈盈笑语，一声声，一句句，全都连着日本人民对中国人民无限友好的心的搏动，意切情真。

我听见，我确实还听见日中文化交流协会事务局长白土吾夫，当年怎样深宵中夜向正在病中的中岛健藏理事长汇报工作。那声音是那样低沉，如怨如诉，却又夹带着愤怒的雷霆……

白土先生为了中日文化交流，曾六十多次来到中国，多次受到周总理的亲切接见。他和中国文化界的领导和前辈周扬、夏衍等同志多次接触，他们对日本情况之熟悉使他惊异，而他们的学问、人品又都使他十分敬重。可是突然，他们变成了"凶恶的敌人"。中日文化交流这支热情澎湃的交响乐中出现了太长太久的休止符，从此，一片静默。这，在日本朋友心里，不能不是个沉甸甸的谜。于是，在每次率团来访时，中岛先生总要表示他的关切之情。白土吾夫先生先是委婉地致意，后来干脆就向接待他们的姚文元直接询问周扬、夏衍先生的下落。触到了"四人帮"的痛处,遭到了这个文痞的嫉恨,从此以后对他们的工作百般刁难,人为地制造着中日文化交流的裂痕。

时间消逝着,多么难捱的、漫长的、沉寂无声的十年呵!那般沉寂,偶然出现的也只是不和谐的杂音。

忽然,来到了这样的一天。那是一个北京明丽的秋日下午。白土先生从北京饭店转过街角,突然看见,有两个人从新华书店台阶上漫步下来。白土先生的心猛烈地跳动起来:虽然清癯而变容了,但,那是周扬和苏灵扬!他不假思索地就跑步穿街而过,情不自禁地紧紧把他们拉住了……

但白土先生立即控制住自己,只恋恋不舍地绕着他们转了一圈,深深地用眼睛向他们致意后就退走了。他是这样急于了解他们的一切,并通过他们了解夏衍等其他同志的情况。但他怕一个异国同志,一个日本朋友在街上和他们倾谈,会给他们带来新的灾难。于是他立即侧身让他们过去,只用眼光默默地送他们彳亍远去。这次偶然的相遇是这样奇异的静默无声。但在他心里却有着最大音量的乐声在澎湃汹涌:是那样的欢乐,带着日本人民对中国人民深深的惦念与祝福……

回国后,他立即把这情况在深夜里、在病榻边向中岛理事长悄悄讲述。一遍又一遍,讲的人力求详尽,听的人反复追问。这可是个信息么?禁锢的中国,多年无声的中国也许快要出现惊蛰的雷声了吧?他们猜测着、叹息着、满带着希冀和热望,就这样,从半夜直到黎明……

如此焦灼,如此深情,却又这般静默,近似无声……

这就是难怪这次日中文化交流协会对待我们代表团,对待从医院直接登机赴日访问的团长周扬同志,是那样无微不至的体贴与照顾了。这不是接待一个与日本中断来往十四年之后、第一个中国作家代表团的例行公事,而是日本人民对中国人民至深至厚的感情。是在一支交响乐中令人难以忍耐的死寂的停顿之后,欢乐旋律的重新出现啊!

这旋律是这样和谐、优美、欢乐而又凝重;就像在这蓝天碧海之间,

233

极目远望似乎风平浪静的海面之下,那永不静止的海浪的奔腾……

……我们从纪念碑沿着沙滩在大海边上漫步,日本朋友告诉我们:纪念碑原就建在海边聂耳溺水的地方。1964年被飓风掀倒之后,日本人民立即重新修建,并且把它移到离海岸较远的、现在这个向阳的小坡上了。

我的心被深深地搅动了。日本人民竟这样尊重中国的文化,尊重中国人民的音乐家!一个能尊重异国文化的国家才能真正有高度的文化。唐太宗能从西域各族文明吸取营养,才有了盛唐高度繁荣的文化;日本从明治维新开始向西方文明潜心学习,才开启了今天科学技术快速发展的先河。一个对人类做出贡献的人,从来是世界性的。一个不仅尊崇本民族的精英,而同时也能敬重异国伟人的民族,才是目光远大的民族,有希望的民族啊!

面对着辽阔无垠的大海,海水蔚蓝,我心澄碧。我这时已不仅仅是见李白、阿倍仲麻侣相互应答吟哦;不仅仅听见鉴真和尚那檐下风铃的奏鸣……而且看见他们那历尽九死一生,穿风破浪的点点风帆正在海风中徐徐迎面驰近……

一个日本朋友却又用一个动人的故事把我从幻境中拉回现实。他告诉我们:聂耳纪念碑自从建立,就从没有断过鲜花及净土。即使在日本军国主义侵华时期,即使在中日邦交重建之前,即使在林彪、"四人帮"推行法西斯文化专制主义,妄图毁灭一切人类文明之际……住在附近的几位老人,也年年带着孩子悄悄前来,为聂耳碑洒扫祭奠,供奉鲜花……

我的心战栗了。啊,人民啊人民,创造历史的是你们,创造世界的是你们,创造人类文明、具有高尚情操的是你们!任凭沧海变化,人事沉浮,政府更迭,但人民永存。人民渴望和平、友谊和进步的美好心愿永存!就像这澄蓝的大海与碧绿的大地永存一样,只要在这世界上,反动派推不倒高山,砍不断大海,消灭不了澄蓝与碧绿的色彩,那么,人民之间的友谊也就永远像这澄蓝与碧绿一样永存,并岁岁更新……

能像聂耳一样,永远安息在这澄蓝与碧绿之中是幸福的。那就让我们每一个人都为这澄蓝与碧绿的更加纯净,而使自己的生命之泉更加清澈吧!

1979 年 6 月初稿,12 月改定

苏 晨

(1930—),辽宁本溪人,作家。有散文集《野芳集》《小荷集》《野石子集》《流水集》《三角梅记》等。

听沨楼来信

厦门岛有一条小巷叫信义里,信义里住着一位书画篆刻家叫张人希,他为自己的居室取了个雅号叫听沨楼。

沨,是水声,也是乐声。《左传》上引过《魏》歌的"沨沨乎,大而婉,俭而易行"。《汉书》上引过《魏》歌的"美哉沨沨乎"!可不,在听沨楼上听忙碌欢乐的鹭江的沨沨之声,也正如听一首美妙乐曲的沨沨之声。

这小小的听沨楼,我到过一次。在那里边喝咖啡,边欣赏大量书画文物。我见到有一块《听沨》匾额是老作家俞平伯题的。还有一块《听沨》匾额是大画家黄永玉题的。永玉兄的两个大字写得极好,不久前深圳《特区文学》杂志刊登傅子玖同志写张人希的报告文学《听沨》,标题就是用的这两个字。

1984年6月22日这天,《厦门日报·海燕》文艺副刊发表了我的散文《死而不已》。赶巧这天听沨楼有个小聚会,在座的有从福州来的老作家郭凤兄,报告文学《听沨》的作者傅子玖和女作家陈慧瑛等。他们谈着谈着,谈到了我,谈到了我的散文。事后人希兄写了一封长信给我。大概是出于鼓励吧,对《死而不已》这篇写陈嘉庚老人的散文,说了不少好话。接着,他又列举了陈嘉庚老人的七件"小事",嘱咐我最好能据此再写一篇短文。

　　我感到有些为难。因为这封信7月6日才寄到,我应邀明天就得离开广州去湖南参加"武陵笔会"。"世间安知伪与真,至今传者武陵人。"这是昔日韩愈咏武陵桃花源的诗。如今的武陵山区,又发现了三处更不得了的"养在深闺人未识"的人间胜境,那是大庸县的张家界,慈利县的索溪峪,桑植县的天子山。人们在争说,这儿的奇丽不逊于黄山,这儿的秀逸不亚于桂林……临行前夕,我不但要打点行装,而且心早给勾到武陵山区去了。

　　可是人希兄的至嘱,也不能置若罔闻。如是我想到,何不就听沨楼来信,整理一篇《听沨楼来信》!

　　人希兄和陈嘉庚老人素有交往。《死而不已》引起了他对老人的无尽怀念。人希兄是书法家,《石门颂》写得很好,这使他首先想起了陈嘉庚老人也是一位热爱书法艺术的人。据人希兄信上说,这老人特别喜欢汉碑、汉隶,手边常放着一部《汉碑大全》。集美学区的"所有建筑碑额都用隶书",而且都是老人亲自从《汉碑大全》里选集出来的。而人希兄正是写汉隶的高手,所以陈嘉庚老人曾特地请人希兄给他用汉隶写过两首诗。如今,它们都刻在集美一座纪念碑上。也正是因为这样,当陈嘉庚老人逝世时,有关方面请人希兄负责布置追悼会会场,人希兄又是用汉隶写了会场的大横幅,用汉隶题了《陈嘉庚追悼会会刊》的刊名。

　　人希兄的听沨楼来信谈到这件往事,我想那大约是意在说明,哪怕是一位最伟大的爱国者,他之热爱他的祖国,也必须是非常具体的,一点儿一滴的,而陈嘉庚老人,正是这样的。

　　还有陈嘉庚老人的热爱祖国,在什么时候都不见半点儿含糊。人们都说,这老人为发展故乡的教育事业,兴办各级各种学校,真是倾家荡产,在所不惜。人希兄的听沨楼来信中提到第二件往事是,抗日战争期间,老人有一次派长子陈厥祥回厦门办事,结果被乌龟屿的海匪绑票了。海匪开了极大数目的赎金。陈嘉庚老人掂量来掂量去,毅然发表了一项声明,谈到这笔赎金足可以用来办好几所学校,为了发展故乡的教育事业,他宁肯牺牲这个儿子了！真是精诚所至,金石为开,哪想到这凛凛的大义,竟也触动了海匪们……

　　生活里常有这样的情形,人的精神一旦高度集中于某一方面,有时候甚至会一时办出一些叫常人难以理解的事。如人希兄的听沨楼来信还谈到的第三件事:陈嘉庚老人在集美一座纪念碑的碑阴,亲自拟定了这样一种纪年:"大中华人民共和国公元一九……年"。人希兄问他:"这样的纪年通么？"他想了想说:"在新加坡,英国人有用'大英帝国公元……年'的,他们能用我为什么不能用？这样纪年在我心里通就行了！"啊,这位热爱自己的祖国,深沉到无以复加的老人！

　　写到此处,听沨楼来信上列举的诸事才介绍了一小半。可是作为"一篇短文",已经到了该收口的时候,不再列举下去了吧,反正不管再多说一件,多说两件,那从听沨楼上传来的沨沨之声,不外乎是想提醒一下和陈嘉庚老人有过交往的诸位:我国今年将隆重纪念一代华侨领袖爱国老人陈嘉庚诞辰一百一十周年,就让我们都来认真回忆一下这位老人的种种可贵之处吧,对于陈嘉庚老人说来,从每一个侧面看去都熠熠闪光,他是一颗地道的金刚钻！

流沙河

(1931—2019)，四川金堂人，作家。有诗集《农村夜曲》《流沙河诗集》，散文集《游踪》，文论集《隔海说诗》《写诗十二课》等。

弱肉强食

我"文革"时在老家，见邻居养母鸡三五只，日日获蛋，心窃慕之。冷眼旁观，养鸡也并不难，无非晨放夕关，日饲糠饭一钵而已。于是我家开始养鸡。

第一次养小鸡十余只。用提篮做鸡舍，傍晚一一捉入，放在室内。早晨倾篮而出，撒些拌糠的碎米，旁置清水一碗，便不管了。不满一月，纷纷病死于白痢。养鸡遂告失败。

第二次养小鸡又十余只。用竹筐做鸡舍，较宽敞，能通风。饲料用拌菜叶渣的沥米饭，易于消化。果然不再屙白痢了，长势颇佳。三个月后，冠肉、颈羽、翅翎、腿毛相继长齐，食量猛增。竹筐挤不下了，用砖石砌鸡舍于园角。晨开舍门，满院奔跑，望之欣然自得。某日，蒙邻人指点我，才知道这一群全是雄性。既然不生蛋，养来做什么！看见这一群骗子东奔西跑的那个高兴模样，我就厌恶。想起他们每日两餐消耗我那么多粮食，我就心疼。后来，他们总算都害了瘟，三五天死一只，历月余而死绝。养鸡又告失败。

第三次我研读《养鸡常识》，学会鉴别雌雄，心中大喜，再去选购十余只，精心饲养。白天我要上班拉大锯，顾不上管她们——后来发现她们中间混有少数雄性。傍晚下班回家,点数归舍。每隔七八天,总不免失踪一只。我唤着"鸡儿哥哥哥"到处去找,甚至到邻院去私察暗访,从来没有找回过一只。有一次看见邻居的赛虎(这是一条小母狗的芳名)躲在院角撕啃一只小鸡,我才恍然大悟。这家邻居夫妇原是奉命迁入庭院专门监视我的,近年来又造反当了官,我当然不敢对他们的母狗给予适当的教育。妻用讲笑话的口气提醒他们。他们夫妇听了,彼此相视一笑,不作回答,甚至不骂赛虎一句。

这家邻居的蓄犬政策是专养母狗,养而不喂,产仔后,或牵母狗去卖,或杀母狗来吃。不喂,赛虎岂不饿死?放心吧,饿不死。饿了,她会抢吃我家的鸡饭,或闯入堂妹家的厨房,偷吃食物,甚至偷吃生米。最近又怀了孕,食欲特别旺盛,尤其需要肉蛋白质,所以我家的小鸡要频频"失踪"了。

赛虎偷吃小鸡,我曾目睹,深信她的智慧过人,她才不露半分凶贼相呢。她只假装同小鸡做游戏,绕鸡群而飞跑。跑够了,伏下来,大摇尾巴,笑嘻嘻的,好像很爱她们。倒是她们显得太不知趣,挤成一团,惨声呼救。若是有人来了,赛虎就站起身,伸伸懒腰,打打呵欠,讪讪走开,似乎她已吃得太饱,玩得太累。若是不见人来,她就伸嘴去亲她们,用牙齿同她们乱开玩笑。不经意地咬伤一只,叼着便跑。跑到院角垃圾堆上,喊里嚓啦快速撕啃,连毛带骨吃个精光。然后若无其事,大摇大摆回家睡觉,正眼也不瞧瞧那群小鸡。谁会相信凶贼是她,若不是亲眼看见!

到赛虎临盆时,我家的十余只小鸡刚好被她吃绝。营养既佳,一胎生下五只小狗,胖嘟嘟的,可爱极了。我窃视着这窝小狗,不免想起了动物蛋白质神奇的转化——鸡的转化为狗的;禽的转化为兽的;我家的转化为他家的。转化得如此悄悄又冥冥,神不知,鬼不觉,惟我偶然察之。造物主,你用血淋淋的死换来胖嘟嘟的生。你好狠!

五只小狗稍大,留下一只牝的,卖掉四只牡的。赛虎没有小鸡继续补充营养,馋得发昏,终于犯了严重错误,多次溜入鸭舍,偷吃她主人家的鸭蛋。事发,被主人之子李二哥逮捕法办。赛虎受屠之日,我家快乐之时。鼎烹既熟,蒙赐肉汤一碗。妻向这家邻居夫妇笑致谢忱,还说我家小女夜睡来尿湿床,宜喝此汤。

赛虎的遗孤号叫着,满院奔走,寻找其母。小狗嗅出了屠场的血腥,便在那里徘徊痛哭。偶一抬头,发现墙上绷钉着一张皮,正是故显妣生前的,便哭得更伤心,且对之吼吠焉。

当时女儿余蝉已满七岁,失学在家牧鹅。我每日编写三言诗五行,教她诵读。日积月累成册,是为《蝉蝉三字书》。查得册中有两日编写的课文如下:

　　李二哥,杀赛虎。白刀进,红刀出。小狗哭。
　　小狗哭,找妈妈。一张皮,墙上挂。肉炖粑。

第四次养小鸡又十余只。岂料赛虎的遗孤,那一只小小母狗,又偷咬小鸡吃!妻用发牢骚的口气笑着通知这家邻居夫妇。这回告状告准了,其妇当即骂了遗孤,其夫随即吩咐其子牵去卖了。中午,遗孤又被牵了回来。卖不脱的原因是其妇有指示"少了一元三坚决不要卖",而顾客的给价至多一元一。遗孤归来,取名小黄。小黄继承母志,终于再次吃绝我家的十余只小鸡,这类事情,《养鸡常识》上面一句也不提。唉!

林 非

（1931— ），江苏海门人，学者、作家。有学术论著《鲁迅和中国文化》《林非论散文》，散文集《访美归来》《世事微言》《岳阳楼远眺》等。

比萨斜塔下的沉思

在天真烂漫的童年，就听说过那遥远和渺茫得像从梦幻里闪现出来的异邦，耸立着这座倾斜的圆塔。自从它造成之后，六百多载的岁月已经匆匆地消逝，就像飘散着多少轻盈的浮云，淌过了无数喧哗的流水。而在翻腾着苦难和欢乐的人间，曾经于暴政的屠戮中血流如海，自然也挥舞过争取自由的宝剑，推翻了专制的君主，使得正义的歌声响彻云霄。还有多少闪射出思想光芒的哲人默默地委顿，多少飞扬着明眸皓齿的美女悄悄地衰亡，只有它始终躲过了战争和火灾的侵凌，每天都张望着黎明和黑夜的降临。尽管它在缓慢地增大着自己倾斜的角度，却依旧庄严和美丽地耸立在那儿，至今还不曾崩溃和塌陷。这神秘得超越了常规的命运，怎么能寻觅到合理的解释和回答呢？

童年时留下这缥缈的影子，偶或在自己的心灵中摇晃和升腾，叩问着这比萨斜塔，怎么能阻止自己往下坠落的惯性，竟如此坚毅和刚劲地倾侧于苍穹底下？从而就启示和催促我养成了思索的爱好，正是它给予了我生存方式里的此种恩赐。至于矗立着它的那块土地和那个国家，在当时真觉得是异常的陌生和朦胧，渐渐地增添了许多知识之后，才懂得意大利这文艺复兴的发源地,冲破了中世纪阴森、幽暗和残酷的禁锢,鼓舞人们去争取自由、尊严和欢乐的生活。也许正是因为脑海里的知识愈益丰富起来,就冲淡了对比萨斜塔的记忆。

真想不到在消磨了多少艰辛的岁月之后,竟突然会有跟它邂逅的缘分。当我簇拥在往来奔跑的人群里,焦急地穿过那条狭窄的小巷时,心里禁不住怦怦地跳荡起来,如果能够插上翅膀飞往前边仅有一箭之遥的巷口,立刻就可以观看和欣赏它无比美好的容颜了,可是我无法轻易地穿越这熙熙攘攘的人群。

迎面过来的多少游客,密密地堵塞着我往前跋涉的脚步。瞧着这些肥胖的老者、俏丽的少妇和聪颖的儿童,尽是白皙的面庞、碧蓝的眼珠和金黄的卷发,不知道是从风光明媚的欧洲本土,抑或阻隔着海洋的美洲大陆前来这儿?有个英气勃勃的青年正侧着身子,满面含笑地从我旁边迂回和徜徉,我打量着他跟自己相似的脸型,猜测他来自华夏的土地,抑或是其他的亚洲国家?为什么从地球的各个角落里,有数不清的人们兴冲冲地聚集到这儿来,只为了瞧一眼这神奇的斜塔。每一个燃烧着满腔热情和憧憬着崇高境界的人,也许都会厌倦平庸、琐屑和混沌的日子,而向往着奇异和神秘的景象,那么比萨斜塔不正是最好的目标?将这充满了魅力的印象,永远消融在自己的心里,不正是更有意义的一种生存方式吗?

好不容易一步步地挪到了巷口,瞪着两眼张望那青翠得令人心醉的草坪后面,这浑圆得玲珑剔透的斜塔,整座浅黄色的花岗石建筑,在八个楼层中紧挨在一起的两百多座拱门,多么俊秀和细巧的圆柱,纷纷撑住了自己顶部的圆弧,一副典雅和庄严的姿势,真让人神往不止。从深蓝色的天幕底下,抛出了丝丝缕缕夕阳的余晖,那一阵阵璀璨的金光映照着石壁,竟还反射到我激荡的心灵中,赶紧聚精会神地从它底层浑厚而又挺拔的围墙,往上仰视着五十多米高的顶巅。在雕刻成像翅膀那样凸起的檐顶,还装饰着一圈菱形的花纹,隐隐约约地透过朵朵云雾的残阳,闪闪烁烁地抚摸着这用多少手掌砌出的图案。而底下凹陷进去的拱门里面,不知道悬挂着什么形状的铜钟?随着这座建筑的不断倾斜,听说早已禁止人们从里边螺旋形的楼梯往上攀登,哪里还能够敲响那清脆而又深沉的钟声?

据说这座比萨教堂的钟楼,在 11 世纪后期动工兴建时,因为奠基的失误,刚造起了三层即开始倾斜,停顿了一百余年才又继续施工,等到在 13 世纪中叶落成之后,塔顶已经偏离垂直的中心线两米多远了。真得责怪这些技师与工匠们,为什么在追求美丽的线条和轮廓时,竟忘却了必需的结实与稳固?控制教会的僧侣和统治城市的官僚,也曾插手和纷扰过这座建筑的进程吗?这也许是永远都无法解开的谜团了。令人担心的是经过多少风风雨雨的侵蚀和凋零,它还不住地往南边倾斜。有多少人思考着如何让它停止倾斜,隐约可见两根粗长的钢丝,紧牵着塔身埋在教堂背后的地下,这能够拯救它倒坍的厄运吗?

不可思议的是二十多年前在这儿发生的一场地震,却也未能摧毁它,它依旧巍然地屹立着,神秘地倾斜着。这真是无比坚强和刚毅的象征,才会有浩浩荡荡的人们赶来探望它,却不顾它身旁那一座庞大和气派的教堂,很少仰望那教堂顶端高出它身躯的圆柱,这总是因为大家都渴望着向神奇和坚强的境界攀登。

韦　野

（1931—2008），河北曲周人，作家。有散文集《春影集》《酒花集》，诗集《故乡的月季》《漫游集》，话剧《五月榴花》等。

名楼赋

久慕昆明风景秀丽的大观楼，一向无缘相识；更慕雄居洞庭的千古名胜岳阳楼，也难得相见。说来幸运，一次偶然的边疆之行，多年的愿望得以实现。我从南盘江畔归来的头一天，就兴冲冲饱览了大观楼的风姿。游兴未尽，忽又赴重庆乘船而下，至洞庭待乘之暇，速到岳阳楼探胜，登楼远眺，一览无余。时间也真作美，两次观光这江南名楼，均是艳阳高照，晴空万里，和风助兴，引人浮想联翩，遐思不已。

遥望长空，这两座名楼相距千里，本没有什么自然的联系和契机，我将它们汇入一体作赋记之，恐有勉强之嫌。两座名楼，又都有先贤名作，脍炙人口，我赘述感慨难说不无惶恐，踌躇，但"览物之情，得无异乎？"我还是遵循生活所给予的实感和启迪，按照自己的步履，不避藏拙来记述这次难忘的感怀。

大观楼的幽雅壮美，不愧为春城的名胜，滇池的奇绝。登楼环顾，五百里滇池的确尽收眼底，池水浩淼，一片黛绿青碧。帆影掠过，使眼前峻秀、蜿蜒的山势，如在诗意盎然的画中。我在楼前近华浦中荡舟，水如明镜，亭榭似蜃楼，船绕竹丛、月桥、佛塔、亭台，似在翠羽丹霞之下，仿佛"四周稻香，万顷晴沙，九夏芙蓉，三春杨柳"的四时景色均涌进心胸,顿觉如置身祖国温暖的怀抱,畅饮着甘洌醇厚的美酒。据知,此楼从康熙三十五年建成后,即成为昆明西城的名胜区。多少骚人雅士常在此聚会宴游,多半是吟风弄月、陈词滥调般的歌功颂德。直到乾隆年间,才有寒士孙髯,出类不群,以豪迈的气概,酣畅的文笔,精巧构思,严谨的对仗,傲然写出一幅海内闻名的"古今第一长联",上下两支竟达一百八十字,赫然震惊文坛,美不胜收。于是,大观楼威望倍增,名贯天下。"闻者莫不兴起,冀一登临为快。"我在楼前石阶上默诵楹联数遍,不禁心潮滚滚,而游者也莫不为此击节赞赏。

此时,抄记、朗读、拍照的游人络绎不绝。我分享着孙髯所给予的由衷的欢欣。可惜,我对孙髯了解得太少了,无法从众多的赞赏者对他关切的相互询问中探得他的心灵。寒士的一生太失意了。他博学多才,诗词皆能,又善于指画,却不轻易作给别人。因愤世嫉俗不得第,而又不肯争名夺利,晚年竟以卜卦糊口,只留下一部《永言堂诗文集》。想他满腹文才,通晓古今,也没超然于"匆匆过客",到头来也还是"都付与苍烟落照"。然而,可使他感到自慰的是,大观楼并无逊色,仍昂然苍穹,随春城的不断兴盛而四季披红挂彩。

如果说大观楼给予我的感受,归纳起来仅仅是一幅古今第一长联而使它名声益震,像南天蓝空的巨星引人无不向往,那么,看罢岳阳楼之后,我这种"山不在高,有仙则名,水不在深,有龙则灵"的感受,似乎更加突出而不可泯灭了。

你看,岳阳楼也雄居城西,面临洞庭,登楼遥望,也是水波浩淼,"衔远山,吞长江,浩浩荡荡,横无际涯;朝晖夕阴,气象万千"。我乘舟赴君山,一路自有与滇池不同之美哉。洞庭之水的壮伟、磅礴的气势,广阔、雄浑的境界和绚丽多姿的景色自不必赘言,名篇均有绘声绘色的描写。但回首仰望岳阳楼,和在滇池回眸大观楼,不免有大同小异之感。二楼同样临湖耸立,俯瞰水面,视野无碍,均使人目光远大,襟怀开阔,气畅神驰,无不充分感受到壮美的愉悦。然而,大观楼并不比岳阳楼高大、别致、多姿,平地而起,人工雕饰;岳阳楼本身也并非出类拔萃,其形态、规模、构造也不逊色于大观楼之美。相同的是木制结构,典型的中国古建筑式的飞檐画栋。一个是楼端貌似古代将军的头盔;一个是顶端仿佛道士帽的顶脊。两楼的厅堂里,均都洋溢着诗情画意。一幅幅雕屏,书法刚劲,结构稳健,各显奇功。我想,这些平常景象,在我国许多庙宇、寺观里是可以看到的,这是我国群众喜闻乐见的一种悠久的文化传统。

那么,为什么这两座并不富丽堂皇的楼却享有那么大的名声呢?大观楼仅建于清代,历史并不久远;岳阳楼的历史要比它早得多,始于唐朝开元年间。年代相距如此之远似乎不可同日而语。我倒觉得正因时代的不同,沧桑的变迁,人事的更迭,才显出这两座名楼的威力使任何力量都改变不了它们的威望。究其缘由,不在于外形的巧装打扮,位置的奇特险峻,建筑的高矮大小,而在于它们深邃的内涵和它们给人间展示的是什么样的精神、气质、志向。阿房宫可谓富丽堂皇千古绝有,"覆压三百余里,隔离天日……五步一楼,十步一阁",甚至渭河流水的高涨滑腻,原是宫女抛弃的脂粉水;烟斜雾横,原是焚烧椒兰的香火。这是搜刮民脂民膏、挥霍无度的罪恶形象,刚刚建立就命运不佳,被人们焚之于灰烬。"后人哀之而不鉴之",留了个臭名昭著。而安徽和县的刘禹锡的一座很卑陋的房屋,长满了苔痕草色,还时常受凄风苦雨的袭扰,却美名不翼而飞,激励人们的志气。"斯是陋室,惟吾德馨。"如此声望全赖于这里产生了名震千古的不朽之作《陋室铭》,多少年来,它激人发奋,一直成为学生的必读之课。由此而想,我更感到这大观楼、岳阳楼却有非凡的神采和巨大的功力。这就是范仲淹为他的朋友滕子京被贬所邀而作的《岳阳楼记》。此记自然有对封建统治者的忠君之言,但他提出的"先天下之忧而忧,后天下之乐而乐"的抱负,却给人以深刻的启迪,被视为千古雄文。试想,在"朱门酒肉臭,路有冻死骨"的时代,"古仁人"能"不以物喜,不以己悲","进亦忧,退亦忧",矢志不渝地忧国忧民,是何等不易啊!这些名言,至今不是还在激励我们及其子孙后代吗!我想,这里络绎不绝的游者,并非都是为古建筑而来,那从小就在课文中背会的范文正公的名句,倒是一鼎吸引他们心神的磁石。同样,我在大观楼前看到的情景也无不如此。"海内长联第一佳者",不仅完美无缺地写出了大观楼前的景物,而且从云南历史写起,有力地抨击整个封建制度,使人洞察生活的底蕴,触摸时代的脉搏。虽然"汉习楼船,唐标铁柱,宋挥玉斧,元跨革囊",他们费尽移山心力,但"珠帘画栋,卷不及暮雨朝云"。孙髯再尖锐指出:"断碣残碑,都付与苍烟落照",而他们所赢得的,只不过是"几杵疏钟,半江渔火,两行秋雁,一枕清霜"。多么真实地写出了封建统治者的败落及其悲凉的情感。历史不正是如此吗?范仲淹虽然"宠辱皆忘",但也难摆脱宦海风波的恶劣气候和险恶的社会环境而痛遭官场的倾轧。他们的感叹、追求、遭遇、嘲弄,成为一面清晰的镜子,有谁不触景生情,奔驰起对是非的深思。

感谢古代的志士仁人,为我们留下了如此博大精深的盖世名篇,陶冶着世代儿女。千古雄文垂壁,古今第一长联悬门,这是我们民族的自豪和骄傲。虽遭历史战火的毁坏,却不绝世,后人宁捐资募款也重雕修饰,可见它的于人心之深了。现存的筅瓦形长联,系光绪十四年文人赵藩工笔楷书,现存的紫檀木雕岳阳楼记,也是此时由大书法家张照重新书写的。历代名诗人赞岳阳楼之作何其多矣!我羡李商隐的传世佳句"欲为平生一散愁,洞庭湖上岳阳楼"。忧在人前,乐在人后,才是志士仁人的胸怀。我也敬羡郭沫若游大观楼时题下的诗句:"果然一大观,山水唤凭栏。睡佛云中逸,滇池海样宽。长联犹在壁,运笔信如椽。我也披襟久,雄心溢两间。"如此豪迈酣畅的楹联,怎不教人豁达忘忧,而勃发起高尚的情操!

山不在高之论,又油然涌上心头。若不是范仲淹的名篇在此,若不是孙髯翁的奇对在此,恐难有千里迢迢而来的游者。自然,名楼的湖光也美,山色也美,水花也美,绿树及其龙腾鱼跃、鸟语花香也美。但这些岂能是名楼的精英！岂能是名楼的风骨！它们的真正的美,是先贤为永葆它们的生命和青春而赋予它们的博大的胸襟和深邃的城府,教你看后可纵贯古今,笼盖四野,悟出做人应恪守与追求的信念。

  名楼为人增志才是真正的名楼。贫莫贫于无志,贱莫贱于无才。愿徒有空名而无益于人者的楼阁,也可从岳阳、大观的络绎不断的敬仰者中悟出些什么,也谱一曲传世的绝唱。

1983年9月追记于青园

潘旭澜

（1932—2006），福建南安人，学者、作家。有学术论著《中国作家艺术散论》《潘旭澜文学评论选》，散文集《小小的篝火》《咀嚼世味》《太平杂说》等。

小小的篝火

所有的衣服被盖中，我特别珍重的，只有一条黑白灰小方格相间的土布被里。它是母亲给的。

"文革"后期，"整人专业户"忙于各打各的算盘，无暇整治我，当然也不肯解放，就押送去干校，大约算是没戴帽的"牛鬼"。我在干校患了重病，有个工人宣传队员动了恻隐之心，说"就是犯人也可以保外就医嘛！"我才得以回福建治病。在妻子任教的中学住了几个月，病情逐渐好转。过年前夕，同妻子女儿一起翻山越岭，回老家去看望孤苦伶仃的母亲。

几年没见她，此时只有那眼睛和神态是我所熟悉的。上次见到时，行动还挺利索，现在已迟钝龙钟。她紧紧捏着我的双手，看了约莫一刻钟，嘴里一遍又一遍轻轻叨念："可怜的儿，瘦成这样！"终于，憋不住流下两滴混浊的老泪，这才松开手，赶紧拿挂在襟前的破手帕揩去。七岁的女儿劝道："祖母，别难过，爸爸病已好多了。"小孩儿说的一句话，竟比我和妻子好些劝慰要灵。母亲脸上掠过一些欣幸的神采，颇为吃力地蹲下来，抚摸女儿的头发，从头到脚端详了好一会儿，说："阿黎仔真乖真懂事——长得好快,越来越像你爸爸了。"

夜里二三点,几次听见母亲在隔壁木板床上翻身的声音。她睡不着。第二天早上一起来就看见她已宰好了两只母鸡。我急得差点跳脚:"阿母,你怎么可以宰了母鸡呢?还一下子两只!"她一共养了三只母鸡,是三个"小金库",下蛋换火柴油盐,应付额外摊派,用场多呢。"还留一只哪。"母亲说。

母亲当然十分希望我们多住几天。见一次面有多难哪!可她知道不宜多住,免得平地起风波。次日吃了早饭,她从壁角一个破水桶里,变戏法似的拿出用红绳子捆好的方格子布,上面还有一看就知道是她所剪的红"囍"字。对我和淑荣说:"你们结婚时,我连送两条好手帕也没能,心里总很不安。现在孙女都这么大了,补送你们俩这段我自己织的土布——"

母亲的诸儿女中,数我长得最瘦弱最难看。可她一向特别疼爱我。不知啥时,她有一只"米斗箍"金戒指,从不曾戴。记得多年前,有一次她悄悄拿给我看,说将来要送给我的对象。我那时在读高中,心想离找对象还早呢,告诉她不如去换点吃喝。几年后,有次我从上海回家,向她说起姐姐生孩子后日子非常艰难。她听了没说什么,摸索出那只"米斗箍"。啊——居然还留着,简直不可思议。她这才说,记心记肝,提心吊胆,总算保存下来,本是为有一天给我的对象,眼下顾不得了,"救命要紧",让我送去给姐姐解急。决心虽下,但看得出十分心疼,她知道此后再也不会有了。我极力赞成,说现在办婚事已不需要什么金饰了,还请她千万别为我未来的事操心,莫再准备什么。

又过了几年。我回家头天,同她一起谈叙彼此近年境况之后,她高高兴兴拿出一条新蚊帐,说是准备给我结婚用的。我知道这是她一把米、一口饭省下来买的,不忍拂她的意,"嗯"了几声,没说什么,当晚将新蚊帐给我挂上,说只用一个暑假不要紧,到我结婚时,"不认真看,看起来还是新的。况且,迟早也是要给你用的"。

临走那天大早,我被一片火光惊醒。原来是新蚊帐被烧了一小半。连忙喊母亲,一起用破衣扑打,脸盆泼水,才灭了。她说,谅必是油灯头碰着帐梢,烧起来的;她在灶口用柴草烧饭菜,竟没有发觉。说时神情凄然歉然,好像很对不起我。其实,还有一点她没说,就是在临别多看我一眼,不然又得好几年才能见到。我这才告诉她,城市里都不用这种老式蚊帐了。没引起火灾算是运气。她还是连连责怪自己粗心、眼花,泪水在眼眶里打滚。我灵机一动,说了一通"破财消灾"的宽慰话,她有几分相信,才逐渐平静下来。我以为她从此不会操这份心了。

"……一共二丈四。四幅拼起来,可做一条被里。借不到阔幅织布机,门面窄。虽说土布不如厂里的好看,但是厚实,不易洗破。这是我一桩心愿。棉花是在门口菜园地挤种的。有空一点点纺起来。老了没力气,一次织几寸,手就不听使唤,怕不匀,不敢赶。从种棉到织成,前后三年多。看来,以后再也没有什么好给你们了,就做我的'手尾'(留作纪念的遗物)罢"。淡淡的说明,欣慰之意掩盖不住深沉的感伤。

三年多,一千多个日日夜夜。年过七旬的母亲,是凭什么力量,把它纺织起来的呢?她在每一根纱里,每一寸布里,捻织了多少悬挂,多少思念,多少悲苦,多少祝愿?

我差点要打战,又像有股暖流通过。眼泪滴在心头,嘴唇变成千吨铁闸,木木地站着,呆呆地盯着母亲,默默地双手接着。好久好久,搞不清接过的究竟是什么。

次年,母亲就得到永远的解脱,离开了人世。病危之时,神志清楚,却没有多向诸儿女说什么。也许不知从何说起,也许不愿加重我们心灵的创伤,也许觉得一切语言都是多余的了。

十几年来,我一直爱用又惟恐损坏这捆土布做成的被里。当它盖在身上,我就像一两岁时被母亲抱在怀里,有时还似乎听见她讲着金色的童话。但愿它温暖我曾经冻僵的心灵,激励我继续艰苦跋涉的勇气,一直到我走完人生旅程。

"谁言寸草心,报得三春晖!"我的母亲不是三春的阳光,也不曾想过要我报答,她只是寒夜荒漠的一堆小小篝火,燃烧完了剩下的灰烬。可是,它的火星将我的血液点燃起来。我便也成为后面旅人的篝火,无论这篝火多么渺小,多么容易烧尽。然而,我倒是渴望,篝火不再长久地作为艰苦旅人的需要,只为节假日野营,增添一点古老的情趣与欢乐。

张守仁

(1933—),上海人,作家、翻译家。有散文集《废墟上的春天》《你就是爱》《寻找勿忘我》,译作《屠格涅夫散文诗选》《魏列萨耶夫中短篇小说集》等。

林中速写

这里是方圆百里的原始森林。空中,叠翠千丈,遮阴蔽日;地面,葛藤缠绕,落叶盈尺;地下,盘根错节,根须如网。这几乎是一密封的世界。这里有巨栋大梁,珍禽异兽,奇葩硕果,灵芝妙药。高大挺拔的望天树是林中巨人,直冲云霄,傲视碧海。大青树广展绿冠,庇荫着众多伙伴。松杉竞生。乔灌咸长。荆棘丛集。低层杂草繁密。荫翳处蕨类葳蕤。卧倒的枯树上覆盖着苔藓,又有小树从苔藓中探出新苗。巨蟒似的绞杀植物盘绕于树干。大蚜趴伏在枝杈上吸吮汁液。野雉在林梢飞翔。猴子在树冠摘果。孔雀在泉边开屏。野蜂在花丛中采蜜。蚁群在腐殖层上蠕动。这里蚊蚋成阵。蚂蚱跳跃。长虫在拥挤的空间里扭曲穿行。林间流泻着婉丽的鸟鸣。更有山溪潺潺,叶丛滴翠。幽暗的草丛中,兰花放出馨香。海芋叶旁,龙舌兰伸出锐利的绿剑。开放红白花朵的茑萝,在枯枝上攀援盘旋。阔叶下的蛛网上缀着露珠。蜗牛驮着壳在湿地上爬行。远处林边大象甩动长鼻,悠然踱步。层林之上,鹞鹰在蓝天里滑翔,用它那对犀利的眼睛,窥伺着下界的猎物。如果你仔细观察,就会惊骇于万千动植物形体结构是那么完美;随便一茎小草,一朵鲜花,一颗果实,一株树木,一只飞鸟,一头走兽,它们的躯体组织,它们的色泽、形态,是那么气韵生动,血脉通畅,和环境之间显得和谐无间,浑然天成。啊,那是大自然孕育的杰作。须知每一物种要经过多少万年的演变、适应、竞争、完善,才能达到目前这种鬼斧神工、天衣无缝的状态!和自然界生物的完美结构相比,人间一切科技、文艺作品,都显得相形见绌。万千物种在这里多层次、高密度地孳生、繁衍、更新、斗争。岁岁年年,世世代代,永不停息。物竞天择,各司其职。相克相生,相辅相成。相互依赖,相互补充。如果上帝偏爱某一物种,要求纯粹、划一,这无异于毁灭某一物种自身。在这里,同一就是同灭,差异才能互补,共生方能共荣。如果它们分离,许多物种将因此失去相互制约、转化、补偿、交换等生存条件而死亡。它们只有集结、混生在一起,才能生机蓬勃,旺盛葱茏,荒蛮野性。在这里,每一瞬间,都在发生亿万次的新陈代谢。腐烂与新生、繁荣与枯萎,都在这生命的大舞台上演替。这里有最美妙的天籁,这里有最丰富的色彩,这里有最生动的形象。而当暴风雨袭来,林海枝舞叶涌,俯仰起伏,万千树干就是万千根摇曳的琴弦,弹奏出惊心动魄的交响乐;云雾涌来,一切淹没在白茫茫的浪涛之下,变成一片摇摆晃动的海底森林;但当热带雨倾泻过后,太阳重又照耀,亿万叶片上的水珠,闪烁出亿万颗晶亮的星星,炫人眼目。哦,森林,地球上最繁密、复杂的生物群落。只有用一种不分段、头绪有点混乱的文字,才能充分表达出杂乱成一个板块的整体感受。且让我以身边潮湿的树墩当书桌,迅速记下这篇即兴式的短文……

石　英

（1934—　），山东黄县人，作家。有文学传记《吉鸿昌》，中篇小说《文明地狱》，长篇小说《火漫银滩》，诗集《故乡的星星》，散文集《多情集》等。

空灵苍凉之美

没有高耸的阙台，没有华丽的碑亭，更没有金碧辉煌的殿宇，只有几座硕大的黄土陵塔，还有散落在开阔地上的馒头状的土丘，还有遍地的石砾和残破的瓦当，还有围拢在主要陵丘外面的"神墙"，还有，还有的就是无际无涯无时无刻的静、静、静的漫流，静的凝固。漫流与凝固是对立的概念，然而给你的感觉确乎如此，凝固使你呼吸欲闭，而漫流又使这土塬、戈壁和沙漠更显得空茫、苍凉。

也没有色彩，尤其是在这早春季节，没有绿，更没有红，惟有一色的灰黄——这是此间大地的本色，甚至也是附近山的本色。既是本色，也不妨视为无色。然而，仰首望那苍穹，淡云蓝天，便衬得这地上也有了颜色。无色与有色在感觉中交替映现，都是相对的，而不是绝对的。

无声又"无色"，难道真是一片乌有了吗？不，肯定不是。如果当真什么也乌有，我和我的同伴就不会来到这里，即使来了也会大呼上当。我们不但没有觉得上当，反而流连忘返，沉入这特定的氛围中了。同样的道理，如果真的是什么都不存在，也绝不会强烈地吸引着越来越多的中外游客，而且被外国记者惊呼为"神圣的奇迹"。

这里的"有",一方面是实有,那大大小小的土包,有的是西夏历朝帝陵,有的是后妃和王子公主之类的陪葬陵。其中还一定有西夏开国皇帝赵元昊的泰陵(至于是哪个土包,尚未确定);另一方面是虚有,由此使人联想到11世纪初以党项族为主体建立的封建王朝。它的鼎盛时期,其疆域"东尽黄河,西界玉门,南接萧关,北控大漠",牧草如梳,塞马嘶鸣,响箭落处,鹰斜鹿逸,一幅八百年前气势崛然的活动图画。倏然,又转为另一幅画面:蒙古骁骑席卷而来,金戈蔽日,镞蝗遮地,杀声伴雷声顿起,漠上细雨却浇不熄如林火把。于是,这些代表西夏灿烂文化的陵园凄然付之一炬。呜呼!

　　实有是一种美。纵然这现存的荒圮的陵塔并不那么堂皇,但它们作为昔日辉煌的遗存仍然得到有识者的青睐,有的外国人则誉之为"中国的金字塔",尽管此说不无夸饰,但确也不同凡响。

　　虚有是另一种美。空旷、寥落、肃穆、沉郁,诸种情调,发人深思。有偌大的空间,足够容纳人们丰富的想象。如果说北京的圆明园引起人们无限愤惋之情,激励国人奋进,力促中华民族之振兴,那么这里——西夏王陵遗址,则使人们感叹时代的更迭,王朝之兴衰,以致战火涂炭对人类文明的破坏;也警示我们今天应如何珍重稳定,珍重发展,慎自保护文化艺术的遗产等等。一种消极颓圮的景象反能引出积极向上的心理效应。

　　实有的固能给人以物象和精神之美,而虚有的在特定环境中给人的精神之美也许不啻于实有的意义。

　　我们对中国各民族创造的文明成果一视同仁;连同曾经有过的文化艺术遗存也同样加以珍视。所以西夏王陵被列为全国重点文物保护单位,国家级风景名胜区。尽管这里尚存的地面建筑甚寡,但仍视其为一处独有的风景。我想除却它的不同寻常的历史位置以外,它正处于贺兰山环抱,傍近大河,亦不愧为天然形胜之地。当初不知是哪位明眼人选中了它——果然好风水!

一群翠鸟从远处林带中飞来,在一座最大的陵塔上空鸣啭了一会儿,又向贺兰山那边逸去。这使我忽然悟到:幸而七百多年前蒙古军手下留情,没有干净彻底地将这里的一切夷为平地;幸而这里干旱少雨,也不至将这些大丘和残垣完全摧毁;幸而那些盗墓者……不然,如果什么都荡然无存,连一个土丘和一段残垣也无有了,还会列为国家级文物保护单位和风景名胜区吗?我在揣摩着。

看来,作为文化艺术遗存,说一千道一万总还得有些有形的印记吧。

周　明

（1934—　），陕西周至人，作家。有散文集《泉水淙淙》《记冰心》《远山红叶》《雪落黄河》《山河永恋》等。

又是月季芬芳时

　　五月的北京，一场夜雨过后，气候分外凉爽，空气格外清新。五月二十三日上午，已是八十七岁高龄、但仍在辛勤笔耕的老作家谢冰心正在伏案写作，忽然接到电话，传来邓颖超同志要来她家看望她的消息。
　　这真是意外的喜讯，却也令冰心老人深感不安。
　　她想：邓颖超也已年逾八十，又辛苦操劳着国家大事，她的时间那么宝贵，工作那么繁忙，怎么可以来看我呢？
　　她正在思忖的当儿，邓颖超同志已经到来。因为冰心家住二楼，爬楼阶，邓大姐行吗？冰心自己虽还耳聪目明，思想灵敏，然而行动却大大不便了；即使在房间里走动，也需要借助于助步器。
　　一听邓大姐到了，冰心赶忙扶着助步器在门口迎候。一再对正在上楼的邓大姐说：慢点，慢点。
　　邓大姐一行走进冰心幽雅、安适的客厅，秘书赵炜同志才说：今天上午，大姐同往年一样，是来看月季花的。她见您没有来，听说您在家，她说一定得来看看您。因为去年这个时节，邓大姐和谢冰心两位老人曾愉快地相会在月季丛中。
　　今天，邓大姐又带来一只鲜花盛开的月季花蓝，送给冰心。

冰心非常感动,几天前,邓大姐刚刚让秘书特意将她家院里开放的芍药采撷了一束送给冰心。冰心提起这事,邓大姐反而表示歉意地说:前几天给您送花,我忙得连封信都没来得及写。我知道您非常爱花……

冰心说,喏,这不,我把那束您家院里开的芍药献给总理了。

这是冰心多年来的习惯,她总是要把自己喜爱的鲜花献给终生难忘的周恩来总理——用她那只典雅的花瓶,摆在总理的遗像面前。

邓颖超同志听了缓缓站起身,移步来到总理遗像前,默默地沉思良久。

在场的冰心一家人也都陷入深情的怀念中……

过了片刻,冰心告诉邓大姐,她今天为什么没有去看花,腿脚不灵了是一个原因,主要的因为她正在赶写一篇文章——为中国青年出版社将要出版的一本《中国中学生优秀作文选》写序言。她说,她本来想在匆匆地看过几十篇作文后写点感想出来完稿,没有想到竟把这篇序言写得很长;因为在她阅读这些文章的时候,仿佛回到了半个多世纪以前,她教大学一年级国文的时代。她说,那时候她对每一个学生都有很深的感情,因而现在读到这批作文时无形中看得很细,也批得很多。拿起笔来一直写下去,就自然地写得这么长了。

邓大姐高兴地频频点头,诚挚地说:好!好!您老而弥坚!老而弥坚!并说,您今年比去年健康得多,结实,气色好。我在《人民画报》上看到您的照片后,我说冰心没老,一片冰心还在玉壶。

大姐的一席话,使得在场的人都爽朗地笑了。

邓大姐又对冰心说:您是个乐观者。我想您大概从青年时候就喜欢和小读者在一起。您的《寄小读者》,我是什么时候读的?我是在20年代在北京当教师时就拜读过。一直留下很深刻的印象……

冰心说,那已经是从前的事了。您那么忙,您跑来看我,我真过意不去。

两位老人热烈而又亲切地交谈着;谈花、谈写文章,谈往事、谈家常、谈子女的教育……时间不知不觉已近中午。冰心和家人留邓大姐吃饭,大姐说,我们今天是突然来,下次来吃,早一天通知你。

冰心说:今天我们事先就不知道你要来。早知道就好了。我是万万没有想到的。

邓大姐说:我怕惊动你。

分别时,两位老人紧紧握手,互相祝福。邓大姐临下楼时,还直念叨说:千言万语说不完,以后再说,咱们下回再叙。

冰心手扶助步器,久久地站立楼道口,一直目送邓颖超同志走下楼,走出楼门口乘车而去。她回转身走进客厅,突然涌起一种异样的感觉:

是芬芳的月季散发出花香?

是亲切的话语犹在耳畔?

她期待着和邓颖超再次会见,再次叙谈。

又是月季芬芳时,这是多么有意义的一次会见!

1987 年 6 月 5 日

王充闾

（1935— ），辽宁盘山人，作家、学者。有散文集《清风白水》《面对历史的苍莽》《沧桑无语》《何处是归程》，诗词集《鸿爪春泥》等。

捕蟹者说

望着阶前悦目的黄花，我想起那句"对菊持螯"的古话，蓦然触动了乡思。

西晋文学家张翰，因见秋风起而兴"莼鲈之思"，想起了家乡吴中的菰菜、莼羹和鲈鱼脍，遂命驾东归。鲈鱼脍，常见于古代诗文，名气很大，该是上好的佳肴，但菰菜却没有什么味道，莼羹也未见得怎样的鲜美。我想，无论如何它们也比不上我的故乡那肉嫩膏肥、风味绝佳的蟹鲜。

河蟹咸水里生，淡水里长，一生两度回游于河海之间。我的家乡地近海口，处于九河下梢，向来是河蟹生长的理想地带。那里流传着许多关于蟹的传说，有个红罗女的故事，凄楚动人。

据说很早很早以前，河口有一个蟹王。背壳赛过大笸箩，螯上夹钳像农户用的木杈，目光灼灼如炬。每当星月不明的暗夜，便耀武扬威地出来伤人，成了乡间一害。这年秋天，村头来了一个身披红罗、手持双剑的卖艺女郎。说是能降魔伏怪。于是，便和蟹王斗起法来，鏖战了三天三夜，女郎终因体力不支，被蟹王吞掉，但事情并没有完结。此后，连续数日，大雾弥天。天晴后，人们发现蟹王死在岸边，从此，妖怪就平息了。

这当然是神话传说,但据群众讲,至今螃蟹还很怕大雾,却是事实。老辈人口耳相传,道光年间中秋节过后,一个浓雾弥漫的晚上,突然,河里"唰唰唰"响声一片,螃蟹成群结队急急下海,顿时,河面上黑鸦鸦一片铺开,有的小渔船都被撞翻了。

螃蟹雅号"无肠公子",又称"铁甲将军",千百年来,一直活跃在诗人词客的笔下。有对它进行嘲骂的(当然是借物讽人):"眼前道路无经纬,皮里春秋空黑黄";"常将冷眼观螃蟹,看你横行到几时"。也有加以赞美的:"未游沧海早知名,有骨还从肉上生。莫道无心畏雷电,海龙王处也横行。"有些诗感喟身世,寄慨遥深:"怒目横行与虎争,寒沙奔火祸胎成。虽为天上三辰次,未免人间五鼎烹。""勃窣媻跚任涉波,黄泥出没尚横戈。也知觳觫元无罪,奈此樽前风味何!"有人把黄庭坚这两首诗比作《史记·项羽本纪》,实属过誉;但指出诗人意在咏叹叱咤风云的悲剧人物,也似有些道理。

还有些诗借题发挥,咏怀抒愤。吾乡近代诗人于天墀,出于对横行乡里、鱼肉人民的高倪式的恶棍的痛恨,乘着酒兴,写下了一首《捕蟹》七绝:"爬沙里处费工程,隔岸遥闻下簖声。毕竟世间无辣手,江湖多少尚横行!"人们从不同角度咏蟹寄怀,见仁见智,独具慧眼。

但是,"口之于味,有同嗜焉"。对于蟹味的鲜美,古往今来,认识却是一致的。在现代国内外市场上,河蟹与海参、鲍鱼平起平坐,被誉为"水产三珍"。其实,早在一千年前,人们就很抬举它的位置。东晋时期的毕茂世,经常左手持螯,右手把酒,说是"真堪乐此一生"。

后世还有个叫冯梦桢的,敬事紫柏大师,潜心奉佛。一天,两人同赴筵席。冯因贪食蟹鲜,痛遭师尊的棒喝,但终竟不改其馋。据他在日记中记载,"午后复病,盖疟也。不知而啖鱼蟹,益为病魔之助矣。"即此,亦足证蟹味之鲜美。大诗人李白是很喜欢吃蟹的。他写过"蟹螯即金液,糟丘是蓬莱,且须饮美酒,乘月醉高台"的诗句。在曹雪芹笔下,连那个温文尔雅的苏州姑娘林黛玉,也还啧啧称赞"螯封嫩玉双双满,壳凸红脂块块香"哩!

不过,就我体察,蟹味美则美矣,但随着情况的不同,人们的感觉也时有差异。四十年来,我吃过无数次家乡的河蟹,而感到风味最美的是童年时节在草原上野餐那一次。

那年秋天,我随父亲去草场割柴。河清云淡,草野苍茫,望去有江天寥廓之感。休息时,父亲领我去沙河岸边掏洞蟹。原以为洞中捉蟹,手到擒来,谁知这绝非易事。我刚把手探进去,就被双钳夹住,越躁动夹得越紧,疼得我叫了起来,父亲告诫我:悄悄地挺着,别动。果然,慢慢地蟹钳松开了,但食指已被夹破。

父亲过来从洞中把螃蟹捉出,并作了示范。用拇指和中指紧紧掐住蟹壳后部,这样,双螯就无所施其伎了。还教我把捉来的大蟹一个个用黄泥糊住,架在干柴枝上猛烧,然后摔掉泥壳,就露出一只只青里透红的肥蟹。吃起来鲜美极了。

后来,学到了多种多样的捕蟹办法:编插苇帘,设"迷魂阵",诱蟹就范;拦河挂索,迫蟹上岸;在秋粮黄熟的田埂,提灯照捕;驾一叶扁舟,设饵垂钓……无论哪种办法,都比掏洞捕捉轻巧得多。但说来奇怪,吃起来,味道却总是略逊一筹。

我想,未必草原上的螃蟹就风味独佳,恐怕还是主观上的感觉在起作用——得之易者其味淡,得之难者其味鲜。王安石说过,"世之奇伟瑰怪非常之观,常在于险远"。把这番道理推演一下,是不是也可以说:甘食美味往往出现在艰辛劳动之后啊。

张贤亮

（1936—2014），江苏盱眙人，作家。有长篇小说《男人的风格》《习惯死亡》《感情的历程》《我的菩提树》，中篇小说集《张贤亮中篇小说选集》等。

我有一个红学家的"外公"

知道俞平伯公去世，是在乡下见报的。匆匆赶回城里给大姨俞成挂长途，交谈中却也很平静。前一个月，即9月份我去武汉路经北京还看望过他老人家。看他灵魂已经离开了尘世，对世界和亲人已完全陌生，仅剩一副枯槁的躯壳让人从床上抱到沙发，从沙发抱到床上，不禁黯然。一代风骚，一派红学宗师，最后竟痴呆如此，也曾默默闪过还不如让他一死的念头，希腊哲人说过，死，并不是死者的不幸而是生者的不幸。而他的去世，我想，对他、他的家人包括我在内，都可说是一种解脱。91岁，毕竟享到了天年，寿终正寝都是大家意料中的事，因而也没有给我们生者造成不幸的感觉，我外公平伯公可说是一生活得和死得都很洒脱，毫无亏欠了。

我的亲外公陈公树屏我并没见过，有一期《团结报》曾介绍过他的一些事迹。清末，他任江夏知县，两湖总督衙门总文案。那篇文章中说他老人家还做过点好事。辛亥革命后他在上海赋闲。有一天他突然有兴趣要去看文明戏，演的正好是武昌起义，看到起义爆发时他怕得从衙门的狗洞往外钻，竟在戏院里当场中风，抬回不久就故去了。而平伯公就极看得开,一次他和我聊起下放到河南农村,和外婆一块儿搓草绳的情景,还蛮开心的样子。其实,到一定时候,狗洞也是可以钻钻的。所谓"龙门能跳狗洞能钻"是也。我亲外公如像平伯这样洞明,说不定还能看见我出世呢。

我称平伯公为外公,是因为我母亲和大姨俞成的亲密关系,从世交的辈分论排的。在我被押去劳改的期间,我母亲从宁夏遣送回北京,一直和大姨一起住在平伯公家里。平伯公视我母如女,多承照拂,前后达十余年之久,平伯公住在老君堂的时候,我也常去。那时我小,顽劣不堪,见了平伯公悚然抖擞,不敢与语。过了二十余年我"平反"后,每次去北京,总要去看望大姨和外公平伯公的。近十年来一年中总要去几趟。这时他们已经搬到了南沙沟。我大了(是否顽劣还难说),他却老了。每次去,带些零食点心,他扶墙走到客厅,一起抽烟喝茶。知道我居然也会舞文弄墨,颇为欣慰,有些怡然自得的样子。但他已耳聋,说话很吃力,只能说点短语和家常闲事。我出了第一本书,送他一本,他翻了翻,也就搁在一旁,我知道他也不会看,以后也就不再送他。他吸起烟来一根接一根,烟灰不住落在衣襟上,我并不觉得埋汰,反而感到那是一副不修边幅的文人风貌,那时他已八十多了,我问他长生之道,他笑着说,爱怎么活便怎么活,人就长生了。他一生从不讲究饮食,老了也吃肥肉;不运动,不练气功,起居无时,而在八十多岁的时候还能写字,记忆至少没有糊涂,这使我常想体育运动好像也没有什么益处。

偶然一次说到《红楼梦》,他也只是说,那不过是本小说,小说就得把它当本小说看。话语虽短,我想这才是把《红楼梦》钻透了返本归原之谈。你要把它看成是本"教科书",看做真正的历史书,也只能由你。但那必然是非文学的评论,从而会搞出许多社会学的花样来,热闹是热闹了,却与文学自身的研究并无教益。因为他已老了,有道是"一老一小",老了就和孩子一样,每次去,只能带点吃食让他开心,或是租车出去找个讲究的餐厅"撮"上一顿。我与外公平伯公从没有认真谈过文学，竟没有讨教过如此亲近的一代文宗的教诲。现在回想起来我也不觉得后悔，倒认为自己还是有点体贴老人的孝心。要让一位垂垂老者翻肠倒肚地给你谈什么创作心得，自己是有收获了，而老人却筋疲力尽，这才是自私的表现呢。一位好友笑话我，我有一个曾富甲一方的亲祖父，还有这样一个著名文学家的"外公"，却既没有得到过一分钱的遗产，也没有得到过一句有关创作的经验，看来我真不愧是个苦命的劳改犯！如果说是命该如此，那也没有什么办法了。

　　外婆在1984年先他而去，此后他精神更为不济。我到北京要不是住宾馆，就睡在他隔壁房里，深更半夜，总听见他大声呼唤外婆的名字和一些听不清的话语，有时几达狂吼的地步，我并不感到森森然，反而体会到一位老人的眷恋之情和情感的孤独。想到自己，也不禁神伤而失眠，预料到将来的某一天我也会半夜中和他一样狂吼起来，读平伯公过去的文章，潇洒悠远而富朝气，后来正如众人所知的，竟也被磨损得和一个普通老头没有两样。外公平伯公深夜的狂吼，是不是也表现了一点点自己尚余下的不平之气与不甘心呢？

　　呜呼！外公，您的不平之气与不甘心也只能埋在地下了。每一个人都不是那么甘心地离开世界的，能做到您这样的俯仰无愧，也足够我们后人所追思和仿效的。

李元洛

(1937—),湖南长沙人,学者、作家。有学术论著《诗美学》《李元洛文学评论选》《诗卷长备天地间》,散文集《书院清池》《怅望千秋——唐诗之旅》等。

相见恨晚

——初晤龙门卢舍那大佛

洛阳是我的生身之地,但我刚牙牙学语时便离开了那里,一去便是半个多世纪的岁月悠悠。待到五十多年后的高秋旧地重来小聚半日,彼此却都已相见不相识。我已深悔自己姗姗来迟了,穿城而过直去伊水之滨香山之畔的龙门石窟,隔着龙门大桥隔着清碧的伊水隔着一千多年的苍茫岁月,奉先寺的卢舍那大佛从半空从岩壁远远向我递来一朵永不凋谢的微笑,一瞥之下,我心中更是怆然暗惊。

伊水亿万年前从西南奔来,到这里将阻路的石灰岩山撞开裂为两扇,东面的叫香山,西面的名龙门山,合而称之"伊阙"。公元 494 年,北魏从山西平城(大同)迁都洛阳之后,于此继续营造石窟。工匠的斧凿丁当之声从北魏一直响到北宋,龙门石窟终于和大同云冈石窟、甘肃敦煌莫高窟一起,并称为我国古代佛教石窟艺术的三大宝库。我也终于有幸来这个宝库观礼,它会赠我以怎样的财富?

龙门石窟南北长达一公里,两山现存窟龛二千一百多个,佛塔四十余座,碑刻题记三千六百多品,佛像十万余尊。来去匆匆,我怎能一一趋前瞻拜？刚才我在伊水东岸时，已隔水将卢舍那大佛递来的那朵微笑接住，唯此而独尊，我只能目无余佛了。

奉先寺位于龙门西山中部的半山腰，唐高宗咸亨三年（公元672年）创建，历时四年竣工。它南北宽36米，东西深41米，主座为高达17.14米的依壁而开的卢舍那大佛坐像，是龙门石窟中规模最大艺术最为精美的代表性杰作。我沿着弯弯的山边石级攀援而上，跨上它的平台刚刚举目仰望，顿觉眉睫不胜重负。人生苦短而佛像永恒，在无可抗拒的时间与不朽之前，我如同被高手点穴般地镇住了。一千三百多年的岁月，虽然已经与一千三百多年的伊水一起流逝得不知去向，护卫佛像的奉先寺庙宇也早已无影无踪，但卢舍那大佛却岿然独坐在伊水之滨，虽然北魏的洛阳共有佛教寺院一千三百六十七座，但除了建于汉代的白马寺的钟声从远古一直敲到今天，其他寺院的钟声都早已荡入历史，今天均已经沉寂无闻，而卢舍那大佛却安然静坐在半山之上；虽然北魏之后东魏、西魏、北齐、北周、隋以及唐宋元明清如同走马灯，灭了又明，明了又灭，可是卢舍那大佛却依然独坐在今日参拜者的瞳仁之中。在我之前一千多年的天宝三载，寄寓洛阳的年轻的杜甫曾经来过这里，流传至今的《杜工部诗集》的开篇，就是《游龙门奉先寺》一诗："已从招提游，更宿招提境。阴壑生虚籁，月林散清影。天阙象纬逼，云卧衣裳冷。欲觉闻晨钟，令人发深省。"杜甫当年曾借宿于此，我寻寻觅觅，只见熙来攘往的游人，却再也找不到他的身影。他说闻晨钟而深有省悟，他"深省"的是什么呢？我再也无法听他述说了，而我想告诉他的，他还能听到吗？

伫立在卢舍那座前的这一块清凉净土，我虽然六尘犹染，是一个小根小器的凡人，但我想告诉杜甫：千百种人，就有千百种人生，用以维生的财富和用以维心的名望，都比不上清净澄明的智慧，作为他一千年后的学子，我要握紧手中这支年华虽已向老然而却仍旧奔流热血的笔，去书写无愧于一己的生命也无负于社会的人生。但是，如同我已听不到他的解答,他也无法听我倾诉我的感悟了。在不胜低回中抬起头来,目光向上攀升,猛然间发觉慈眉善目的卢舍那大佛在高处微微俯首,似是侧耳倾听。啊,在华严宗中本义是"光明普照"的卢舍那,目如秋水,眉如新月,丰准宽唇,垂耳及肩,法相庄严而慈祥。她看到过人世间太多的争斗和苦难,黎明的露水凝在她的眼角时,是不是她悲悯众生溢出的清泪?她也听到过人世间芸芸众生太多的祈愿和许诺,她的唇边总是漾着微笑,那是不是一瓣时间的风也永远吹不落的莲花?我不敢向前牵衣相问是否听清了我的心音,我深恐自己一介凡夫俗子,亵渎了超尘脱俗端坐半空的高远与宁静。

　　一千三百多年,对于卢舍那不过是一场小寐,而浮生几何的我却无法久留在这琉璃净土,我就要返回南方的红尘。不知何时才能千里再来?当我在伊水之滨频频回首,塞满心中的只有一句话:

　　相见恨晚,卢舍那!

李华章

(1937—)湖南溆浦人,作家。有散文集《生命的风景》《文苑漫步》《人生四季》,少儿科普小品《高峡出平湖》等。

梦里的溆水

孩童时代,常常听说村里大人做着各式各样的梦。有的梦甜美,有的梦可怕。不管是美梦还是噩梦,听人圆起梦来,总感到津津有味。可我自己大概由于稚气的缘故吧,日无所思,夜也就无所梦了。人到中年,我忽然爱做起梦来了。这梦就像一条彩线,把我的心牵引着,拉回到遥远的故乡的小河……

我家乡的这条小河,名字叫溆水,是湖南"四水"之一沅江的支流,汇入烟波浩渺的洞庭湖。溆浦县也因溆水而得名。伟大的爱国诗人屈原因遭楚国佞臣的谗言,曾被流放到这里。他在《涉江》诗中写道:"入溆浦余儃佪兮,迷不知吾所如……"诗人到了山高林深、昏暗幽寂的溆浦,徘徊不定,感到迷茫,然而不愿同流合污的屈原,决不改变理想,终究毫不犹豫地继续前进。

我记得进城上中学,就是坐的小木驳子船,顺着这条绿色的溆水河而下的。船上装着缴学费的五担谷子,占满了中间的船舱。我坐在箩筐上,偶一起身,头顶着竹乌篷了;后舱底层铺张木板,板子涂了桐油,擦得亮光光的,晚上打开铺盖就是船老板的床,两旁挂着生活必需的用具。有一样与坡上不同的是,煮饭、烧水用的是鼎镬,圆圆尖底,深深的,盖子也是铁制的,悬吊着煮饭,煮出来的饭格外喷香,不用好菜,一土碗淹了二三年的酸菜,吃起来又酸又咸又脆,足可以叫人把肚子吃个饱。因为新鲜,我也吃得特别多。一边吃一边看船工们喝酒。酒是本地人造的甘蔗酒、高粱酒。少则喝一碗,多则喝半葫芦,用以驱寒解困,舒筋活血。酒后那半醉的样儿,令滴酒不沾的我,心里也似乎微微醉了。那天晚上,我做了一个梦:初中毕业,考上了省城的师范学校,……后来,回家乡当教师,教孩子们学文化,带孩子们在河里捉鱼摸虾……可遭到家里反对,说是"没出息"。我便偷偷背着行李走了,父亲在背后紧追着,严厉的叫喊惊醒了我的梦。我揉了揉眼睛,小船仍在前进,天上是金色的满月,江面波光粼粼……

行船中最畅快的是顺风的时候,升起来补满补丁的白布帆,船工要放下篙、桨休息。顿时,船上热闹起来了,一个个边抽烟,边讲古,或是互揭隐私、相互取乐,什么粗话野语全都冲出口,真可谓"百无禁忌"。船工们开心的模样,以及他们那粗犷豪爽、幽默诙谐的性格,深深地印在我幼小的心上。

船工们讨厌的是无风走长潭。他们埋怨到:"长潭撑死人!"这时,船工各就各位,竹篙、木桨、长橹统统出马,江面波平浪静,无一丝儿风,太阳火辣,蒸气灼人,河流变成了死水似的,荡一桨、撑一篙、摇一橹,小船才前进一步,船工汗流浃背。即使如此,他们也是苦中作乐,不知谁带头吹起一声口哨"嘘——嘘——"船工们便接二连三地吹起来了。据说,这是在呼唤江风。这一声声"嘘——嘘——"的口哨,就像在死寂的空气中,冒出一点希望的火星。他们不甘失败,一声又一声地呼唤,是那么认真、虔诚!

船过桥江口之后就是虎跳滩了,民谣说:"要过虎跳滩,须有一身胆。"霎时间,船头船尾,一阵忙乱,大家精神抖擞。老板一声"宽衣",船工迅速脱掉衣服。为保证客人安全起见,小船先靠拢岸,请客人起坡步行。于是大家随身提着贵重物品起坡。我打开红木箱,取出那张

"录取通知书",小心翼翼地装进衣袋,跟着客人向下游走去,刚走半里多路,放眼江心,小船已经进滩,只见船头钻入白浪之中,船尾翘得高高的,一个俯冲,飞流而去,雪浪如山,扑向船身,涛声如吼。此刻,我真提心吊胆,生怕小船不再起来,撞成碎片。正当大家吓得目瞪口呆之际,小船又倏地出现在眼前了:船老板浑身透湿,船工个个像落汤鸡似的。不等靠岸,他们又赶紧把舱里的积水舀干。我们再上船时,嫣红的晚霞已撒满船身,给一张张古铜色的脸膛镀一层赤金,增添了光彩!面对激战后的船工,我的敬意油然而生:他们不愧是勇敢的弄潮儿!

前面不远处,一座背山依水的小山城矗立在眼前。船工告诉我:那就是县城。船在湖桥边停靠好了后,我踏着层层石阶走向县中,开始了人生中的第一课……

多少年来,我梦里常常流动的溆水河。是您,洗净一个山乡顽童的污垢,在我纯洁的心里点燃理想之光,希望之火。是您,把我从牛栏旁的木屋里,引向大江大海……

您好,日夜奔流的溆水河,我梦里常常流动的溆水河啊!

肖　凤

（1937—　），北京人，女，学者、作家。有文学传记《萧红传》《庐隐传》《冰心传》，散文集《韩国之旅》《肖凤散文选》等。

鸟　巢

水泥浇筑成的塔楼和板楼，鳞次栉比，远远望去，仿佛是陡峭垂直的群山，构成了大城市的独特风景线。然而它们的造型，僵硬呆板，不像大自然的山峦，鬼斧神工，有着美妙的线条，蕴含着迷人的神韵。

不过，生活在北京市的平民百姓，如果能够在这灰色的或者绿色的，或者别的什么颜色的高楼里，拥有一个属于自己的空间，不论是大是小，只要它是独立的，能够无拘无束地生活着，也就满足了。

有时走在马路上，仰首遥望居住的那座楼宇，找到第17层那几扇属于自己和自己亲人的窗户，就觉得那个叫作"家"的地方，其实更像一个"鸟巢"。因为它方方正正，像一个匣子，虽然它被夹在第16层与第18层之间，却总是觉得它好像是被高高地吊在半空中，上不着天，下不着地。作为人类的家园，它似乎是太高了一点儿。

因此常常羡慕鸟儿，它们能够自由自在地飞翔，如果它们把巢筑在第17层上面，也能舒展开自己的双翼，款款地飞回去。而且还能站在自己的巢里，优哉游哉地鸟瞰人群。可是我没有翅膀，如果我要回到自己的"鸟巢"，必须借助楼里的电梯。而电梯又受制于电的有无，或有没有故障（它常有故障），以及开电梯的小姐是否坐在岗位上。不像鸟儿那般自由，一切由它自己做主，想要出门就出门，想要归巢就归巢。

坐在窗前的写字台前伏案工作，会忽然听见"咕，咕，咕"的悦耳声音，抬头一望，原来是两只白色的鸽子，站在窗外的窗沿上，正在亲昵地对话。我不愿惊扰它们，便静静地坐在那里，欣赏它们的漂亮形体与温柔姿态。待它们亲热地谈得够了，就会转过小巧的头颅，用它们那双明亮的小眼睛，与我对视。每逢这时，我就很想告诉它们，我是多么地喜欢鸽子，毕加索笔下的那只名鸽，其实远不如真实的鸽子美丽。我还会产生错觉，不知是这对鸽子还是自己，正住在"鸟巢"里，也不知我与它们是否同类。它们的小脑袋里想些什么，我一无所知，反正是等到它们留连得够了，就展翅飞翔，飞回到属于它们自己的巢里，那个鸟巢比我的"鸟巢"平方米略少，不过也是悬在半空，悬在对面那座塔楼的一家住户的阳台上。

除了鸽子之外，也有麻雀造访我的窗台。或者一只，或者两只，或者更多。它们叽叽喳喳，跳跳蹦蹦，全然不顾有人正从窗户的另一面望着它们，很像一群喜爱游玩的活泼孩子。它们的家不知筑在何处，好像比鸽子的家距离远些。

这些客人光顾我的"鸟巢"，让第17层的高空有了魅力。有时站在窗户里面向外望去，常常看见鸟儿们在窗外飞翔，这种景象使自己几乎忘记了是被围困在水泥筑成的方格子里。

可是，只要俯首下望，大城市的单调景色就会一目了然——马路很像一条灰色的带子，形形色色的汽车和无轨电车像大大小小的甲壳虫，慢慢地向前蠕动，很久才能走到视线之外。近处是深灰色的屋顶，远处是层层叠叠的楼群。

绿色的树木像珍宝，令人爱不释"目"，使人更加向往大自然。很想变成一只鸟，从这座"鸟巢"中飞出去，飞到森林中去，飞到大海边去，飞到崇山峻岭中去，飞到一切有花有草有树有水，惟独没有水泥和汽车尾气的地方去，去享受一下没有污染的清新空气，去享受一下没有噪音的宁静氛围,去享受一下没有撒过漂白粉的清澈溪水,去寻找一个没有是非,没有烦扰,没有摩擦,没有争权夺利,没有勾心斗角,没有尔虞我诈的干净去处。

1997 年 5 月于北京安贞桥旁

王宗仁

(1939—)，陕西扶风人，作家。有散文诗集《青春短笛》，散文集《情满青藏线》《季节河没有名字》，报告文学集《鲜花开在山那边》《日出昆仑》等。

藏羚羊跪拜

这是听来的一个西藏故事。发生故事的年代距今有好些年了。可是，我每次乘车穿过藏北无人区时总会不由自主地要想起这个故事的主人公——那只将母爱浓缩于深深一跪的藏羚羊。

那时候，枪杀、乱逮野生动物是不受法律惩罚的。就是在今天，可可西里的枪声仍然带着罪恶的余音低回在自然保护区巡视卫士们的脚印难以到达的角落。当年举目可见的藏羚羊、野马、野驴、雪鸡、黄羊等，眼下已经成为凤毛麟角了。

当时，经常跑藏北的人总能看见一个肩披长发，留着浓密的大胡子，脚蹬长统藏靴的老猎人在青藏公路附近活动。那支磨蹭得油光闪亮的杈子枪斜挂在他身上，身后的两头藏牦牛驮着沉甸甸的各种猎物。他无名无姓，云游四方，朝别藏北雪，夜宿江河源，饿时大火煮黄羊肉，渴时一碗冰雪水。猎获的那些皮张自然会卖来一笔钱，他除了自己消费一部分外，更多地用来救济路遇的朝圣者。那些磕头去拉萨朝觐的藏家人心甘情愿地走一条布满艰难和险情的漫漫长路。每次老猎人在救济他们时总是含泪祝愿：上苍保佑，平安无事。

杀生和慈善在老猎人身上共存。促使他放下手中的权子枪是在发生了这样一件事以后——应该说那天是他很有福气的日子。大清早，他从帐篷里出来，伸伸懒腰，正准备要喝一铜碗酥油茶时，突然瞅见两步之遥对面的草坡上站立着一只肥肥壮壮的藏羚羊。他眼睛一亮，送上门来的美事！沉睡了一夜的他浑身立即涌上来一股清爽的劲头，丝毫没有犹豫，就转身回到帐篷拿来了权子枪。他举枪瞄了起来，奇怪的是，那只肥壮的藏羚羊并没有逃走，只是用企求的眼神望着他，然后冲着他前行两步，两条前腿扑通一声跪了下来。与此同时只见两行长泪从它眼里流了出来。老猎人的心头一软，扣扳机的手不由得松了一下。藏区流行着一句老幼皆知的俗语："天上飞的鸟，地上跑的鼠，都是通人性的。"此时藏羚羊给他下跪自然是求他饶命了。他是个猎手，不被藏羚羊的祈求打动是情理之中的事。他双眼一闭，扳机在手指下一动，枪声响起，那只藏羚羊便栽倒在地。它倒地后仍是跪卧的姿势，眼里的两行泪迹也清晰地留着。

那天，老猎人没有像往日那样当即将猎获的藏羚羊开宰、扒皮。他的眼前老是浮现着给他跪拜的那只藏羚羊。他有些蹊跷，藏羚羊为什么要下跪？这是他几十年狩猎生涯中惟一见到的一次情景。夜里躺在地铺上他也久久难以入眠，双手一直颤抖着……

次日，老猎人怀着忐忑不安的心情对那只藏羚羊开膛扒皮，他的手仍在颤抖。腹腔在刀刃下打开了，他吃惊得叫出了声，手中的屠刀咣当一声掉在地上……原来在藏羚羊的子宫里，静静卧着一只小藏羚羊，它已经成型，自然是死了。这时候，老猎人才明白为什么那只藏羚羊的身体肥肥壮壮，也才明白它为什么要弯下笨重的身子为自己下跪：它是在求猎人留下自己孩子的一条命呀！

天下所有慈母的跪拜，包括动物在内，都是神圣的。

老猎人的开膛破腹半途而停。

当天，他没有出猎，在山坡上挖了个坑，将那只藏羚羊连同它那没有出世的孩子掩埋了。同时埋掉的还有他的杈子枪……

　　从此,这个老猎人在藏北草原上消失。没人知道他的下落。

万振环

(1939—),广东五华人,作家。有散文集《寻觅芳踪》《深藏的挚爱》,长篇小说《喋血东江》《滥情的忏悔》,长篇报告文学《商界怪杰》等。

归 来

犹如远航的孤帆泊了岸,久别故乡的游子风尘仆仆归来了。

在明亮的灯光下,我终于看清了大伯的尊容:他身躯高大,头戴一顶绒帽,手拄一根拐杖,虽然白发苍苍,脸色却红润发亮,精神健旺,谈吐清晰,显得慈祥和蔼。大伯在沙发上坐下,摘下眼镜,呷了一口红茶,自言自语地感叹道:"唉,40年了!总算回来了!真好像是做了一场梦啊!……"

茫茫大海隔不断骨肉亲情。我们想尽千方百计,历尽艰难波折,终于跟大伯联系上了。

大伯归心似箭。他原定回乡过春节的,因为台湾回大陆探亲的人数激增,一时无法办妥入境手续,一直延至4月初才获准探亲。

大伯抵达香港后,立即给我挂了个长途电话。这几天我天天都在盼大伯的"长途",以便到火车站去接他。想不到大伯自己搭"的士"从深圳回到了羊城。

这种相见真是喜出望外,更增添了几分欢乐的情趣。

亲人久别,千言万语不知从何说起。我们坐在一起,彼此的心里只涌动着既甜蜜又酸楚的感情波澜。

　　大伯是1948年到台湾的,四年后退伍,种过田,出海打过鱼,后来开了个照相馆谋生。日子虽然过得快乐,只是心里老惦记着老家,惦记着湖南的妻子、儿女……"你伯母现在情况怎样?有没有改嫁?"

　　"伯母身体还好,她一直等着您呢!"我说。

　　"哦,我足足40年没见到她了!"大伯轻声说,眼里露出几分伤感。

　　夜深了。我听见大伯躺在床上辗转反侧,久久不能入睡。他是在缅怀漫长的沧桑岁月呢,还是为那个即将来临的亲人团聚的美梦而激动难眠……

　　四天之后,大伯便风尘仆仆赶到湖南汨罗,一到家,伯母便扑在伯父身上泣不成声。伯父拉着伯母的双手连声说:"你受苦了!你受苦了!真难为你把三个孩子带大啊!"伯母流着泪说:"想不到这辈子还能见到你!……"伯父的眼圈儿潮湿了,他缓缓地从衣袋里摸出一只崭新的金表,亲自戴在伯母枯瘦的手上。

　　大伯也很坦率,说:"没回大陆前,我听说大陆同胞生活很苦,'百闻不如一见',其实并不是那么回事!……当然,你们现在的生活还不太富裕,相信过几年会越来越好……"

　　海峡两岸这种悲剧,难道只有大伯和伯母才有的么?类似这种夫妻分离、望穿秋水甚至终生不得再见含恨而逝的事例,简直多得很!大伯与伯母这对患难夫妻,真是不幸中之万幸了!

　　大伯除了去湖南,还回了一趟兴宁老家。我含笑地问:"大伯,这次旅行总的印象怎样?""好,好,比原来想象的要好得多。"大伯点点头。

　　"原来的想象是怎么样的?"我有点儿"打破沙锅问到底"。

　　时光似流水,不知不觉一个月即将过去。大伯要回台湾去了,我们特意办了一桌丰盛的酒席为大伯饯行。大伯十分高兴地说:"明年我一定要回来过春节。你们等着好了!以后,只要我还能走动,每年肯定要回来一次……"

临别,大伯掏出一大沓人民币递给我,说:"多谢你们热情款待……"

"不,不!"我连忙谢绝,"大伯!接待您老人家是完全应该的……"

妻子也在一旁阻拦说:"大伯,您无论如何要把钱收回去,不然的话,就是把我们当外人看了!"

大伯见我们态度坚决,确实真心实意,不由得心情十分激动,意味深长地说:"你们一家对我才是真正的骨肉感情呵!……"

大伯走了,依依不舍地。带着满足,带着遗憾,也带着亲人的谆谆嘱托。大伯还会回来吗?我想会的,一定会的,因为他的心留下来了,留在生他养他的故乡……

蒋子龙

(1941—),河北沧县人,作家。有长篇小说《蛇神》《子午流星》,中篇小说《开拓者》《赤橙黄绿青蓝紫》《燕赵悲歌》等。

天都情

对黄山向往已久。人都是对自己没有见过而别人又说好的事物心向往之,有了向往就要为这向往付出代价。

我们从淮北市乘大客车,晓行夜宿,紧赶了两天才到达黄山市。第三天又坐了两个多小时的车才真正进入黄山。终于可以摆脱那辆浑身上下无处不嘎嘎作响的大客车了! 带着一身长途颠簸睡眠不足的疲惫,头昏目眩,口干舌燥,投入清秀清幽的黄山怀抱,再惬意不过了。在山道边排了一个多小时的队,登上空中缆车,十分美妙地一下子就飞上了黄山顶部。怀着一种对名山的饥渴,下午便把排云亭、始信峰、猴子观海、丹霞峰等山上的主要景点看完了。晚饭后站在白鹅岭上赏月,由于耐不住寒冷,早早地就回到在黄山不算高级但也不算低档的简易木板房旅馆,和衣钻进被窝。躺了一会儿,只觉得寒气侵身,起身将带来的所有衣服都穿上,到服务台租了一条毛毯压在身上。又躺了一会儿,还是抵挡不住从上下左右两头中间袭来的阵阵寒意,又起来到服务台租了一件脏乎乎的棉大衣,总算凑合了一夜。第二天早晨 5 点钟登上光明顶看日出。偏赶上太阳拿架子,磨磨蹭蹭,拖泥带水,最后总算亮了一次相。令我感兴趣的是人们对日出为什么百看不厌? 天天看,到处看,老也看不够,难道太阳真的是一天一个样子?还是寻求那种强劲的生命感?拥挤着,呼唤着,人人都想找到最好的立脚点、最佳的角度,抬着脚跟,仰起脸,抱着双肩,耐心地等待着捕捉那辉煌的一瞬,让自己刹那间飞腾融入那新生的"至大至刚至善至美"的境界。人对新的生命总是充满了敬畏和期待。日出之后光明顶矮了一截,人的山峰又移动到餐厅门前的坡地上。旅游者像"文化大革命"中野营拉练的民兵队伍,餐厅太小,需分期分批用餐。我们是第三轮,匆匆吃了点儿东西已经快 9 点钟了,开始步行下山。

大家心里似乎有一句话,但谁也不愿意说出来,这就是黄山吗?我们真的看到了黄山吗?"名山留好句"——我们没有见到"好句"、古迹、石刻,那黄山有自己值得骄傲的文化吗?中国名山都跟宗教密不可分,这里却没有庙堂,黄山的历史和传统是什么呢?它靠什么闻名于世呢?难道就靠那几棵因名气太大反而让人看了感觉不太新鲜的迎客松?

名山欺客。说名山的坏话要谨慎,身在山中未必真正了解此山。山的名气是人吹起来的,即使名不副实,也不是它的过。游山最怕说泄气话。也许是自己感觉不对,心情没有进入最佳状态,"景以情合,情以景生"嘛。

来到天都峰脚下,路分两条:一条躲开天都峰直通山上。另一条几乎是直上直下地插进白云深处,窄窄的,只能通得过一个正常人的身躯。旁边有栏索,轻云淡雾缭绕其间,看不到尽头,真像从九重霄垂挂下来的一架天梯,朝拜天都峰的勇敢者变成一个个黑点,粘附在天梯上,缓慢地向上移动。看上去令人眼晕,天都峰果真是天上的都市?

我们这支 20 多人的旅游队伍,只有 7 个人决定上天都峰。我是坚定的"上天派"。好不容易有了这样一个千步登天的机会,为什么要放弃?很可能真正的黄山就在云彩上面,此次黄山之游全靠这一登了!

上天之难不亚于下地狱,不敢上瞧,不堪回首。步步高,步步险。

阵阵心跳,阵阵眩晕,阵阵惊悸。每每仿佛要被吞噬,终未被吞噬,反渐渐被奇幽峻险所融合。千步天梯是岁月的浓缩,越攀越有一种洁净拔俗的感觉。奇石、秀松、云海、野花,俯拾即是,始终陪伴你左右,满眼都是胜景妙处。这才是黄山!用笔墨怎样描绘它都不为过,都不会像它。此时,我想起一些描写黄山的文字和绘画,跟真实的黄山相比显得造作、苍白、浅俗、小家子气。黄山之秀奇在于它一下子控制了你的想象力。这才是大自然的完美。

站在绝险的鲫鱼背上,放眼四周的万丈深谷,雾海山岛,顿生"遗世独立,与天为徒"之感。世间的一切,包括生生死死,都不值一提了!鲫鱼背是一条天街,走过去便是天都峰顶。我忽然呆住了——再怎样敢想也想不到会有这样的奇景;是锁的博览会,是锁的陈列馆。

峰顶四周的栏杆和铁索上,挂满了大大小小花花绿绿各式各样的锁:铁的、铜的、方的、圆的、老式的、新式的、中国制造的、外国制造的、大得惊人的、精美绝伦的……这叫同心锁、锁同心。结了婚或未结婚的恋人们,经过千难万险,登上天都峰,把两颗心锁在一起。钥匙抛下深涧。此锁再也不能打开。天都峰做证,永结同心。

这是谁发明的?噢,愚蠢的问题,爱情不需要教师。人世间最奇特、最深刻、最古老又最花样翻新的就是男女恋情。这天都峰锁给爱情增加了一份神秘、一份浪漫、一份通神的高峰体验。让两个人的感情到达体力、胆魄乃至命运允许达到的高度。强烈、真挚、壮观、令人感动。好沉重的天都峰,它是座情人峰,有爱的磁场。站在峰顶,廓除烟雾,扫涤尘埃,感情得到净化和升华。爱情是高尚的,心里装着一个渴望,天都峰便成了这"渴望"。难怪黄山上没有寺庙,人们到这里来不是为了拜佛敬仙。这是一座年轻的山,活生生的凡人世界。人们来是朝拜爱神,朝拜生命。

我们这几个半老头子,无一人带锁上山,显得与天都氛围有点格格不入。但很庆幸冒险游了天都峰,才算没有白来黄山。

张振金

(1941—),广东郁南人,作家、学者。有散文集《柳海风帆》《夏日辉煌》,长篇报告文学《广厦万间》,学术论著《秦牧的散文艺术》《感悟的智慧》等。

武夷诗魂

从前听人讲起武夷山九曲溪,脑子里就立刻浮现那两句古诗:"两岸青山相对出,江流曲似九回肠。"产生了无限的向往。这次亲历了武夷山九曲溪,才知道它不止有九曲十八弯的奇景,还贵在有不同凡响的诗魂。

那天,我们是从星村附近的九曲乘竹筏顺流而下,由九曲漂向一曲的。竹筏很小,仅可容三五人,远望似一片竹叶。人一踏上去,竹筏就摇摇晃晃的,一串串冰凉的水珠从脚底冒上来。我正担心竹筏会否沉没的时候,艄公轻轻把竹篙一点,竹筏飘飘然离岸,驶入清波碧流之中。

我随之进入了诗境。但见山傍水立,水随山转,在百折千回之中,那有名的三十六峰:大王、玉女、凌霄、天游、小藏、隐屏、幔亭……争相展现自己的丽姿美容。短短的十八里水程,隐藏着如此之多的奇景,真像一首内涵丰富又含蓄婉转的抒情诗。武夷的山,属丹霞地貌,全由丹赤色的岩层相叠而成,瑶草琪花开处处,苍松翠竹影重重,使得灿若朝霞的山体泛出了缤纷秀色,倍增了不少妩媚。虽然有脉脉含情的玉女峰,立在水边映照自己的丽姿俏容,但武夷的山更多的是以雄浑粗犷著称。你看那两座圆鼓鼓的巨岩,对峙而立;各自的腰间还有一道细细的裂痕,真像两座巨大的磨盘在旋转;有的整座山就是一块巨石,巍然屹立,直耸云天,像古代的城堡,又像现代的万丈高楼;有的在悬崖之上,奇峰挺立,上粗下细,像是锥子倒立,又像村姑在水边敲打衣服的棒槌;有的壁立千仞,横卧高空,像是一道巨大的城墙。当我踏进武夷山口的那一刻,迎面而来的一座圆形的石峰,雄浑奇伟,盘踞在一座大山之上,像一朵巨大的蘑菇云在袅娜升腾,这就是有王者风度的大王峰,开头就给人以庄严肃穆之感。

武夷的山不高,又都错落有致地点缀在九曲溪两岸;溪面又不宽,竹筏转弯时逼近山脚,岸上的野花拂面而过。这样,旅游者登山可望水,临水可观山,不用攀登之劳,靠在竹筏的椅子上便可游山,实是奇妙之极!溪水透明碧绿,绿得像最醇的青梅名酒。水中的游鱼、圆石历历可数,岸上的奇峰异景一一倒映入溪,难怪有一位诗人说:坐在竹筏上发现两个武夷山,一个拔起在地面,一个倒矗在水中。

令我无限神往的还有崖上的题诗石刻,我从中看到一个个闪动的诗魂。历代文人在游山赏水中喜欢吟诗作赋,借山水寄情抒怀,于是构成了灿烂的"武夷文化"。最早的一首题诗是唐代吕洞宾的,距今已有1200年。吕洞宾两举进士不第,于是浪迹江湖,学道修仙。他在题诗中说:"青鸾岂作凡鸟鸣,元鹿谁同野兽逐",发泄自己不与世俗同流之心。比他稍后一些的是李商隐,他因受当时牛李党争的影响,仕途极其坎坷,心情也不会太好的,但他的《题武夷》却有一股浪漫主义精神:"只得流霞酒一杯,空中箫鼓当时回;武夷洞中生毛竹,老尽曾孙不再来。"诗人借用传说中的武夷君在幔亭峰设彩帷百间,宴请乡民,不料因一少年怠慢,武夷君一怒之下,化满山毛竹如刺,中刺者即亡,乡民从此不敢涉足,一场充满诗意的幔亭设宴,成了千古憾事。世事真是变幻莫测,难以把握。诗中给人以无尽的遐想。

题诗石刻之多,令人惊愕。宋代以后有柳永、范仲淹、苏东坡、李纲、陆游、辛弃疾……都在武夷留下笔墨。明代的剿倭名将戚继光奉召北上,途经武夷,也在一曲水光石题刻:"大丈夫既南平岛夷,便当北平劲敌。黄冠布袍。再期游山。"还以"赳赳鄙夫"之名在冲佑观三消殿壁上题诗曰:"一剑横空星斗寒,甫随平房复征蛮;他年觅取封侯印,愿学幽人住此山。"为国戍边的豪情与对武夷山水的眷恋都甚为炽热。

　　留下文化遗迹最多的,当然是宋代大学者朱熹。他政治上力主抗金,因而屡受排斥,一生不得志,晚年隐居武夷山五曲的隐屏峰,创办了武夷精舍,聚徒讲学,著书立说,长达十余年,直到老死。有一次,辛弃疾专程往访朱熹。朱熹陪他游九曲,每曲题诗一首,名为《九曲棹歌》,刻在石崖之上,每首都写得情景相生,在幽静的自然境界中寄寓自己平静的心态:"五曲山高云气深,长时烟雨暗平林。林间有客无人识,欸乃声中万古心。"

　　我发现这些题诗石刻的作者大多数都是贬官。他们在朝廷失宠之后,跑到武夷长居短留,吟诗作赋,却少有孤寂冷落的情绪,倒是充满了乐观进取的精神。这是为什么呢?我想多半是得力于武夷山水的宁静。宁静是一种境界。当他们踏入这种境界,深深为之陶醉,忘掉荣辱得失,浮躁的心很快平静下来,继而对人生和社会静静地思索。理学大师朱熹在此长居十余年,甚至把武夷山称作他的"后囿",面对"金鸡叫罢无人见,日满空山水满潭"的寂静,能够静静地思索"盖天地之间只有动静两端,循环不已,更无余事,此之不易"。他把自己的情绪完全和大自然融为一体了,这是对世俗尘嚣的超然。陆游来探访朱熹的时候,也曾经这样称赞过他:"宦游非本志,寄与鹤与猿。"

　　其实,人生的道路很长,谁都不会事事占着上风。即使怎样春风得意,青云直上,也会有失意落难之时,何必计较一时之得失呢?而且有时要先把拳头收回来,才能更有力地打出去。我由此想到儒家主张的"达则兼济天下,穷则独善其身",也不无道理。

冯骥才

（1942—　），浙江慈溪人，作家、画家。有长篇小说《义和拳》《神灯》，中篇小说《神鞭》，短篇小说集《雕花烟斗》，散文集《珍珠鸟》等。

珍珠鸟

真好！朋友送我一对珍珠鸟。放在一个简易的竹条编成的笼子里，笼内还有一卷干草，那是小鸟舒适又温暖的巢。

有人说，这是一种怕人的鸟。

我把它挂在窗前，那儿还有一盆异常茂盛的法国吊兰。我便用吊兰长长的、串生着小绿叶的垂蔓蒙盖在鸟笼上，它们就像躲进深幽的丛林一样安全；从中传出笛儿般又细又亮的叫声，也就格外轻松自在了。

阳光从窗外射入，透过这里，吊兰那些无数指甲状的小叶，一半成了黑影，一半被照透，如同碧玉；斑斑驳驳，生意葱茏。小鸟的影子就在这中间隐约闪动，看不完整，有时连笼子也看不出，却见它们可爱的鲜红小嘴儿从绿叶中伸出来。

我很少扒开叶蔓瞧它们，它们便渐渐敢伸出小脑袋瞅瞅我。我们就这样一点点熟悉了。

三个月后，那一团愈发繁茂的绿蔓里边，发出一种尖细又娇嫩的鸣叫，我猜到，是它们有了雏儿。我呢？决不掀开叶片往里看，连添食加水时也不睁大眼去惊动它们。过不多久，忽然有一个小脑袋从叶间探出来。更小哟，雏儿！正是这个小家伙！

它小,就能轻易地由疏格的笼子钻出身。瞧,多么像它的母亲:红嘴红脚,灰蓝色的毛,只是后背还没有生出珍珠似的圆圆的白点;它好肥,整个身子好像一个蓬松的球儿。

起先,这小家伙只在笼子四周活动,随后就在屋里飞来飞去,一会儿落在柜顶上,一会儿神气十足地站在书架上,啄着书背上那些大文豪的名字;一会儿把灯绳撞得来回摇动,跟着跳到画框上去了。只要大鸟在笼子里生气地叫一声,它立即飞回笼里去。

我不管它。这样久了,打开窗子,它最多只在窗框上站一会儿,决不飞出去。

渐渐它胆子大了,就落在我书桌上。

它先是离我较远,见我不去伤害它,便一点点挨近,然后蹦到我的杯子上,俯下头来喝茶,再偏过脸瞧瞧我的反应。我只是微微一笑,依旧写东西,它就放开胆子跑到稿纸上,绕着我的笔尖蹦来蹦去;跳动的小红爪子在纸上发出嚓嚓响。

我不动声色地写,默默享受着这个小家伙亲近的情意。这样,它完全放心了。索性用那涂了蜡似的、角质的小红嘴,"嗒嗒"啄着我颤动的笔尖。我用手抚一抚它细腻的绒毛,它也不怕,反而友好地啄两下我的手指。

白天,它这样淘气地陪伴我;天色入暮,它就在父母的再三呼唤声中,飞向笼子,扭动滚圆的身子,挤开那些绿叶钻进去。

有一天,我伏案写作时,它居然落到我肩上。我手中的笔不觉停了,生怕惊跑它。待一会,扭头看,这小家伙竟趴在我的肩头睡着了,银灰色的眼睑盖住眸子,小红脚刚好给胸脯上长长的绒毛盖住。我轻轻抬一抬肩,它没醒,睡得好熟!还呷呷嘴,难道在做梦?

我笔尖一动,流泻下一时的感受:

依赖,往往创造出美好的境界。

1984 年 1 月于天津

刘心武

（1942— ），四川成都人、作家。有中短篇小说集《班主任》《绿叶与黄金》，长篇小说《钟鼓楼》《风过耳》，散文集《沉默交流》等。

牧童短笛

听钢琴独奏曲《牧童短笛》，总有种种如诗如画的联想。我猜贺绿汀创作此曲，既有江南水乡的儿时回忆涌动心头，也有前人从生活中炼出的诗句丰沛着灵感。宋人雷震诗曰："牧童归去横牛背，短笛无腔信口吹。"钢琴曲便是此诗的乐化。

往事越千年，而牛耕的景象，在中国无论大江南北，还是东原西坝，到目前都依旧还是一种乡村生活的常态。再远不去说它，至少从唐人起，诗人们的灵感便常被耕牛触发，而耕牛艰辛的工作情景，似乎倒并不怎样使他们诗思如潮，他们所津津乐吟的，是耕牛从劳作中解脱出来，由牧童引归的场面。

盛唐大诗人王维，便有颇多描摹归牧的诗作。如"斜光照墟落，穷巷牛羊归"，但那画面似不够简洁，所以又有"牧童望村去，猎犬随人还"，不过这又与初唐王绩的"牧人驱犊返，猎马带禽归"太相近，有掠美之嫌，因而他又有"田父草际归，村童雨中牧"的句子，色泽淡雅而饱含氤氲的水汽，然而也还不能说达到了一个至美的境界。

宋人对牧归的景色似乎有更浓烈的诗兴。朱熹也有"田父把犁寒雨足，牧儿吹笛晚风斜"的诗句，比雷震诗意境凄婉。明人张羽似想将此同一画面略增添些明快的情调,因而吟成"牧雏不管蓑衣湿,一笛春风倒跨牛"。不知为什么诗人们总愿更多地表现风雨中的牧牛场面。宋刘宰又有"牛背牧儿酣午梦,不知风雨过前山"的句子,而对牧童的憨态,也是杨万里这样的杰出诗人所最感兴趣的,他有"童子柳荫眠正着,一牛吃过柳荫西"的描绘,但也许他觉得画面太平实了,意蕴更难深厚,所以又写下了"远草平中见牛背,新秧疏处有人踪"的较虚缈的句子。有时诗人们又省去牧童,如宋张舜民的"夕阳牛背无人卧,带得寒鸦两两归",黄庭坚的"近民积水无鸥鹭,时有归牛没鼻过",都创造出了一种超级的宁静境界。清人汤贻汾企图用"饭罢日亭午,人牛相对眠"重现此一境界。他以为一切静止,便达于安谧的极致,其实不必,宋辛弃疾的"平冈细草鸣黄犊,斜日寒林点暮鸦",孔仲平的"老牛粗了耕耘债,啮草坡头卧夕阳",乃至杨万里的"童子隔溪呼伴侣,并驱水牯过溪来",都有动态和声响,但即使是"隔溪呼伴",都不但不令人感到喧闹,反而增添了更多的静谧与安逸。

听着钢琴曲《牧童短笛》,体味着上述种种诗情,倘条件允许,再细赏一幅比如说宋人李迪的《风雨归牧图》或阎次平的《牧牛图》(自然只能是复制品),那真是一次无上的享受,可谓灵魂的温泉浴。

上面所引诗句,大多数似乎都吟的是双角粗大而平弯向后的水牛,有的或许是不会凫水的黄牛,但总体而言都是耕牛即役牛,并非"天苍苍,野茫茫,风吹草低见牛羊"里所说的那种主要用于取乳和食肉的乳牛与肉牛。役牛既是一种能源,更是一种农用机械。但比起当今的石油和拖拉机来,它是富有灵性的,所以引出如许的诗情画意与乐思。历代艺术家之所以最爱抉取归牧的一景加以表现,我想,那是因为在那一生态环节上,最能体现出人与物、作与息、劳与逸、动与静、艰辛与欢愉、酸楚与谐谑、利他与益我、入世与出世……人间的均衡与相互交融,所以其意境历千古而仍撩人心弦保其魅力,明代诗人蔡复一"短笛牛羊归,余光照童子"的诗句有什么创新可言?而人们照样喜欢。晚唐杜牧一句"牧童遥指杏花村",本意在表现清明寻酒,却至今使画家们在传达诗意时都不约而同地突出着耕牛与牧童。现代画家李可染(可惜近年仙逝!)的牧归图究竟有多少幅?幅幅都仍是人们不肯轻易割舍的珍藏。夕阳归牛,牧童短笛,具有着某种永恒的素质。单纯、清朗、明丽、爽洁,也许历代的艺术家和鉴赏家,都愿将灵魂汇聚融入到那样一个境界之中?

说到底,人们吟物、吟牛,配之以青草绿柳、溪水湖泊、夕阳微雨,到头来还是表达一种人内心的呼求,那呼求并不是针对山川景物、耕牛鸥鹭的,而是针对一己以外的他人,人与人在呼求中达到和谐,是一种至高的境界。唐代大诗人王维写了那么多关于归牧的诗句,其实,他最好的两句是:"野老念牧童,倚杖候荆扉。"画面上没有归牛,也没有牧童,然而,人们在野老引颈倚杖的关切和期望之中,能够深切地体味到一种使人类代代相传下去,并使人性一代代更趋美好的原始驱动力。

1992 年 1 月

章　武

（1942—　），福建莆田人，作家。有散文集《海峡女神》《处女湖》《仲夏夜之梦》《生命泉》《章武散文自选集》等。

北京的色彩

我像一片云，从四季常青的东海之滨飘到了北京城。

来到北京之前，有人告诉我：北京是"红色的海洋"，从紫禁城的宫墙到孩子们嘴中的糖葫芦，全是"红彤彤"的。

也有人告诉我：北京是"蓝色的世界"，那里的男女老少，一年四季，全是一色蓝衣衫……

我带着南方人一种特有的绿色的骄傲，步入了北京城。然而深秋时节的北京城，很快便以她那壮丽而辉煌的色彩，驱除了我的偏见。

首先把我征服的，是北京的树叶。从机场进入市区，夹道的松树、柏树，高高的白杨树，全是绿的。就在这绿色中间，呈现出我在家乡所看不到的深深浅浅的黄，闪闪烁烁的金，团团簇簇的红。一时辨认不清的乔木、灌木，把千百种奇妙的色彩纷繁而又和谐地展现在我的面前，使我又惊又喜。后来我漫游天坛，发现北门内那两排银杏树，满身都停满了黄蝴蝶。秋风一吹，蝴蝶纷纷飘落地上，待细细一看，却又都变成用黄绢裱制的小扇面，宽边上，还留着一道未曾褪尽的绿镶边呢！我登香山，探访那秋日里最后一批黄栌树的红叶。我又发现,在那残留枝头和铺满地上的红叶中,竟也有我在南方所想象不到的层次:金黄、橘红、曙红、猩红、赭石……几乎没有两片树叶是同色的,就是同一片叶子,也往往是柑黄中渗透着桃红,丹红中凝结着玫瑰紫……

北京城这彩色的秋林啊,你终于使我明白:大自然并非只有一种绿色,也并非只有一种黄,一种红……

我攀登长城,漫游故宫。长城的城墙是青灰色的,浓重中透着一种冷峻;故宫的宫墙是朱砂色的,深沉中显出一种威严。它们毕竟都已成为历史。我更喜欢的是近年来并肩崛起的新楼宇和那些纵横飞扬的立交桥,它们的色彩趋于明快、热烈、奔放,因而也更使人感到亲近。我常常把脸孔紧贴在公共汽车的窗玻璃上,不断从街道两旁飞驰的楼群中寻找雪山的洁白,草原的嫩绿,沙漠的金黄和大海的蔚蓝。由贝聿铭大师设计的香山饭店,素雅、纯净,不知怎么,使我怀念起家乡那冰清玉洁的水仙花……

人们常说建筑是凝固的音乐。那么,北京城里无数个有色彩的音符,都能使人想起祖国的四面八方……

在北京的日子是短暂的。在繁忙的公务之余,我也忘不了作为一名外地的顾客,挤进川流不息的人群,去逛逛慕名已久的西单、王府井和大栅栏,去选购首都的时装。我发现与我摩肩擦背的人群中,穿蓝衣衫者毕竟已是少数。更多的人,是身着各种质料各种颜色的西装、卡曲、夹克、猎装、中山装……甚至,还有刚刚从电视屏幕和洛杉矶奥运会走进服装柜台的"大岛茂"式外套和"栾菊杰"式的击剑服。许多人托我代购的"长城牌"和"大地牌"风衣已供不应求,暂时脱销。我常常不无遗憾地伫立在十字街头,用羡慕的目光追逐那些风衣在身的匆匆过客。秋风掀动风衣的后摆,使他们显得多么潇洒!我发现,连风衣的颜色也不再是单一的米黄色了。瞧,那一群骑自行车翩翩而来的身着风衣的少女,是红蝴蝶,是绿鹦鹉,还是蓝孔雀?

我是一片云,从彩色的北京又飘回绿色的东海之滨。

人们问:北京的色彩如何?

我毫不犹豫地回答:凡是大自然有的,北京都有,凡是九百六十万平方公里土地上有的,我们的首都——全都有!

徐治平

（1942— ），广西柳州人，作家。有学术论著《散文美学论》《散文诗美学论》，散文集《在金笋丛生的地方》《海灯法师弟子在边关》《旅人的凝望》等。

含笑的紫荆

丙子大寒那天，路过相思湖边，偶尔发现紫荆路旁那两行枝繁叶茂的紫荆树还盛开着一簇簇紫红的花儿。驻足凝视，有的紫荆树花已开过，留下一条条豆荚，仿佛半尺多长的青绿色刀豆在树梢上摇曳。有的则既悬挂着豆荚，又开放着繁花。我这才猛然想起，当年的紫荆花，从春到冬，次第开放，似乎整整开了一年。

为了证实这点，我翻阅了当年的日记，只见立春那天有这么一段记载："湖畔那一棵棵紫荆，有的刚绽出点点花蕾，有如一支支含苞欲放的白玉兰。有的花蕾从尖端到花萼处裂开一道口子，露出半边紫红，有如少女的含笑红唇。有的已吐放鲜艳的花儿，有如一只只美丽的蝴蝶飞落枝头。"由此可见，湖边这片紫荆花确实红红火火地开了一年。在我的记忆里，这景象过去是没有过的。

忽而想到，紫荆花是香港人民最喜爱的花，香港特别行政区的区旗是五星花蕊的紫荆花红旗，其区旗、区徽中间的图案都是五颗星的动态紫荆花。而香港于1997年"七一"回归祖国，莫非紫荆花心有灵犀，从初春开始，就憋足了劲儿，一直要开到第二年盛夏香港回归的那一天？

不久在报上读到一篇文章,说的是北京八宝山革命公墓内有口井,泉水丰盈。大旱年月,也从不干涸。但在周恩来总理遗体火化那天,这井忽然打不出水来了。人们以为是泥沙淤塞,下去掏挖,才发现这井彻底枯竭了,从此再也打不出一滴水来。

在悼念邓小平同志那些悲痛的日子,四川电视台重播为小平90诞辰而录制的专题片《小平故里行》,其中有这么一件奇事:小平同志第二次复出那年,其故里四川广安县那些从没开过花的老铁树,竟然全部绽开繁茂的黄花,从此年年开放,直至如今。

于是我又想到了紫荆。

我特意走到相思湖畔,看望美丽的紫荆花。这些似乎通晓人性的花儿,从丙子年初一直开到丁丑开春,如今又像接力赛似的,一个劲儿地开下去,肯定要开到香港回归那一天。我走到一棵紫荆树下,仔细端详,才惊喜地发现她那奇妙的美。在一片片状如羊蹄的绿叶(紫荆俗名"羊蹄甲")衬托下,那一簇簇花儿,灿烂如火,艳丽如霞。凑近细瞧,每朵五瓣,边缘紫红,中间靠近花萼处间以粉白,正、背两面都有紫红的叶脉图案,非常匀称而漂亮。五个花瓣当中,必有一瓣的颜色要深许多,呈暗紫色。雌蕊是五根紫红的纤纤细丝,每根细丝顶端撑着一个淡黄的小棒槌儿;开久了那红丝儿便微微弯曲,小棒槌儿也稍弯起来,好像一个小月牙儿;中间的雄蕊则是鹅黄的笔直杆儿,顶端顶着一个米黄的小珠子,动人极了。

这可爱的小精灵,常常惹我梦牵魂绕,神游香港。

最近,我收到香港友人来信,说香港的紫荆花也开得特别盛,香江两岸,太平山麓,一片灿烂,一片火红。而最令友人自豪的是,紫荆花图案逐渐代替了象征英国殖民统治的英女皇皇冠和女皇头像。香港警方将以紫荆花取代原警徽上的女皇皇冠;港币硬币上的英国国王或女皇头像,也换上了美丽的紫荆花……百年耻辱,一朝雪洗,神州古国,重振雄风,怎不令每个华夏子孙扬眉吐气,热血沸腾?对于香港的繁荣稳定,美好前景,友人也表示了乐观与自信。最后他还热情地邀我到香港走一趟,看看这片如云如锦的紫荆。这可是我多年的心愿。我真想马上就飞到香港去,像小平同志所盼望的那样,"到香港自己的土地上走一走,看一看。"

如今,我久久凝视相思湖畔这一片紫荆,眼前又浮现邓小平同志那慈祥睿智的面容。我想,正是他"一国两制"的伟大构想,给香港的顺利回归、平稳过渡打下了坚实基础。为什么近年的紫荆花一反常态,开得特别耐久,特别繁茂?难道天地之间存在着一种正气,冥冥之中运行着一种伟力?也许,紫荆也要为香港结束殖民统治而舒展笑脸,也在为香港回归祖国而欢欣鼓舞?也许,这是气候的原因,或者是一种巧合?但我更愿意把它看作一种天意,一种民心。

邓洪平

（1942— ），四川眉山人，作家。有诗集《秋实》《山水魂》，散文集《游痕醉梦》《秋天的太阳》《邓洪平散文》等。

酒　魂

　　人的现代意识，有时让我们联想三千多年前的大环境，也许那是一个山野荒荒，人烟寥寥的原始、肃杀的荒凉世界。然而《诗经·豳风·七月》却为我们描绘了一幅"朋酒斯飨，曰杀羔羊"，人们高举用兕牛角制成的酒器，祝先民"万寿无疆"的虔诚热闹场景。这从历史大背景的另一面说明，在数千年前，酒即与我们的先民结下了不解之缘，成为他们精神上的一面旗帜，附在他们身体上的无形的魂灵。

　　《诗经·周颂·臣工之什·丰年》云："丰年多黍多徐，亦有高廪，万亿及秭。为酒为醴，烝畀祖妣。"是说丰收了，粮食很多，以此酿出酒来，进与先祖妣。这极原始地为我们展示了一幅人的智慧作用于粮食，蜜化出酒之形骸图。

　　但具体讲，第一位酿酒者是谁？历代传说：杜康。杜康原是个牧羊奴隶，放羊时带去的饭常不够吃。一次，杜康和其他奴隶一起宰了一只羊，用野火烤熟吃了，后向奴隶主谎报羊被狼叼走了，并说如果遇到狼只要给它肉，它就不再叼羊了。从此，杜康去放羊，除了带饭外，还捎了一块肉。中午，他将肉烤吃了，而将吃剩的饭倒在一棵老桑树的洞里。时间长了，一天他闻到桑树里飘出一股浓香味，到洞口一看，见许多昆虫在吸食一种汁液。杜康用手沾尝,既香且甜。从此他经常把剩饭倒入此洞,经常到洞口吸吮此汁。一次,杜康正吸得出神,几只山鸟在老桑树上跳来跳去,并"啾——啾"啼叫。杜康欣喜若狂,便谐音将此汁称"酒"。这酒被奴隶主饮后,心旷神怡,精神焕发,便拿出很多粮食,要杜康专事造酒……于是杜康便成了我国历史上酿酒的鼻祖和酒神。尔后才有了曹孟德著名的《短歌行》:"何以解忧,惟有杜康";才有阮籍一醉便是两月,陶渊明"偶有名酒,无夕不饮";才有李白斗酒诗百篇,杜甫的"杜酒频劳劝,张梨不外求";才有欧阳修的《醉翁亭记》,苏东坡的"杯盘狼藉";才有《三国演义》中的煮酒论英雄,《水浒》中的醉上景阳冈;才有当今《红高粱》中唱得最响的酒神曲……

  古往今来,不分阶层,不分阶级,也无论庄雅俚俗,家家有酒,户户饮酒。人们酒而醉,醉而诗,而文,而歌,而笑,而怒,而悲,而泣……勇者醉而豪气腾升,气吞万里,懦者醉而浑身颤栗,如尸如泥……更有那些狂徒,醉而图谋不轨,杀人放火……酒,不仅导演了一幕幕历史的正剧和喜剧,而且导演了一幕幕人间的悲剧和滑稽剧……道理安在?皆因酒魂附之于人身是也。

  酒之形骸乃无色或有色,透明或半透明,浓香或酱香……之液体,而酒魂系何物?答曰:乃酒作用于人而折射出的一种超乎于历史、现实与未来的精神。酒魂,因历史而有了回顾的视野,因现实而有了立足的天地,因未来而有了理想的时空。酒因人而生。酒魂因神而立。设若地球不毁,人类不灭,酒之形、魂则永存于天地之间。

  酒之形魂是不可分割的。形因魂而有了品质;魂因形而有了依附。形魂兼备,则为美酒。形魂分离,则为劣酿。当今世界,有好利之徒以次酒充优;于是便有冒牌的茅台、五粮液、泸州老窖特曲、郎酒……假货败坏饮君子的胃口,这不仅损害了名酒的声誉,而且破坏了它的形魂合一。更甚者,偶有不法之徒,将工业酒精掺水为"酒",不仅骗取了饮者的钱财,还夺去了饮者的生命。这就严重地给酒的生存带来了威胁。

为此,我们必须为酒招魂,必须为酒之形魂兼备大声疾呼:

　　归来吧,酒之魂魄!

　　合一吧,酒之形魂!

杨闻宇

（1943— ），陕西西安人、作家。有散文集《灞桥烟柳》《白云短笺》《江清月近人》《野旷天低树》，报告文学集《罗盛教》等。

黄河臆象

摊平我国地图，从东北向西南、自东南往西北，平直绷起两根细线，线的交点恰巧是兰州的所在地。黄河九曲，逶迤数千里，它只正儿八经地穿过了一座城市：兰州。

在晴朗的日子里，百里长街，市声如沸，流经闹市的黄河则是悄无声息的。不甚透明的水纹盘旋交织，沉默平稳的波痕在朝晖夕照里犹如铜汁浇铸的块状肌腱，透出凝重的粗犷的血色，流动成浩浩的、浑厚的一派，仿佛千万条汉子衔枚疾进，无声地运行。人们看不出别的迹象，只看见瓷实的、富于弹性的肌腱在起伏、在抖动，强悍雄劲却不暴戾，生气勃勃而不响动——一切怀有巨大追求的生命，常常是无声的。

"不到黄河心不死"，"跳到黄河洗不清"，小时节，我听到父辈动不动念叨黄河，心里也觉着黄河了不得。读书时，耳畔啥话都有，有人说黄河是一支剽野的黄肤色的歌，有人说是长长的一线泪滴、深深的一声喟叹，也有人说这是月亮下神话里的一条龙……我向往黄河，以为今生今世能见它一眼，就知足了。没料想成人之后，我这生命的火星儿溅离父母之邦，西掷千里，住进兰州，居然与北国大地上最古老、最有声望的大河相依为邻了。夕照下，风地里，雨天、雪天，我独自在河滩里逍遥漫步,纵览这亘古不息的、不舍昼夜的活的巨物,聆听这似乎无言、却分明有意的弦外之音,久而久之,我这情绪便有了些神秘的变动。

——黄河,是大海以它倔强的手指深深地抠进陆地里的一个"大问号"。这问号在兰州形成稽考历史的第一个锐利弯钩,钩起一连串的积淀物:踏波跳浪的羊皮筏子,策驼西上的汉使张骞,120丈铁缆的镇远桥铁柱,湖湘子弟栽植于3000里征途中的左公柳,兰州战役时在炮火中旋动不已的大型水车⋯⋯这些记载过我们民族的年代的实物,有的化作了濒水而立的花岗岩石雕,有的尚绵延着一线活气,对"问号"努力进行解释。

——黄河,又是天际一霎闪电掣开的鞭影,鞭杆攥在汪洋的掌心里(渤海是汪洋紧握的拳头),鞭梢抽打在一个微微耸起的背脊上。在兰州,黄河并不是箭杆式地插城而过,每于人迹稀寥处趔个大弯,长的波痕便斜倾如熊腰,低吼喑鸣,拍石崩岸,狂不可羁,这一种地上没有路便要踢开一条路、前方没有海自己便要掬成一个海的霸王气概,着实惊人!黄河在兰州,并不晓得前程上还有横流四衍的壶口,有"平地一声雷"的龙门、有大禹神斧劈裂的三门峡。浪未至而气先凝,这一条由海魂挥动着闪电似的长鞭,它那征服一切的气度是先天具备的。

"黄河远上白云间",那仅仅是它远上昆仑时偶尔一现的背影。兰州乃挟水之山城,夜来两厢灯火,珠玑罗列,金冠嵯峨,洋洋洒洒映进黄河,致使这里的流水成为千里躯体上光明璀璨、瑰丽无比的一个段落。"昆仑者,天象之大也",昆仑怎么也容纳不了的黄河,正从我身边经过⋯⋯

贾宝泉

（1943— ），河北邯郸人，作家。有散文集《人生，从序走向跋》《当时明月今在否》《一个现代父亲的人生忠告》，文学论文集《散文拈花录》等。

走出地平线

记得少年时节，自己刚刚懂得一些世事的时候，就常常这样问自己：我能够走出地平线吗？

站在故乡原野上向周遭望去，有一个灰蒙蒙的大圆环绕着我；向天宇望去，也有一个灰蒙蒙的大圆环绕着我。这两个大圆本是重合着的，是天和地热吻时留下的唇痕。自己作孩童的时候，看见这个大圆就有了一种庇护感、安全感；后来年岁渐长，便以为它是鸟之笼、骥之辔了。反正少年人有的是烂漫的奇思和憨拙的气力，在一个红花黄叶点缀秋光的清晨，我忽然异想天开：走，到地平线外看世界去！

在村头的土丘上向南眺望，有一个小村子正好坐落在地平线上。及至我走进那个村子，并没有看到一条灰蒙蒙的线从街中穿过；原来，它还在遥远的天边上。我又继续向它走去，它也继续向后退去，它和我就这样不离不弃，如影之于形。我感到了地平线对人的愚弄。它实在是刺痛了一个无知而自尊的少年的心。

越是诅恨它，就越要揣摸它。我发现，在平地上认为是地平线的地方，在高山上就不是；在晴朗天气中认为是地平线的地方，在阴雨天气中就不是;孩子认为是地平线的地方,在大人们眼里就不是;在视力正常人眼里是地平线的地方,在视力不正常者眼里就不是。原来,地平线并不是可以触摸的实体,只不过是一种视感罢了。再往深处去想,它竟是大地对人类的一种安慰呢!球形的大地使每一个人都以为自己的立足点高于别的地方,与这种居高临下的心态相适应,就出现了在你周遭的地平线。

诅恨一个原来没有的事物,其实是在诅恨你自己。

每一个人都有属于自己的地平线,都有属于自己的封闭的圈——由自己建构的环形山,谁想让自己的"环形山"里面积大些,谁就得站得高些。视界越开阔就越看得清地平线。然而不少在大城市长大的孩子,连地平线也不曾见过。他们平素里放眼环睹,见到的无非是重楼千尺,高墙四壁,人车争路。把地平线还给孩子吧,人,只有感到了圈子的存在,才有可能走出圈子。

随着视野的延展,当我把视点移向别人,移向身外无边的广大世界,我郁闷的心似乎八面来风了。原来,地平线竟是以自我为中心览阅人的产物,是一个人远眺世界的目力极限,只要这个立足点不变,就永远也走不出自己的圈子。以自我为中心,即使你的身躯很魁伟,看到的也仍然是一个圈子;而当你想到身外还有别人,想到别人也在审度这个世界,你就会知道,在别人目力不及之处,你就在他的地平线之外,当你想到这星球上的芸芸众生,每一个人都有视物极限,你又会知道,我们脚下的大地每一处都是地平线;当你懂得任何事物都是功与过的双面体,想到儿时虽然没有追上地平线,却凭借它的诱惑,它的前导,走出了父母温暖的怀抱,看到了别处的村落,看到了吹蒲公英的牧童和收获太阳花的村姑,河上人家的粗布帆和缓缓转动的风车木轮,还知道了太阳花又叫望日莲,你又会对地平线表示百倍的谢忱了。

人之所以感觉到世界环闭,人生于世如藏身巨蚌之一隅,或许,是他的思想还没有冲破牢笼?

冲破思想牢笼,就要扩展自己的襟怀,就要想到这星球本是众人的星球。我不敢说,立身于圣洁的珠穆朗玛女神高入云霄的肩上,是否看得见地平线,但是我敢断定,在作茫茫星际飞行的太空船上,是决然看不到地平线的。

周彦文

（1944—　），陕西府谷人，作家。有散文集《处女海》《大漠情思》《荒漠沉思》。纪实文学《对疯狂的引导——中国出版业的经济观照》《权力下的舞星》等。

骆驼,古老的行吟诗人

请不要由于法律的软弱,就对我肆意诽谤。即使世界上再没有沙漠,历史也不会宣布我为多余。

我是一位古老的行吟诗人。我以我特有的耐力,跋涉在人类历史的行程中。但我不是中世纪那些化缘的托钵僧,利用人们的信仰和慈悲,盛气凌人地"乞讨"为生。

我有我的歌喉,我有我的诗情。

我曾穿越过远古的岁月,在山顶洞人和河套人篝火的营地观光。我曾伫足于小亚细亚,向浩渺的地中海引颈眺望。那海的周围有古老的希腊文明、埃及文明,以及巴比伦文明。这些环绕着池塘的青蛙的合唱令人神往。

我曾穿越过漫长的中世纪,就像穿越一条黑暗幽深的隧道。我看到哥特式教堂高耸的尖顶,一种企图和上帝对话的用心;我看到大地上铺展开的宏伟殿宇,一种注重现实的民族精神。前者也许是由于城邦的局促,后者也许是由于疆域的辽阔。但是,他们都害怕地狱。他们都曾把占星术当作是天文学,把炼丹术当作是化学——乞求长生不老,而却把外科手术和屠宰业看作是同一类事情。

在华夏人的墓穴里,有我从拜占庭捎来的钱币。在世界上还没有蒸汽动力的樯帆之前,我就介绍了东方与西方的罗密欧与朱丽叶的相会。我把儒教从中原驮到西域,又把佛教从印度驮到中原,把伊斯兰教从阿拉伯驮到草原,驮给那些血气方刚的森林民族和草原民族,驮给北魏皇帝和忽必烈的思想武库。人们喝了我驮来的圣水变得异常驯顺;人们穿上我驮去的衣料,变得格外妩媚。瘦削的赵飞燕在作掌上舞,胖乎乎的杨玉环从华清池洗浴出来,还有那些去了雄的宫人,都披着大袖长袍。我不知道这是我的罪过,还是我的功劳。只是,他们谁都不知道我是诗人,而只把我看作一个行动迟缓的脚夫。他们看不到我昂扬的步履,沉静的气度,更不知道在浩如烟海的诗人中,我属于厚重、深沉的那个流派,但我并不计较这些。

我有我的寄托,我有我的胸怀。

我是荷马,我是但丁,我是放逐中的屈原,我是飘泊中的杜甫。我像艾略特一样书写着《荒原》。我创作了不亚于《伊利亚特》的史诗。这是一部充满大喜大悲、大俗大雅的系列画卷,而敦煌只不过是人们迄今找到的其中的一节。

我一路吟哦。我一路走啊走。

我有过不朽的创造,也创造了因袭的重负。驼峰,那便是我在漫长的旅程中积累起来的沉重的包袱。它给我以滋养,也给我沉重的纠葛。要不是这两座脂肪堆积的山,我也许比奔马神速。不过,对于那没有负累的奔马,我也并不羡慕。

我有我的奋斗,我有我的优势。

一般说来,我的身上没有多余的东西。比如我颈项下的驼铃,并不是装饰品。它既不取悦于人,也不炫耀于人。在望不到边的沙海中,它如涛声催人前行;在花花绿绿的闹市中,它调节着步伐的齐整。它是汽笛,它是号角,它是警钟。它是我发自丹田的歌吟。

有人把我比作一把梭,说我想在沙漠里织出网,留住绿洲那个甲虫。其实,绿洲始终不是我的目标。

我有我的情致,我有我的追求。

我不是"沙漠之舟"。我无心像麦哲伦一样,去证明地球之圆,我不愿像哥伦布发现新的大陆。我用我亘古不朽的诗句,与人们作着感情上的交流。我要成为立体交叉桥,让文明的往来四通八达。我是人们大脑里高悬的卫星,企图探测心灵中一片又一片尚未发现的巨洲。

连我的大脑,也是一片尚未开发的资源。

我一路吟哦,并不为填饱肚子而东奔西走。根本用不着为我大摆宴席,我对食物的需求十分简单。对于饮酒我也没有练出功夫。对于我来说,真正感到饥饿的不是肚子,而是异常旺盛的求知欲。

我不愿大嚼,而专愿思考。在攫取思想的草料上我倒是饥不择食。尽管再粗糙,我也把它们包容于我的加工不辍的大脑。我会反刍,我会把它们变成我的血肉。我并不在乎那些荒谬的见解。胡言乱语的炸药,只有放在狭小的容器里,再加上外力的打击,才会造成危险。思想,这是两个多么伟大而神圣的字眼!我睥睨那些没有思想的作品,它们简直如同没有灵魂的僵尸。

白昼拨亮了思想,思想拨亮了黑夜。假若不是靠思想,哪里还有人类的尊严?

历史是伟大的预言家,不过我不想作托古的乐曲。我不是善于举办古老祭典的孔丘,我是人类新鲜的赤子,探首天外,吟咏着"天问"式的诗句。

我不是一条狗,吠声吠影地投身到那些连我自己也不明了原委的行动中。我不以人们肤浅的欢乐取代我心中的惆怅,也不愿我心中愁结凝成的泪水化作欢歌。我不会盲目地追逐那些沙漠蜃楼,海上仙山,也不会去攀登那座通往天国的彩虹。我更看重现实,用脚踏实地的步伐走着我的历程。

我不是一个惟利是图的诗人，在神圣的口号下，把人与人的关系淹没在利己主义的冰水之中。感情和美依然在我的作品中发挥着灵性。我看到满足于贪欲的人最不幸，我听到满怀憧憬的叹息最动听。

我不是森林，说什么"江山也要文人捧"，让我专门去装饰北方的群山。我愿自己成为一座山，一座有生命的火山，让我胸中翻滚的岩浆，驱动着生命在宇宙中旋转。

请不要把我雕刻成冰冷的偶像，摆在帝王的墓道上，守卫那些腐烂的僵尸。我愿在瀚海戈壁漫游，让怒啸的狂飙激发我的情思。我把我的诗写在蓝天和大地之间。我只知道坚持不懈地写，风沙便不能把我的诗句掩埋。掩埋了也不要紧，诗作的完成不在诗笺，而在读者的心田。

沿着我的诗行走吧，也许能发现生命和智慧的泉。

1987 年 3 月 12 日

沈世豪

(1944—),福建浦城人,作家、学者。有散文集《山城水清清》《太阳之歌》,报告文学集《走向辉煌》《陈景润》,文学论著《散文创作艺术》等。

山城水清清

位于闽北山区的浦城,素有"小苏州"的美称。最令人留恋的,是城里有水。

浦城是山城,老城是沿着仙楼山而建的。小巷深深。夹巷一律是青灰色的砖墙,又称风火墙。倚墙的庭院,很有气派,几进几出,最大的竟住了九十九户人家。清粼粼的南浦溪绕城滚滚流去,人们毫不足惜。因为,城里有井。最驰名的一口,叫清水井。以前,这里人喝水是很讲究的,只喝清水井里的水。这口井在老城正中,又称衙前。那水清冽冽的。城里人待客、迎客的不是茶,而是泡一杯糖桂花。杯子是无色玻璃的,滚烫的水刷地冲下去,桂花瞬间全开了,鲜灵灵的,和活的一模一样。主人笑盈盈地递过一支花瓣状的长柄小银匙,轻轻一搅,红艳艳的桂花开得生意盎然。扑鼻的清香,丝丝缕缕,浓浓淡淡,倏忽沁入心胸,又悄然弥漫开去。品一口,余味无穷,仿佛消融在一派氤氲的香韵里。这都是因为清水井的水好。不信,你试用南浦溪水泡泡看,不仅桂花不鲜,而且还有一股水腥味哩!

城里新建的高楼,以及颇有气派的机关大院,是不乏自来水的。全县虽没有自来水公司,许多单位都备有抽水设备,但人们还是喜欢喝清水井的水。每当早晨,或是傍晚,到清水井挑水的人们,更是络绎不绝。窄窄的老街,铺着麻石,两旁是斑斑驳驳的木骑楼。挑水的人多了,水溢出来,濡湿了街道。乍看去,潮润润的,既觉得故里的温馨和亲切,又觉得古城淡淡的悠远和闲适。远走异国他乡的山城人,恋情绵绵不断,这街道,仿佛铺在游子们心灵的深处。清水井也奇,无论多少人挑,从来没有干涸过。终年水清,纤尘不染,更不消说有一粒泥沙了。因而,也不必"洗井"。人世沧桑,这清水井,总是那么坦荡荡,盈盈的,仿佛藏着一个迷人的秘密。

闽北的山城多,数浦城文气重。历代人才辈出,状元且不去数它,仅在宋朝,就出了六个宰相。城内的孔庙,巍峨壮丽,金碧辉煌,不仅在闽中首屈一指,而且在全国也是罕见的。数米高的孔子塑像,温文尔雅,栩栩如生,塑像的泥土,全取自数千里之外的孔子故梓曲阜。不幸的是,"文革"一炬,声名显赫的孔庙竟夷为平地。人常说,地灵人杰,山城的老年人爱谈古,免不了论论风水阴阳,往往又牵挂到清水井,都说是这水养人。我不信,曾和一位远房亲戚争论过。

"你不信么?"他用眼睛乜斜着我。愤懑、鄙夷,甚至有点动怒了。仿佛我是一个背叛列祖列宗的逆子。

"你细细地看看,这清水井养出来的姑娘都特别漂亮。"他忽然又找到了一个更有力的论据。

我们一齐笑了。这可是真的,浦城的姑娘长得美,肤色好,水灵灵的,洁如凝脂。高高的身量,婷婷娉娉,素雅高洁;像绿竹青青,像涧水潺潺,别有一番迷人的韵致。浦城话也好听,柔媚而不乏刚健,细软而又不嗲声嗲气,既有吴越方言的甜润,又含闽粤客家的质朴。尤其是女声,更是动人三分。浦城姑娘爽朗,如五月的武夷山,眉清目秀,而不像深居闺阁的淑女,羞羞涩涩。她们爱美,并不着意在衣饰上精心打扮,而是善于用自己的巧手,描绘明明净净的山水画。人爱清水井,那清粼瀫的水,莫非亦钟情于山城的灵秀么!

少年时代,常去清水井挑水。井台高,井深不见底,只看到井壁内厚厚的青苔。汲水是极有功夫的,因为看不见井里的水,只凭手中吊桶上绳子的触觉。汲水的吊桶放下去,放下去,蓦地,从水井深处隐隐约约传来咚的一声响,手中的绳子也仿佛失去了重量,只需轻轻一抖绳,约莫三四秒钟,水便汲满了,麻利地将吊绳在手腕上缠上两圈,猛地吊上来,两手交叉地提呀提呀,扑面一股凉意,转眼就将水提将上来。颤悠悠地挑着一担玉露似的水,从熙熙攘攘的闹市穿行而过,自有几分快意。

也有孤寡人家,缺乏体力,便雇人去挑。若论担数,一担只须二三分钱,也有按月数的,价钱更是贱得很。我认识一个专以挑水为业的哑巴,人们不知他姓什么,只叫他"哑子"。他是汲水里手,只见他口中含着香烟,手中吊绳只一抖,腰也不弯,不出三秒钟,满满的一桶水便轻而易举地提将上来。偶尔,逢到体弱的老人和小孩前来挑水,隔着几尺远,他头也不抬,把提将上来的水,整桶倒过去,刷地掠起一匹弧形的银练,等你清醒过来的时候,一桶水滴水不溅地落在你的水桶里,人们往往带着嗔笑感激地说:

"这哑子——"

他是听不见的,仿佛不当一回事儿,手中的吊绳一抖,一桶水又汲上来了。我很赞叹他那一手绝技,更由衷地敬佩他那像水一样纯净无瑕的心。我曾到他家去玩。他最爱吃豆腐,平时,很少吃饭,往往是以豆腐当饭的。清水井水好,做出来的豆腐也特别鲜嫩,细心的哑巴,可能是真正品出味儿来了。

转眼一二十年,哑巴不知是否还在人世?远在异地,闲暇时节,也牵起淡淡的乡愁。浦城早已旧貌换新颜了,但清水井还在。山城水清清,汩汩,森森,点点滴滴在心头,更分外撩人思绪哩!

卞毓方

（1944— ），江苏射阳人，作家。有散文集《岁月游虹》《煌煌上庠》《卞毓方散文选》，报告文学集《站在历史的窗台上》等。

仇家死了

洛兄在电话那头说："你的仇家，老乔，昨天死了……"

通话时，他正在河北境内一个叫涞源的小县，一处名十瀑峡的风景区。时值五月，天气已显燠热，山桃花、杜鹃花缤纷耀眼，奇怪的是，山坡上的冰犹垒然块然，兀自未化。因为燠热，愈显得冰坡的荧光飞迸，清凉人心。因为清凉，又显得阳光的慷慨布施，和蔼温煦。

但听洛兄关切地问："你还不结束流浪，回院里工作吗？"

刹那，他的心情如同天幕下的苍鹰，一掠，凝为岩石，又一凛，堕为寒冰。

不可思议，但却是真真实实，如漫山峻峻垒垒的巨石般的真实，面对仇家的死，他涌起的第一个反应，竟然是："你怎么这么早就走了呢，老乔啊老乔？"

他为之嗟叹，发自内心，不带一丝虚饰；少顷，通完了话，挂掉手机，犹自一脸沮丧。

老乔，是他待过的那个研究院的一把手。想当年，在老乔还是小乔时，他俩曾并称为清史研究中的双子星座。然而七年前，就在老乔出任院长后不久，为了一档鸡毛蒜皮的小事，竟狠命整了他。这就结下了仇。个案的原委，就不说也罢。彼人已去，尘飞影杳，再来翻老账，就显得不厚道。不过那次他可是被整得够惨，够苦，至今犹镂骨锥心！平生若有"走麦城"，那就是，——直到他愤而辞职。

离开研究院，他把关系挂在一家公司，并未去上班，从此流落江湖，踪迹天下。这些年，他云游踵踏的地方，可多了。东，伴过长江口外的闲鸥；西，亲过戈壁滩上的卵石；南，游南沙群岛虽未成，天涯海角绝对是常来常往；北上不算远，不算繁，他不喜欢近冷，却也趁炎夏日暖，一登长白天池，两进莽莽森森的大兴安岭。

有人就是不明白，以他这样一位卓有成就的学人，即使在原单位不能待了，难道还不能找到新的用武之地？有道是，东方不亮西方亮，黑了南方有北方，此处不留爷，自有留爷处，换一处寺院就是了，还怕没方丈要？或者干脆下海，走资本惊险跳跃的路，犯不着到处流浪！

他笑笑：这也是一种生活。

说不清从哪一天开始，如像眼前，面对浑然赤裸的大山，上擎高天，下挂阔地，如像昨天，在被称作凉城的这个小县城里探幽访胜，搜奇觅怪，他自觉已爱上了行吟式的流浪。直觉，这其中有一种"读万卷书，行万里路"的丰硕；细思，这里又包含着"众鸟高飞尽，孤云独去闲"的快然；深长思之，"一生明月今宵多"，眼前景致，胸中云烟，正宜好生把握；夜阑梦醒，扪心自问，却是"此中有真意，欲辩已忘言"。

直接的，有形的收获，是学问非但没受影响，反而大有长进。起初沉寂了几年，沉寂得令关心他的人绝望。然后就是一发不可收，接连推出三部专著，一部比一部有影响。研究的领域，也从清史扩展到社会学，民俗学，兼及地域经济。眼光、眼界、气派、气概，都跟从前不可同日而语。

惟一的遗憾，是不论取得何种成果，潜意识里，总还想回原单位。旧巢就那么值得留恋？并不。它树就没有高枝？也不。这就要有用弗洛伊德的诛心法破解。只是他绝口不提，别个也就无从窥测。

洛兄晓得,洛兄是他自幼一块儿滚大的好友,所以今天直率相问:"还不……回院里工作吗?"

他相信,有洛兄这种想法的,在研究院里,也不止一人。

然而现在,他却怔住了。"噫,微斯人,吾谁与归!"是哪,老乔不在了,仇家(这一点他并不隐讳)不在了,他还回去干什么呢?

这是他的秘密。深层的,如埋在大山底下的岩块。惟其离地心近,更显其灼热、滚烫。若干年来,他的心中一直有一个人,老乔,在从反面激励他发奋。当他偶有懈怠(弦不能总绷那么紧),那一团滚热就发出警告。人有诸般动力,有的源于理想,有的源于压迫,有的,就像他这样,源于刺激,源于受伤后的反弹。他发誓要活出点名堂,别人怎么反应无所谓,他就是要让仇家看。而且他清醒,只有仇家,才会把他的著作当一回事,嘴上可以不说,眼角却不会放过。

此事有实证。之一,是老乔的著述,入了眼的,他都看。起初是不屑一顾,因为心火太盛;慢慢也就拉远了距离,当作不相干的作者浏览;——哪能呢,说是不相干,实际比相干还相干,数万字的著述,溜一眼标题,翻几行文字,他立刻就掂出分量,就像老农察看庄稼,掐一茎而识万顷。

之二,是他的第三部著作出版,获得如潮好评之际,在上海的一次讨论会上,天津的老韩偶尔告诉他说,"不久前我见过老乔,他很看重你这部书,称赞你极具胆识……"言者也许无意,听者十分上心,他明白这是一个信号,一个和解的、淡出的信号。老乔至少已经承认了他,或许一直就很"重视"他。

面对老韩,他是一笑置之,王顾左右而言他。不搭茬,就是不领情。不领情,就是不愿淡出。并非顽固执着于以往的仇恨,说实在的,经过这些年流光的洗刷,往日的那点恩怨,已经淡漠、褪色。假如与老乔狭路相逢,假如,纵然不会屈己去握手言欢,觌面又何妨一笑?他自信有这个肚量!而近年,若说对老乔仍旧耿耿于怀,那多半已不是出于仇恨,而是别有隐衷。他是不愿轻易失去一个由恶性终于转为良性的生命刺激,一朵血水浇大的玫瑰。更不愿这么快就失去一位不是知音,胜似知音的对手。

这又是一个秘密。凭直感,他确信,他的每部著作,老乔都会取了去读,而且会读得比他的学生、崇拜者乃至助手都认真。不管是出于什么动机,哪怕是为了批判。为了批判更要读得仔细,一字一句都不放过。说真的,一个作者写出书来,不就是要人读的么。何况如老韩所说,老乔还读出了点真经——这不亚于是从砒霜中提炼真金!在这点上,他没有理由不向这位生活中的仇家、学术上的鹰眼道一声感谢。

所以,当他得知老乔撒手西去,那一刻,私心绝没有俗人期待的经验快慰,恰恰相反,而是跌入难言的空落。空空落落。有几句不明出典的短歌,乘隙浮上脑际:"浩浩愁,茫茫劫。短歌终,明月缺……"当然,他是不会把仇家之死比作月缺了,不是,他只是为那一双炯炯于暗处的"鹰眼"的缺损,郁郁不能自持。

"既然如此,还有必要再杀回马枪吗?"半晌,他才仰起头来,缓缓地,缓缓地问阳光下的大山。由于风大,嗓音在怪石危壁间,竟然没有激起半点回响……

梅 洁

(1945—),湖北郧阳人,女,作家。有散文集《爱的履历》《苍茫时节》《并非永生的渴望》,报告文学集《大血脉之忧思》《创世纪的情愫》等。

贺坪峡印象

我从没有看到过这般可怕的昂扬——

当你战战兢兢来到它的脚下,仰望它耸天的巍峨时,你会清清楚楚地觉出自己小得如它脚下的一块卵石。天空像一块窄窄的铅板,严严实实盖在它两壁的顶上。那正在合拢的两壁就像巨鸟扑翼,仿佛要遮盖整个世界,把你像小鸡一样抓了起来,悬挂在宇宙间。脚下一片深渊,无可攀扶,无可呼救……

这便是拔地而起的太行山里的贺坪峡。

我惊恐地走过它窄窄的峡谷,冷风呼呼地作响,浑身的汗毛一根根竖了起来;我只感到,这和地面成七十度倾斜角的两壁,兴许一个炸雷,它们就会惊天动地般坍塌下来。

黑暗的覆盖铺天遮地而来,我无可逃遁地将被埋葬,被吞没,被变作亿万年后的人化石!无援的绝境使我觉出百倍地需要天空、需要光明、需要拯救、需要大喊着冲出这个冷峻的世界……

这便是巍峨云天的贺坪峡!

这便是无法用文字表达,只能用心去体察的贺坪峡!

突然,前面亮了起来,路宽了起来,一帘飞珠碎玉般的瀑布,从七十米高处的断崖上飞泻而下。茸茸的苔藓、青青的水荭草铺盖了刀削般的崖壁,壁脚,一汪深深的绿潭……气温似乎突然从酷暑降到了秋凉。我双手拢在胸前,想着一个阴森的龙的世界……

人们告诉我,这瀑布的源头,这七十米断崖的上面还住有人家呢!这时我的心立即被另一种惊奇所俘获,便不再迷恋这奇幻的崖壁、山瀑和碧潭了。我的心开始在人生的断崖上跋涉……

很难说清,这断崖上的人家,这盘顶上的生命是以怎样的神秘诱惑着我。在这荒古的远代(我以为是荒古的远代),在这不会有生活的角落(我以为这里是不会有生活的),他们怎样生活着呢?有人告诉我,断崖上面有三户人家,一个女人……一阵惊愕的瞠目之后,我下了这样的决心:一定要去看看这个神奇的女人,这个深山里的坤魂;问问她,怎样在这原始般的野地度过一个女人的岁月……

前面就是盘顶人家了。地里的土很黑很黑,玉米林长得很高很高,草烟叶长得很绿很肥……一片远古的乐土!突然,林深处传来一声轻轻的犬吠,就一声!很遥远,很轻柔。山里的狗儿也是这般地友好!右边,高高的崖壁的脚下,一带银链般的山溪,托着片片打旋的落叶,潺潺地静静地流过,流着山里古老的童话,流着断崖上七十米落差的山瀑。

崖脚处,光光的青石板上,有女人在翻晒谷粟,灿灿的秋阳朗照,真真的画儿似的。崖壁上的黑山羊,静止得像黑石头,无声地啃着草稞子里的安逸;牧童儿坐在黑石头上,惊奇地瞭望着我们,瞭望着一个山外面的世界。

扛着木犁的男人从山道上抓着草稞子上来了。山道弯弯,留下了他们弯弯曲曲的日子……

盘顶人家石板的屋顶,石板的墙壁,石板支起的锅灶,石板垒起的炕面,石板围起的牛圈……盘顶人家用山石砌就自己的安福。

盘顶人家,共一个曾祖,姓路。三代,八户,二十六口人,十一个女人(有几个女儿未出嫁)。人丁极兴旺了。

我的心豁然开朗。

嫁到这里的女人是山那边的晋地人。她们说,这里的土地养人,牛耕地种下的,牛驮着回来了,山路上的日子挺护人,比她们娘家那里好,就过来了。

嫁到这里的女人说,路家的曾祖在这里定居六十年了,曾祖逃荒到这里时,这山上还没有一棵成形的树,眼前,这坡上坡下,这山前山后,茂茂盛盛的林子是老祖宗留下来的富足呢。

闹大饥荒那几年,凡路过这里的晋、冀人,他们都管饭、都留宿,救活了好多好多的逃荒人。

嫁到这里的女人还说,她们哪里也没去过。她们要摘山柿子,要打毛栗子,要收山核桃,要种每人承包的两亩地,地里的庄稼很喜人。她们要给男人、孩子做衣服、做鞋,她们还要自己宰羊,给羊剥皮,有时忙起来,几家人要在一起吃饭,一顿要包十几斤肉的饺子……她们说,自己的日子自己过。

嫁到这里的女人还说,她们的男人很苦,要到很陡很陡的山下背庄稼。路大的兄弟就是背糜子上山时摔到崖底死了的,兄弟的媳妇改嫁到山外边去了,兄弟的两个孩子路大的媳妇收养了,路大的媳妇心眼儿好,养起五个孩子了,还养着八十岁的婆婆呢!婆婆的婆婆也是路大的媳妇养老送终的。路大的媳妇是个四十岁的善善良良的女人。四十岁的女人很懂得山里的岁月,很懂得婆婆、丈夫和孩子。路大很有福气呢!

路家八十岁的奶奶很有福气,她有一大群孝孝顺顺的媳妇;

路家的男人们很有福气,他们个个都有朴朴实实的女人;

路家的孩儿们很有福气,他们都有善善良良的母亲……

从盘顶的悬崖上走下来,再看到贺坪峡时,便有了崇高的瞻仰,便有了喜气的顾盼,便有了自尊自信的勇气,便有了磅礴、浩然的灵性……

在贺坪峡的出口处,山里的另一家媳妇为我们浩浩荡荡的一群煮了红豆稀粥——她知道我们下山时一定口渴,就煮了汤,我们并没有让她这样做。四十五人喝了人家五桶水的两大锅红豆稀粥后,回眸再看贺坪峡,便有了许多女儿的温柔、女儿的厚朴。

倏忽心里就想:这耸云拔雾的贺坪峡,便像太行山巍然峨然的媳妇们,便像太行山粗犷朴秀、自由而自为的媳妇们!

贺坪峡,你是太行山里有野性美、本色美的女人啊!

张梦阳

（1945— ），山东临清人，学者、作家。有学术论著《阿Q新论》《悟性与奴性》《中国鲁迅学通史》，随笔集《静斋梦录》，译作《中国人气质》（史密斯）等。

奋飞的海鸥

海鸥闭翅落地的时候，并不算是美丽的鸟，长而尖的嘴，光秃秃的头，短而粗的脖，稍显臃肿的身子，白色之中掺杂些灰褐色的羽毛，简直其貌不扬。不仅无法与鸟中之王凤凰相比，不能与美丽的孔雀相伴，而且绝对没有苍鹰、兀鹫那种挺立于高山之巅睥睨一切、超凡绝伦的气度。它显得那样平庸无奇，碌碌无为，呆头呆脑，可以说是鸟类中的凡夫，生物界的俗子。

然而当海鸥展开翅膀、凌空飞翔的时候，却恍然间化作了鸟类中的精英，生物界的奇雄。它在蔚蓝色的海天之间上下翻飞，亲吻着海涛，追逐着海轮，忽而轻悠如白云，忽而疾驰如闪电。它像海天之间的雪白的莲花，是那广阔无垠的蔚蓝色的绝妙点缀；它如海涛之中的吉祥的信物，给那万里漂泊的海员们以无限的慰藉。

海鸥飞翔着，飞翔着，奋力飞翔着，拼死飞翔着！凌空而飞，掠海而飞，迎风而飞，冒险而飞！它不像凤凰那样，飞翔是为显示自己华彩的羽翼，也不像鱼鹰那样，飞翔是为捕捉浪中肥美的小鱼。对于它来说，飞翔是永恒的本能，欢乐的源泉，奋斗的目的，生命的归宿！既不是为了炫耀,也不是为了觅食。

只要能够飞翔,就有超越平庸的可能,就能从凡夫化为精英,从俗子变作奇雄。

只要能够飞翔,就有跳出窠臼的机遇,就会从沟窝冲进海天,从石底升入云端。

呵,只要能够飞翔,宇宙间的一切就会充满生机,莽莽荒原变为繁华闹市,原始部落进入现代社会,无生命的月球化作嫦娥、吴刚的乐园,遥远的天马星座也会跨入超科技的时代。

呵,奋飞吧,海鸥!青天秀水,苍天雄关,艳阳新月,碧海奇岛,闪着银辉的飞碟,发出奇光的珊瑚,无边的蔚蓝色和玫瑰色,都将会属于你——献身飞翔的海鸥!

郭保林

（1946— ），山东冠县人，作家。有散文集《青春的橄榄树》《郭保林抒情散文选》，中短篇小说集《远山的雾》，纪实文学《高原雪魂——孔繁森》《塔克拉玛干：红黄黑》等。

月　浴

太阳也疲累得支撑不住了，一寸寸地往身下的山顶上靠，想倚着它喘口气。立即，山林的阴影罩向了山坡。于是，绿草一块块黑下去，随之而来的初升的夜色布满了天空，浓暮如稀淡了的墨汁泼在山野上。

月是大地之魂。这金黄色的月如同一枚熟透了的香蕉，散溢着淡淡的芳馨。

阒寂无人。那梦幻般的月辉，浅浅淡淡，轻轻悄悄地弥漫了沟沟畔畔。岩石、野树、杂花，在月光下黝黝地亮，吮吸着月的芳馨、月的甘霖，发出快乐的、轻微的颤栗声……

山坡上，一径小溪剪开了草丛，艰难、执着而又小心翼翼地流淌……

暮色渍深了山野，夜雾打湿了意境。晚风送来岩石与溪水的气息。忽地，草丛中扑飞出几只鸟雀，喳喳地呼唤，冲向夜空。一个纤弱的身影就从这山坡草丛里晃出，背着柴捆，大山一般沉……

脚下是碎纷纷的月色深亮的山径，踩上去叫人酥酥地胆怯，两旁少女般亭亭玉立的白杨漾起一串绿吟吟的笑声,一阵强,一阵弱。整个山野沉浸在宁静中,宁静的月华,大胆地、忘情地簇拥着她,山径上留下一串脚踩月光的扑扑声……

她吃惊地仰起被汗水浸润的圆圆的小脸,深情地朝向天空那轮弯弯的月亮望望,月的温柔,月的多情,连同一缕透明的抚慰,纵横恣意地倾泻,她两只深潭般的眼睛,注满了月的情愫,漾漾晃晃……

撩人的月色多情而固执地倾泻着,淋淋漓漓沥沥,乳白色的光波正编织着一个宁馨的梦。

她微微有些颤栗,两只刚刚成熟的乳房,在薄薄的衣衫里快乐地颤动,全身滚过一阵暖暖的热气。在这宁静的大山里,月是她的伴儿,月儿是她温柔的抚慰……

她背着柴草,一步一步地向前走去。山溪在前面的石凹处汇成水汪。那儿盛着满满一汪月。她弯下腰来,卸去大山的馈赠,捧起一掬亮晶晶的溪水,也捧起一掬亮晶晶的月华,潮上自己的脸颊,满脸红扑扑的,喷出一股袭人的青春热,水珠在她的鬓发上珍珠般地闪烁,写意式的鬓发贴在腮边。

她悄悄丰满起来的身影,倒映在水里,倏尔聚拢,倏尔漂碎,她把手和脚一起放在水里,任轻轻的溪流用鱼一样小巧的口啄着她滑润润的足踝。她经不起水的挑逗,也经不起月的诱惑,索性脱下外衣,跳进水里。

月如水,水如月。月在水里化了,水在月里溶了。她像一条小美人鱼在水里畅游,她像一只玥玥然的玉兔在蟾宫里扑跃。月光亲吻着她的脸、她的头发、她的皮肤,流水洗去疲倦、洗去辛苦,她心里一阵激动,一阵兴奋……

她抬头望望月光下的山野,谷子、高粱、豆子、花生,都无声地波动着。庄稼已初出香味,再有几阵暖风吹过,金黄色的故事,就有人收割了,一个山里漫长的季节,一个古老的故事。

于是,她笑了,带着一丝淡淡的苦涩的笑意,像水波似的漫过农家女儿的嘴角……

1988 年 8 月于又一村

赵丽宏

(1951—),上海人,作家。有诗集《珊瑚》《人生遐想》,散文集《生命草》《诗魂》《维纳斯在海边》等。

苍 蝇

许多年前坐飞机去新疆,在机舱里见到很难忘的一幕:一位空中小姐举着一只苍蝇拍,极悠闲地在乘客们头上挥动。两只红头苍蝇,在洁净的机舱里嗡嗡飞舞……其时,喷气客机正在两万米的高空飞行。于是,心里便生出许多感慨来。感慨之一,是惊叹小小苍蝇竟能飞到这么高;感慨之二,是为我们的民航惋惜,苍蝇猖獗,没想到在飞机上也能验证。看到机舱里三五个衣着缤纷的外国人皱眉摇头的样子,心里实在不是滋味,然而空中小姐的蝇拍始终没有将悠然翔舞的苍蝇消灭……

这次出国访问,从洛杉矶坐飞机去墨西哥城,坐的是美国的一家航空公司的班机。美国的空中小姐彬彬有礼,微笑着送来了热咖啡。机舱里很静,乘客们都不说话,惟有咖啡的热气无声地缭绕。我忽然发现耳畔有嗡嗡之声,这声音响得有些蹊跷,不是人的声音,也不是机器的声音,只有昆虫——蜜蜂,或者苍蝇,才可能发出这样的声音。

循声望去,不禁愕然:果然是一只金绿色的苍蝇,怡然自得地在人们头顶上盘旋。美国飞机上也有苍蝇!

机舱里除我们几个黄皮肤的中国人外,几乎全是白种人。我暗暗观察了一下,当那只色彩艳丽的大苍蝇飞过那些正襟危坐的先生太太们头顶时,他们似乎都视而不见,没有任何反应。只有一个金发碧眼的少女,挥手驱赶了一下。空中小姐那双蓝灰色的大眼睛倏地一亮,马上便将目光移向别处,镇静自若地斟她的咖啡了……

苍蝇不久便消失了影踪,不知去向何方,这架豪华的飞机上大概也有它的席位吧。

我抿嘴笑了,笑自己大惊小怪。这世界上的苍蝇既然还未灭绝,哪里有人迹,它们便会在哪里嗡嗡飞舞,不管是在中国,还是在美国,不管是在地上,还是在空中……

人能飞多高,苍蝇便也能飞多高。我因此联想起许多人世的现象和哲理。人有时也如苍蝇,苍蝇有时也如人……

高洪波

(1951—),内蒙古开鲁人,作家。有儿童诗集《大象法官》《吃石头的鳄鱼》《鹅鹅鹅》,文学评论集《鹅背驮着的童话》,散文集《捕鼠记》等。

听 琴

人生有许多事可遇而不可求。可遇而不可求的事一般来说具有不可重复的属性,电光石火,稍纵即逝,留给你一种感触,一种迷离恍惚、似幻如梦的感触。

譬如听琴。当然是今人抚的古琴,或者说是今人借古琴传导出的古音古曲古典意境。抚琴人是川人曾成伟先生,他的另一身份是成都锦江古琴社社长。

与曾成伟仅一面之缘。

先是听陈建功兄的建议,说晚上在中国文化报有一场雅集,问大伙有无兴趣?其时我们一群人正在俗集,这自然是大众化的饮宴的新称呼,是我撰写本文时随手牵出的。雅集者听琴,俗集者轰欢,一精神一物质,其实二者谁也离不开谁。

只有我一人响应。不是因为我这人喜欢充文雅,实在是那一晚上无事可做,且春夜缱绻,酒意袭来,陡然雅趣横生,别的朋友杂事缠身。一一握别,直奔报社。

建功与我都是第一次踏进中国文化报的大门,敢情是一座宏敞的庙宇式建筑！在大殿的高檐下左转右拐,感觉上是进入了"火烧红莲寺"的环境氛围,如果此时面前兀立着一位虎面凶僧,我想建功与我一定认为十分正常。

夜不深,但很静。很静的时刻耳畔突然溅起丁冬的琴声,循琴声前往,跨进一座偏殿式的院落,只见一位男子正在抚琴。他的琴支在门槛上,屋内亮着灯,屋外台阶下坐着不少人,半明半暗中琴音袅袅,给人一种"独坐幽篁下"的萧然出尘之感。

是谓先声夺人。

悄悄落座,坐两张报纸和一座花坛的边沿上,报社友人递来一盏清茶,无暇啜饮,管自听琴。琴声高高低低扬起,杂以风声树声远方的车笛声,更衬出了大院落的静谧。灯光斜斜自室内切出,坐在院中仅窥见抚琴人的半边脸庞,是个略略谢顶的中年汉子,着西装,手指抚动琴弦,十分用力。大概琴师们的手指是心灵的使者,他让我想起许多钢琴家们的共同的神态。所不同的是钢琴家们在明亮的舞台上,而他在半明半暗的高檐厅下而已。

然而又是一种多么的和谐——这琴与人、环境与音乐、萧萧风声与迷离夜色,以及枯坐在庭院中、花坛边的一群静静的听众。

曾成伟奏了《渔樵问答》又奏《平沙落雁》,稍事休息,又演奏了《高山》《流水》二曲,最后他问大伙,最后一曲听《广陵散》还是《梅花三弄》?有人点《梅花三弄》,他落座挥指如飞,琴声又铮铮响起。

初闻《广陵散》,大惊诧,以为早随嵇康与魏晋风度消失殆尽,不料面前这位四川汉子竟有"举逸民继绝世兴灭国"的功夫,手指尖上存留着老祖宗的旷世超逸的情感旋律,由不得不肃然起敬。

曲终人散,与曾成伟先生闲聊数语,才知他专程赴京参加一场古琴研讨会。最古的琴是唐琴,其次宋、元、明琴俱在,仍是真正的雅集,海外不少专家专程来聆听。冒冒失失问一句:"元代乃蒙古人一统天下,怎么存下古琴?"曾成伟一笑:"中华文化怎能被一个朝代灭绝!古琴

331

在民间,在人间。"

又问及《广陵散》的传世,曾成伟说最古的曲子不是它,而是《高山》《流水》,是俞伯牙摔琴摔出来的佳话。有记录的古曲,当以唐代为最久远,而《广陵散》其实未绝也绝不了。

嵇康先生,您的一声浩叹透彻千载,到得今日且听一曲古琴悠悠,玉树临风之姿,想必是别有一番感觉和动作的罢!

可惜与《广陵散》无缘。临分手时曾成伟以一盒录音带相赠,有八支曲子,除了聆听过的几曲外,尚有《孔子读易》《孤馆遇神》《醉渔唱晚》《佩兰》《桃园》等,没有《广陵散》,没有。

但《孤馆遇神》一曲,相传为嵇康所作,借助音乐语言讲述了嵇康夜静听琴唤来风雨雷电及冤魂的故事。嵇康之死,本身就是千古奇冤,故而《孤馆遇神》如果真系嵇康所作,当是他对命运的某种神奇预感,不过我觉得更像后人为他鸣不平所为,一曲《广陵散》,唱尽了封建制度下争取独立人格而失败的文人之悲凉,嵇康之名因之而带有了某种象征。

再补充一句,曾成伟先生是蜀派传人,故而他的演奏具有"蜀声躁急、若激浪奔雷"的气势,他同时还是古琴世家,故而我们聆听的琴音,出自于他所珍藏的宋代古琴。今人难闻古人声,古琴今奏倍传情,我闻古琴,听出了艺术与人生、与历史的承续转合的辩证关系,是今人抚古琴还是古琴奏历史,竟有些恍惚起来。

静夜听琴,听古琴,平生第一次,也可能是最后一次。因为任何美好的事物都只能一次性感知,说是缘分,当不为过。

只中国文化报所处的庙宇享何方香火,却不再记得了。

贾平凹

（1953—　），陕西丹凤人，作家。有长篇小说《浮躁》《废都》《秦腔》，散文集《月迹》《爱的踪迹》《商州杂录》等。并有《贾平凹文集》行世。

佛　事

五月二十九日天下大雨，有客从台湾来，自称姓陈，是三毛的朋友。一听说三毛，陌生客顿做亲近人；先生却立在那里只是说，我送三毛的遗物到敦煌去，经过西安一定要来看看你。

看看我？我望着先生，眼睛便有些涩了。先生既然是三毛的朋友，带了三毛的遗物去敦煌，冥冥之中，三毛的幽灵一定也是到了；我与先生素不相识，也无书信联系，这么大的雨，他从我的单位打听到我住的医院，偏偏我又从医院回来，他又冒雨寻来了。如此耐烦辛苦，活该是三毛的神使鬼差呢。

三毛，三毛，我轻声地叫起来了，"快让我瞧瞧！"等不及先生把一包东西放在桌上，我说，我要见三毛。

先生从一个大塑料包里往外掏，掏出一顶太阳帽来，说这是三毛生前一直戴着的；掏出一条发带，红色的，极有弹性，再就是掏出一件水手裙了。先生的声调沉了下来，介绍这种裙子在台湾一般有些年纪的妇女是不大敢穿的，四十多岁的人了，敢穿的恐怕只有三毛了。三毛性格坦真，最不愿约束。报上发表的一张照片，是她在成都的街头，赤了脚坐在一家木板门面前,样子顽皮如小狗。三毛穿了这件水手裙走着,走着的是个性,走出潇洒。先生还在掏着,是一件棉织衫,一条棉织裤,全是白色的,上边似乎还残留着几点什么斑痕。"我没有带她的袜子。"先生说,三毛是以长统丝袜悬颈的,袜子对于我们都太刺激了。最后掏出来的是一包三毛十多年来一直喜欢用的西班牙产的餐纸,一瓶在沙漠上护肤的香水,一包美国香烟,淡味型的,硬纸盒里仅剩五支,明显地已经发霉了。

从头到脚的穿戴,吃的用的小品,完整的一个三毛,出现在面前了。我久久地目视着,一句话也说不出来。我能说什么呢,物在人去,生命已不可复得。她的归宿是她选择的。她的选择应该是对的,潇洒而美丽,虽然对于读者是一种遗憾和痛惜。

我走向了窗前,推开窗扇,檐前垂下的扯也扯不断那样的粗而白的雨。我喃喃起来,我并不自觉我说了些什么,是一句三毛你好,是一句阿弥陀佛?在场的我的妻子给我倒了一杯水,说我的脸色很是可怕了。

元月十六的清晨,三毛将最后的一封信,于亡日后第十二天寄给了我,信上写着五月份她是要来西安的。那时候,看过信的人都感到遗憾,三毛果然不食言,她真的在五月份的最后的日子来到了!我虽然见到的不是她的真人,但以她的性格,和我的性格,这种心灵的交流,是最好的会见方式。

先生说,他居住的地方与三毛家很近。他常常去她那儿聊天,三毛在生前曾对他说过,死后她希望一半葬在台北,一半就留到浙江乡下的油菜田边,但自她去年十月到过了西北,主意改变,希望能葬在敦煌前的鸣沙山上,她说她把地点方位都选好了。

鸣沙山,三毛真会为她选地方。那里我是去过的,多么神奇的山,全然净沙堆成。千人万人旅游登临,白天里山是矮小了。夜里四面的风又将山吹高吹大,那沙的流动呈一层薄雾,美丽如佛的灵光,且五音齐鸣,仙乐动听。更是那山的脚下,有清澄幽静的月牙湖,没源头,也没泄口,千万年来日不能晒干,风也吹不走,相传在那里出过天马。鸣沙山,月牙湖,连同莫高窟构成了艺术最奇艳的风光。三毛要把自己的一半永远安住在那里,她懂得美的,她懂得佛。

一生跑遍了世界,最后觉得最依恋的还是祖国的西北。鸣沙山可以重温到撒哈拉的故事,月牙湖可以浸润温柔的夜,喜欢音乐和绘画正好宜于在莫高窟。谁的一生活得如此美丽,死后又能选中这般浪漫的地方?她是中国的作家,她的作品激动过海峡两岸无数的读者,她终于将自己的魂灵一半留在有日月潭的台北,一半遗给有月牙湖的西北。月亮从东到西,从西到东,清纯之光照着一个美丽的灵魂。美丽的灵魂使从东到西从西到东的读者永远记着了一个叫三毛的作家。

陈先生打开了厚厚的三本相册,都是三毛生前的照片,有一张拍摄的是三毛的灵堂,一张是三毛周日的场面。先生几乎是噙着泪水详细给我讲了三毛最后走了的事情。他说,在三毛死后,她的母亲在医院整理遗物,发现病床枕边还放着我的一本书。老太太感谢为三毛住院和后事帮了大忙的一位医生,那本书就送作纪念了。但是,陈先生也带来了他送给我的一件礼物,这就是三毛最后赠送给他的著作《红尘滚滚》。"我再送给你吧!"陈先生说,我浑身都在颤抖了,这何尝不又是三毛冥中的旨意呢?永久的纪念品,够我一生来珍存了。

我询问陈先生去敦煌以后怎样活动。陈先生说原准备到了鸣沙山,就在三毛选中的方位处修个衣冠冢,树一块牌子,但后来又想,立牌子太惊动地方,势必以后又会成为一个旅游点,这不符合三毛的性格。她是真情诚实的人,不喜欢一切的虚张声势,所以就想在那里焚化遗物,这样更能安妥她的灵魂的。

这想法是对的,三毛还需要一块什么牌子吗?月牙湖的月亮就是她的牌子。鸣沙山就是她的牌子,她来来往往永驻于读者的心里,长留在中国的文学史上,人世间有如此的大美,这就够了。

我深深地感谢着三毛的这位朋友,却遗憾我自己身体有病,不能同陈先生一块去敦煌。我送陈先生到大门口,满天雨水的淋打中祝他一路顺利到敦煌,陈先生和我握别,脸上突然闪动一个微笑。我立即觉得这微笑应该是三毛的,三毛式的微笑,她微笑着告别了。雨哗哗地下着,满地都是水泡,陈先生的身影消失在窄窄的长长的小巷的那头。这时候,灰蒙蒙的天上有了声音,是隐隐的雷声,我知道三毛的灵魂在启行了,脱离了躯体的灵魂是更自由的。它在台北,它在敦煌,它随着月亮的周返转往两地,它会是做了月里的嫦娥,仙人之眼夜夜注视着她的祖国。它又会是在那莫高窟里做一个佛的,一个不生不死无生无死的佛。

黄宏地

（1953— ），海南文昌人，作家。有散文集《菩提本无树》《人在天涯》等。

石　福

叫他石福，其实就是打石的阿福。乡下人没学过现代汉语，却也懂得这缩简法的。按辈分，他是我的"祖叔"，得叫"公福"的，但村里有俗，没结过婚者，任你寿比南山，都可直呼其名，言其少也，石福虽快五十了，还没婚娶，所以全村就这么叫他。

他祖父打石，父亲也打石。他两岁那年，村里来了一位打耳环戒指的金匠，在他家住了几天，后来走了，他母亲却也跟着失踪了，从此再没有回来。他是听着父亲的凿石声长大的，刚拿得动锤子铁凿，便俨然是一名小石匠了，父子俩凿门楣、石磨、石臼，也凿水母圣娘庙门前的石狮子，凿土地庙里的"三眼神"。但最多的还是凿墓碑。他祖父的墓碑是父亲凿的，父亲的墓碑便是他凿的。

石福的作坊就在祠堂前面那片椰林里。几根木棍，上面便顶了几片油毛毡。家什也简单，值钱的有两把锤子，一大一小。大的却有点特别，一头是偏偏的薄，像斧刃。一头是圆圆的尖，像锥子。作坊处躺着许多石坯：长的、短的、方的、圆的。石福就用斧刃将石坯的凸出处削去，然后再用有锥子的那边不断地琢，就像鸡啄米，一点一点地把石面琢平。那简直是种铁杵磨成针的功夫哩。我见过他凿墓碑，那字是别

337

人写好了的,他依样画葫芦地在石面画出虚线,又用凿子一笔一画地凿,"丁丁冬冬""冬冬丁丁",声音时紧时慢,时慢时紧,从早上一直响到掌灯。

白天,大家都在田里忙活,村里便死一般的寂静,只有从他石坊的凿石声中,传出一点活气来。我回老家过暑假,闷得慌时,就常常往他那里凑热闹。我高兴,他也高兴。

我们最喜欢玩的是猜字。他累了,要歇歇,吸完一袋烟,就把后背凑过来,让我在上面写字,他猜。不是虎背,不是熊背,那简直是一堵黑板呢,宽宽的、黑黑的、亮亮的,还蒙着厚厚的一层石灰,可以写得好多字的。他说:"别急,一画跟着一画,慢慢来。"我说:"不急,就一画跟着一画,你慢慢猜。"我写"一二三四"写"大小多少"写"天地人和"。笔画再多些,他便猜不出来了。每逢这时,我便得意地拍手大笑,他总是嘻嘻地搔着头皮。

轮到他写给我猜了,不是写在背上,而是用树枝画在地上。他画了一个大大的"妣"字,问我"懂么?"我摇摇头,他说:"这是母亲哩。"他又画了一个一样大的"考"字,这回我认出来了。他说,不对,这是父亲。我气得直跺脚,说他骗我,他也急得咒天誓地,说是真的。可我说不出个所以然来,他也说不出个所以然来。当然,这种情况,就只那一回吧。后来,我知道了,石福没骗我,字典上就这么说,那是死去了的母亲和父亲,他是从碑文上认了来的。

我年年回家过暑假,也常常和石福在一起。每次,他总要问起念书的事:

"又念几年级了?"

"四年级了。"

"唉唉,瞧我这记性,去年你说过是三年级了呢。"他又不住地搔着头皮。

"城里念的书和我们这里的一样么?"他指的是我们村后那所大队

办的小学。

"一样的,我看了,都是一样的课本。"

"哦哦,一样就好,一样就好。瞧瞧,你那年回来,还没牛屁股高,转眼,都四年级了呢。"我见他眸中有了一种惘然若失的眼光。

石福没上过学,可对读书人,言表间总流露出一种由衷的敬慕,说着说着,就要手舞足蹈的。"嚯,前几天下陈村送来个碑文要刻墓碑,这老人真有福,三个儿子五个孙子,全都念了大学,最远的还是'剑桥'的哩,你听说过'剑桥'么?说是什么国的,比北京还远,啧啧……"这些事石福当然都知道。在我们那里,当个科长局长没什么,要是家里有人上大学或留过学,那可真了不得,要上碑文的呢。列祖列宗都跟着光彩。也就是那回,石福对我说:"好好念书,等上了大学,在你祖母的墓碑上我给你凿上。"我回去告诉了祖母,老人家登时脸色一沉,向后连"啐"了三声,接着便千刀万剐、断子绝孙地骂开了,说石福死了没人给他凿墓碑的。

在我的印象中,石福抽烟,但从不抽包装的,一摞烟叶扎得结实,要抽时便用刀切。也不用火柴,一截人家扔了的椰绳,早早的在灶头引着,就用它点火,一直可以烧到天黑。石福喝酒,可都是掺了水的番薯酒,才一毛几分钱一斤,他说那装了瓶的别瞧画得鬼红鬼绿的,只中看,不中喝,要伤胃的。石福单身,有人给他说过几门媳妇,都没成。又有媒婆来了,说这回是个黄花闺女。先要礼金五百。没想石福当场便打起呼噜来。每每说到此,大家都说石福吝啬。有人又骂开了:"这断子绝孙的石福。看死了谁替他凿墓碑。"这似乎是对他最恶毒的诅咒了。

我终于是没有上大学。石福也没来得及为我祖母凿墓碑。他死得早了。享年才五十有五。听说那天一早,他特地让人把村后学校的校长找来。然后用手抖抖地指着床下的一排旧手电筒,说是把它们全捐给学校了。大家七手八脚地扒出来打开一看,里面都塞满了钱,有三千多元呢。后来学校便用那钱盖了一间教室。按惯例,凡捐钱盖校舍者,

339

都要在门上给立一块石匾,刻上他的名字,以志纪念的。于是,学校也给石福立了一块石匾。我去看了,才知道他名字叫黄有福。

不知谁说,那就是他的墓碑哩。

原　因

（1953—　　），湖南宁乡人,作家。有散文诗集《相思草》《访问春天》,散文集《情感小屋》《在生活的郊野》等。

圆通山花潮

　　由于气候四季如春,在昆明,春的来去并不特别让人动心动情。但圆通山上的海棠、樱花一开,情况就不同了。不是吗？一跨进三月,那圆通公园的后山就熊熊"燃烧"起来。也许最初的火星是由一枝最不起眼的绿条上的一粒最不起眼的嫩蕊燃爆的,但几阵清风、几场细雨之后,半个天空就被烧红了。那红,向四处扩展着,越来越鲜妍,越来越深浓,越来越激越。虽然周遭有开得更早一些的山茶、更持久一些的杜鹃和更娇媚一些的桃花,但只有这里形成了阵势的海棠和樱花,才更鲜明地注解着春天,更声势浩大地广播着春天的消息。

　　昆明人真有福气,刚刚在滇池和翠湖送走能让他们领略冬情冬趣的雪花般飞舞的红嘴鸥,又收到了圆通山绯红的请柬。

　　事实上,春日圆通山赏花,在昆明,已是年深日久的习俗。早在1962年5月,诗人李广田就在《人民日报》发表了他的散文名篇《花潮》。文章用花朵般绚丽的词汇和乐曲般优美的语句,对花的生命力以及昆明人倾城出动观赏并为之倾倒的种种情状作了生动描述。当然,当时圆通山的花主要是西府海棠,不像如今,粉红色的日本樱花已占很大比例。

不论何地的花,只要它是美丽的,就能在昆明被精心养育,都能繁茂生长。圆通山的这些樱花,色与形与海棠相类,且一样地暗藏着芬芳。于是海棠也好,樱花也罢,它们在微风中枝头颤动的花朵,发出的就是同样爽朗的笑,而那隐约的花香,也如同春天的耳语,一样地给人带来莫名的惊喜。

圆通山看花,能使人感知季节在昆明的神秘交替。

我观察过一朵海棠的绽放。还是骨朵时,它像一个用红绸带打的结,被缀于横斜在蓝天的花枝,那么沉静,那么安然,仿佛永远不会被解开。然而即使你一瞬不眨地看着它,它也不知什么时候就松开了,层次分明地显现出五片娇嫩的花瓣,然后轻轻舒展,渐渐丰盈,露出淡紫色的花须。整朵花的颜色也由胭脂般的深红变成粉红。它们往往三五朵成为一簇,被长约寸许的紫色花蒂托举着,朵朵向上,像一双双惺忪的睡眼欣然张开,闪亮着年轻的好奇和憧憬。

樱花的开放,美妙处也许不逊海棠,但我已顾不得细看。因为不知不觉间,圆通山的万千花树已枝枝竞放,使得平日里忙于各自生活的昆明人走到了一起。

推开人与自然间的"墙",消解心和心的距离。一时间,圆通山热闹非凡。有人在花间照相,有人在花间写生,有人在花间喝茶,有人在花间打扑克下象棋。也有不少人只是在花间走来走去,走来走去……每个人都情不可待地与花融合着,与春天融合着,与像自己一样爱花爱春天的人融成一片。

到处都是说笑声、赞叹声,甚至歌声。但忽然就起了一阵风,有几朵海棠跌落于人们的襟前膝旁了,如几声沉沉的叹息;有一些樱花瓣飘落在人们的鬓间发上了,如一曲凄美的歌。寂静一下子代替了欢闹。也许,花开的微妙过程并未引起普遍的注意,但花落,那美丽生命的凋落,却使人们陷入了沉思。是的,这种时候,也许有人会想起那位最先让圆通山的花名扬天下的诗人,想起他对人民做出了贡献的品格,高洁的生和"文革"中让人百感交集的死,人们甚至会想到更多的已离人世的报春使者。

然而,令人欣慰的事,人们只要稍许留意就会发现,不论朵朵坠落的海棠还是瓣瓣飘落的樱花,在花儿辞别花枝的地方,一芽芽新绿正在崛起——春天正在向更深更广的地带挺进。

"最好早晨来看花,迎风带露的花,会更娇更美。"这是《花潮》里的一句话。其实,早晨的圆通山,最让人心醉神迷的是鸟唱花摇的景象。那鸟是画眉、黄鹂、八哥、百灵,甚至杜鹃、布谷。它们有的蹦跳于老人手提的精致竹笼,更多的则自由自在穿梭于林间枝头。它们欢快地鸣唱着春天,歌声那么嘹亮、清脆。而当鸟声露珠般滚动于花瓣上时,那些特别娇嫩的花朵就会惹人怜爱地颤抖起来。说不定恍惚之间,人们就把鸟声当成飞翔在天空的花朵了,就把花朵当成溅跳于枝头的鸟鸣了。你愿意成为春天里的一只鸟吗?你愿意成为春天里的一朵花吗?当然还是做一个人最好。圆通山的春晨,让每个人的心成为鲜花摇曳的花篮和乐声悠扬的瑶琴。

诚然,对于这样的早晨,李广田先生未在《花潮》中作更多的描述。但是我想,当时身为云南大学校长的他,住所与圆通公园只有咫尺之遥。那篇妙文,说不定就孕育于他在圆通公园春晨的一次散步之后。

今年春天,我是在傍晚去圆通山看花的。那后山的缓坡上,夹道的海棠、樱花招展摇动,枝条相牵相衔。这是一道绚丽的激流呵,它汹涌着要沿坡流泻,又翻腾着要直冲霄汉。而那天晚霞又特别瑰丽,它们气势磅礴地铺展着、滚动着,漫上了石阶,涌上了山岗,拍打着万千花树。真是抬头一片鲜丽,低头一片鲜丽,闭上眼睛还是一片鲜丽。使人再也难得分清哪是霞飞,哪是花涌,哪是天上,哪是人间。

王英琦

（1954—　），安徽寿县人，女，作家。有电影剧本《李清照》，中短篇小说集《爱之厦》，散文集《热土》《戈壁梦》《背负自己的十字架》等。

天理在人间

新世纪的第一个龙年，我是在故乡农村度过的。年前，我那高龄八十有八的老父亲，突犯了脑血栓。虽经抢救保住老命，肢体却陷于半瘫状。于是，伺弄他那一米八的庞大身躯，便成了我这一米五的袖珍女儿搔头皮的事。结果，只有转移到乡下表姐家。既然老爷子去了农村，天经地义地，春节我与儿子也得赶去。

未上路前，我就猛给小儿充电打气，把个春节"农家乐"的景象吹得天花乱坠：大灯笼、大爆竹、大碗喝酒、大块吃肉……

然而事实无情。下去当日，就赶上倾天大雪。走东家、串西家的黄粱美梦就首先告吹。为将临下乡特购的一块蜡染蓝老布，找个村上的土裁缝赶制件便衣蒙袄褂，我的鞋裤竟滚成泥腿子。

由于表姐家住不下，我和儿子被安排到隔壁一户新盖的空房里。这新房的窗户还未装上，只用尿素袋草草堵着。大年三十晚，嫌表姐家那十二寸的小黑白电视太寒碜太没劲，我与儿子碗一扔就钻被窝了。夜里，只听得老北风嗖嗖，尿素袋乱响，刺骨的寒风活像利刀剥人皮。冻得我与小儿一夜未敢露头。回到家才发现，短短几天农村的硬风，我和儿的脸、耳都冻坏了，冻成猪肝色。

下去次日,我就找来生产队长,请他召集个"团拜会"。我想给老乡们集体拜个年,顺便也"访贫问苦"一下,了解了解农村目前的真实情况。

我在文学上头,虽巴不上"大腕、大师"级,但在故乡一带却大名四播。尤其前年春上,故乡一再来人反映被"白条子"和吃喝风逼得不能活,希望我找个记者下去刹刹。我推却不过,还真免费当了回"纪检主任",把当地基层有关头头脑脑都集中起来,狠狠涮了通,批了顿。事后,老乡们都说我像"女包公",说我的眼睛像小刀——个别不服气的村干部则臭我:卖个啥能,不就豆腐干高么?混到现在才混了件格子呢,还不如俺们(那次下去,我确实特意找件最土的格子呢褂穿上)!

本来全队四十五户人家,小二百口人,我估摸怎么也能来个半数,不料却只来了稀落十几个人。追其原因,竟是"不敢来"。不是怕我,是怕乡村干部"秋后算账"。怕说了实情,吃不了,绑着走。诚如一老农说的:"王作家,俺们老百姓,就像小孩被大人打怕了,万一你走后事情解决不了,那些家伙把俺们绑到乡公所去毒打咋办?"我忙安慰道:现在不比前几年,是法制时代。谁再敢绑打你,他自己先蹲班房、坐大牢。

我的话,如火星溅到油上头,乡亲们顿时炸窝了,个个争着"诉苦把冤申"。其中,我听出个最惨无人道的——寅吃卯粮、釜底抽薪,克扣农民卖地钱的严重事件。

去年,为落实政府"退地扩坝"的号召,故乡人民家家被削掉一半土地。本来因着"层层盘剥"的土地税(国家每亩要求纳税百分之五,故乡一带则高达百分之二十几)包括这税那税,以满足乡村干部与年俱增的腐败欲,乡亲们吃饱肚子都困难。现在土地又要削去一半,叫他们何以为生?用他们的话来讲:俺们都做好了"拾起打狗棍去要饭"的准备!

尤让人不能容忍的是,这被削去一半的土地,按国家法定,应当每亩补款一万多元人民币。可在当地各级政府克扣下,实际分到农民手中的钱,只有五千元。就这五千元,还企图赖着不给,还是临近年关才发下的。

都知道,土地是农民的血与命。农民卖土地,就是卖血卖命卖自己。倘说有地方敢挪用侵吞扶贫治水款已属十恶不赦,那我故乡的腐败分子竟猖狂到斗胆直接霸占农民的土地钱——血脉钱,更是天理难容,天良丧尽!毕竟,扶贫款、治水款被吞掉国家还能再拨。而农民的土地款、卖身钱——农民的命根子,却一去再也不会复还。

春节那几天,我被腐败分子竟气得"忧世伤身",舌根生疮、嗓子赤痛沙哑失了声。回来后不敢迟疑,即刻践履对乡亲们许下的承诺。先给《焦点访谈》两位主持人写了封"重头信",狠狠"参上一本",希望他们能将此事作为特殊大案,公开曝光。万一他们不受理,我再到省纪检部门,甚至直接找省委负责人去。其次我又找到省农业厅和司法厅,设法搞到了国家土地法及有关对腐败分子的惩处条例给乡亲们寄去。以便他们有法可依,在未来的岁月,更有理有力地保护自己的权利——人性人格的尊严。

这例丧心病狂克扣农民土地钱的案例,再典型不过地反映了现阶段中国农村基层干部腐败恶行的严重性。更是我国转型期体制法制尚不成熟,社会处于混乱无序状态的必然产物。是官场插手市场,市场腐蚀官场,钱权非法勾结、相互随意转换的必然弊端。随着体法二制的不断健全完善,这类以权牟钱、以钱换权的丑恶现象——这类"坑农害农"的"猪狗官""娄阿鼠",将被彻底杜绝灭绝。

此刻,当我蛰居在自己温暖的小窝,伏案于窗下时,不由又回忆起半月前在农村过春节遭大罪的情景。有反差才有真切的感受,才更体味到农村的苦,自己的甜——尽管我的甜与周遭小富小侈的同行日子一比,又像是"贫下中农生活在旧社会"。

是的,我想念起那些世世代代生活在淮河岸边的故乡人民;我牵挂我的那些处于社会最底层最无助的苍生众灵……他们未来的活路在哪里,他们蒙受的不公将何以申诉雪耻?

不错,他们本质上与我并无干系,我完全可以对他们保持"零度情感"。谁也不会因此说我缺乏"道德良心和道德热情"。但只怕那网络内,任何地方的邪恶与动乱,都可能危及全局全国——因而也就直接间接地危害到每个人的利益与安全。只有将每个感性个体与被磨钝了的道德心、羞耻心再磨得锐利无比,重构起全社会真诚、善良、公正的人性品质,重建起普遍的是非观、善恶观、价值观、世界观,才能使那些深受不公却无处申冤的人们获得最终的公正;使那些善于权钱交易、名利变通的人不能再用权转换成钱、钱转变成权——乃至名变通成利、利变通成名,才能真正使每个人都活得平衡安生。

天道无欺——天理在人间!

诚祷:21世纪是人类道德文化秩序重构的世纪,人性在全世界最终取得胜利的世纪;

热盼:更多的作家能将"分裂的激情"转化成"统一的激情",将写作的实践转变成整合自我人格及对现实关注参与的实践。

公正与情感,将是一切人、每位作家最后的实在与归宿。

这是大自然的先定。

王安忆

(1954—),江苏南京人,女,作家。有中短篇小说集《尾声》《流逝》《雨,沙沙沙》,儿童文学作品集《黑黑白白》,长篇小说《长恨歌》等。并有《王安忆自选集》行世。

关于家务

意愿像和人闹着玩似的,渴望得那么迫切,实现却又令人失望。为了"距离产生魅力"的境界,我与丈夫立志两地分居。可不过两年,又向往起一地的生活。做了多少夜梦和昼梦,只以为到了那一天,便真正地幸福了,并且自以为我们的幸福观经受了生活严峻的考验。而终于调到一地的时候,却又生出无穷的烦恼。

原先,我们的小窝不开伙仓,单身的日子也过得单纯,可调到一地,正式度日,便再不好意思天天到娘家坐吃,自己必须建立一份家务。

我们在理论上先明确了分工,他买菜、洗衣、洗碗,我烧饭。

他的任务听起来很伟大,一共有三项,而我是一项。可事实上,家务里除了有题目的以外,还有更多更多没有名字、细碎的羞于出口的工作。他每日里八小时坐班,每天早上,洗过脸,吃过早饭,便骑着自行车,迎着朝阳上班去,一天很美好地开始了。而我还须将整个家收拾一遍,衣服晾出去——他只管洗,晾、晒、收、叠均不负责。床铺好,扫地,擦灰,等一切弄好,终于在书桌前坐下的时候,已经没了清晨的感觉。他在办公室里专心致志地工作,休息的时候,便骑车出去转一圈,买来鱼、肉或蔬菜,众目睽睽之中收藏在办公桌下,当人们问起他在家干什么的时候,他亦可很响亮地回答:"除了买菜,还洗碗、洗衣服。"十分模范的样子。于是,不久单位里对他便有了极高的评价:勤快、会做等等。而谁也不会知道,我在家里一边写作一边还须关心着水开了冲水,一会儿,里弄里招呼着去领油粮票,一会儿,又要领八元钱的生活补助费……多少工作是默默无闻的,都归我在做着,却没有一声颂扬。

并且,家务最重要的不仅是动手去做,而且要时时想着。比如,什么时候要洗床单了,什么时候要扫尘了,什么时候要去洗染店取干洗的衣服,什么时候要卖废纸了,这些,全是我在想着,如有一桩想不到,他是不会主动去做的。最最忙乱的是早晨,他赶着要上班,我也急着打发他走,可以趁早写东西。要做的事情多得数不清,件件都在眼前,可即使在我刷牙而无法说话的那一瞬间,他也会彷徨起来不知所措。虽是他买菜,可是买什么还须我来告诉他,只有一样东西他是无须交代也会去办的,那便是买米买面包,在农村多年的插队生活,使他认识到,粮食是最重要的,只要有了粮食,别的都不重要了。所以,米和面包吃完的时候,也是他最慌乱和最积极的时候。平心而论,他是很够勤勉了,只要请他做,他总是努力。比如有一次我有事不能赶回家做饭,交代给了他。回来之后,便见他在奔忙,一头的汗,一身的油,围裙袖套全副武装,桌上地下铺陈得像办了一桌酒席,确也弄出了三菜一汤,其中一个菜是从汤里捞出来装盆独立而成的,因为曾听我说过,汤要炖得碧清才是功夫,于是就给了我一个清澈见底的汤。可是,他干这一切的时候却总有着为别人代劳的心情。洗茶杯,他会说:"茶杯给你洗好了。"买米,他则说:"米给你买来了。"弄到后来,我也传染了这种意识。请他拿碗,就说:"帮我拿一只碗。"请他盛饭,说:"帮我盛盛饭。"其实,他应该明白,即使他手里洗的是我的一件衣服,这也是我们共同的工作。可是,他不很明白。

以往,我是很崇拜高仓健这样的男性的,高大、坚毅、从来不笑,似乎承担着一世界的苦难与责任。可是渐渐地,我对男性的理想越来越平凡了,我希望他能够体谅女人,为女人负担哪怕是洗一只碗的渺小的劳动。须男人到虎穴龙潭抢救女人的机会似乎很少,生活越来越被渺小的琐事充满。都市文明带来了紧张的生活节奏,人越来越密集地存在于有限的空间里,只须挤汽车时背后有力的一推,便也可解决一点辛苦,自然这是太不伟大,太不壮丽了。可是,事实上,佩剑时代已经过去了。曾有个北方朋友对我大骂上海"小男人",只是因为他们时常提着小菜篮子去市场买菜,居然还要还价。听了只有一笑,男人的责任如将只扮演成一个雄壮的男子汉,让负重的女人欣赏爱戴,那么,男人则是正式的堕落了。所以,我对男性影星的迷恋,渐渐地从高仓健身上转移到美国的达斯廷·霍夫曼身上。他在《午夜牛郎》中扮演一个流浪汉,在《毕业生》中扮演刚毕业的大学生,在《克雷默夫妇》里演克雷默。他矮小,瘦削,貌不惊人,身上似乎消退了原始的力感,可却有一种内在的,能够应付瞬息万变的世界的能力。他能在纽约乱糟糟的街头生存下来,能克服了青春的虚无与骚乱终于有了目标,能在妻子出走以后像母亲一样抚养儿子——看着他在为儿子煎法国面包,为儿子系鞋带,为儿子受伤而流泪,我几乎以为这就是男性的伟大了,比较起来,高仓健之类的男性便只成了诗歌里和图画上的男子汉了。

  生活很辛苦,要工作,还要工作得好……要理家,谁也不甘比别人家过得差。为了永远也做不尽的家务,吵了无数次的嘴,流了多少眼泪,还罢了工,可最终还得将这日子过下去,这日子却也吸引着人过下去。每逢烦恼的时候,他便用我小说里的话来刻薄我:"生活就是这样,这就是生活。"这时方才觉出自己小说的浅薄,可是再往深处想了,仍然是这句话:这就是生活。有着永远无法解决的矛盾,却也有同样令人不舍的东西。

  虽有着无穷无尽的家务,可还是有个家好啊,还是在一地好啊。房间里有把男人用的剃须刀,阳台上有几件男人的衣服晾着,便有了安全感似的心定了；逢到出差回家，想到房间里有人等着，即使这人将房间糟蹋得不成样子，心里也高兴。反过来想，如若没有一个人时常地吵吵嘴，那也够冷清的；如若没有一大摊杂事打扰打扰，每日尽爬格子又有何乐趣，又能爬出什么名堂？想到这些，便心平气和了。何况，彼此都在共同生活中有了一点进步，他日益增进了责任心，紧要时候，也可朴素地制作一菜一汤。我也去掉一点大小姐的娇气，正视了现实。总之，既然耐不住孤独要有个家，那么有了家必定就有了家务，就只好吵吵闹闹地做家务了。

韩小蕙

(1954—),河北昌黎人,女,作家。有散文集《悠悠心会》《有话对你说》《体验自卑》,报告文学集《步出沼泽地》《贿赂,贿赂》等。

一只金苹果

跨入 21 世纪了,仁慈的上帝想:人类应该有较大的进步了吧?他就把一只金苹果挂在联合国总部的大门上。

一下子把所有的人都吸引过来了。

前呼后拥的官员挤在最前面,威严地说:"瞧,这只金苹果多么辉煌,应该把它归属于我,以表彰我为人类所做的杰出贡献。"

一旁的侍者看见此景,满肚子不满地嘟囔着:"这些贪婪的狗官,整天罩在名誉和地位的光环里,够风光了!这只灿烂的金苹果,应该赐给我们这些默默无闻的普通人了。"

踌躇满志的大亨傲慢地看了一下周围的人,响亮地说:"哦,这只金苹果呃,的确还不错,把它拿给我,我什么都有了,就是还没有它嘛。"

站在后面的穷人立即反驳说:"既然你已经什么都有了,就不应该再让你拿走,应该分给我们这些什么都没有的穷人。"

聪明人推一推眼镜,十足居高临下地说:"无论是依据物竞天择的老式法则,还是引入竞争机制的新秩序,这只金苹果都应该分给聪明人,以鼓励人类越来越走向智慧而不是相反。"

笨人这时的脑子出奇地好使,马上接茬儿道:"聪明人本来就比我智商高,可以通过努力得到他们想要的。金苹果应该无偿分给我这个愚拙之辈,以求世界的平衡。"

漂亮姐满心喜悦地盯着金苹果,伸手就去摘,一边说:"嘿,这只金苹果和我一样出众,拿在我手里,才更能显示我的美艳和它的高贵。"

丑哥丑妹忙用身体堵成一道墙,连声嚷道:"不行!不行!你已经有了骄人的美貌,就不要再起贪心,应该把它留给我们这些不幸的人,让谁都有一条生路。"

白种人喜爱金苹果放出的光芒,直率地说:"我们白皙的肤色配上金子的光彩是最美的,把它给我。"

黑种人气恼了,硬碰硬地说:"我抗议,这是种族歧视言论!金苹果不能再给白人,给我们受尽歧视的黑人才公平。"

男人瞅着金苹果,又瞅瞅身旁的女人,哈哈大笑道:"金苹果,好啊,能让我们男人更强壮,世界也就更雄健,更有希望啊。"

女人妩媚地笑着,柔声细语但却很坚决地说:"不对,亲爱的,应该把它留给女人,这个世界要是没有了女人,就会是凄风苦雨的一片昏暗,比地狱还要可怕。"

成年人爱惜地拍了拍自己的臂膀,当仁不让地说:"虽然人人都想要它,可是金苹果只能给我,没有了我辛辛苦苦的工作,谁来养活你们大家?"

老年人一听就不高兴了,皱着眉头说:"真是逆子之论,不敬老,要遭天打五雷轰。我都苦干一辈子了,给你们打下基业,不然能有你们的今天?金苹果当然必须敬老。"

小孩子跳着小脚尖声尖气地叫道:"不行,不行,金苹果得给我,我才是世界的中心,什么好东西都得先给我!"

……

如此,吵成了雨后的蛤蟆坑。

噪音卷起一股龙卷风,就像搭上了火箭,直向太空蹿去,把上帝的耳鼓都快敲破了。仁慈的上帝终于生气了,挥挥手,把魔鬼叫了来。

魔鬼龇龇獠牙,张开血盆大口,急煎煎地对上帝说:"您看,您看,他们还口口声声平等、博爱呢,真是连鬼都不信哪!"

上帝用手捂着腮帮子,做牙疼状,苦恼地说:"那你说该怎么办?"

魔鬼挥舞着魔爪,嗷嗷叫道:"收回呀,把金苹果收回来呀!据说人类正在搞什么基因、克隆的名堂,号称能制造出又聪明、又漂亮、又强壮的新人,那么想必也能制造出道德高尚的君子了,等到那时再给不迟呀。"

上帝颔首:"唔,这主意不错。"

魔鬼受到表扬,马上长了脸,一个箭步跳到金苹果跟前,用毛茸茸的大爪子护住,青面獠牙地呵斥道:"都放手!都给我放手!你们谁也没资格,金苹果收回了!"

上帝痛苦地闭上双眼。

刘元举

（1954—　），山东龙口人，作家。有报告文学集《黄河悲歌》，散文集《人情》《中国钢琴梦》《西部生命》《上帝广场》等。

辉煌的错误

鲁宾斯坦是位伟大的钢琴演奏家，他无与伦比的天赋在本世纪留下了一道灿烂的风景。他的完美与精湛使他在任何演奏中要求自己不能出现错误，哪怕是稍微的疏忽。如此一来，他的演奏曾因过于准确，而失去了一部分令人心醉的魅力。鲁宾斯坦成了一条大河，一条平稳宽阔沉实的不易变化的大河。

欣赏一条大河的魅力也不能没有疲惫的时候。于是，你在疲惫中期待着什么，实质上你就是在期待着奇迹的出现——那天他与平常时刻一样，那高贵的额头仰起到足够令听众尊重的角度，他弹奏的是巴拉基列夫的《伊斯拉美》。如丝如缕的飘浮中，音乐厅的上空交织着声音和旋律的凄迷，最容易沉醉的是听众而不应该是弹奏的大师，事实上意外就在这时发生了——鲁宾斯坦自己也搞不清什么原因，反正当时的他鬼使神差般地走神了。突然忘记了正在弹的作品。陷入了窘境的钢琴大师只好硬着头皮，凭着对巴拉基列夫乐曲风格的理解，在一片迷惘的虚无中胡乱弹了下去，这是瞬间的杰作，是大师平生心智与经验的骤然凝聚，他调动起全身心的感觉进入了状态。

他的调动的成功是他无法想象更是事后不可思议的。无疑他成功了,他不仅没有露出任何破绽,没有卡壳,相反,他在这种任性与任意的弹奏中找到真正的灵魂。前后不过四分钟时间,这四分钟的闪光足以照亮大师演奏的那条浩荡的大河。非常遗憾,四分钟后大师又找回了原作的句子,顺理成章地接着弹下去,也就是说平淡无奇地缝合了,直到全曲结束。

其实,听众并没有注意到他是什么时候犯了错误把人家的作品弹走样了,相反,听众完全被他弹错的那四分钟深深感染了。他们触电般地被大师那四分钟的错误弹奏激动得不得了。他们认为这是鲁宾斯坦演奏生涯中弹得最好的瞬间,那种瞬间的灵感迸射出夺目的光辉,令人常忆常新。而以后大师有过那么多场努力的全神贯注的准确无误的演奏,却再也不见那四分钟错弹的灿烂光华。

在很多学琴的人当中,以为只要弹得准确无误不出一个错音,就是最好的最满意的结果,尤其在一些国内比赛中,参赛选手更是如履薄冰般地担心自己会出错。其实,最好的钢琴家也是不可能一点不出错的,甚至出错时,才更能显示出自己的与众不同。比如我最喜欢的一位大师霍洛维兹在演奏时就时常弹错音,当别人给他指出来时,他却认为一个钢琴家如果不弹点错音全是那么准确该多么乏味!

还有许多建筑业的经典性作品也无不是因为犯下的错误所致。比如埃菲尔铁塔与当时巴黎市政府的一些规定就很不相符,它一经出现就受到了众多的指责。它超出了规定的高度,它怪模怪样,它与当时的巴黎极不协调,人们认为这件作品是埃菲尔犯下的一个不能被原谅的错误。又有谁会想到它竟然会成为巴黎的标志性建筑,成为巴黎的精神象征呢?这恐怕连建筑师自己也是始料不及的。还有悉尼歌剧院,那种贝壳式的结构对于结构力学而言,也可以说是个错误。然而,这是一个多么辉煌的错误,它不仅照亮了澳大利亚,也照亮了整个20世纪。

一个有个性有创造性的艺术家是不可能不出现差错的,那种差错常常是他们个性闪光的魅力所在,那是向世俗的挑战,是灵感的真正释放。如果按着正常正确的规矩来要求，那么，天才就要在瞬间遭到扼杀，也许永远不再会出现辉煌。大师的错误在某种意义上说就是他毕生正确的一次重要升华。

刘烨园

（1954—2019），山东滕州人，作家。有散文集《忆简》《途中的根》《领地》《冬的片断》等。

自我之光

葱郁自我，当然。那将是一番什么人生？日子活得自在、难忘，幼春的黄昏消失鼠里鼠气的戒意。灰灰落落的街衢不再把生来为了自由、痛快的生命压抑成非人存在的呛尘——这压抑已经重复得太叫蚁们看不起了。多少年来，茫茫宇宙似乎早已不屑注视这方尘粒充塞的时空。这也叫青春？这也叫人？别表演了。不是一个、一群，也不是一夜、一代，从头到脚霉臭的养育，从生到死淤塘的心灵走来走去，挤挤浮浮，何止千万！不。用霉臭和淤塘来喻之都亵渎了神灵。它们到底还有气味和色彩，而他（她）们，存在就等于不存在，活着和没活一样，不值得说——蚁们得出结论——于是没必要用词来形容他（她）们，用什么词来形容都不过分。到此为止。

只有极少数的生命听见了蚁们理所应当的轻蔑。压抑成呛尘的非人的街流里已经有了孑然的、真正的人。

人，惟有人，才是自我的太阳。它每时每刻都用严峻如刃的目光刺痛良莠不齐的追逐者：你要的是什么样的自我？自然的、人的、向往与实践浑然合一的自我，还是从一生下来就被沉重而善良地培养糟了、冒充年轻的"自我"？这个时代早已不是原始森林了。从那儿走来的人心如墙、如烟、如沙漠。你的自我是本性所收割的么？你经历过首先打扫内心锁链的犹豫、痛苦、退却和坚定么！依赖他力所砌之砖,所燃之缕,可以避风,可以安然,可以因你是它们的后继模式而沾沾自喜——然而青春却将饿死在沙脊上。你有胆量失去这一切么？没有这样的决裂,你的自以为的"自我"就依然幽亮着愚昧、自虐的鬼火,不是刘邦式的不尊重同样的别人的自我的过时回音,就是你到头来不过顺便学会了一个偷梁换柱的时髦之语而已。你也太聪明了。聪明得最终连结结巴巴的"自我"也不再没唇挂齿,溘然长逝。

然而人毕竟是人。如果愿意,当然就能恢复一个真正的汉子或女人的自然。这时,你需要科学理性的曙色、野性的风发、无所谓的忘却和胆识的泰然。你就是人,人就是你。生命原本是自己的,自己愿怎么活就怎么活,这还要想么？在那些活得自在、难忘、不安的日子里,当他（她）们从攻讦其实是羡慕你的无聊中感到乏味,而你早就把这一切都不放在心上的时候,你也许会彻悟而宁静地微笑一次（一次都有点多余）:是的,我理解你们,理解这个走投无路的街市,但我——藐视你们。如此而已。你消失在快感的升华里。

自我的世纪永恒地意味着对一切非自我、假自我、不允许和不尊重自我的出击。否则,你的自我就没有心脏,寡欢少欲,奄奄一息。

最荒唐最普遍的浪费就是把想都不该想的舆论往指甲缝里沾了。别人的目光等于零,那是他（她）们的苦果。即使街衢使你功成名就了又怎样？人生重要的就那么几个瞬间。你就是这样生下来的。《独立宣言》的光芒告诉你怎么痛快地活,《四书》《五经》的物化却教你如何麻木地死。何时学会选择？

一切在生下来时就铁定了。只是后来的莺歌燕舞之霜使你颗粒未收。

……

什么？你说。你的话对我无用。灰灰落落不也很好么？

我掉头走去。

人有这样自我一次的权利。

灵魂只要还有对白——飘散一半死去的病雾,活下来的就将使街市不再太平满尘,终将把人的自我和为此本不该失去又不公正地失去的所有豪迈、幸福,在风雨里归还给人。

人,时时刻刻不朽。

1989年1月4日

马 力

（1954— ），北京人，作家。有微型小说集《炼狱和天堂》，散文集《旅游漫笔》《鸿影雪痕》等。

家 园

清初大学者金圣叹评点"六才子书"，在对《西厢记》的批语中写下自感最为快乐的三十三种境界，说"久客得归，望见郭门，两岸间童妇，皆作故乡之声"是其中一项。近日读到这里，不免惹起一缕乡关之思。有些见闻虽然零碎，却可以在情感的作用下有所连贯，成为绽放在记忆之树上的美丽花朵。

癸酉孟秋，正巧是我在辽东半岛采访的日子。从大连北上，走沈大高速之道，真是化长路为短途。关山尚且渡若飞，何况辽河畔这样坦阔的大平原。浩浩乎疾如列子御风，和在胶东半岛上行路的感觉十分近似。当然也有异，主要来于主观，就是辽东半岛北端的海城，是我母亲的出生地。《诗经·小雅·蓼莪》："无父何怙，无母何恃！"这片土地像是也应该算作我的故乡。那天一早从营口登车，车旧，不能快开，故绕走一截老道儿，经西柳镇赴海城。天略阴，飘着雨。隔过车窗望斜飞的雨丝，竟像是很轻很柔地落在心里。四座的陌生话音听来也觉亲切，同路旁成片的玉米和高粱铺展出的秋野风景非常相谐。万里乡路在我虽是初踏，却丝毫未感生疏。故园梅柳、桑梓菽粟，使我涌动近乡之情，所谓"今我来思，雨雪霏霏"也。我明白这感情缘于天然。

行人无限秋风思,所思还在怀恋远逝的亲人。我早先是从户口簿上知道母亲在海城降生的,距今已超过一个甲子。她什么时候离开这里去的北京,我就不清楚了,只知道她在辅仁大学念书,毕业不久赶上解放,分在一所中学当了教员,一直到死,她都没有改行。再推算,母亲辞别人间转瞬已是十多载光阴了。还是屈夫子留在《离骚》里的话:"日月忽其不淹兮,春与秋其代序。"可我并未感觉她走得有多么远,我常常在梦中和母亲聚笑,就像她生前同我们一起度过的那些悲喜的岁月一样。我的心亦如树之年轮,三百六十五天逝去,对母亲的思念也就增深一分。

故乡的景色在我的视线里变换,这片田野,母亲一定是熟悉的,这是伴她度过少女时光的风景。如今,她已化为火后的骨殖,静憩在八宝山的墓地深处了,那一方冰冷的水泥之穴,成了她永久的家园。下葬时,我们兄妹先垫了一块防潮的塑料布,再铺上红色的绸子,才小心地把母亲的骨灰盒摆在里面,是希望她的生命之火使这孤寂的一角仍然充满人间的温热。自然的和生命的风景都随她的灵魂浓缩在这一尊新添的墓碑下了。当时,风轻摇着山楂树细瘦的柔枝和几片稀疏的黄叶(树未及成拱之日,我大约早该去和母亲相见了,惟留这一篇文字作碑上之铭)。墓地真静,静得毫无生气。一家人默立无语。我注意看了几眼父亲,他正在凝视那尊碑。在碑的右侧刻着母亲的名字,左侧空着,显然是留待多年后让父亲的名字一起相偎在上面。我方才悟到碑下的那方小穴是可容两只骨灰盒共存的,相守至永远。我方才明白,为什么墓园的那位小伙子在封砌墓穴的顶盖时,没有把溜缝的水泥灌得那样严实,大约是为了日后易于拆启吧?我不能往深处想。父亲当然明白这样的布置意味着什么。对生者,提早看到自己身后的憩所,是不是过于残酷?

父亲的神情却很平静。过多的人生磨难,使他对一切不再容易大悲大喜,包括死亡。他淡然的眼光仿佛是在诠释老子的那个深奥的哲学词语——无。

母亲最先在这里安息,总会有那么一天,全家人的灵魂会在这片墓地聚合。等待我们的,将是另一个时空。

如果父亲的故乡也可视为我的籍贯,那也颇值得专门说说。只是我从不曾去过那里,笔下的一点感情恐怕也近于苍白。今年夏天,我动身去遵化。早晨在长安街东端的郎家园乘车。车多在京津冀一带往来,沿马路停了好大一片,叫嚷声充满热情,都催促你快些上他的那一辆。有位青年朝我迎来,他五短身材,粗眉大眼,说话有点怯。一聊,才知他的车自宝坻来,正是父亲的老家。那么,这点怯的话语也便应该算作乡音了。我问宝坻距北京有多远?他说百十来里地。故土这样近,我却从没去过,甚至连想也未曾想过。一个人怎么会对故园这样疏远呢?因为那里已经没有一个亲戚了。继续同对方问答,竟不觉得有什么生分与隔膜,说是亲热或许近于无端,可这又实在是不掺入虚伪的心理感受。世间的有些事情,大约不能单纯凭借刻板的逻辑公式去推断。

从那之后,我一直惦着回趟老家,却依然是归期如梦。可我忘不了那位青年司机的话:"回去看看吧,宝坻变样儿了。"变成什么样子了呢?它的旧状我既毫无所知,对新貌也就只好借助想象去闭目画梦了。总之,择日回故乡已成为我的一桩心事。

比起宝坻,孙河算是近中之近了,就在京郊顺义县。提到这个地方,多半和题中之义没有太直接的因缘,但依"他乡胜故乡"的道理,有必要把它放在这里夹带说说,因为对于父亲,这个不出名的小镇毕竟难忘。

我车经孙河多次,每回都要特意透过窗子朝路边的那所中学望上几眼。父亲被错划为右派以后,就从城里来这儿教书,那时,他还是个青年,远未及我现在的年纪。几十年前,这片郊野想必很荒凉,父亲不能每日回家和我们团聚,闲时大约会从夕阳下的矮檐走出,在近旁的河岸上忧郁地走,一直走向河水尽头那片晚霞的残红。那时候的我还小,全不能懂得正在发生的一切,只是长到十几岁,远去北大荒,才终于明白。从此,父亲依然背负的精神重压也转嫁到我的身上,我也曾一次次地走在喧响着浪声的湖滩,独自咀嚼着内心的痛楚,这痛楚一直伴我走到青春的尽头。

残留的记忆之痕无法磨蚀。我历久不忘的是,一个雨夜,父亲从几十里外的孙河骑车回到家,推门,把一个滚圆的西瓜放在铺板上,满脸淌着的,说不清是雨水还是泪。

忆往,又是琴中苦调、歌里悲音了,且住。

癸酉年冬月于北京静安庄

素　素

（1955—　），辽宁大连人，女，作家。有散文集《北方女孩》《女人书简》《素素心羽》《相知天涯近》《与你私语》等。

湖　殇

　　至今仍惦记着玄武湖和大明湖，或许那一点点嘈杂并不影响它们的美丽，但湖就是湖，湖应该是这个世界最安静的地方，它存在的意义，就是让所有在逼仄中窒息、在红尘中受难、在旅途中疲累的灵魂，有一个憩所。

　　不看湖的时候，美人的深眸便是湖。看了湖之后，湖是城市的心。其实，我所居住的城市，只有一个人工湖，在儿童公园的一角，湖面上仅能游开几只白鹅形状的船。冬天湖便结冰，常有小孩滑冰时不小心掉进冰窟，前几年几乎每个冬天都能在报上见到一两个舍身救儿童的英雄人物，只不过那英雄都没有死，湖浅，能淹了小孩却淹不了大人。后来湖更浅了一些，冰则厚了一些，这类事情就不再发生了。

　　我工作的机关离这个湖很近。春回的时候，我们便在湖边挖黑色的淤泥，挖冬天里四周居民倒的垃圾。一起来的还有学校和部队，要在这里挖一天，挖出的东西是一股腥臭的气味，想不到湖的下面有这样沉重的积淀。挖过之后，儿童节就快到了，做妈妈的便想到该带女儿去湖边看柳，偶尔也租一只大鹅在湖上漫游——叫慢游更准确，人太稠了。女儿看动画片看出了一个习惯，骑的坐的都要风驰电掣，慢游了半小时,女儿便有了烦躁的意思,第一次要求提前回家,宁可画画儿弹琴去!

湖太小,然而我的生活里毕竟有一个叫做湖的地方。

去年有了两次开笔会的机会。先到的南京,南京有玄武湖、莫愁湖。有一位诗人朋友某次坐在莫愁湖畔,居然想念了我。湖是很能令人想起什么的,身外的风景与心内的风景总是遥相呼应的。然而我在南京最急切要见的不是莫愁,而是玄武,因为它大。玄武湖是可以追溯到三国吴的,历朝历代都极善待这湖,并竭力地放大它。今人又胜过古人,新中国给了湖以新的生命,这是必然的。总之,千年的湖依然年轻。所以乍见玄武湖,我竟舍不得快走,生怕一走就走到底。尽管南京的朋友一再说这个湖一天也走不完,我仍像个老人似的蹒跚着东张西望。我开始明白六朝粉黛为什么迷恋南京,因为有玄武湖。我也开始明白在日渐喧闹的城市里面,为什么保留着这一处静谧的所在,因为湖是城市人最后的空间。但是,就在这时,有一种很杂乱的声音送进我的耳里。细一分辨,是儿童乐园的碰碰车。还有一种声音是从那间很别致的公园小屋里传出来的,像野人的号叫,像野兽的厮杀。屋外的牌子上赫然写着:当代原始部落掠影海外版录像,票价×元。当我快快离开那间小屋向公园深处走去时,另一种声音更加鼓噪,不知哪里来的杂技班子用劣质的编织布围起了城堡,《西游记》音乐与猴子的尖叫刺耳地混响,直让我感觉无处可逃。

好在玄武湖大,浩茫的湖水能使那些怪异的声音和灰尘渐渐地被吸收,以至于吞没。我终于找到了一条安静而有意味的小路,一边是千年老树,树冠呈弧形绕过人头,垂进另一边的湖里,我认定了这条浓荫穹起的小路,走过去,再走回来。直到走累了,才坐在树下的长椅上,面向着绰绰约约的湖,呼吸着这里的清宁。突然,背后"砰"的一声枪响,我立刻中弹一般跳起,咫尺之外,竟是一座商业性打靶场。

玄武湖一下子老了,我的玄武湖之游也到此为止。

另一次是去泰山开笔会时路经济南,我执意要去大明湖。我没见过大明湖,但我熟悉一支关于大明湖的歌儿,它的鲜荷和丽水,在我心中永远栩栩生动。而且,我知道济南是万泉之城,那一万个泉将使大明湖永远清澈,永不枯竭。所以走进济南,我的心十分安详,玄武湖的那种伤感已是很淡了。

但是,我在这座以湖命名的公园里未及走进百步,就被与玄武湖十分相似的声浪撞了回来。依旧是碰碰车转转车,微小的巨大的,布满了树下和天空。这儿距海较远,所以新建了大型"迷你鱼宫""海底世界",貌似文化的商人们拥进了湖里,以一种极粗糙的方式,强迫观湖的人观海。各种声响的高音喇叭此起彼伏,像走进一个农贸市场,没有立足之地,没有一片阴凉。完全不是第一次来的那份新奇和陌生的心情,倒对一种熟悉的东西滋生出深深的厌恶。我只向那湖面匆匆一瞥,一瞥之间,我便发现湖面落满了灰尘,湖上的天空也涂满了灰尘,包括这座万泉之城,也是灰尘的颜色。

当我诀别似的从大明湖退出,也便想即刻就退出这个城市。但我没有这样告诉我的济南朋友,那天为看湖,他们特意租了辆敞篷三轮脚踏车,为的让我把城市与湖都看个透彻。只怪我读过郦道元的《水经注》,读过刘凤诰的"四面荷花三面柳,一城山色半城湖",那天我确确实实刚走到湖边就转身往回走了。

曾有一个人想"打捞世界的原稿"。他认为我们当今的世界已失去了"原天""原草木""原水",如果这种失去积累得太多,"总有一天要在地球上堆积出无法穿透的黑暗"。这就是思想者以及思想者的痛苦吧?我想,当不是一个人而是整个人类都能为此而痛苦时,原来的世界怕已成为废墟了。

只是,至今仍惦记着玄武湖和大明湖,或许那一点点嘈杂并不影响它们的美丽。

但湖就是湖,湖应该是这个世界最安静的地方,它存在的意义,就是让所有在逼仄中窒息、在红尘中受难、在旅途中疲累的灵魂,有一个憩所。

庞俭克

(1955—),广西桂林人,作家。有散文集《三十岁男人自白》《遗忘》《秋天的情书》等。

景山光阴

南方人到京城,常常会有换了一番天地的感觉。冬日的早晨,裹紧大衣,缩肩袖手上长街,风狂乱地刮来,寒气恣意地削肌刻骨,浅水温柔小山清秀的南方滋润便荡然无存。逛故宫,游长城,凭吊圆明园,那些整齐划一的巍峨宫殿,绵延山岭的巨大砖石结构物,残垣断壁的遗迹,以及很耐回味的五光十色的胡同和方方正正的四合院,还有字正腔圆的北京话,每每紧得人心沉沉的,深沉得南方人自惭形秽,无论怎样也难解很久以前许多的梦。

许许多多淤土堆积于此,形成一座土丘。风来之,雨洒之,花朵缤纷了,树木凋败了,一枯一荣便是八百多年。这就有了沧桑,有万语千言。所有古迹都这样,任人慨叹历史烟云流走,任人把玩已逝的沉浮世事。高兴也罢,伤心也罢,历史的车轮曾这样辗过。何况是景山,金元明清四代朝廷的后苑,多少佛事和宴饮,祭祀和战乱,暗夜的阴谋,白日的堂皇,够人长思短叹!

最撩人思绪的是那株老槐树,低矮,倾斜,周围青松绿柏高大绵连,衬得它愈不显眼。红墙一道缓缓踅向花木荫翳处,好似末世老人回首过往年月。树似乎已枯死,皮焦黄,无叶,那无生命的冷清使人想起深夜的箫声,悠悠地笼着缕缕无奈。我坐在树旁的一块石头上,翻捡着随身带的资料,恍惚间踏进了那一段早已被人叙述过无数次的故事中了。崇祯帝如何衣冠不整披头散发,光着一只脚,另一只脚穿着软鞋,如何在景山上仓皇徘徊,悲叹为何群臣中竟无一人与他一道尽节,如何走下山坡,在景山东麓这棵老槐树上,解下腰带吊死。他以这个动人的姿势凝固了一个朝代,凝固了一段光阴,那段光阴是公元1644年3月19日清晨。最先品评这段光阴的当然是微笑着的李自成农民起义军将士们,南腔北调,杂杂沓沓地把它说成了书。许多人都翻了书。这很常见。人们从史书中得知已死、将死和将生。

紧紧裹在历史身上的外衣被撩开时,庐山真面目的显现常常会使人吃惊。终于出来了,原来有好多事不晓得。

在重大事件发生的地方驻足,慢慢看,仔细听,认真想,任心头波起浪涌,是一种幸运。好比看一场戏,开场锣鼓过后,诸色人等次第登场,亲和、争斗,冲来杀去,忠良奸伪曲直分明。历史在那边,今人在这边,中间没有明摆的界限,钻过去,跳过来,横着看,竖着瞧,叫人想起华夏民族生存繁衍的许多细枝末节。

天很阴,灰蒙蒙的好像搽多了脂粉,青灰得暗。若干年前的宫闱秘事,是否也曾像阴天一样捂得严严实实?寻常百姓在若干年前是断然不敢把脚伸进这里来的,向往恐怕也后怕得慌。"肃杀"二字的意味,想来只有在这块皇宫禁地上才能体会。远远地隔着天安门大街,眺望万春亭亮丽的重檐斗拱,衬着金黄的琉璃瓦和青葱的林木,愈显得高大雄伟,天也显得高远起来,便生出登亭歇坐,品清茶,嗑瓜子,纵论天下兴亡的心思,嬉笑怒骂不忌,高谈阔论随意,也做做这块地皮的主人,那滋味该很惬意。

"过去这里有块碑,碑文刻得真邪乎"。

"老槐树也挖走了,换上这株歪不溜秋的,成啥样啊!"

说得有板有眼,仿佛就是园中人,一大群游客围上来,七嘴八舌地问这问那,吴侬软语,秦腔粤调,惊讶中寓无限感叹,微妙得耐人寻味。啥叫"老北京"? 看看两个老者脸上捉摸不定的笑意,听听土得掉渣的儿化音,那味只能品,说又说不上个所以然。要不,再看看水泥条凳上摩肩接踵的俩老太婆,指手画脚轻言细语间还有朗朗笑声传来,从东门到西门,绕一圈回来,薄薄的阳光透过稀疏的枝叶洒下来,绿袄灰襟上斑斑点点的好比戏鱼的水影,眼光往上溜,入眼的两个身影靠得紧,坐化得菩萨似的。头顶上两只不知名的小鸟蹦跳着,鸣叫声唤起人心阵阵秋水涟漪。远远地又见数点红衫绿裤闪晃不定,嬉笑声隐约传来,若即若离地唤着什么。

山径弯而折,铺展于灌木丛中。拾级而上,清新扑面而来,走着走着那小径便没有去处,正寻思间,小径飘忽着从阴绿的树丛中闪出来。一路上见路边土石相错,树木扶疏,很见一片营造之意。可惜草坂甚少,随处可见游人踏出的捷径,光亮鉴人,坡地上的稍微平坦处也留下游人的坐痕,不似南方的土山野岭,杂草蔓蔓,枝藤牵衣袖。这倒应了"穷在深山无人至,富在闹市有人寻"的话。

山无趣处,称道的该是亭和殿了。时近中午,游人渐多,临绮望楼,南眺故宫一带,无奈烟雾蒸腾,间以高大树影,目光便短短地舒展不开,浓妆重彩的梁架也压得人心头紧,勾得人眼花缭乱。万春亭的一个万字,春色汇集当是意料中的事。奋力登上去。蓦然觉得凉风生面,精神为之一振。放眼四周,可惜雾气太浓。百十米外便难分伯仲,只混混沌沌一片,难辨高楼和院落。至于许地山先生所说的大风之日看天安门城楼屋脊上的鸦群,在我看来只是梦中的画面。天上倒是有鸽哨一阵阵传来,恰似袅袅仙音,撩拨人想飞。亭内有凸雕纹饰的须弥座,亭外是混茫的市容,一内一外唤起人的沧桑。皇权之上再加八国联军砸毁佛像的劣行,万春亭何处寻春?

亭上有一对男女操着北京话招揽生意。高倍望远镜一架,望一次两毛钱,目力不行,只好借助仪器了。一年前我曾去过故宫,过金水桥一直沿玉径走上太和殿,疲于足力,养心殿雨花阁等十余处宫殿屐履未至。今借望远镜,正好遂一桩心事。乃至借眼远眺,心里大喊上当。迷迷茫茫远近不分,倒不及目力。

"什么都看不清楚。"

"咋?"

"没咋,望远镜不好使。"

"可不是么?眼力不好,有镜也望不远。"

也是,历史悠久的北京,千百年来的盛衰史,岂是一眼就看得清楚的?游思一缕逸出,下山的步子也踏得沉重了。

1991 年 1 月 24 日

王剑冰

(1956—),河北唐山人,作家,有诗集《日月贝》《八月的敲门声》,散文集《蓝色的回响》《有缘伴你》《苍茫》等。

乾陵回望

又一次步入那气势宏大,肃穆庄严的陵墓。多少次来这里,记不大清了,只觉得数十年间这陵墓的环境修理得比过去越来越好了。当然,人们的修理环境是从保护古迹、发展旅游的角度出发,纪念和景仰的意义却很少,那么,来此的人们,心态也就各异了。

乾陵对于人们的印象,是唐代的不假,武则天的名字却要比李治的名字响亮得多。亦如高高矗立的无字碑,比其他任何碑石都要醒目。于是想了,武则天既是做了一代皇帝,竟没有为自己修建陵墓,死后仍以李家媳妇的身份,安然地躺在了夫君的身边。这个在夫君生前和死后都为国家做出过卓越贡献的女子,是一种无奈呢还是一种大度?

对于武则天这样一位奇特的女性,使我总想从哪里一睹她的真容。原以为皇宫选入的女子个个都是精美得可以,但自从看了慈禧的多幅照片后,这种臆测及对皇宫后院的迷想就一下子泡灭了。唐代没有清代幸运,没有玉照流芳百世。唐代以丰腴的杨贵妃为审美取向,今天的人们已大不以为然。终于在广元皇泽寺则天殿上,看见了被称做武后真容的石刻造像。一代女皇也只是个平常的女子罢了。《旧唐书》中说唐太宗听说武则天"美容止,召入宫,立为才人"。从十四岁到二十六岁侍奉太宗的最美好最光艳的青春生涯中,却没有得到多少宠幸。二十年间没有怀孕的记录。而跟高宗后却生了六个孩子。皇后以下有四妃、六仪、美人、才人,她在才人的位上多少年没动,而在二十八岁侍奉高宗后却一下子升拜为昭仪,再为皇后,再后干脆一屁股坐上了皇帝的龙椅。

二十八岁,可是一个女子最有魅力的时候?恐不好说。而武则天就能让比她小四岁的李治着迷忘形,果敢地迎娶曾是父妾身份的武则天,并力排众议立为皇后。也真为子孙后代带了个好头。要么怎又出来个李隆基和杨玉环的故事呢。难怪文人骆宾王在为徐敬业起草的檄文中拣着词大骂:"入门见嫉,蛾眉不肯让人;掩袖工谗,狐媚偏能惑主。"骆宾王毕竟是个文人,只是换得大政治家武则天很有风度的一笑。

不管怎么说,武则天绝不是单纯地凭着那张脸蛋。许是十二年的宫中冷落,使她学得了某种抑制,某种聪敏,某种刚毅,或者说学会了迎合,学会了心计,并戏剧性地在青春走向末途时遇到了性情懦弱的李治。当然这里边还有一个给自己帮了倒忙的王皇后,为离间高宗和肖淑妃而出面接了武则天入宫。年近三十的武则天在佳丽如云的后宫取第一宝位,实非一般女子所能为。这时的她也有了一种政治家或被人们说的野心家的诡计了。最明显的是掐死亲生女儿而诬陷皇后。这一着是她孤注一掷的最绝的一手,也正是一般女性所不能做到的一手,以亲生女换取一代皇后位,进而换取了皇帝位,这在武则天看来是没有办法的办法了。在宫廷斗争到了白热化的程度,我们似乎能一闭眼睛就容忍了她。要么"文革"中,怎把武则天推崇为法家的重要代表人物呢?对一个成了大气候的政治家,这些都为小节了。当然这小节也包括武则天在一次次斗争中使用酷吏大开杀戒,包括她在后宫豢养一个个男宠。从大节来说,武则天三十二岁为后佐高宗直至亲为皇帝,从政的四十年正是贞观和开元之间的这段时期。近半个世纪中,可以说武则天承上启下既继承了贞观之后的稳定政局,又奠定了富国强民的开元盛世。被称做明皇的李隆基,还真得感谢这样一个奶奶呢。

武则天身上存在着许多的情节,许多的让人联想让人猜测的谜,因而就有了一个个关于武则天的传说与戏剧。历史给予了武则天多重性,给了她许多光环也给了她许多晦暗,所以武则天立了个无字碑。武则天比历史聪明。

武则天退位之前,终于还是让位给李显,而没有选武家后代做接班人,并在遗嘱中确定"令去帝号,称则天大圣皇后",把皇帝位也除去了。她白忙活了一生、操劳了一生、斗争了一生、烦恼了一生。死后还不知如何论定,这点她知道。可武则天注重的是过程。在这个过程里她发泄了、痛快了、挥洒了,这就够了。因而她满足了,她做了中国历史上也是迄今为止的第一个女皇。她的善终还表现在她于死前赦免了所有被酷吏迫害的人。

任何一个人都不可能是一个完人,尤其是置于众目睽睽之中的人,尤其是走进历史且走进很远的历史可以自由评说的人。

沿着石阶一步步攀上去,我已经有些累了。周围的人们依然兴致勃勃地登攀着。人们来此的目的全然不一,多是把乾陵当成了游玩的一个好去处。

登了乾陵最高处,四野尽收眼底。一望无际的绿色与黄色铺天盖地,潺潺的流水在阳光下泛着银辉。天空好是高远!这女子要么没再修墓,她是看准了乾陵,再修也找不到这么个好气势。

车子行出老远再回头望去,山陵竟就像一位仰卧的女子,那般丰满娇美地睡在乡间野田的烟霭里。

这是一种天然的巧合吧。

李兰妮

（1956— ），黑龙江宾县人，女，作家。有长篇小说《傍海人家》，中短篇小说集《池塘边的绿房子》，散文集《一份缘》《人在深圳》，电视剧本《澳门的故事》等。

知青墓地

不管我走到哪里，常常会想起农场那块知青墓地：草青青、草深深，不知名的昆虫没完没了地叫着，叫得人心发痛。当年在农场读书时，曾听人说，每逢阴冷、漆黑的风雨夜，远远地能听到坟地里传来的笑声、歌声和哭声。

离开海南的十几年里，有个心愿始终折磨着我，时强时弱，时弱时强——回去，回农场去，在每一座知青墓碑前搁上一束花。

还愿的一天到了。

我们一行五人走在僻静的山路上，我边走边采着路旁的野花，不是没有想过送上一朵玫瑰，几枝茉莉，但这些花儿朵儿太娇艳了，娇艳得失去了进入那块墓地的资格。它们不知道在那块贫瘠的土地上扎根是多么的艰难，它们没有尝过山风山雨扑打在身上是一种什么样的滋味儿，只有生长在苦难中的野花，才懂得抚慰一颗颗永远流浪着的灵魂。

记忆中的墓地，荒无人迹，虽是一片向阳坡地，然而终日阴风凄凄，齐胸高的茅草窸窸窣窣地响着，像有人窃窃私语，又像有人在抽泣，一座连一座的坟头触目惊心地拱立着，说不尽的压抑、冷寂。谁知这回到了墓地,发现座座坟头周围是碧绿的花生地,点点绿意,显示着蓬蓬勃勃的生命力。

与我同来扫墓的旧日同学为此感伤——不像话,自留地种到这儿来了。

然而,我喜欢这片碧绿的花生地。

黄泉下,不曾体验过生命全过程的人们默默注视着活着的人耕耘,播种。一颗颗饱满的种子探出了嫩嫩的芽儿,为这片土地带来生的快乐,一株株幼苗展着绿绿的叶儿,这片土地洋溢着青春的喜悦;一朵朵金黄色的花儿绽开了,预示着一个生命的金色时代即将来临,一丛丛果实悄悄成熟了,黄泉下的人们与活着的人分享着收获的欢欣。

我想起了一位早逝的少女。

有一阵子,在场部食堂附近的那口小井旁,我常注意一位十六七岁的潮汕姑娘。他们都说,潮汕的姑娘从小足不出户,手不离绣花针,特别的娇滴滴。我不明白,那么娇小的人儿,为啥总穿着一条厚硬的黑色长裤和一双笨重的长统水靴?我不明白,她那雪白清丽的脸上,为啥永远疲惫不堪?我不明白,她那双稚气未脱的眸子里,为啥不曾有过笑意?有人说,她是养猪班的,又有人说,她是种菜班的。她总是那么沉默。她默默地理顺吊桶的麻绳,默默地拄着扁担发愣,默默地挑着两大木桶水,佝着头急急忙忙地走。

不久,听说她住院了。过了些天,听说她得了癌,原来她有妇科病,半年多流血不止,可她不敢去看病,不敢告诉别人。她日复一日、老老实实地干着重体力活儿,在广阔天地里炼红心。

咽气前她说:"我……回家。"

可是,她没有回家。她在那块墓地里歇息着,没有穷尽的乡愁永远缠绕着她。

真想把第一束山花搁在她的坟前,可我不知道她的名字,找不到她的墓。

我把一朵朵金盏银盘花轻轻搁在一座座石碑的碑顶上。金色的花蕊,雪白的花瓣,花儿静静地侧卧着,那样素雅,那样生动,那永远流浪着的灵魂此刻正歇息在花蕊中吗?

一棵细细的苦楝树苗苗,立在一座坟尖上,舒展着秀秀气气的枝叶,像把袖珍绿伞,遮挡着南国的骄阳。我认识躺在绿伞下的姑娘。

她姓张,广州知青,高挑个儿,头发扎成两把小毛刷,眼睛特别地亮,有时斜眼瞟人一眼,显得有点傲,又有点俏皮。她在中学读书时,就是游泳健将,标准的游泳运动员体形,集朝气、活力、开朗于一身。

夜。一个台风暴雨夜。天出奇的黑,出奇的冷,山洪包围她和伙伴们的驻地。这是一个新建的连队,人员不满三十,除两位男同志外,都是些二十岁上下的娘子军,其中有一半人会游泳。

如果分头突围,可以大大减少损失。但他们是兵团战士,他们相信人定胜天,与天斗,与地斗其乐无穷,河深海深不如阶级友爱深。他们激动地、慷慨地做出了悲壮的抉择——生,一起生;死,一起死。他们手挽着手,身贴着身,站在一块小高地上,年小体弱的围在最里层,面对冰冷没胸的洪水,他们含泪唱起了悲壮的《国际歌》。不幸上游水库决堤,洪峰骤然吞没了一切。

幸存者里,没有这位游泳健将。洪水退后,人们在一丛灌木中找到了她。她一只手僵硬地弯曲着,仍像在划水,身边紧挨着一位不会游泳的弱小姑娘。她到底没能把小伙伴带回人间。但她得到了安息。黄泉下,她的小伙伴向她诉说着崇敬之情,她给了伙伴们比生命更可宝贵的东西。

"假如,他们当初分头突围就好了。"活着的人常暗暗叹息。

是呵,假如……就……可是,我知道,他们不可能选择这个"假如"。也许,当时的兵团战士都不可能选择这个"假如"。

如今的人们在那种情况下,会作何选择呢?我不知道。

我把一朵花搁在那棵苦楝树下。

我想唱支歌。唱支"南渡江啊水流长——,宝岛一派好风光……"唱支"银锄飞舞铁臂摇,我为革命种橡胶……"

我唱不出声。一想起那旋律,那歌词,我脑子里就乱了,分不清酸甜苦辣,什么滋味都全了。我想哇哇大哭,想疯狂地嚷嚷什么,想傻傻乎乎地咧嘴笑,想拥抱那山、那水,那骄阳,那大地,我弄不清我到底想干什么,我什么都想干。

摸着一座座石碑,我心里好疼好疼。当年,我十四五岁,他们只比我大几岁呵。

石碑上,刻着一个我熟悉的女孩子的名字,我没见过她,但她在那次洪水中遇难后,我看过她的遗像和日记本。她有张娃娃脸,短发浓密,文静内秀。然而,她的日记里有这样一段话:"只要第三次世界大战一爆发,我立刻就剃光头发,扛枪上前线,当一名真正的战士。"

在知青们尚未回城的那几年,这座坟前常有人送上一束塑料花,人们猜测姑娘生前心里有个秘密,但谁也不清楚那是个什么样的人。

同伴告诉我,多年不见,去年一束神秘的塑料花又出现在这座坟墓前。

有人说,永恒的爱情是不存在的。也许,两个活着的人之间是难求永恒的。那么,生者与死者之间呢?送花的人如今一定是位模范丈夫,五好父亲,但他没有忘记,这儿埋葬着他在那个时代的恋人。他不会忘记那个时代,他知道自己从哪儿来,要到哪儿去。

我在这座石碑顶上,搁了一棵野菜——瓜子菜,上面开着一朵淡淡的小黄花儿,很小,然而很可爱。

当年,知青们陆续回城,离开农场前,都要与这块墓地道别,十几年过去了,不管这些知青在哪块土地上落脚谋生,失意还是得意,都会在梦中记起这块向阳坡地。

一位春风得意,仕途如锦的知青,他几乎与所有过去的同学农友都断了联系,但他年年计划着要找个机会回农场看看,他始终不曾忘记知青墓地。

一位从商的知青,为达到生意的目的,不在乎使用任何手段,但他每年去海南洽谈一次生意,每年回到农场,走的都是一个路线图:知青墓地——旧日的连队、宿舍——他割过的橡胶林带。

为什么人人都忘不了这块向阳坡地?为什么人人都想回农场看看?为什么同一个连队的知青每年要找个日子聚聚?为什么人们微笑着谈论过去的艰辛?为什么?

我默默地记着每一座石碑上刻的名字。我们拥有一个共同的名字,叫"知青"。当年,他们是大哥哥、大姐姐。如今,我正向中年老年走去,我的额前已出现皱纹,将来人们会称我"小老太太",而他们永远是小李、小张、小朱、小梁……他们永远年轻。

从海南回到广州,一位同场知青问:"去看过知青墓地吗?一定很荒凉吧?"

我说:"不,那儿有一片碧绿的花生地——"

铁　凝

（1957—　），河北保定人，女，小说家。有短篇小说集《夜路》，中篇小说《红屋顶》《没有纽扣的红衬衫》，长篇小说《玫瑰门》，散文集《女人的白夜》等。并有《铁凝文集》行世。

草戒指

初夏的一天，受日本友人邀请，去他家做客，并欣赏他的夫人为我表演茶道。

这位友人名叫池泽实芳，是国内一所大学的外籍教师。我说的他家，实际是他们夫妇在中国的临时寓所——大学里的专家楼。

因为不在自己的本土，茶道不免因陋就简，宾主都跪坐在一领草席上，一只电炉代替茶道的炉具，其他器皿也属七拼八凑。但池泽夫人的表演却是虔诚的，所有程序都一丝不苟。听池泽先生介绍，他的夫人在日本曾专门研习过茶道，对此有着独到的心得。加上她那高髻盛装，平和宁静的姿容，顿时将我带进一个异邦独有的意境之中。那是一种祛除了杂念的瞬间专注吧，在这专注里顿悟越发嘈杂的人类气息中那稀少的质朴和空灵。我学着主人的姿态跪坐在草席上，细品杯中碧绿的香茗，想起曾经读过一篇比较中国茶文化与日本茶道的文字。那文章说，日本的茶道与中国的饮茶方式相比，更多了些拘谨和抑制，比如客人应随时牢记着礼貌，要不断称赞"好茶！好茶！"因此而少了茶与人之间那真正的潇洒、自由的融合。不似中国，从文人士大夫的伴茶清谈,到平头百姓大碗茶的畅饮,可抒怀,亦可恣肆。显然,这篇文字对日本的茶道是多了些挑剔的。

或许我因受了这文字的影响,跪坐得久了便也觉出些疲沓。是眼前一簇狗尾巴草又活泼了我的思绪,它被女主人插在一只青花瓷笔筒里。

我猜想,这狗尾巴草或许是鲜花的替代物,茶道大约是少不了鲜花的。但我又深知在我们这座城市寻找鲜花的艰难。问过女主人,她说是的,是她发现了校园里这些疯长的草,这些草便登上了大雅之堂。

一簇狗尾巴草为茶道增添了几分清新的野趣,我的心思便不再拘泥于我跪坐的姿态和茶道的表演了,草把我引向了广阔的冀中平原……

要是你不曾在夏日的冀中平原上走过,你怎么能看见大道边、垄沟旁那些随风摇曳的狗尾巴草呢?

要是你曾经在夏日的冀中平原上走过,谁能保证你就会看见大道边、垄沟旁那些随风摇曳的狗尾巴草呢?

狗尾巴草,茎纤细、坚挺,叶修长,它们散漫无序地长在夏秋两季,毛茸茸的圆柱形花絮活像狗尾。那时太阳那么亮,垄沟里的水那么清,狗尾巴草在阳光下快乐地与浇地的女孩子嬉戏——摇起花穗扫她们的小腿。那些女孩子不理会草的骚扰,因为她们正揪下这草穗,编成小兔子和小狗,兔子和小狗都摇晃着毛茸茸的耳朵和尾巴。也有掐掉草穗单拿草茎编戒指的,那扁细的戒指戴在手上虽不明显,但心儿开始闪烁了。

初长成的少女不再理会这狗尾巴草,她们也编戒指,拿麦秆。麦收过后,遍地都是这耀眼的麦秆,麦秆的正道是被当地人用来编草帽辫儿的。常说"一顶草帽三丈三",说的即是缝制一顶草帽所需草帽辫儿的长度。

那时的乡村,各式的会议真多。姑娘们总是这些会议热烈的响应者,或许只有会议才是她们自由交际的好去处,那么好的机会,村里的男青年自然也不愿错过。姑娘们刻意打扮过自己,胳肢窝里夹着一束束金黄的麦秆。但她们大都不是匆匆赶制草帽辫儿,在众目睽睽之下,她们编制的便是这草戒指。麦秆在手上跳跃,手下花样翻新;菱形花结的,卍字花结的,扭结而成的"雕"花……编完,套上手指,把手伸出来,或互相夸奖,或互相贬低。这伸出去的手,这夸奖,这贬低,也许只为着对不远处那些男青年的提醒。于是无缘无故的笑声响起来,引出主持会议者的大声呵斥。但笑声总会再起的,因为姑娘们手上总有翻新的花样,不远处总有蹲着站着的男青年。

　　那麦秆编就的戒指,便是少女身上惟一的饰物了。但那一双双不识闲的粗手,却因了这草戒指,变得秀气而有灵性,释放出女性的温馨。

　　戴戒指,每个民族自有其详尽、细致的规则吧。但千变万化,总离不开与婚姻的关联。惟有这草戒指,任凭少女们随心所欲地佩戴。无人在乎那戴法犯了哪一条禁忌,比如闺中女子把戒指戴成了已婚状,已婚的戒指戴成了求婚状什么的,这里是个戒指的自由王国。会散了,你还会看见一个个草圈儿在黄土地上跳跃——一根草呗。

　　少女们更大了,大到了出嫁的岁数。只待这时,她们才丢下这麦秆,这草帽辫儿,这戒指,收拾起心思,想着如何同送彩礼的男方"嚼清"——讨价还价。冀中的日子并不丰腴,那看来缺少风度的"嚼清"就显得格外重要。她们会为彩礼中缺少两斤毛线而在炕上打滚儿——倘若此时不要下那毛线,婚后当男人操持起一家的日子,还会有买线的闲钱吗?她们会为彩礼中短了一双皮鞋而嚎啕,倘若此时不要下那鞋,当婚后她们自己做了母亲,还会生出为自己买鞋的打算么?于是她们就在声声"嚼清"中变作了新娘,于是那新娘很快就敢于赤裸着上身站在街口喊男人吃饭了。她们露出那被太阳晒得黑红的肩膀,也露出那从未晒过太阳的雪白的胸脯。

　　那草戒指便在她们手上永远地消失了,她们的手中已有新的活计,比如婴儿的兜肚,比如男人的大鞋底子……

　　她们的男人,随了社会的变革,或许会生出变革自己生活的热望;他们当中,靠了智慧和力气终有所获者也越来越多。日子渐渐好起来,他们不再是当初那连毛线和皮鞋都险些拿不出手的新郎官,他们甚至有能力给乡间的妻子买一枚金的戒指。他们听首饰店的营业员讲着18K、24K什么的,于是乡间的妻子们也懂得了18K、24K什么的,只有她们那突然就长成了的儿女们,仍旧不厌烦地重复母亲从前的游戏。夏日来临,在垄沟旁,在树荫里,在麦场上,她们依然用麦秆,用狗尾巴草编戒指:菱形花结的,卍字花结的,还有那扭结而成的"雕"花。她们依然愿意当着男人的面伸出一只戴着草戒指的手。

　　却原来,草是可以代替真金的,真金实在代替不了草。精密天平可以称出一只真金戒指的分量,哪里又有能够称出草戒指真正分量的衡具呢?

　　却原来,延续着女孩子丝丝真心的并不是黄金,而是草。

　　在池泽夫人的茶道中,我越发觉出眼前这束狗尾巴草的可贵了。难道它不可以替代茶道中的鲜花么?它替代着鲜花,你只觉得眼前的一切更神圣,因为这世上实在没有一种东西来替代草了。

　　一定是全世界的女人都看重了草吧,草才不可替代了。

1990年8月20日

叶兆言

（1957— ），江苏苏州人，作家。有短篇小说集《死水》《花煞》《1937年的爱情》，中篇小说集《艳歌》《夜泊秦淮》等。并有《叶兆言文集》行世。

说音乐

我于音乐是门外汉，所谓五音不全。不过有了个怪毛病，就是写作时，耳旁一定要有音乐。音乐伴奏对我有特殊功效，犹如瘾君子嗜烟嗜茶。不正确的印象记弄不好就把作家给害了。我的朋友李潮在一篇印象记中，把我描写成一个玩音乐的公子哥。《音乐爱好者》的编辑李章因此上当，非常热心地写信约稿。我这人见了人热情就不好意思，糊里糊涂答应了。答应了后，认认真真想想，才明白谈音乐，自己根本无从谈起。

喜欢音乐实在不值得一说。音乐是个美好的东西，谁都会不由自主地喜欢。我们经常听到这样的神话，诸如奶牛听音乐产奶量增高，母鸡听音乐多下蛋，音乐可以治病。喜欢音乐没有任何意义。倒不是不愿附会风雅，说了白说的话最好别说。爱听音乐绝不是什么例外，就好比人爱吃，爱玩，爱看电影。不爱吃，不爱看电影才是例外。人真要想发表声明，应该宣布一些必须例外的东西。比如理直气壮地宣布自己不喜欢音乐。

我最早接触外国音乐，是在1974年。和我的文学起步一样，我染上听西洋古典音乐的习惯,都是受堂哥三午的影响。三午在那年买了一架老式的大圆盘的磁带录音机,一头扎进音乐的海洋,到处打听磁带唱片行情。那是一种现在已完全淘汰的录音机,用的是老掉牙的电子管,沙沙的噪音不绝于耳。记得当时一起玩音乐的有翻译家傅惟慈,业余诗人毛头等。只要一听说哪儿有好磁带,兴奋得就像过节,立刻用自行车驮着笨重的录音机去翻录。

1974年听音乐是个了不得的享受。那年头是文化的沙漠,甚至耳边听几句样板戏,也有一种聊胜于无的轻松。物以稀为贵,大家没有音乐听,有音乐听的人免不了自我感觉良好,免不了有一种富裕的知足。"文化大革命"后期,所谓高级知识分子,都有些别人没有的享受。据我所知,知识分子尤其是高级知识分子,在当时的遭遇,并不像电影电视上那么悲惨。真正吃苦的,永远是货真价实的工人农民。知识分子吃些苦,那是投资的本钱,迟早能捞回来。

那时候听的都是古典音乐,交响乐之外,便是意大利歌剧,手头备一本丰子恺的《世界十大音乐家》和《音乐家辞典》,一边听,一边按图索骥地对号。对于音乐,至今为止,我仍然说不出什么名堂。只记得当时听得愉快,认认真真坐在那儿,像小孩子吃冰棒,像好纯情好纯情的姑娘看言情小说,全心全意地喜欢和当真。这种愉快的感觉一直延续到现在。一闲对百忙,再也没有比这更好的享受。人坐定了,放一盘中意的磁带,烦闷时可以出口恶气,疲劳时能够解乏。音乐使人摆脱了孤独感。尤其是在写作期间,万籁俱寂或者噪音袭耳,有时思如泉涌,来不及写,有时江郎才尽,写不出一个字,惟有音乐在空气中汨汨流动,好像有群小天使在身边飞来飞去,你终于感到自己并非孤立无援。

听音乐,最好是身临其境,干脆自己就去做个音乐家。其次当票友,虽不下海,能拉会唱其乐无穷。再次是听客,譬如我就那么老老实实坐在那儿,认认真真地听。我在音乐方面的素养低得不能再低,先天不足,后天失调,记忆中我似乎没上过什么音乐课。我的少年时代和

"文化大革命"的急风暴雨紧密联系,在学音乐的最好年龄,我因为父母双双突然进牛棚差一点成了小流浪汉。当时,有几口饭吃就很不错了。

我最害怕的是这样的斥责,那就是你既然不懂音乐,不会玩乐器,不识五线谱,干吗还要听音乐。这是最击中要害的打击,我难免无地自容。好在我没有不懂装懂。喜欢音乐是人的一种天性,音乐并不只是音乐家的专利,就仿佛吃并不只是厨师一个人的事,不是美食家,照样要吃美味佳肴,我常常听到一些绅士般的人物在比音响设备,在比彼此收藏的激光唱片。有些人常常把"这机子哪能听,这带子哪能听"挂在嘴上,他们的耳朵比一般人高贵,像喜欢名牌衬衫一样喜欢名牌音响制品,乐曲本身反而显得并不太重要。好是没有底的,依我的傻想法,当我们真需要音乐的时候,当我们的心灵已经随着乐曲的颤动,那熟悉的旋律不断反复,有一点沙沙声,高音或低音区有那么点小小失真,又有什么大不了。

孙　郁

（1957—　），辽宁大连人，作家、学者。有学术论著《被亵渎的鲁迅》《鲁迅和周作人》，随笔集《灯下闲谈》《文字后的历史》等。

绍兴气味

我去绍兴，看了兰亭，看了沈园，还有三味书屋，青藤书屋等，回来找到绍兴文献一读，对其风土人情，有了一点头绪。江南以秀色出奇，兰亭、沈园都很柔美，这样的景观，在北方是看不到的。但绍兴自古就多出豪杰，这些人的脾气、禀性与江南氛围多有不同，倒是有塞北气象。鲁迅在文中，曾四次引用自己的同乡，明末清初的文人王思任的话："夫越乃报仇雪耻之乡，非藏垢纳污之地。"绍兴人多有血性、硬骨，是与王思任所言的精神有关吧。此地后来出了蔡元培、鲁迅、秋瑾等人，在文化传承上，有着因缘，研究地域文化者，倒不妨由此下些功夫。绍兴气味对国人而言，是很可琢磨的存在。

绍兴籍的文人，有几位我颇喜欢。徐渭的书画，张岱的小品，周氏兄弟的随笔，都算得上是精品。徐渭的作品很怪，字与画都很反俗，线条与文字的背后，有本真的性情在。张岱的游记可谓学识与审美的自然融合，其秀雅的篇章，有士大夫的悲悯在。到了鲁迅和知堂，可说将古人的性灵与学理，发挥到了极致，扬弃杂质，糅进新学，小品散文终于有了新的样式。绍兴人著书立说，有着很深的历史感，性情之中弥散着远古的幽魂。张岱文字好似有王羲之、陆游以来的传统，知堂的杂著则很得明清文人的遗绪。中国的古镇我去了多处,惟绍兴让人久久不忘,历史的悠远自然是个原因,而文人中多有离经叛道者,大概是主要的。读一读徐渭,感人的更主要是不平之音;张岱在明亡之后,隐居著文时的忧患,则是文章的灵魂。至于周氏兄弟,或以幽愤而名世,或因绝望而引人,那是桐城派传统下的文人所远远不及的。

汉代以降,绍兴的名气便已经很大,文人也多染有超俗之风。绍兴文人,虽然五花八门,多以冲荡之气闻世,但自魏晋以来,似乎有一个共同的气脉在流动。王羲之的墨迹有神龙之气,柔婉里透着清秀。陆游虽悲凉之味很浓,但哀怨中亦多温情。蔡元培文字是带着善意的,他的诗文常见明净之美。至于鲁迅和知堂,看他们谈论古书和记旧的散文,亦非金刚怒目的气韵,倒常常见到温暖的爱意。讲绍兴气味,不可不谈其温柔之美。我看知堂的散文,就常想起王羲之的作品,其间虽跨度上千年,但气韵直流而下,一种相近的人性美流溢其间。鲁迅的书法、散文,亦带有这种气象,虽点点滴滴,隐得很深,但细细一看,是可体味到的。

绍兴在历史上,还颇有些谙于文治的人才,所谓"绍兴师爷",亦指此地乃"习幕"成风之所。"师爷"的出现,是统治者文化素质下降的产物,因这官员疏于学理,便不得不雇佣读书人"入幕"。据说"入幕"者中,以绍兴人为多,乃至有"无绍不成衙"的谚语长久流行。李乔曾著有《中国的师爷》一书,内引绍兴籍师爷龚未斋话云:"吾乡之业于斯者,不啻万空。吾乡之业于斯者,不知凡几,高门大厦,不十稔而墟矣!"绍兴人既有钟情的形而上的一面,又有通于世故,游玩于官场的济世之才。这也是此地文化很有引力的另一原因。陈西滢与鲁迅论战,就讥讽周氏兄弟有"师爷"笔法,言辞背后,很有贬义的。外人以"绍兴师爷"来挖苦绍兴人氏,其实亦有刮目相看之处。秋瑾的父亲,就是很有名的"师爷",有"秋青天"之称。鲁迅的亲戚中,有多位做过"师爷",聪明才智,也是让外族人不可小视的。绍兴的"师爷"传统,虽才百余年的历史,实用的因素过多,但也是文化的积累在起作用。中国现在的青年,大多注重物质实惠,不太看重公务运作背后的文化因素。绍兴人善于经营,富有创新感,我以为是文化风气使然。以晚清的"绍兴师爷"为例,他们的诗文修养,实在不错。既通典章,又谙诗文,若说绍兴气味,这也算是一种吧?

　　我在绍兴只待了两个晚上,结识了多位本土人士,印象是:豪爽、精干,有磊落之风。绍兴自古也出过佞人、叛徒,但不知怎么,我们对此不太记得了。绍兴给世人展示的,多为天下俊杰。我在兰亭的那个下午,看茂陵修竹,听潺潺流水,很有回到古代之感,心里好似得到了神谕。这样的地方,中国不多,一生能有暇亲近此地,确是快乐的。

丁亚平

（1961— ），江苏大丰人，学者。有学术论著《一个批评家的心路历程》《艺术文化学》《中国现代文学批评史论》《老电影时代》，文学传记《萧乾传》等。

悠悠长旅妈妈伴我走

想想自己也奇怪，我现在的读书生活，仿佛竟是在多少年前由我的妈妈早就预设好的。或者这是天命。妈妈在履行天命的时候，几乎竭尽了她全部的心血与生命。而在我，则有描述不出的无言的感激深埋心底。

十多年来，我远离家乡，出外求学、工作。妈妈一直是我真正的保护者与导引者。尽管妈妈早在二十年前就已远逝，永远离开了我，离开了她所深深眷恋的这个世界，然而，妈妈那深情而低柔的话语总在我耳畔回响，妈妈那高挑纤弱的身影总在我眼前闪现，妈妈那特有的平和安详坚韧执着，总在我的心里血里活着。多少年，长旅漫漫，一路风尘，是妈妈在引导我，是妈妈在伴我朝前走。

二十年前，妈妈不满三十五岁，而我还不到十岁，在上小学。那时，妈妈患病已七八年了。妈妈的病本不是什么不治之症，以当时的医疗条件是能看得好的，但是我们僻居乡村小镇，连上县城医院去看病都成了一种奢侈。许多时候，妈妈总是躺在床上，静养。有时大咳不止，以至咳出血来，很痛苦；有时很平静，脸却是蜡黄蜡黄的，全无血色，有时稍好一些,妈妈就披着衣裳,坐起来,用定定的目光看着我,欲言无语。更好一些的时候,妈妈就起身下床,坐到冬日的阳光下,默默地做手工活。记得从前妈妈常为我们做一双又一双的布鞋和棉鞋,并且总是自己动手纳鞋底,上鞋帮。然而那年妈妈病重,已经没有力气亲自做这些了,不过她还是托相熟的阿姨为我们做鞋,鞋子做好送来,静静坐在阳光下的妈妈,拿起我的新鞋,会忽然说出一句:"这孩子,个子长这么高,手大脚大,将来娶的媳妇,不会纳鞋底怎么办呢?"

妈妈充满爱意的这句话,虽说已隔了长长的一段时间,却永远烙在我的心里我的记忆中。

病中的妈妈对我满含悠长的期盼与热望。那时她病重,其实已不能做什么事了。可她总是要挣扎着下地,竭力去做一些活计。每回放学回来,常常看到她不是在扫地收拾屋子,就是在浆洗缝补衣裳。她扫得很吃力,经常一边咳嗽一边扫,有时得坐在小凳子上,慢慢朝前挪着扫。我看到她这样吃力,放下书包,总是不吱声地上前要替她扫。可除了不得已,她并不让我扫:"你去做作业,去看书,看书,才出息,懂吗?"妈妈的话,声音不大,我却不能抗拒,尽管当时的我并不能真正理解这话的意义,在那样的年月,我也看不到读书的"出息"所在。

妈妈不久就病到了非进县医院住院治疗不可的地步。那次发病很猛,仿佛谁都没有任何心理准备,包括妈妈自己。妈妈住院后的一个深夜。我和姐姐、妹妹忽然被从床上拽起,说妈妈要见我们。那天天很冷,我们忙着穿棉袄棉裤,牙齿嘚嘚地直打架。坐上几个叔叔的自行车,我们连夜赶到了几十里路以外的县医院。屏住呼吸,进病房去见妈妈时,妈妈静静地躺在白色的床上,显得宁谧安详。这时的妈妈,力气全尽,眼神却格外的温柔祥和。原来妈妈在经过奋力搏杀之后,已经挣脱死神的魔掌,重回人间。

过了一些时日,妈妈出院回家了。回家之后,一个阿姨来看妈妈,躺在床上的妈妈抱着她的胳膊痛哭不止。"王琴,你晓得吗,我是从棺材底下漏下来的呀——"病情好转以后,妈妈跟进医院前一样,又回复到了往昔的平静,只是有时常常要自言自语,让人觉出她的心中有太多的忧伤、依恋与惆怅。一次在饭桌上,妈妈吃了几口,不想吃了,只静静地看着我们吃。这么看着,忽然她轻轻"唉"地叹了一口气,说:"要是我再能活五年多好呵!"我瞥了妈妈一眼,妈妈一动不动,脸上竟是出奇的平和、沉静。

仿佛预感早已发生。妈妈要完成她那最后的仪式。妈妈将我单独叫到她的卧室里。她披着衣裳,端坐在床上,指着房门上端的横楣,让我踩着凳子,从横楣上面取下一个狭长的小纸包。我小心翼翼地打开一看,见是一支老式吸水钢笔,妈妈用微弱的声音说:"你收好它,留着用吧。"我当时很想问,这支笔是哪儿来的,怎么会一直放在那儿呢?但妈妈没说,我终于也就没问。

过后不久,妈妈第二次进了县医院。但这次却再也没能活着出来。妈妈撒手而去之后,幼小的我多想踏破谜底,索解妈妈的思绪真意。妈妈自己不识字,从未上过学读过书,却不顾她那衰竭的生命,将这纸包这笔交付予我。想到这些,渐渐地,我的心里开始盛满越来越多的感动与沉重。

我常常在想,无论走到哪里,无论何时何地遭遇怎样的曲折坎坷,无论经过怎样的歧路岔道,领受怎样的痛苦与欢乐的反复锤打,我都该时时记着,我的路是妈妈为我设定的,我一生的意义是妈妈创造并给予我的,悠悠长旅,有妈妈引导我,有妈妈的爱心伴我,我要一直往前走。

王彬彬

(1962—),安徽望江人,学者、作家。有随笔集《在功利与唯美之间》《鲁迅:晚年情怀》《死在路上》《独白与驳诘》《给每日以生命》等。

渴望跪下

人在站得太累走得太累找得太累之后,会有一种渴望跪下的感觉。

我曾经很长时间鄙视一切形式的跪,我曾经认为,人,在任何时候都应该以脚掌着地而绝不应该以膝盖着地。

后来,我渐渐意识到,我对跪的这种态度,是并不绝对合理,并不永远正确的,相反,这种态度,有时是很浅薄甚至是很恶俗的。

这世界上有无数的人在跪着,不仅仅指那些真的双膝着地跪在路边的乞丐。无数的富商大贾,无数的达官贵人,无数的文人学者,无数的衣冠楚楚,忙忙碌碌的人,都一直在跪着。他们有的跪在金钱面前,有的跪在名声面前,有的跪在权利面前,有的跪在尘世的所谓事业面前……

金钱、名声、权力、事业,这些,在许多许多的人那里,是具有绝对价值的,是值得为之奋斗的。这些在他们面前,成为不朽的偶像,他们就终生虔诚地跪在这偶像面前。

这些人,无须为人生的意义苦恼。在他们那里,人生意义是明确的,像一加一等于二那样明确。他们在尘世找到了人生意义。

那些跪在异性面前求爱的人,是跪在了自己的情欲面前;

那些跪在屠刀面前求饶的人,是跪在了自己的生命面前。

在自身情欲面前的跪和在自身生命面前的跪,与在金钱、名声、权力、事业面前的跪,都是同一种姿势的跪。

要跪下,真是太容易了。你看,有那样多的人,模仿着别人或者按照先辈的指点,毫不犹豫地双膝一弯,便跪下了。而这一跪下,人生的一个最重大的问题也便解决了。剩下的事情,便是怎样才能跪得更好。

既然跪下是那样容易,既然跪下是只要愿意便人皆可行的,那么,渴望跪下,首先便是对跪下的拒绝。

在尘世中渴望跪下,也就意味着拒绝轻易地在尘世中跪下,意味着拒绝随随便便地跪下,意味着拒绝像众人那样地跪下;

在尘世中渴望跪下,也就意味着拒绝在金钱、名声、权力、事业和情欲、生命面前跪下。

要解渴实在太容易了,只要不嫌水脏,臭水沟里的水,不是也可以解渴么?

而在尘世中渴望跪下,则是虽站在臭水沟里却宁可紧闭双唇忍着干渴也绝不喝一口脏水。

而在尘世中渴望跪下,则是一方面拒绝像众人那样跪着,另一方面又企盼着能找到一种能让自己在其面前跪下的东西。

渴望跪下,就是渴望着把自己无条件地交付出去,就是渴望着为值得献身的东西献身,就是渴望着心甘情愿地成为祭坛上的牺牲品。

渴望跪下,就是自己做自己的主宰做得太久而感到很累很累,从而渴望着为自己找到一个主宰,而自身则幸福地成为奴仆。

活着,总是在承受许许多多的心灵或肉体上的痛苦,而痛苦,必须是有意义的。为金钱、名声、权利、事业、情欲、生命而忍受痛苦是有意义的吗?渴望跪下者,对此做出了否定的回答。

渴望跪下,就是渴望找到生存的意义。

没有值得为之跪下的东西,于是,渴望跪下者便坚定地站着,他举首向天,俯首向地,热切地固执地寻找着;

没有值得为之跪下的东西,于是,渴望跪下者,便总是在走着,走着,他顽强地寻找着。

渴望跪下者的精神,永远在流浪着。

不肯轻易跪下而又渴望能够跪下的人,永远是精神上的流浪者。

一切真正的宗教信仰者,都是否定了尘世的任何东西具有绝对的价值从而在尘世之外找到了生存的意义,在尘世之外找到了能够为之跪下的东西:上帝、真主、佛……

一切真的宗教信仰者,都找到了精神的归宿,他们幸福地跪着,令渴望跪下者羡慕不已。

因站得太累、走得太累、找得太累而渴望跪下的感情,是否就是一种宗教感情呢?

而如果渴望跪下者,连宗教也无法信仰呢?如果他既不能在尘世之中也不能在尘世之外找到能够对之跪下的东西而又仍执拗地渴求跪下呢?

这时,他也许就反求诸己,会把自身的尊严看得特别重要,看得比金钱、名声、权利、事业重要,也看得比情欲,甚至比生命都重要;这时,他也许就赋予自身尊严以绝对的价值,他生存的意义就是维护自身的尊严,就是向世人显示自身的尊严;这时,他也许就跪在了自身的尊严面前。

而只要仍活在尘世,他的尊严就是不可能绝对不受侵害的。这时,他的尊严如一个极易受伤害极难护理的病人,而他根本侍候不过来。

他发现,在尘世中,尊严,这他本渴望奉献出去却终于找不到奉献的对象而只好自己来呵护的尊严,是绝对无法使其绝对不受伤害的。要知道,尘世中有许多人,活着就以伤害他人的尊严为业,活着就以伤害他人的尊严为乐,活着就以伤害他人的尊严为意义。

于是,渴望跪下而又无法跪下者,解脱痛苦的两种方式,维护尊严的两种方式,便是:自杀和发疯。

徐　迅

（1963—　），安徽潜山人，作家。有散文集《想象一株梅》《大地芬芳》等。

人像一根麦秸

> 有人说人类将葬身于烈火，有人说世界会毁于坚冰。
> ——美国诗人 R. 弗罗斯特《火与冰》

在稻畈区因盛产水稻，田叫水田。而麦子一般都生长在旱地上，收成很小，每年也就一茬。五月麦黄风时，稻子未熟，乡亲们正好腾出手来将麦子收割起来，送进磨坊磨成白花花的面粉，用以当作长年吃米岁月里一种调羹——制成面条或干脆做成小麦粑。稻子只有在煮成米饭时才散发出清香，而麦子在黄与乍黄、麦粒未脱下时，那金黄的麦秆就会飘溢出一种成熟的庄稼气息。乡亲们闻到这被风捎过来的诱人馨香，亲昵地说：刮麦黄风呢！

从乡亲们对于稻子和麦子的态度上，我后来回想，乡亲们似乎更倾向于麦子。这不知道是不是水稻区人民对别种庄稼的移情别恋，或者根本就是南方人对北方人本质上的心仪。再简单地说，也是南方的麦子不像生长在广袤的北方土地那样一望无际而稀罕的缘故。在南方，水稻一经收割脱粒之后，那稻草立即就被乡亲们用铡刀铡碎、铡断，还原于稻田，或者在太阳下曝晒一番后烧成"火粪"。大抵是稻草易烂的缘故,归于稻田,没几天它就会腐烂为泥,化作肥料。而麦秸则不,我小时候割过麦子,那麦茬齐扎扎的。如剑刃一般,扎得小手和脚窝子叽里哇啦地乱叫。南方人一般不把麦茬留在地里。我们小时候早晨上学或下午放学,所要干的活儿就是挖麦茬,然后抖干净,晒干当柴烧锅煮饭。麦秸子性脆,在火炉里烧得噼噼啪啪地响,那声音犹如正月人家娶新娘子放的爆竹,给人一种穿透幽静岁月的幸福感。

  麦秸的用途还在于能够晒干、压扁,编织成金黄色的麦草帽和蝈蝈笼、鸟笼子,还可以制成各式各样的花虫鸟兽之类。夏天的时候,我们乡间孩子们惟一的游戏就是捉蟋蟀、捉蚂蚱,捉住两只放进麦秸编织的笼子里,然后挂在床头。那小东西就伴随着我们过完一个"知了声声"的夏天。那时,我们村子里最会编织麦秸的是春旺叔,他祖上是学篾匠的,再孬的竹子到了他的手里也会修理得细如棉线、韧如铁针。所以编织麦秸是他的拿手好戏。农村时兴割资本主义尾巴的那阵子,他就曾偷偷地用麦秸编织过草帽、花木虫兽之类的走村串巷地卖过,因而也被当做资本主义的尾巴割过,那些没有压扁的麦秸,可以两头除断,当做吸水用的卫生管。现在市场上流行的饮料管,我想就是人们受麦秸启发的。

  "人呐!就像是一根麦秸!你看,折一下就断了,就脆了……"这是我祖母说过的话。祖母说这话时我还小,无法弄懂人和麦秸有什么本质的联系和区别。祖母现在已经九十多岁了,她活得健健康康。但那时她说着这话,乡亲们都信,都点着头。她们深有感触是因为这话直接与春旺叔有关——春旺叔那年由于卖麦秸编织的"玩艺儿"(乡亲们语),最后终于被当做"投机倒把分子"给公社抓起来了。这还不算什么,后来公社开"万人批斗大会",一直低头的春旺叔在台上不知怎么抬了下头。这下,他看到与自己一同接受批斗的竟是强奸知青的强奸犯、杀人放火犯、偷盗抢劫犯……他心里的防线一下子崩溃了。批斗会结束,别人被判了刑,他虽然被释放出来了,但当天晚上他就找了根草绳吊死了——我和她的女儿是同班同学,她家里来人要她回家,我们才晓得这事。春旺叔胆子大,脸皮却薄。"人呐!就像一根麦秸!"乡亲们聚在麦场上,边打着麦边这样说,叹息声四处流传……

如果深究起来,稻子和麦子给予我们人类的还由于地理上的差别而带来的心理上的巨大差异。在南方,人们把米饭当做主食,那种精细、雪白、晶莹而柔和的香喷喷的米饭,赋予南方人的是一种精明,纤细,柔韧的性格。稻子离不开水,人也被水调养得滋滋润润,机智而又未免失之于油滑;而以小麦面粉为主食的整个北方,却也似麦子般的坚挺、粗糙,北方人胸怀涌动起来就如麦子般地波流起伏,宽大、深沉,他们的性格也如易断易折的麦秸一样,"嘎嘣"干脆就是一下,绝不会像踩在南方水田里的拖泥带水——稻子和麦子简直就代表着南人或北相。民以食为天,庄稼天生的骨骼造就了人身体和心理上的区别,但人毕竟是有思想的,正由于这思想也让他们看出了自己与植物的殊途同归——人就像一根麦秸,一根有思想的麦秸!想想看,朴素的乡亲说的与洋人帕斯卡尔说的"人只是一根芦苇"有什么两样?

人类一旦深刻起来就以为自己是哲学,而哲学又从未最终解决人类的千古浮躁。特别是世纪末(人类自知之明地将这叫做世纪末病)——据说不单是这个世纪末,上个世纪末的人也很浮躁。但这个世纪末由于一本讲"人类大劫难"的大预言,再加上宇宙中的星球要排列出个十字架来,人心于浮躁中又添了些恐惧。真的如此,我想人类应该出现的局面绝不会像面对稻子或麦子那样亲切,其结果可能是两种:一种是人类不断闹出及时行乐的荒唐事,另一种则是涌现出一批"朝闻道,夕死可也"的英雄来。幸好人类的思想仍并不十分脆弱。脆弱的还是人的肉体——在历史中我们已经不断"领略"到法西斯对人类的摧残,在电视上我们现在还看到硝烟弥漫的战争,看见正在进行的海湾、科索沃战争中那一具具倒下来的无辜平民的身躯……这时候我陡然想起祖母的这句话,也只有心怀悲愤和无奈。人或真是一根麦秸,命贱于草或被草菅!

吴 鸿

(1964—2017),四川成都人,作家。有散文集《永远的宝贝》《怪斋杂记》等。

一对沉默寡言人

已近而立之年,记忆中却没有和父亲亲切交流的印象,也找不出和他玩笑、幽默甚至吵闹的印象。我和父亲活脱脱"一对沉默寡言人"。

尽管我的好些朋友都很敬重和崇拜他,并以他为楷模,我还是很羡慕那些能和父亲谈笑风生的同龄人。

和许许多多的父亲一样,他也望子成龙。我虽属龙,却没有成"龙",很让他失望。我辜负了他,看他失望的神情,我没有什么好说的。

我生活在一个不善言辞的家庭,业余生活是无聊的沉默,无事就坐着发呆。有时母亲看不过去,就对我说:"有什么想法去跟父亲说说,别闷在心里。"我摇摇头,顶撞说:"不如去对牛弹琴。"让母亲很生气。

其实,我很希望能跟他交谈,就像朋友一样,然而很难,偶尔几次对白,往往不欢而散,记忆如新。

一次饭桌上,父亲打破成规,竟问我:"近来工作怎样?"我说:"繁琐的事情多,很累人。"

"刚参加工作是要累喔,我们年轻的时候,比你还累。"父亲很严肃,怕我怨天尤人,就忆苦思甜起来。

爷爷不甘寂寞,也发表起感慨来:"现在的年轻人,真是生在福中不知福,想当年,我们连星期天都没有……"

望着他们,我无话可说,只好愤而离去。可惜母亲半天的手艺,一桌佳肴,无滋无味。怎么就连一点安慰的话都没有呢?譬如"早点休息"什么的,我想。

父亲深信"一个巴掌拍不响"的道理,常听见他和母亲都爱说:"你不惹人,人家会惹你?"这种严己宽人的作风,实在叫人敬佩,只是我们很不习惯。每当他使用这个原理时,心中就有个伤感的想象:要是有天,我出了车祸,他会不会说:"你不去违反交通规则,汽车能撞上你?"不过没有关系,反正都听不见了,无话可回答他了。

父亲是从纤纤的乡村小道,跋涉到城市,从技术员到车间、厂领导,到现在的岗位上。"路就在你足下,得靠自己去走",所以,我们从没听到过"我帮你"三个字。我也深知:足下的道路千万里,难免有崎岖;孤独地跋涉着,自然有人就用不着投鼠忌器。好在近年来粗通禅意,想:塞翁失马,焉知非福,也所谓"遇到了创伤不流泪"。

很小的时候,就听到他有个叫"皮带轮"的绰号,是他名字的谐音。他为"英特纳雄耐尔"勤恳地工作,全然不顾热心者的劝告;不得不躺下时,他才休息。望着他瘦削的脸颊,深陷的眼圈,直害得我们私下里眼肿鼻酸……

听日本民歌《北国之春》,遂想起我亦酷似老父亲,"一对沉默寡言人"。父亲啊,什么时候,我们也闲来沽酒,偶尔相对饮几盅呢?

1991 年 6 月

刘江滨

（1964— ），河北平乡人，作家。有散文集《书窗书影》等。

夜　读

当夜猫子将落日的余晖舔了个一干二净后，它便分身有术，幻作各种人的模样，尽情地受用那漫长而又无边的夜晚。欢愉嫌夜短，寂寞恨更长。只有读书人心静如水，伴孤灯一盏，执书一卷，若叔本华所言，甘愿别人的思想在自己的脑袋里跑马，引为一乐。

能够安然地夜读，是读书人的一种清福。没有白日里喧嚣的市声，扰攘的人事，无剥啄之惊，无炊米之烦，夜幕像一层厚实的窗帘遮挡了身外的一切，一切俗务尘虑全然抛诸爪哇国，坐在灯下，仿佛绝尘归隐的隐士。"夏月虚闲，高卧北窗之下，清风飒至，自谓羲皇上人。"（陶渊明）夜读即是这般境界。书本一打开，就走进了另一个世界。只有在这时候，读书人才完全属于自己。

泡一杯热茶，燃一支香烟，铺展欲读的书页，幸福也就降临了。至于是正襟危坐在桌前，还是随随便便斜倚床上，完全听其自便。冬夜窗外冷风呼啸，夏夜阶前雨滴，秋夜明月入怀，春夜花影摇曳，则更增添无限趣味。古人有云："红袖添香夜读书。"此言大谬，至少不太专心凝志，若嫌夜读寂寞，完全可以干点别的，大可不必唤一个丽人来附庸风雅。梁实秋教授也对之持怀疑态度，他说，如果老是有一双纤纤玉手在跟前摆来弄去，撩得人心猿意马，还怎么读书！黉夜读书，一个人在灯下茕影相吊,状如一根枯木,外人看来寂寞无趣,实际上,书中风景幽绝,美女如云,马嘶狗吠,人影奔窜,读的人心骛八极,神游万仞,心怦怦跳,血忽忽涌,眼睛迷离恍惚,若梦若幻,早已成为书中一员,留在灯下的只不过一个躯壳,他何尝感到有什么寂寞!读战争小说,他会变成一个驱驰千军万马的将军,读哲学书,他会变成一个彻悟人事天理的思想家,读人物传记,他会觉得传主几百年前就是他的亲戚,好像早见过面的,隔着时空的堤岸,两人莫逆于心,相视而笑。在沉沉的静夜中,读书人或蹙眉扼腕,或若有所思,或大快朵颐,或暗自饮泣,如痴如醉,浑然忘我,人生之乐,一至于此,夫复何求?

现代读书人不必像古代清贫的文人那样囊萤凿壁,映雪借月,一盏橘黄色的台灯足以伴读到天明。阒无人声的夜晚,肉体都安歇了,而灵魂正忙得紧。读一本书,若作者已殁,他的生命就化作精灵凝固在书页之中,你读他,就等于激活了一个生命,若作者是当世的人,你读到,就如同亲炙他的謦欬,等于一对师友做深夜长谈。书,不过是装订成册的纸张,文字,不过是一行行印刷出来的符号,没人读,它们不过是一堆毫无意义的物件。而一经用心去读,书就活了,有了智慧,有了灵魂,有了生命的气脉,而读的人也从中获益增趣,提高了生命质量。其中奥秘,实不足为外人道也。

夜晚读何书为宜?自无定规,听任各人喜好。一般来讲,趁精神饱满先"啃"难读的正经书,比如理论类,然后身心俱疲时再读好读的书,比如小说,权当休息。然而,读小说容易投入,兴奋,也就易闹失眠。所以,有人反过来读,但睡前读理论书,倚在枕上犯困,读不上几页,就浑然入梦了,因此有位俏皮的作家撰文,说他治疗失眠有一个绝妙的秘方,就是躺在床上读几页《易经》。

夜晚读书,即如搭乘了南方水乡的夜航船,我们知道那是一只文化的船,在茫茫夜色中,听那欸乃橹声,把我们载向梦中的远方。

红　孩

（1967—　），北京人，作家、记者。有散文集《阅读真实的年代》，散文诗集《太阳真好》等。

鸟岛听歌

　　青海湖是我很早就想去的地方。至于青海湖上的鸟岛更是千百次地呼唤我去看看。一位作家曾对我说，有机会到鸟岛去听听歌声吧，听后你会感到有一种母性的东西在缠绕着你，于是，我找来一些写鸟岛的文字读。1994年，著名诗人李瑛不顾68岁的高龄毅然走上高原，而且在鸟岛写了一首《鸟岛的鸟》："它们的翅膀上是蓝天/它们的翅膀下是湖水/夜半，颗颗星斗落下来/变成闪光的宝石/声声追逐的啼叫落下来/变成带褐斑的蛋……"读着诗人诱人的文字，我在问自己：鸟岛离我还有多远？

　　今年7月中旬，我随总后"青藏高原"笔会的军旅作家们一同来到向往已久的西部高原。到后的第二天，我们便来到了青海湖上的鸟岛。青海湖是我国第一大内陆湖，也是最大的咸水湖。古称"西海"，又称"鲜水"或"鲜海"，汉代也有人称"仙海"。藏语叫"错温波"，意思是"青色的湖"。蒙古语叫"库库诺尔"，意思是"蓝色的海洋"。这一带早先曾属于卑禾族的牧地，所以又叫"卑禾羌海"。北魏始称"青海"，一直沿用到现在。据地质考察，这里原是一片浩瀚的海洋，二百万年前，由于地球造山运动，一部分海水被隆起的高山环绕围住，形成大大小小的湖泊。关于青海湖的形成,民间流传的许多美丽的传说,更增添了它的神奇与魅力。如传说"西海"是小龙王造的:老龙王有四个儿子,待他们都长大了,老龙王决定把大海分封给他们。大儿子分到东海,二儿子分到南海,三儿子分到北海。到小儿子,没海可分了,老龙王对他说:你自己去造一座海吧。小儿子先沿东海飞来飞去,没找到适合造海的地方,便飞到大西北来了。他一看,这地方土地辽阔,宽广,是个造海的好地方,立刻汇集一百零八条河水,让它们朝一处流,水越聚越多,造出了一座碧波浩荡的"西海"。老龙王非常高兴,赏给他一个宝盒。小龙王打开盒盖,向空中一扬,金银珠宝如下雨一般,落进水里、岛上、湖畔,变成了跳跃的湟鱼、飞翔的鸟儿、珍珠般的鸟蛋、晶莹的白盐。

有了这么美妙的传说,鸟岛能不让人渴望一晤么?鸟岛由两座小岛组成,西部的叫海西山,又叫小西山、蛋岛;东边的叫海西坡,两岛之间有一缓坡相连。海西山是斑头雁、鱼鸥、棕颈鸥的世袭领地。到了产卵季节,岛上的鸟蛋一窝连一窝,平时所说的鸟岛主要是指此岛。海西坡则是鸬鹚的王国,大大小小的窝巢布满山崖,密集时像一座蜂巢。到四、五月间便开始产卵,忙着孵卵育雏;九、十月间,西伯利亚的寒流开始南侵,幼鸟们一个个都长大了,翅膀也硬了,便随着它们的父亲向南飞去,寻找越冬之地。

我很佩服鸟们的本领,它们不知要早于人类多少年就率先发现了这个可以充分栖息的风水宝地。而且由于它们的存在,又给人类的生活增添了美丽的色彩。我们刚靠近鸟岛,便能远远地看到鸟儿在湖水的上空盘旋往复的快乐景象,待再靠近一些,便可听到鸟儿的歌声了。它们似乎在问,你们是谁?你们是我们的朋友?到了这时,平素能说善写的作家们霎时像被什么异物卡住了喉咙,大家只是瞪大眼睛一动不动地看鸟儿的舞蹈与歌唱。看来,此时此地除了鸟儿以外一切发出的声响都是多余的了。从这里顺着湖滩向湖中望去,天上地下到处都是鸟,几千只、几万只、几十万只……你可以无限地去想象,站在这里,任何一个人都会喊出"自然万岁"。

正当我出神地欣赏这动人的景象时,一路同我做伴的上海女作家汤宏对我说:"看不如听,我们到沙滩上坐着去吧。"我很为汤宏的提醒而兴奋,到鸟岛听歌是多么富于情趣!然而,我们走了很远的路,始终找不到可以光脚走的净土,沙滩上到处闪动着发光的碎玻璃,这无疑是多年来旅游观光者胡吃海喝后蓄积起来的恶果。我很苦涩地对汤宏说:"鸟岛的鸟儿再多,也没有满地的碎玻璃多呵!"

人是不是对已经拥有的就不再珍惜了呢?我不敢想象。前不久,我在一家报纸上看到了这样一条报道:美国最高法院日前正在审理一桩相当特殊的案件,这就是纽约和新泽西两州关于艾丽丝岛的所有权之争。艾丽丝岛是坐落在纽约与新泽西州的界河哈德逊河口的一个小岛,与世界闻名的自由女神所在的自由岛遥遥相望,离曼哈顿两公里,而距新泽西州只有 500 米。一百多年前,它只有三英亩大,但它的名气很大,因为早年的美国移民入境审查中心就设在这里,是千百万前来新大陆谋生、淘金或冒险的人跨入美国的大门,直到第二次世界大战后才关闭。据统计,自从 1892 年到 1954 年的六十二年间,约有一千五百万人战胜了风浪、疾病和死亡,在该岛登陆,最终获得在美国的居住权。

当然,也并非人人都能过关的,许多人被拒之门外,失望地踏上归途,其中有的在归途中病死或葬身海底。因此,艾丽丝岛又称为"流泪岛"。由于艾丽丝岛的特殊历史,使它成为旅游胜地,纽约一景,也最终成了纽约和新泽西两个邻居的必争之地。自然,两州争夺的不仅是对该岛的所有权和谁有权把这个小岛列入自己的旅行手册,更重要的是争夺旅游税收。

那么,美丽的鸟岛将发生什么样的战争呢,我想该是鸟儿与人类争夺生存权的较量吧。我不由又记起了李瑛的《鸟岛的鸟》的结尾:"明天,它们将远行/用红爪趾撩起的是想带走的青海湖/只丢下片片羽毛

405

作留言/给迟来拜访的远方人/告诉他们/青海湖之外/是辽阔的大西北/大西北之外/是一个浩瀚的世界。"

  青海湖上的那方鸟岛,愿你歌声永驻。

邱华栋

（1969— ），河南西峡人，作家。有长篇小说《城市战车》《夜晚的诺言》《蝇眼》，诗集《花朵与岩石》，随笔集《城市的面具》等。

乐观向上

那天报社来了一些实习生，有个新闻学院快毕业的姑娘，报社给她出的题目是去找一个建筑工地，和打工的外地民工生活一天。我自己的任务是和一个捡垃圾的人生活一天。此外，其他的同事有和菜贩子生活一天的，还有和急救中心工作人员、火葬场殡仪工生活一天的，我们要策划四个大版的"普通人城市的一天"这样一个选题。

第二天各路人马都回到了报社。大家似乎都有收获。尤其是那些年轻的实习生，都非常兴奋。我想他们一定都捕捉到了好新闻。果然，有的人讲得非常感人，尤其是那个新闻学院的姑娘。

她说她在一个建筑工地上碰见了一个小姑娘，那个姑娘是工地上用手工弯铁丝织网的，这种东西被水泥一浇铸，大楼就盖起来了。这种钢筋是大楼的筋骨。那个小姑娘一天要干十一个小时，她是一个多月以前来北京的，为的是取回她哥哥的骨灰盒。她哥哥来北京贩毒，被判死刑枪毙了。她是内蒙人，她只有一个老母亲卧病在床，所以这个才初中毕业的小姑娘就来到北京取她那已被枪毙的哥哥的骨灰盒了。但她只有来的路费，拿到骨灰盒以后，她却没有回去的路费了，因此，她就来到那家离市中心十公里的工地上做工，打算干满三个月，凑足了路费再给母亲买些东西就回家去,带着哥哥的骨灰盒回家去。她讲,她的最大愿望就是看看天安门。她从小就从课本上知道首都北京有个天安门,但她来了北京却没有时间去看,因为她在工地上要从早上八点一直干到晚上七点,太累了。工头也不让晚上走出工地。没有一个休息日,因为要赶工期。她说她最大的愿望就是再过一个多月,干完了这个短工,去天安门看一看,然后就心满意足地抱着哥哥的骨灰盒回家去。

一个人一生最大的愿望就是去看一看天安门!而为此她要付出在一家工地工作三个月的代价。实习生讲的这个故事让大家有些震动。在这座城市中,有很多小草一样卑微的生命,也有很多卑微的愿望,平时我们看不见它,但这次,我们看见了。

我是跟一个从河南来的捡垃圾的老头儿生活了一天。早晨七点钟,天光大亮,在朝阳区一个郊外空地上,几百个捡垃圾的人在交易头一天捡的垃圾,那种场景让我想起狄更斯笔下的伦敦。几百个衣衫褴褛的人在卖垃圾,收垃圾的人把垃圾收走。然后,他们就提着空蛇皮袋,四散而去了。

这是一些活动在城市夹缝中的外乡人,以中老年人为主。我和河南老人一边沿着他固定的线路走,一边听他说话。他熟悉他的活动区的每一只垃圾桶,每一个垃圾堆。他给我讲他的老家,他的儿孙的故事。他讲了很多,讲人的生生死死、恩恩怨怨。那种感觉很像余华的小说《活着》中一个老人给一个青年讲活着的故事,非常像。他的故事写出来是一部很好的小说。最后,到了晚上,我和他一起回到郊区他租住的一间小平房,那是一间只有七平方米左右的小房子。他给我看了一样东西,他拉开墙上的一个小布帘,在墙上有一个木架子,上面摆满了各种各样的空香水瓶!那些都是他的收藏。香水瓶的造型大都很好看,老人搜集的足有二百多个,一刹那它们的美让我震惊,也让这个老人的小屋和他底层的人生发亮了。

这两个人的故事都是真实的。他们是生活中的乐观者,卑微愿望的满足者,也是热爱生活的人。

  我想我和那些活力四射的实习记者们都会记住那一天,以及那一天我们看见的人与事。

编 后 记

本书由 2003 年出版的《中国现当代散文三百篇》衍变而来。

出于对知识产权(中华人民共和国《民法典》第一百二十三条)及文字著作权的尊重与守护,我们经过不懈的努力,与书中收录作品的作者或版权人取得了联系,得到了他们的热情支持。

在确认授权的基础上,我们对作品重新进行了整理,做成了目前这本《中国现当代散文选》,供亲爱的读者朋友领略散文之美。